Paul Ingendaay

KÖNIGS PARK

Roman

PIPER

Mehr über unsere Autoren und Bücher:
www.piper.de/literatur

Von Paul Ingendaay liegen im Piper Verlag vor:
Die romantischen Jahre
Gebrauchsanweisung für Spanien
Die Nacht von Madrid
Gebrauchsanweisung für Andalusien
Königspark

Der Autor dankt der Robert Bosch Stiftung und dem Goethe-Institut Salvador-Bahia für die Unterstützung seiner Arbeit.

MIX
Papier aus verantwortungsvollen Quellen
FSC® C014496
FSC
www.fsc.org

ISBN 978-3-492-05719-6

Satz: Kösel, Krugzell
Gesetzt aus der Stempel Garamond
Druck und Bindung: GGP Media GmbH, Pößneck
Printed in the EU

Für Sue, Greta und Julián

Prolog

Die Casa de Campo in Madrid ist einer der größten städtischen Parks der Welt. Sein spanischer Name geht auf ein Jagdschloss des sechzehnten Jahrhunderts zurück. Obwohl seine Ausdehnung Londons Hyde Park um das Fünffache übertrifft, ist er ziemlich unbekannt geblieben.

Den Bewohnern Madrids dagegen ist die Casa de Campo so selbstverständlich, dass sie selten darüber nachdenken, was dieses sonderbare Gelände überhaupt sein soll. Schön nennt es jedenfalls kaum jemand, mit seinen struppigen, im Sommer verdorrten Wiesen, den Kiefern und mageren Steineichen. Mehr als die üblichen Farben der kastilischen Hochebene – blasses Grün, jede Menge Braun- und Ockertöne – gibt es in diesem Park nicht zu sehen. Madrid ist kein Nährboden für Laubbäume.

Im Lauf der Jahre haben sich hier Radfahrer und Freizeitsportler festgesetzt. Durchfahrten wurden gesperrt, um Teile des Parks ruhiger zu machen. Dann wandten sich junge Familien gegen den Straßenstrich, der besonders den Ostteil des Parks beherrscht. Hier, in der Zone um einen hübschen See, gibt es asphaltierte Straßen mitten durchs Grün, Parkbuchten, Lichtungen, Trampelpfade und immer wieder Gebüsch, das vor neugierigen Blicken schützt. Schon am hellen Tag drängeln sich viele Dutzend Frauen am Straßenrand, um den langsam dahinrollenden Fahrern ihre Tarife zuzurufen. Wer hier hindurchfährt, nimmt auch den frechen, spielerischen Ton dieser Anzüglichkeiten wahr. Selbst Bürger, die etwas auf gute Sitten geben, betrachten den Rummel auf dem Strich mit nachsichtigem Kopfschütteln, als zeige sich der Charakter eines Landes besonders in der Art, wie es über die Stränge schlägt.

I

Nuria

In ihren Phantasien hat sich Nuria in der Casa de Campo schon oft gegen Männer kämpfen sehen, lange bevor es in der Wirklichkeit geschah. Alle Kampfsportler kennen solche Bilder. Viele empfinden sich als Helden, es sind unschuldige Wunschträume, die Tag um Tag wiederkehren und ihren Platz neben den Alltagsdingen finden, ohne Schaden anzurichten. Man rettet jemanden, verteidigt wehrlose Menschen, bringt die Welt wieder in Ordnung.

Aber Nurias Bilder in den letzten Wochen sind etwas Anderes. Sie sieht Männer, die sich mehr nehmen, als sie bezahlt haben, die unverschämt werden und die Mädchen hart um den Nacken fassen. Dann sieht sie, wie die Mädchen davonzulaufen versuchen, sich zusammenkauern oder mit zitterndem Kinn warten, was als Nächstes geschieht, und dann hört sie auch die Geräusche: hohe Schreie, Fluchen, Schluchzen und Wimmern. Eine Faust, die auf nackte Haut niedergeht. Eine Autotür, die zugeschlagen wird.

In ihrer Phantasie sind ihr an den Männern Einzelheiten aufgefallen, die sie lieber wieder vergessen würde. Ungewaschenes Haar, ein stumpfer Blick, ein gemeiner Zug um die Mundwinkel. Sie weiß, das darf bei ihrer Aufgabe keine Rolle spielen, sie muss über Äußerlichkeiten erhaben sein. Aber so ist es nun einmal. Sie sieht Männer, die nur deshalb Gewalt ausüben, weil sie körperlich überlegen sind, die jederzeit tun, was sie wollen, weil sie es *können*.

Doch in ihrer Phantasie hält Nuria direkt auf sie zu. Sie auf dem Fahrrad, ganz in Schwarz, wie sie nachts im Königspark ihre Runden dreht, die Augen zusammengekniffen, den Rücken über den Lenker gebeugt, aufmerksam auf jedes Detail. Bereit, abzusteigen und einzugreifen.

Allein wegen dieses Bildes hat sie ihre Aufgabe übernommen, die gefährlich ist und sie täglich herunterzieht, niemand bewegt sich in der Nacht von Madrid, ohne dafür zu bezahlen. Aber nun ist sie hier und gehört in gewisser Weise dazu, und wenn sie nicht weiterweiß, ruft sie sich einfach das Bild in Erinnerung: sie im Königspark, nachts, allein und doch nicht allein. Nuria könnte auf dem Fahrrad ewig ihre Runden drehen, und alles hätte seine Ordnung.

Seht mal, da kommt Nuria.

Manche würden sie grüßen, nicht nur die Mädchen, auch die Freier. Nichts geschähe, ohne dass Nuria davon erführe. In gewissem Sinn vertritt sie das Gesetz.

Sie denkt: Ich bin dreiundzwanzig Jahre alt und sehe nach den Mädchen.

Deswegen hat sie sich auch die schwarze Montur gewählt. Sie will kriegerisch aussehen, nicht gleich als Frau erkennbar in diesem Land, das seine kleinen Mädchen immer noch am liebsten in Pastelltönen ausstaffiert. Blau für die Jungs, Rosa für die Mädchen. Einen Fußball für die Jungs, Ohrlöcher für die Mädchen. Die einzigen Flecken Farbe, die Nuria an ihrer Montur duldet, sind dünne neongrüne Streifen von der Wade zur Achillessehne. Der Fahrradhelm, die Handschuhe, der kleine Skirucksack, alles schwarz. Die Klamotten schlucken nicht nur die Farben, sie verbergen auch Nurias Kontur. Wenige sehen, dass sie trainiert ist wie eine Athletin, keiner ist Zeuge, wenn sie im Schutz der Bäume hinter dem Bootshaus das Fahrrad abstellt und Klimmzüge, Kniebeugen und Liegestützen macht, bis sie ächzt.

Wenn es vorbei ist, nimmt sie das Handtuch aus dem Rucksack und horcht auf Geräusche. Langsam schweifen ihre Augen über das Gelände. Sie legt sich das Handtuch über den heißen Kopf und versinkt in Meditation. Sie schließt die Augen. Ihr Oberkörper bewegt sich kaum merklich hin und her, der Atem kommt zur Ruhe. Fünfzehn Minuten Stille, fünfzehn Minuten Gedankenleere. Und manchmal gelingt es ihr wirklich, die Vergangenheit ebenso hinter sich zu lassen wie die Zukunft.

Aber wenn es ihr nicht gelingt, und es gibt solche Tage immer wieder, dann nimmt sie nur eine entspannte Haltung ein, dann hält sie die Augen geschlossen und denkt an ihre Schwester Isa, die sie seit sieben Jahren nicht mehr gesehen hat, Isa, die Abtrünnige, sie denkt an ihre geschiedenen Eltern, die sie beide nicht mehr braucht, an die Jobs, die sie angefangen und wieder hingeschmissen hat, sie denkt an ihre Freunde, ihre WG und ihren Hund. Nur sich selbst erkennt sie in keinem einzigen Bild, obwohl sie immer wieder an Spiegeln vorbeigeht und lange hineinschaut. Da ist doch ein Bild, sagt sie sich, das ist doch sie, die blasse Haut, die graugrünen Augen, das dunkle Haar flach am Kopf wie ein Helm, nicht hässlich, nicht schön, nur … was sagen ihre Freunde? *Interessant.* Und Portu sagt: *intensiv.* Und dann sagt er noch: Ich wünschte, du kämst mal zur Ruhe. Im Ernst, Nuria, du bist wie eine Kerze, die an beiden Enden brennt.

Das also muss sie sein, ein Mensch, der sein eigenes Spiegelbild nicht deuten kann, unterwegs irgendwohin, immer in Bewegung, und das ist so ziemlich das Einzige, was sie sich selbst niemals vorgeworfen hat: Trägheit.

Sind die fünfzehn Minuten um, schlägt Nuria die Augen auf. Und schon hört sie den Motor eines näher kommenden Autos, im Königspark bleibt es nie lange still, die Männer schlafen nicht, sie sind immer unterwegs und auf der Suche, genau wie sie selbst.

Sie macht ein paar Dehnübungen und geht zum Fahrrad. Der Himmel ist klar, ein paar Wölkchen ziehen von Norden nach Süden. Es ist 19:51 Uhr. Gleich beginnt ihr Dienst.

Sie nennt die Casa de Campo Königspark, weil König Philipp II. hier im sechzehnten Jahrhundert Wild gejagt hat, so wie heute die Männer die Mädchen jagen. Nuria fragt sich, warum dieser Zusammenhang noch niemandem aufgefallen ist.

Die Mädchen verteilen sich, je nach Hautfarbe und Nationalität, auf die verschiedenen Straßenabschnitte rund um den See, so dass die Männer in ihren Autos immer wissen, wo sie suchen müssen. Entweder gleich am Rondell, wo schon die ersten Mädchen stehen und Zeichen geben. Oder geradeaus, bei den Restaurants. Oder auch weiter Richtung Stadt, am Bootsverleih. Eine einfache Jagd, in der beide Seiten ihre Rollen kennen. Nuria erlebt das Schauspiel nicht nur, wenn sie mit dem Fahrrad durch den Königspark fährt, sie hat sich schon so oft in das Innere der Beteiligten versetzt, dass sie glaubt, alles darüber zu wissen.

Die Jäger sind nicht nur Jäger, sondern auch Beute, wissen aber nicht, dass sie Beute sind. Sie durchfahren im Königspark ein System von Einbahnstraßen, langsam, konzentriert auf ihre erwachende Lust. Nachtstimmung umfängt sie. Die Geräusche der Zikaden dringen in den Wagen, viele fahren mit heruntergelassenen Scheiben, um mit der heraushängenden Linken Handzeichen zu geben und die Mädchen ans Auto zu rufen. Von fern hört man das Rauschen der Stadt. Es riecht nach Blättern und Essensabfällen.

Die Beute ist nicht nur Beute, sondern auch Jäger, weiß aber nicht, wann das eine in das andere umschlägt. Als Beute tritt sie aus dem Schatten der Bäume an den Straßenrand, sobald sie das Geräusch eines Motors hört, und achtet darauf, dass die Lichtkegel der Scheinwerfer ihre körperlichen Vorzüge zur Geltung bringen. Die Brüste, die Hüften, den Hintern, die Beine, nicht unbedingt in dieser Reihenfolge. Nuria hat gelernt, dass es Vorlieben gibt. Jeder Freier ist eine Welt für sich.

Die Afrikanerinnen zum Beispiel flechten sich Zöpfe, weil sie wissen, dass sie bei den Spaniern damit erregende Phantasien wecken. Sie malen sich auch die Lippen knallrot, damit sie im Scheinwerferlicht leuchten und den Kontrast zur dunklen Haut hervorheben. Die Ukrainerinnen rufen ihre paar Sätze Geschäftsspanisch genauso frech und laut durch die Nacht wie die Kolumbianerinnen, als könnten sie damit den Nachteil ihrer blassen Haut wettmachen. Die Brasilianerinnen wissen, dass es die Freier animiert, wenn sie Ausdrücke ihres weichen Portugiesisch benutzen, sie übertreiben die singende Aussprache, die klingt wie ein einziger langer Laut.

Die Transvestiten sind ein Sonderfall. Sie tragen lange Mäntel, die sie vor den vorbeirollenden Autos öffnen, damit die Fahrer sehen, dass sie nichts darunter anhaben außer einem knappen Höschen. Vor allem sollen die Freier die teuer gemachten Brüste bewundern.

Die Hüter, für die Nuria arbeitet, beschäftigen nur Mädchen, keine Strichjungen und keine Transvestiten. Besser, man kennt sich aus und vermeidet Fehler.

In den ersten Tagen ihrer neuen Aufgabe hat Nuria eine gewisse Erregung beim Anblick der im Dunkeln abgestellten Autos empfunden. Zum Beispiel, wenn die Innenbeleuchtung angeht und bald wieder erlischt, nachdem die Türen geschlossen worden sind. Sie hat das Geräusch hastig verstellter Sitze registriert und der Autofenster, die mit einem Surren hochgleiten. Manche Männer können es nicht abwarten, die Hose aufzuknöpfen. Ihre Autos sind wie Tiere, die sich gleich strecken und zum Leben erwachen.

Dann sieht Nuria etwas, was keinen Zweifel mehr an der Tätigkeit der Menschen im Inneren des Autos erlaubt. Ein Zittern der Karosserie, ein leises Schaukeln. Sie wünschte, sie sähe etwas anderes.

Nuria geht nie näher an die Autos heran. Sie hält Abstand, nicht nur bei Tag. Solange sie nichts Genaues sieht, ist es gut. Nuria wendet sich ab, tritt zurück, verschwindet im Unterholz. Sie wünschte, sie verstünde etwas von Sternbildern.

Nuria hat sich überlegt, wie sie das Vorderlicht ihres Fahrrads abdunkeln könnte, damit man sie von Weitem nicht so gut sieht. Doch wenn sie ohne Mond durch die dunklen Straßen des Königsparks fährt, ist sie in Gefahr. Sie muss die Unebenheiten der Asphaltdecke erkennen, heruntergefallenen Ästen ausweichen, Menschen, die ihr plötzlich aus dem Halbdunkel in den Weg treten.

Links von ihr schimmert der See. Nuria legt sich in die Kurve und spürt den Stoff an den Rippen. Gleich verengt sich die Straße. Sie hört die Stimme von Jacqueline, ein Stück entfernt, hell wie eine Glocke. Nuria lässt das Rad ausrollen. Noch kann sie im Dunkeln niemanden erkennen. Eine Kurve weiter, und sie sieht die Bremslichter des Autos am Rand der Schneise. Ein kleiner roter Citroën. Eine Tür wird zugeschlagen.

»Blödmann!«, ruft Jacqueline. »Verpiss dich!«

Der Citroën fährt weg.

Ein durchdringender Pfiff. »Rubi? Julia? Seid ihr irgendwo?«

»Schsch!«, macht Nuria. »Ich höre dich. Was ist passiert?«

»Ach, du bist's. Die Zeit war abgelaufen. Manche kapieren es nicht.«

Jacqueline ist eine Schönheit aus der Dominikanischen

Republik mit leuchtend weißen Zähnen und zimtfarbener Haut. Ihr Hals ist über und über mit Kettchen behängt, Silberherzen mit roten Pfeilen darin, der Gottesmutter, dem Antlitz des Herrn und mehreren Ortsheiligen aus Santo Domingo.

»Hat er bezahlt?«

»Klar«, sagt Jacqueline. »Bei mir bezahlen sie immer.«

»Willst du was loswerden?«

»Okay. Hier sind vierzig.«

Nuria steckt das Geld ein und zieht den Reißverschluss ihrer Jacke hoch. Sie tippt etwas in ihr Telefon. »Wo sind die anderen?«

»Hab sie vorhin noch gesehen. Hör mal, mit Marissa …«

»Was Neues? Oder das Übliche?«

»Nuria. Du weißt, wie es ist. Die Kerle beschweren sich, dass sie nicht ihre *tetas* zeigt. Ich sag's nur.«

»Kann dir nicht passieren«, sagt Nuria. »Warum steht sie nicht bei den Afrikanerinnen? Ich habe sie nirgendwo gesehen.«

»Die mögen sie nicht. Für die ist Marissa eine alte Frau. Da hängt sie sich an uns.«

»Warum erfahre ich das erst jetzt?«

»Marissa will nicht darüber reden. Hast du mal ihre Hände gesehen?«

»Was ist mit ihren Händen?«

»Das soll sie dir selbst erzählen.«

Nuria nickt. Manchmal ist es schwer, den Standort der Mädchen im Auge zu behalten. Sie lassen sich von den Freiern ein Stück mitnehmen. Sie plaudern mit jemandem aus einer anderen Gruppe. Sie trödeln herum und kommen, wenn sie mit einem Freier fertig sind, nicht gleich zu ihrem Standort zurück. Jedes Mädchen muss selbst entscheiden, wie das gehandhabt werden soll, zu viel Kontrolle wäre schädlich. Das sagt Nuria auch den Hütern. Wenn ihr es mit der Kontrolle übertreibt, sagt sie, schadet ihr dem Geschäft.

Sie lauscht auf Geräusche. Sie hört langsam fahrende Autos in der Entfernung.

»Ist dir nicht kalt?«, fragt sie.

Jacqueline bricht in kehliges Lachen aus, das viel zu alt ist für ihre fünfundzwanzig Jahre. »Kalt! Ich bin eine *perra*, die vor Hitze glüht!«

Nuria schaut an Jacquelines langen braunen Beinen hinunter. Winziger Rock, riesige Plateauabsätze, das Unbequemste, was Nuria im Königspark je gesehen hat. Jacqueline streicht mit den Fingern über ihre Halskettchen und spielt mit dem Gesicht der Gottesmutter.

»Hast du alles, was du brauchst?«, sagt Nuria.

Jacqueline nickt. »Mach, dass du weiterkommst. Du bringst mich um meine Kunden.«

Nuria steigt aufs Fahrrad. »Pass auf dich auf.«

»He!«, sagt Jacqueline. »Sprich mit Marissa.«

Nuria benutzt die Einbahnstraßen im Königspark in beide Richtungen, denn sie will den See aus allen Perspektiven sehen. Tagsüber schießt aus der Mitte des Sees eine Fontäne empor, zum Vergnügen der Bötchenfahrer, die sich, besonders am Wochenende, in der Nähe des großen Duschstrahls Seeschlachten liefern. Nachts stöhnen gleich nebenan, im Zwielicht, die kopulierenden Paare.

Das Gelände ringsum ist die eigentliche Handelszone. Nuria kennt hier jeden Stein. Wo immer die Autos für den Sex auch geparkt werden, meistens schlagen die Mädchen den Freiern die Rückbank vor, dort ist mehr Platz. Nur manche bevorzugen die Vordersitze, weil ihnen die eingeschränkte Bewegungsfreiheit der Männer mehr Sicherheit verheißt.

Der Kaugummi. Wohin mit dem Kaugummi? Manche

Mädchen kleben ihn an den Griff der Autotür, dann können sie sicher sein, ihn wiederzufinden, wenn es vorbei ist. Wenn sie den Griff der Autotür finden. Manche Mädchen tun sich schwer damit, ihre Hand tastet im Dunkeln herum und findet nichts. Dann müssen die Männer ihnen sagen: Dort, siehst du? Warte, ich helfe dir.

Viele Mädchen achten genau auf die Uhr und wollen es möglichst schnell abwickeln. Andere finden, Knauserigkeit zahle sich nicht aus, denn die Männer kommen nicht wieder, wenn sie keinen reellen Gegenwert erhalten. Da sagen die Ersten: Sie kommen sowieso nicht wieder. Männer wollen Abwechslung.

Es gibt solche und solche. Solche Männer. Solche Mädchen. So vieles, an das die Mädchen denken müssen, um die Nacht beherrschen zu lernen.

Das ist der Spruch, den Nuria von Rico Vargas hört, nachdem er die Mädchen im Hof der Finca, neben dem Hundezwinger, zu einer kurzen Ansprache versammelt hat: »Beherrscht die Nacht. Sonst beherrscht sie euch. Und gehorcht den Hütern.«

Nuria ist sich nicht sicher gewesen, ob die Mädchen etwas mit dieser Warnung anfangen können. Die meisten schauen zu Boden, zu den Hühnerställen oder in die Ferne, als ginge sie das alles nichts an. Dann fragt Rico Vargas, ob alle ihn verstanden haben. Kaum jemand nickt. Aber niemand schüttelt den Kopf.

Nuria steht nicht in der Gruppe der Mädchen, als Rico Vargas das sagt, sondern seitlich von ihm, bei den Hütern. Sie will keinen Zweifel daran lassen, zu wem sie gehört. Einmal streift sie sein Blick, doch seine jungen, unverschämten Augen halten nicht inne. In den nächsten Tagen grübelt Nuria darüber nach, ob Rico Vargas sie überhaupt wahrgenommen hat, die Neue, die jetzt mithilft. Ganz sicher haben die Hüter ihm von ihr erzählt, es kann gar nicht anders sein. Es gibt nur Hüter, keine Hüterinnen. Rico Vargas, denkt Nuria, muss über alles im Bilde sein. Sie fragt sich, wann sie für ihre Arbeit bezahlt wird. Und ob überhaupt.

Nach der Ansprache hat Nuria ihn ein paar Tage nicht gesehen. Rico Vargas zeigt sich auf der Finca selten, es scheint, als regiere er aus der Ferne. Wenn er kommt, dann ohne Ankündigung. Nuria ertappt sich bei der Hoffnung, die Hüter würden ihm fortlaufend von ihr berichten. Vielleicht nimmt er sie eines Tages beiseite und sagt ihr etwas Anerkennendes oder will zu einem bestimmten Problem ihre Meinung hören.

Aber dazu kommt es nicht. Fast hat Nuria das Gefühl, er wolle sie nicht sehen und gehe ihr aus dem Weg. Er hat noch weitere Geschäfte, heißt es, er hat einen teuren Club in der Stadt, die Caverna Azul, der seine Aufmerksamkeit erfordert. Dort verdient eine einzige Frau pro Nacht das, was im Königspark zwanzig Frauen zusammen erwirtschaften. Es gibt große Unterschiede – zwischen den Frauen und zwischen den Freiern.

Nuria versucht, sich den Ort vorzustellen, an dem Rico Vargas sich aufhält, wenn er nicht auf der Finca ist. Eine große Wohnung in der Innenstadt. Oder ein Landhaus in der Sierra von Madrid. Aber sie erfährt nie Genaueres, und sie ist klug genug, die Hüter nicht danach zu fragen.

Zuerst hat sie nicht verstanden, was die Männer am Vormittag in der Casa de Campo machen. Die meisten Leute, denkt sie, haben Arbeit und können es sich nicht erlauben, morgens freizunehmen. Trotzdem kommen immer welche am Morgen und am Vormittag, lange vor der Mittagspause. Es ist, als hätten sie die ganze Nacht gewartet, bis es hell wird und sie in den Königspark kommen können, um sich ein Mädchen auszusuchen. Nuria sieht den Männern die

Ungeduld an, offenbar kümmert es sie nicht, dass alle Welt sie bei ihrer gierigen Suche beobachten kann, die Jogger, die Spaziergängerinnen mit ihren Hunden, alle, die morgens in den Königspark kommen und dort wirklich etwas zu tun haben. Es gibt also etwas bei diesen Männern, das *keinen Aufschub duldet*.

Nuria fühlt sich vor allem für die Nachtschicht verantwortlich. Nach wenigen Tagen hat sie verstanden, dass sie den Hütern um diese Zeit am meisten hilft. Noch mehr aber den Mädchen. Die Nachtstunden im Königspark sind unsicher, es sind Betrunkene und Bekiffte unterwegs, nachts tun die Leute Sachen, die sie bei Tageslicht bereuen, aber nicht mehr ungeschehen machen können. Nuria, so nennt sie es selbst, ist die Unterstützung aus dem Dunkel.

Bisher ist sie in zwei ernsthafte Auseinandersetzungen mit Freiern geraten. Der eine Freier hat sich bedrängt gefühlt, weil Nuria ihm gesagt hatte, er solle Irina nicht anschreien.

»Aber es waren noch nicht einmal zehn Minuten!«, brüllt der junge Mann. »Wofür bezahle ich denn?«

Nuria kann nicht entscheiden, ob der Mann recht hat. Vielleicht hat Irina ja wirklich geschummelt, selbst zehn Minuten können zu lang sein. Niemand, der die Minuten noch nicht unter diesen Bedingungen verrinnen gesehen hat, weiß, wie lang das Sechstel einer Stunde dauert. Aber Nuria kann sich auf so etwas nicht einlassen. Sie ist nicht für Kundendienst zuständig, sondern für den Schutz der Mädchen.

»Du musst höflich zu ihr sein«, sagt Nuria. Sie zeigt auf Irina. »Hier sind alle höflich zueinander.«

»Ich geb dir Höflichkeit«, schreit der Mann und kommt drohend näher. Irina steht neben dem Auto und sieht zu.

Nuria und der Mann kämpfen mit Fäusten, der Mann ist gut in Form, aber seine Fäuste wissen nicht, was sie tun. Er probiert einen rechten Schwinger. Nuria duckt sich, rammt ihre Schulter in seine Hüfte und reißt an seinen Kniekehlen. In der nächsten Sekunde liegt der Mann auf dem Boden. Nuria dreht ihm den Arm auf den Rücken und sagt es ihm noch einmal, dicht an seinem Ohr.

»Hier sind alle höflich zueinander.«

Sie wartet, bis der Mann sagt: »Lass mich los, verdammt. Bist du wahnsinnig?«

Ein paar Tage später zwingt ein anderer Freier sie zum Bodenkampf, weil sie über eine Baumwurzel stolpert. Der Mann ist groß und fett, mit einer einzigen Bewegung stößt er die Stolpernde zu Boden und wirft sich auf sie. Nuria spürt den gewaltigen Druck auf ihren Rippen und ringt nach Luft. Sie hört sein Schnaufen, sein Keuchen, es ist wie Geifern. Es scheint ihm Spaß zu machen, er ist fast einen Kopf größer als sie, er hat nur für Sex mit Salva bezahlt, aber jetzt bekommt er noch ein Extra, einen Nahkampf mit dieser Kleinen, die es gewagt hat, ihn zu stören, nachdem er Salva die Bluse heruntergerissen hatte.

Nuria sieht das erwartungsvolle Leuchten in seinen Augen, die Speichelspur an seinem Kinn. Jetzt hat der Mann Zeit, Nuria kann ihm nicht mehr entkommen. Er beeilt sich noch nicht einmal damit, ihre Handgelenke zu packen und auf den Boden zu drücken.

»Okay«, sagt Nuria. »Du hast gewonnen.«

»Mal sehen, was wir jetzt machen.«

Sein Gesicht nähert sich ihrem. Sein Mund ist feucht. Die Augen werden beim Näherkommen kaum größer, nur die Lippen, die Nase und die schweißglänzende Haut. Nuria kann jede Pore erkennen.

»Hast du vielleicht eine Idee, was wir jetzt machen könnten?« Seine Stimme ist leutselig.

»Das wollte ich dir überlassen.«

Der Mann nickt, und sein Gesicht mit dem selbstzufriedenen Lächeln kommt noch näher. Er hat seine Gegnerin unter Kontrolle, Nuria weiß, dass er den Augenblick genießt. Er ist keiner der Kampfsportler, mit denen Nuria sich sonst misst. Es geht ihm nicht um Wettkampf, sondern verbotenen Genuss, und wenn ihm etwas fehlt, dann nur Phantasie: Er weiß noch nicht, was er mit seinem Triumph anfangen soll. Er wartet auf Inspiration, denkt sie, vielleicht fällt ihm ja etwas ein, wenn er sein Opfer noch näher vor sich hat, nicht nur zum Greifen, sondern zum Lecken und Beißen, und darin sieht sie ihre Chance: dass der Fette den warmen, sehnigen Körper unter sich als Einladung empfindet, näherzukommen und sein Opfer mit Nase und Mund zu erkunden …

Nuria zuckt vor dem feuchten Mund nicht zurück, sondern wartet. Erst, als die Lippen des Mannes fast ihre Nase berühren, nutzt sie die wenigen Zentimeter Spielraum und stößt ihm mit Wucht die Stirn ins Gesicht. Der Mann schreit, richtet sich auf und hält sich die Nase, aus der Blut tropft. Nuria rutscht blitzschnell unter ihm hervor, kommt hinter ihn und setzt den Würgegriff an, erst mit dem rechten Arm auf seine Kehle, dann mit dem linken in den Nacken, sie lässt ihre Schultern zurückschnellen und hat ihn in der Hand wie ein großes, wehrloses Tier. Ihr Kopf drückt sich von hinten an seinen. Sie riecht seinen Schweiß und spürt seine Panik. Erst jetzt, für diesen Moment, wird der Mann zum Gegner, den sie mit Technik besiegen muss, und alle ihre Bewegungen folgen dem Automatismus des Trainings, dem Drill endloser Wiederholungen. Hätte der Mann noch die Kraft, könnte er sie herumwirbeln und zur Seite schleudern, aber der Druck von Nurias Unterarmen auf seine Arterien wirkt schon nach Sekunden. Er wird ohnmächtig und sinkt zur Seite.

Sie wartet, bis er wieder zu sich kommt, während Salva mit aufgerissenen Augen auf den stillen, massigen Körper starrt. Wir sind wie Jäger neben dem geschossenen Elefanten, denkt Nuria, Jäger auf einem alten Foto.

Der Mann hustet. Er betastet vorsichtig seine Nase und schaut sich verwirrt um. Er sieht Nuria, er erinnert sich. Sie weiß, wie er sich jetzt fühlt, gedemütigt. Der Mann steht auf, klopft sich die Hose ab und geht benommen zum Wagen. Er hustet wieder.

»Warte noch eine Minute, bevor du losfährst.«

Der Mann knallt die Tür zu, lässt den Motor aufheulen und ist weg.

»Salva«, sagt Nuria. »Komm her.« Sie klopft sich Staub von der Kleidung. »Kein Wort von dem, was du gesehen hast. Nicht zu den Hütern, nicht zu den Mädchen.«

Am Tag darauf wird sie wieder zum Training gehen und weiter daran arbeiten, Fehler wie den heutigen zu vermeiden. Sie hat den Boden missachtet. Ein kurzes Zittern durchfährt sie. Sie ist noch einmal davongekommen.

Sie erinnert sich daran, wie es anfing. Sie war dreizehn, ein sonniger Tag. Ihr Vater erfüllte ihr den Wunsch und brachte sie in eine Madrider Karateschule. Sie hatten viel darüber gesprochen, nun war es soweit. Doch am selben Morgen geschah noch etwas anderes. Ihre Eltern hatten entdeckt, dass Isa verschwunden war, sie hatte nicht mehr als einen mittelgroßen Koffer mitgenommen, aber alle ihre Lippenstifte eingepackt, Nagellack in fünfzehn Farben, den Föhn, das Plätteisen, »meine Beauty-Sachen«, wie Isa spöttisch sagte, als brauchte sie all das Zeug gar nicht, sondern erfüllte nur eine spanische Konvention. Isa war erst seit ein paar Wochen achtzehn, ein Typ für Jeans und Minirock, Bluse und Kostüm, Isa konnte alles tragen.

Niemand wusste, was mit Nurias großer Schwester passiert war, das jedenfalls war die Version, die an Nuria weitergegeben wurde. Nur, dass Isa es gewollt haben muss, vermuteten alle, denn niemand stellte Nachforschungen an, vielleicht gab es auch einen Abschiedszettel, den ihre Eltern ihr nicht zeigten. Kam Nuria dazu, wenn ihre Eltern über Isa sprachen, wechselten sie das Thema. So hatten sie es mit allem gemacht. So hatten sie Nuria vier Jahre zuvor auch den Selbstmord von Onkel Víctor verschwiegen.

Der Trainer der Karateschule hieß José. Er sah Nuria an, ein einziger Blick genügte, und sagte: Du bist zu klein. Du musst noch wachsen. Aber sie dürfe einmal mittrainieren, danach sehe man weiter. Nuria hat den Trainer nie vergessen. Er schickte sie nach Hause, riet ihr aber, mit Judo anzufangen. Mit fünfzehn könne sie wiederkommen. Nuria kam nicht wieder. Sie zog von einer Schule zur anderen, bis sie bei den Mixed Martial Arts landete, alles ohne Isa.

Ihre Eltern mussten inzwischen Nachrichten erhalten haben, aber es dauerte lange, bis am Tisch wieder von ihrer Schwester gesprochen wurde. Dann tauchte Isa plötzlich wieder auf, blieb anderthalb Stunden, aber nur, um weitere Sachen zusammenzupacken, während ihr Vater sie mit seinen Vorwürfen durch die ganze Wohnung verfolgte. Nuria war nicht dabei, sie hörte nur die Version ihrer Eltern.

Später wurde eine szenische Aufführung am Esstisch daraus, in der Hauptrolle ihr Vater, Pío Valverde. Er hob die Arme, als müsste er das Dilemma der Familie vor größerem Publikum nachspielen. Was soll man machen?, rief er. Isa ist zwanzig und trifft ihre eigenen Entscheidungen! Seufzen, Kopfschütteln. Bevor Nuria Fragen stellen konnte, sprachen ihre Eltern wieder von etwas Anderem.

Sie wichen auch ihren späteren Versuchen aus, mehr über Isas Verbleib zu erfahren. Nuria wartete auf eine geheime Nachricht, ein Briefchen nur für sie, einen Anruf, eine SMS, aber nichts kam, es war, als zählte Isa ihre kleine Schwester ohne Erbarmen zur Familie, die sie, Isa, verraten und davongejagt hatte. »Liebe Isa«, schrieb Nuria ihrer Schwester in einer SMS an die letzte Telefonnummer, die sie von ihr hatte. »Ich weiß nicht, warum du weggegangen bist oder was Mama und Papa dir getan haben oder warum du es nicht mehr bei uns aushältst. Aber ich bin hier und warte auf dich. Viel Glück, vergiss mich nicht! Deine Nuria«.

Sie bekam keine Antwort.

2

Aufstieg eines Unternehmers

Rico Vargas erinnerte sich gut an den Tag, als er Nurias Namen zum ersten Mal hörte. Da war sie schon eine Woche dabei, und die Hüter hatten sich an sie gewöhnt. Einer der Hüter war zu ihm gekommen, sobald Rico Vargas nach einer Reise auf die Finca zurückgekehrt war, und hatte eine betretene Miene aufgesetzt.

»Wir haben vergessen, dir etwas zu sagen, Chef.«

»Und was habt ihr vergessen, mir zu sagen?«

»Wir haben Hilfe. Eine Aushilfskraft.«

»Und wer ist diese Aushilfskraft?«

»Ein Mädchen.«

»Ihr wisst, dass ich keine Hüterinnen will. Schickt sie weg.«

»Sie lässt sich nicht wegschicken.«

»Was heißt das?«

»Sie will bleiben.«

»Ich will aber nicht, dass sie bleibt. Schickt sie weg.«

»Sie ist ...«

Rico Vargas sah, dass der Hüter sich mit Sprache schwertat. »Sie will sich um die Mädchen kümmern. Uns helfen. Sie hilft uns bei der Arbeit ...«

»Seid ihr wahnsinnig? Wer ist sie? Sie könnte für die Polizei arbeiten.«

»Nein!« Der Hüter lachte. »Die ist nicht von der Polizei.«

»Was ist sie dann?«

»Sie spricht wie eine Studentin.«

»Was heißt das?«

»Sie benutzt seltene Wörter.«

»Welche Wörter«, wollte Rico Vargas wissen. Er hatte keine gute Schulbildung. Vielleicht später, wenn die Geschäfte ihm mehr Zeit ließen, das Versäumte nachzuholen. Er war erst fünfunddreißig.

»Welche Wörter?«

Aber dem Hüter fiel keines ein.

»Ist sie Journalistin? Sozialarbeiterin? Eine Verrückte, die gegen das Unrecht auf der Welt kämpft? Komm! Hat sich keiner von euch gefragt, wer sie ist?«

»Haben wir. Und wir fanden sie… Wir fanden sie am Ende nicht gefährlich.«

»Großer Gott«, murmelte Rico Vargas. »Ich dachte, das läuft, wenn ich mal eine Woche weg bin.«

»Aber es läuft doch«, sagte der Hüter. »Es läuft sehr gut, Chef. Du kannst sie kennenlernen. Sie heißt Nuria.«

Eine Woche war das her.

Rico Vargas befahl dem Hüter, ihm ins Büro zu folgen. Dort ließ er sich alles erzählen.

Offenbar hatte Nuria die Hüter getäuscht. Sie hatte sich eines Morgens in der Casa de Campo einfach zusammen mit den Mädchen einsammeln lassen, als gehörte sie dazu. Sie trug knappe Kleidung, damit es niemandem auffiel, aber schon am zweiten Tag war sie wieder ganz in Schwarz. Sie sagte gleich, wer sie war und was sie wollte. Sie wollte »nach den Mädchen sehen«. Sie könne helfen. Sie habe ein Fahrrad und kenne den Park. Sie könne Konflikte ausgleichen.

»Welche Konflikte, zum Teufel?«, fragte Rico Vargas den Hüter. »Kommt ihr nicht klar mit den Leuten, die ihr habt? Dann muss ich neue einstellen. Ihr bekommt die Männer, die ihr braucht.«

»Wir brauchen keine neuen Männer«, sagte der Hüter. »Aber jemand wie Nuria ist eine echte Hilfe. Die Mädchen … Sie fühlen sich wohler. Sie arbeiten besser. Du solltest sie kennenlernen. Sie kommt heute Abend.«

Es stellte sich heraus, dass in der zurückliegenden Woche alles nach Nurias Willen gegangen war. Sie arbeitete nur nachts, der Zeit mit dem höchsten Umsatz. Tagsüber war sie verschwunden. Manchmal kam sie am späten Nachmittag vorbei, um mit den Hütern ein paar Worte zu wechseln und mit den Mädchen zu reden. Mit einigen trank sie Tee und hörte sich ihre Sorgen an. Sie besuchte die Mädchen sogar im Gemeinschaftsbad, was die Hüter selbst nicht taten, es sei denn, sie mussten jemanden herausholen und bestrafen. Nuria dagegen ging einfach hinein und blieb, so lange sie wollte. Es musste wichtige Dinge zu besprechen geben. Frauensachen. Abends tauchte Nuria in der Casa de Campo wieder auf.

Als einer der Hüter Nuria fragte, was sie sich davon verspreche, sagte sie: »Gar nichts. Erzählt es eurem Boss, wenn er kommt. Er soll entscheiden. Wenn er mich nicht will, gehe ich. Wenn er mich behalten will, soll er mich bezahlen.«

Es waren diese beiden kurzen Sätze, die Rico Vargas verunsicherten und ihm die Entscheidung schwermachten. Er erlebte es nicht oft, dass die Menschen, mit denen er zu tun hatte, einen eigenen Willen besaßen, der nicht von Sex, Gier oder Macht getrieben wäre. Isa war so ein Mensch, auch wenn Geld für sie sehr hohe Bedeutung hatte. Isa war seine Gefährtin, fast seine stille Teilhaberin. Alle anderen waren Angestellte.

Rico Vargas dachte nach. Was immer Nuria gesehen haben mochte, hatte sie längst gesehen. Sie hatte mit den Mädchen gesprochen und kannte die Hüter. Rico Vargas beschloss, es laufen zu lassen. Und er bezahlte sie.

Am Tag seiner ersten Ansprache an die neuen Mädchen überging er Nuria wie eine Irritation, eine exotische Gefährdung, und während sein Blick weiterwanderte über die müden, gleichgültigen oder verängstigten Gesichter der Mädchen, all diese Mienen, die er so gut kannte, war ihm bewusst, dass er gegen eine seiner eigenen Regeln verstoßen hatte (kenne deine Feinde, kenne deine Freunde) und dass ihm jetzt vor allem eins zu tun blieb: herauszufinden, was mit ihm los war.

Er rief den Hüter, mit dem er zuvor gesprochen hatte.

»Lass mich die Zahlen der letzten Woche sehen. Du sagst, diese Nuria sorgt dafür, dass die Mädchen besser arbeiten. Zeig es mir.«

Es stimmte. Die Einnahmen waren leicht gestiegen. Auch die Schwarzafrikanerinnen hatten besser geliefert. Selbst Hadeel, die pummelige Marokkanerin, hatte etwas mehr verdient als sonst. Rico Vargas hatte sich schon öfter gefragt, ob er Hadeel nicht loswerden müsste, sie besetzte einen Platz auf der Finca, brachte aber nicht genug ein. Vielleicht stimmte es ja, dass manche Mädchen anders motiviert werden mussten, vielleicht fand diese Nuria einen Zugang zu ihnen, der den Hütern verschlossen war.

Im Lauf der Tage versuchte Rico, in der Nähe zu sein, wenn Nuria auf der Finca war. Er beobachtete sie. Er stand an seinem Bürofenster und schaute auf den Hof hinaus, wenn Nuria mit den Mädchen sprach oder sich an ihrem Fahrrad zu schaffen machte. Einmal nahm er ihr schwarzes Fahrrad genauer in Augenschein. Es war ein Qualitätsrad, viel benutzt, aber gepflegt. Er drückte auf den Ledersattel, prüfte die Bremsen, strich mit den Fingern über die Gangschaltung.

Seitdem lauschte er auf das Geräusch der Reifen auf dem sandigen Boden des Hofs, horchte auf das Knirschen, manchmal das leise Quietschen der Bremsen, dann hörte er ihre Schritte, die Schritte eines Menschen, der ihm ein Rätsel war. Nurias Augen zum Beispiel sagten ihm nichts. Ihr Blick: abwesend, mit anderen Dingen beschäftigt. Vielleicht mit der Aufgabe, um derentwillen sie gekommen war.

»Für Nuria bin ich nicht zu sprechen«, sagte Rico den Hütern. »Sie muss euren Anweisungen folgen, hört ihr? Wenn sie Fragen stellt, sagt nichts. Aber achtet darauf, dass ihr nichts passiert.«

Manchmal, wenn er abends die Einnahmen kontrollierte, dachte er an den einzigen Faktor, den er nicht berechnen konnte.

Sie muss etwas davon haben. Was hat sie davon?

Er hätte sie fragen können. Und ihm schien, dass Nuria darauf wartete. Doch er fragte nicht. Er wollte sich nicht das Vergnügen nehmen, an leeren Nachmittagen Nurias Bewegungen zu folgen und über sie nachzudenken, bis er es selbst begriffen hatte.

Etwa um dieselbe Zeit nahm Rico Vargas seine Kontrollgänge im Mädchentrakt wieder auf, besonders im Mädchengemeinschaftsbad. Der Duschbereich war völlig offen, ohne Wände oder Sichtblenden, nur die drei Toilettenkabinen waren abgeteilt. Von Anfang an hatte Rico gewollt, dass die Mädchen einander nackt sahen, so wie auch die Hüter sie jederzeit nackt sehen konnten. Wo, wenn nicht bei Nutten, konnte man auf Schamhaftigkeit verzichten?

Schon früher war Rico Vargas gelegentlich ins Gemeinschaftsbad gegangen, wenn er vom Flur aus Duschgeräusche hörte, und hatte sich schweigend in eine Ecke gesetzt. Der Stuhl, der dort für ihn platziert worden war, musste frei bleiben, nicht einmal ein Nachthemd durfte über der Lehne liegen. Dort saß er, manchmal fünf Minuten, manchmal zwanzig, und sah den Mädchen beim Duschen zu. Kam eine herein und kehrte bei seinem Anblick wieder um, rief er sie zurück und befahl ihr, sich vor seinen Augen zu duschen. Versuchte eine, sich zu beeilen, mahnte er sie, sich Zeit zu nehmen, körperliche Hygiene sei wichtig, ja fast das Wichtigste an ihrem Beruf.

Irgendwann hatten die Mädchen sich an die Präsenz dieses schweigenden Mannes gewöhnt. Es war nur Rico Vargas, ihr *jefe*, zumal er nichts Anderes tat, als in seinem Stuhl zu sitzen und ihnen zuzuschauen. Nur das Reden und Herumalbern verging ihnen, auch das Fluchen, und natürlich sprach kein einziges Mädchen, solange Rico bei ihnen im Duschraum saß, je von dem Wunsch, seinem Los zu entkommen. Schweigend standen sie unter der Dusche, seiften sich ein, spülten sich ab, wuschen sich die Haare und banden sich nach dem Abtrocknen wie einen Turban ein Handtuch um den Kopf. Cremes, Lotion, Deospray, Intimspray und Schminkzeug, Föhn und Bürsten, alle Toilettenartikel mussten im Gemeinschaftsbad aufbewahrt werden. Rico beobachtete auch das: Eincremen, Sprayen, Make-up. Er kannte seine Arbeiterinnen in- und auswendig, jedes Tattoo, jede Narbe, jeden Fleck. Nie sprach er sie an, nie kommentierte er, was er sah. Er war nur der Mann, der alles wusste, aber nichts tat, der nichts von ihnen wollte und sie zu nichts weiter zwang als dem Leben, das sie auf der Finca führen mussten.

Rico Vargas hatte alle Fragen, die sich ihm im Leben gestellt hatten, durch Mut und Nachdenken gelöst, obwohl er für das Denken keine besondere Begabung besaß. Der beste Beweis für sein Vorausschauen waren die Monate gewesen, in denen er, viele Jahre zuvor, seine Selbstständigkeit geplant hatte.

Als erstes hatte er sich vorgenommen, das Milieu kennenzulernen, und er war nirgendwohin gegangen ohne seinen Notizblock. Er hatte mit Taxifahrern gesprochen, die ihn in verschiedene Clubs fuhren, wo er ein Mineralwasser trank und sich Notizen machte. Es interessierte ihn nicht, mit den Mädchen zu schlafen. Stattdessen sprach er mit den Türstehern. Wenn es ging, sprach er auch mit den Mädchen. Manche waren bereit, sich mit ihm zu unterhalten, aber nur über Belanglosigkeiten. Andere fragten ungeduldig: Was ist, willst du jetzt bumsen oder nicht? Die Ausnahme war eine Griechin, die einen schlechten Tag hatte und zwanzig Minuten mit ihm am Tresen stand, er musste ihr nicht einmal ein Getränk spendieren. Sie erzählte ihm von ihrem Freund in Piräus und dass sie nicht wisse, wie lange sie noch wegbleiben könne, ohne dass er sie verlasse. Sie blieb die einzige Griechin, die er in diesen Wochen kennenlernte.

Rico notierte sich: *Geduld.*

Dann hatte er sich einen Ratgeber über Unternehmensführung gekauft. Die Slogans auf dem Buchumschlag zogen ihn an. »Holen Sie das Beste aus Ihren Mitarbeitern heraus! Wie forme ich mein Kreativteam?«

Rico notierte sich: *Offenheit.*

Er studierte im Internet die Zusammensetzung der Einwanderergruppen in Spanien. Auf Platz eins lagen die Marokkaner, gefolgt von den Rumänen und Ecuadorianern. Doch die Größe einer Einwanderergruppe sagte noch nichts über die Zahl der Frauen, die unter Umständen in der Prostitution arbeiten würden. Es gab viele Engländerinnen in Spanien, aber von einem englischen Callgirl in Madrid hatte er noch nie gehört. Marokkanerinnen, so hatte er gedacht, würden Prostitution aus religiösen Gründen ablehnen. Doch so war es nicht.

Rico las die Kleinanzeigen in *El Mundo*, *El País* und *ABC* und stellte fest, dass käuflicher Sex in allen Tageszeitungen gleich behandelt wurde. Zwischen einem streng katholischen Blatt wie *ABC*, dessen Sevilla-Lokalausgabe sein Vater immer gelesen hatte, und einer progressiven Zeitung wie *El País* gab es keinerlei Unterschied. Sex stand über jeder Ideologie.

Rico notierte sich: *Weitsicht.*

Von Anfang an hatte er im Auge gehabt, zwei Geschäftsmodelle miteinander zu verbinden, den hochklassigen Club und die Massenabfertigung im Freien. Das Erste erforderte viel Kapital, daran war noch lange nicht zu denken. Aber mit dem Zweiten konnte er Geld verdienen, um das Erste zu ermöglichen. Dann stellte er sich die Frage: *Wo* im Freien? Es gab ein paar berüchtigte Punkte in den südlichen Madrider Industriegebieten, aber am größten war der Fleischmarkt in der Casa de Campo. Hier schien es eine Vereinbarung zwischen der Polizei und den Mädchen zu geben, zumindest mit einigen von ihnen. Außerdem war der Park ein angenehmer Ort, der viele Monate im Jahr freundliche Temperaturen und gute Arbeitsbedingungen bot. Die Freier kamen gern dorthin. Für Mädchen ohne gültige Papiere war es ein ziemlich sicherer Arbeitsplatz.

Rico notierte sich: *Organisation.*

Auf dem Gebiet des Menschenhandels und der ausbeuterischen Versklavung wird Herrschaftswissen selten weitergereicht, und Rico Vargas hatte dazu im Internet kaum brauchbare Information gefunden. Dennoch war er der Meinung, Zuhälter müssten nicht so moralisch verkommen auftreten, wie man es von ihnen immer wieder las. Die Zeitungen berichteten von der Schreckensherrschaft rumänischer Banden oder der Zwangsprostituierung Minderjähriger. All das kam für Rico Vargas nicht in Frage. Keine Schreckensherrschaft. Keine Minderjährigen.

Nach langem Nachdenken und unter Hinzuziehung des Wörterbuchs notierte er: *Ethisches Mindestmaß.* Er schaute den Ausdruck lange an. Dann sprach er ihn laut: »Ethisches Mindestmaß.« Jeder Mann musste wissen, wo seine Freiheit lag. Und wo seine Grenzen.

Die Bedingungen, unter denen seine Mädchen heute lebten, waren gut. Sie wurden nur selten geschlagen, und wenn, dann mit Grund. Zu ihrem Besten wurden ihre Ausweisdokumente verwaltet, bis die Rechnung für die Überfahrt nach Spanien beglichen war. Gearbeitet wurde in zwei Schichten zu je zwölf Stunden. Am Abend um 20 Uhr und morgens um 8 Uhr brachten die Hüter die Mädchen der jeweiligen Schicht in Kleinbussen von der Finca in die Casa de Campo und setzten sie an der Stelle aus, die durch Hautfarbe und Nationalität vorgegeben war.

Vier Hüter kümmerten sich um die Nachtschicht, und alle hatten genug zu tun. Im Lauf der Nacht legten sie zu Fuß große Strecken zurück. Lange hatte Rico Vargas über die Fußwege der Hüter nachgedacht, die Vor- und Nachteile abgewogen. Doch am Ende fand nicht nur er, sondern fanden auch die Hüter selbst, dass sie zu Fuß unterwegs sein mussten, um ihre Arbeit gewissenhaft und unauffällig zu erledigen. Wenn sie das Auto abgestellt hatten, durchstreiften sie das Areal der Casa de Campo, um die Arbeit der Mädchen zu überwachen.

Die »Finca« war ein langer Flachbau bei Alcorcón, dem man noch die frühere Verwendung als Viehstall in einem großen landwirtschaftlichen Betrieb ansah, aber drinnen mangelte es nicht an den nötigen Annehmlichkeiten: Doppel- und Dreierzimmer, Gemeinschaftsraum mit TV, großer Baderaum mit Gemeinschaftsduschen. Bei normaler Belegung war hier Platz für 23 Frauen. In regen Zeiten konnten es auch schon mal dreißig werden. In diesen Fällen mussten einige Dreierzimmer mit vier Frauen und mehrere Doppelzimmer mit drei Frauen belegt werden. Leider war der Platz für Matratzen begrenzt. In den letzten Monaten war Überbelegung zur Regel geworden, und Rico hatte ernsthaft überlegt, ob er nicht würde anbauen müssen.

Die Nachtschicht war deutlich stärker besetzt als die Tagesschicht, das lag in der Natur der Sache. Die Liebe fand nach Sonnenuntergang statt. Pausen während der Arbeit waren nicht vorgesehen. Ein Dach zum Unterstellen – im Sommer gegen die Hitze, im Herbst, Winter und Frühjahr gegen den Regen – gab es nicht. Dafür entstanden durch die natürliche Fluktuation der Freier und schlechtere Geschäfte etwa zu den Essenszeiten natürliche Pausen, die die Mädchen zur Erholung und zur Verrichtung der persönlichen Hygiene nutzen konnten. Es gab in der Casa de Campo keine öffentlichen Toiletten außer in den Restaurants am See, die den Mädchen verwehrt waren. Doch die Bäume und das Gebüsch weiter westlich spendeten allen, die danach suchten, eine gewisse Privatsphäre.

Rico hatte für jede Arbeiterin ein individuelles Tagesminimum festgesetzt. Blieb sie darunter, entzogen die Hüter ihr zur Strafe eine Mahlzeit. Beim nächsten Mal nahmen sie ihr Geld ab. Beim dritten Mal schlugen die Hüter zu, aber so, dass man es nicht sah. Beim vierten Mal wurden sie so gewalttätig, dass alle es sehen konnten, solche Mädchen dienten als Abschreckung und mussten mit der Demütigung eines blauen Auges oder einer aufgeplatzten Lippe anschaffen. Den Freiern machte es nichts aus, im Gegenteil, manchen gab es einen Kick. Zu einem fünften Mal ließen es die Mädchen nicht mehr kommen. Lieber unterboten sie ihre Konkurrentinnen, um die paar Männer abzugreifen, die vorbeikamen. Dann stiegen die Umsätze, die Hüter waren zufrieden und schenkten dem Mädchen am frühen Abend, bevor die Kleinbusse zur Casa de Campo aufbrachen, ein Glas Wein ein. So erkauften die Mädchen sich Wohlwollen – bis wieder eine schlechte Nacht kam und das Spiel von vorn begann.

Die Hüter sorgten für den reibungslosen Ablauf der täglichen Pflichten in der Casa de Campo. Dazu kam das Personal auf der Finca: Koch, Hausmutter, eine Gehilfin sowie mindestens ein Hüter im Bereitschaftsdienst, Tag und Nacht. Ein aufwendiger Betrieb, dachte Rico, wenn er in seinem Büro die Zahlen studierte. Aber wenn er sich die Durchdachtheit seines Systems vor Augen führte, bei dessen Aufbau ihn niemand beraten hatte, empfand er Stolz.

Mit diesem Gedanken stand er auf und ging ins Bad. Ricos Arbeitszimmer und Badezimmer waren nicht im selben achtlosen Funktionalstil der übrigen Finca gehalten, sondern entsprachen dem, was der wohlhabende Madrilene unter »Ranch« verstand – weißer Rauputz, grobe Landhausfliesen, schmiedeeiserne Lampen. Nur die Raffinesse der elektrischen Anlage mit Dimmer und Zeituhr widersprach dem pseudobäuerlichen Effekt, aber Rico war sich seines Geschmacks nicht sicher genug, um den Widerspruch zu erkennen. Er musterte sein Gesicht im Badezimmerspiegel, wusch sich die Hände und trocknete sie an einem kleinen fliederfarbenen Frotteetuch ab. Das benutzte Handtuch ließ er in einen schwarzen Bastkorb unter dem Waschbecken fallen.

Er hatte Unterstützung bekommen, von einem einzigen Mann, und er war auch siebzehn Jahre später nicht in Gefahr, es zu vergessen. Unterstützung von Don Eulalio, dem reichsten Mann von Marchena. Don Eulalio war Unternehmer, der Kopf des konservativen Establishments und wichtiges Mitglied des Opus Dei. Der Patron – fünf Kinder, Kirchgänger, passionierter Jäger – hatte die ruhmreiche Geschichte der kleinen andalusischen Stadt studiert und war jederzeit bereit, die Würde Marchenas gegen linke Unterwanderung und die überall zu beobachtende Lockerung der Sitten zu verteidigen.

Rico Vargas, damals ein nichtsnutziger Bursche von achtzehn Jahren, tat seinen Eröffnungsschachzug an einem ersten Sonntag im Monat um 16:15 Uhr. An diesem Tag, immer um dieselbe Zeit, pflegte Don Eulalio mit seinen Freunden nach einem reichen Mittagessen in einem Restaurant im Ortskern noch etwas zu verweilen.

»Was willst du?«

Einer der jüngeren Männer an Don Eulalios Tisch hatte sich ihm zugewandt. Der Patron teilte die Tafel mit elf Gästen. Rico sah, dass es nur Männer waren. Während Zigarren angezündet wurden, brachte die Bedienung Kaffee, Brandy, Whisky, Likör.

»Ein Wort«, hatte Rico gesagt und sich die rechte Hand an der Jacke abgewischt. »Ein Wort mit Don Eulalio, bitte.«

In diesem Augenblick schaute der Patron, die Zigarre zwischen den Zähnen, auf. Sein Blick erfasste Ricos dünne braune Jacke mit dem kaputten Reißverschluss, seinen unsauberen Haarschnitt, die schlecht rasierte Oberlippe.

»Was willst du?«, sagte Don Eulalio. »Kannst du nicht sprechen?« Don Eulalio blinzelte, während es am Tisch still wurde und kein einziges Glas mehr gehoben wurde. »Habe ich dich nicht vor ein paar Tagen mit drei anderen an der Plaza Padre Alvarado gesehen? Ihr habt euch über das Denkmal des Paters lustig gemacht, stimmt's? Du bist auch einer von diesem unpatriotischen, gottlosen Gesindel, das keine Achtung vor historischer Größe hat. Sag die Wahrheit.«

»Ja«, sagte Rico schlicht.

In diesem Augenblick entschied sich sein Schicksal.

»Ich war dabei, Don Eulalio.«

Stille.

»Es war ein Fehler, Don Eulalio.«

Seine Stimme zitterte nicht.

Noch siebzehn Jahre später glaubte Rico, das Schweigen zu hören, das sich nach seinen Worten über die Tafel senkte. Der Patron verzog keine Miene. Die Bedienung schien sich auf Zehenspitzen davongemacht zu haben. Rico sah an der Wand, hinter der Tischgesellschaft, einen langen Spiegel, der ihm die feierliche Szene seines Auftritts zurückwarf. Niemand rührte sich, nur Don Eulalios Zigarrenrauch zog langsam über den Tisch.

Für die Länge eines tiefen Blicks fixierte Rico sich selbst im Spiegel. Er sah einen jungen Kerl, der in seiner ärmlichen Kleidung strammstand und geradeaus blickte. Zwei Tage zuvor hatte er genauso vor seinem Vater gestanden, der ihm dreimal ins Gesicht geschlagen hatte, ohne dass ein Laut über Ricos Lippen gekommen wäre. Rico hatte nur geradeaus geblickt. Jede Sekunde, die verstrich, während er keinen Muskel rührte, machte ihn stärker. Seit diesem Morgen hatte Rico gewusst, dass er seinen Vater besiegen würde.

»Ein Fehler«, sagte Don Eulalio.

Rico spürte, dass Don Eulalio nicht nachdenken musste. Er hatte verstanden. Der Patron nahm sich nur Zeit, die überraschende Lage in Ruhe zu prüfen. Wann hatte es jemals in Marchena einen nutzlosen, gottlosen Halbstarken gegeben, der seine Schuld bekannt und echte Reue gezeigt hätte? Der sich dem ungewissen Schicksal auslieferte wie ein Mann und sich dem Urteil einer höheren Macht unterwarf?

»Ein Fehler«, wiederholte der Patron und zog an seiner Zigarre. »Du hast einen Fehler gemacht. Lern daraus, Dummkopf. Sag es auch deinen Freunden. Geh zur Beichte. Komm übermorgen um acht auf den Hof des Betriebs. Sei pünktlich.«

»Danke, Don Eulalio. Ich werde pünktlich sein, Don Eulalio.«

Auch später war Rico bei dem Gedanken an diese Szene immer noch flau geworden, denn die zweimalige Nennung des Namens Don Eulalio war nicht nur übertrieben, sondern mochte wie eine Verspottung des Patrons wirken, eine subtile Infragestellung des Klassensystems, dem alle Anwesenden an diesem Tisch dienten. Aber nicht einmal Rico selbst hätte sagen können, was er mit der doppelten Anrede bezweckte. Die eigenen Beweggründe blieben ihm schleierhaft, und manchmal schien es ihm, als rollte er durch die Welt wie eine allzu hart gestoßene Billardkugel. Rico hatte nun einmal gesagt: »Danke, Don Eulalio. Ich werde pünktlich sein, Don Eulalio.« Er hatte es gesagt und konnte es nicht ungesagt machen. Er hatte aber auch gesagt: »Ich war dabei, Don Eulalio. Es war ein Fehler, Don Eulalio.« Und seine Stimme hatte nicht gezittert.

Zwei Tage darauf, pünktlich um acht Uhr morgens, betrat Rico den Hof des »Betriebs«. Da er den Patron nicht entdeckte, ließ er sich den Weg zu Don Eulalios Büro beschreiben. Als er ihn schließlich sah, erlebte er ihn gestikulierend und in beträchtlicher Lautstärke, mal im Büro, mal vor dem Büro, sofort bereit, aufzustehen und den Untergebenen ein paar Schritte zu begleiten und auf dem Weg weitere Untergebene aufzuscheuchen.

Rico hatte Zeit, Don Eulalio eine Weile zu beobachten. Ihm fiel auf, dass das Gesicht des Mannes an den Erregungszuständen, die seinen übrigen Körper erfasst hatten, unbeteiligt blieb. Am Mund schien sich eine gewisse Entschlossenheit ablesen zu lassen, denn die Lippen waren meist zusammengepresst. Die Augen wirkten wie Glasmurmeln, die jemand achtlos in das Gesicht hineingedrückt hatte – offen, aber klein, distanziert und fast ohne Lidschlag. Rico konnte den Eindruck aus der Nähe überprüfen, als Don Eulalio ihm zwei Minuten gewährte.

»So, du willst nach Madrid. Dir ist Marchena zu klein. Weißt du, auch in Marchena kann man sich beweisen. Alle meine Leute fangen in Marchena an. Sie lieben ihr *pueblo*. Aber du musst unbedingt nach Madrid. Bist du besonders schlau oder besonders dumm? He?«

Rico war dankbar, dass jemand es für ihn ausdrückte. Genau so sei es, sagte er leise. Er wolle unbedingt nach Madrid, denn Marchena sei ihm zu klein.

»Liebst du dein *pueblo*?«

Diesmal entschied Rico sich für die Lüge.

»Natürlich, Don Eulalio.«

»Dann geh«, sagte Don Eulalio. »Ich kenne jemanden, der dir helfen wird. Aber du musst von unten anfangen. Wasch dir vorher das Gesicht. Rasier dich mal, so wird dich kein anständiger Mann empfangen.« Don Eulalio hielt inne. Seine kleinen Augen sahen ausdruckslos in Ricos Gesicht. »Und was ist das Wichtigste, wenn du in Madrid bist? He? Woran musst du dich erinnern?«

Rico versuchte, Don Eulalios Blick zu imitieren, und schaute dem Patron ebenso ausdruckslos ins Gesicht, wie dieser es bei ihm getan hatte. Ihm fiel auf, dass sein Gegenüber, hätte man ihm den Bartschatten entfernt, eine andere Brille aufgesetzt und das dünne dunkle Haar zur Stirn hinunter verlängert, auch als Frau durchgehen könnte. Der Mund Don Eulalios war klein, die Lippen rot und voll, aber nicht zu groß, ein Mund zum Flüstern und Tuscheln, ein Mund, der gemacht schien, um Kerzen auszublasen oder sanft über Kinderwunden zu pusten.

Der Patron schien die Musterung zu bemerken, denn sofort presste er die Lippen aufeinander.

Dann sagte er: »Du musst dich daran erinnern, wer deine Freunde sind. Deine Freunde sind hier. Das ist die einzige Gewissheit, die im Leben zählt. Kann ich mich auf dein Gedächtnis verlassen?«

»Ja, Don Eulalio. Das können Sie, Don Eulalio.«

Der Patron hielt ihm die Hand hin, mit dem Handrücken nach oben. Und mit einer intuitiven Geste, die ihn später selbst erschreckte, weil er nicht wusste, dass er dieses Wissen in sich trug, legte Rico seine Rechte leicht unter die

Hand des Patrons und drückte seine Lippen darauf. Als er einen Sekundenbruchteil dicht über der weißen Hand verharrte, roch er Parfüm, er roch etwas Männliches, er roch Holz und Leder.

Don Eulalio zog seine Hand zurück. »Ich schreibe dir ein paar Zeilen für meine Freunde in Madrid. Warte hier.«

Schon am Anfang des Gesprächs waren Rico die solide gearbeiteten, auf Hochglanz polierten Lederschuhe des Patrons aufgefallen, die in nichts an die eitle Fußbekleidung der andalusischen Señoritos erinnerten, die in Marchena und erst recht in Sevilla oder Jerez als elegant galt; jetzt sah er ihm nach und hörte bei den Schritten, die sich entfernten, das leise Knarzen des Leders.

Schuhe, sagte er sich. Der kleine Mund sieht wirklich aus wie der einer Frau. Aber die Schuhe machen ihn zum Mann.

In den ersten Wochen war das Leben nicht leicht gewesen. Rico Vargas hatte es für möglich gehalten, dass Don Eulalio seinem Madrider Kontakt aufgetragen hatte, den ungewaschenen Jungen aus Marchena besonders hart ranzunehmen, um zu prüfen, aus welchem Holz er geschnitzt war.

Morgens um fünf Uhr stand Rico auf und nahm den Bus zum Gewerbehof der Firma Hermanos Sanz, S. A., Import und Export, wo er Kisten schleppte, Waren ausräumte und stapelte, Pakete etikettierte, das Lager fegte und alles tat, damit nachmittags um sechzehn Uhr die frische Lieferung zum Güterbahnhof gebracht werden konnte. Wenn er sich neben den Fahrer des Frachtwagens auf den Beifahrersitz schwingen durfte und ein paar Minuten lang den Blick über die eintönigen Straßen der südlichen Vorstädte schweifen ließ, war es ein guter Nachmittag. Musste er dagegen durcharbeiten, war es schlimm. Die langen Arbeitsstunden erschöpften ihn. Seine Aufgabe bei Hermanos Sanz ähnelte jeder niederen Arbeit, die er genauso gut in Marchena hätte finden können. Doch er war in Madrid, das war der Unterschied. Rico Vargas hatte Aussichten, die seine Freunde niemals haben würden. Vermutlich beobachtete Don Eulalio von ferne, wie er sich machte, ließ sich berichten, gewann ein Bild.

Rico trug das Haar kurz und sah älter aus. Etwas Hartes war in seine Züge gekommen, das ihm gefiel. Er betrachtete sich immer wieder lange im Spiegel. War sein Vater wirklich sein Vater? Er wollte den Mann vergessen, der ihn mit Schlägen großgezogen hatte, er hatte sich nicht von ihm verabschiedet, ihm nicht geschrieben und ihn nicht angerufen. Er hatte auch keine Fragen gestellt, als er aus der Hand Don Eulalios den Zettel mit Namen und Adresse von Hermanos Sanz, S.A., empfangen hatte, und dem Patron schien diese Wortkargheit gefallen zu haben. Obwohl Rico die Schulstunden in Marchena genauso verdämmert hatte wie seine Kameraden, hatte er ein gutes Gespür für die Situation. Wenn Don Eulalio ihm geholfen hatte, ohne ihn zu kennen, musste sich auch Don Eulalio auf sein Gespür verlassen haben. Rico beschloss, sich der Auszeichnung würdig zu erweisen.

Am ersten Abend in Madrid schrieb er das Wort in ein frisches Schulheft, in welchem er künftig alles Wichtige notieren wollte: *digno*, »würdig«.

Soy digno de ser elegido.

Ich bin würdig, ausgewählt zu werden.

3
Isa

»Willst du nicht mit den anderen spielen?«

Die Frage klang Isa zwölf Jahre später noch in den Ohren. Wenn es einen Satz gab, der den Abschied von ihrer Kindheit markierte, dann die wenigen Worte, mit denen ihre Mutter sie bei der Familienfeier aufgefordert hatte, sich einzugliedern und das Normale zu tun. Was jeder tat. Die Erwachsenen saßen unter Bäumen und tranken. Die Kinder »gingen spielen«.

Da war Isabel Valverde sechzehn. Wenn die Erwachsenen sie weiterhin so behandeln wollten, war es deren Sache. Sie, Isa, durchstreifte längst andere Gebiete.

Der mitgebrachte Freund eines Cousins hatte mit ihr vom ersten Augenblick an geflirtet. Er war dreiundzwanzig, ihm musste klar gewesen sein, was er tat, doch das Entscheidende spürte Isa in sich selbst. Der Junge interessierte sie mehr als der öde Ausflug, zu dem die weitläufige Familie der Valverdes einmal im Jahr im Juni zusammenkam.

Unter ihren Onkeln gab es ein paar Wanderfreunde, die sich um die Organisation kümmerten. Statt sich in einem Restaurant zu treffen, entwarfen sie Ausflüge in die Sierra von Madrid mit obligatorischem »Spaziergang«, den die Faulen glücklicherweise auf eine Stunde beschränken konnten. Früher war auch noch Onkel Víctor mit von der Partie gewesen, bis er es vorzog, zu Hause zu bleiben. Weil er zu fett geworden war, dachte Isa. Weil sein Körper genauso aus dem Leim gegangen war wie sein Leben. Und dann, zwei Jahre zuvor, hatte Onkel Víctor sich umgebracht. Isa wusste nicht genau, warum dieser Tod sie wütend gemacht hatte. Vielleicht, weil Onkel Víctor immer ein interessanter Gesprächspartner gewesen war im Gegensatz zu all den Langweilern in ihrer Familie und sich ihr, Isa, gewissermaßen aus Selbstsucht entzogen hatte. Ohne Genehmigung. Ohne an den Verlust zu denken, den sein Verschwinden bedeuten würde. Vielleicht aber auch nur, weil Isa den Gedanken an Niederlagen schlecht ertrug und das Schicksal Onkel Víctors ihr einfach keine andere Schlussfolgerung erlaubte als die, dass ein Mann, den sie ihre ganze Kindheit hindurch gekannt hatte, den Kampf mit dem Leben verloren hatte.

Plaudernd zog der Tross durch die Hügel bei Hoyo de Manzanares, tauschte die Anekdoten der letzten Monate aus und kommentierte belustigt, wie die Hunde miteinander herumtollten. Die Kleinen kletterten auf die Felsen, aber nur, wenn ein Erwachsener dabei war. Die eigentliche Attraktion war das anschließende Picknick. Dabei hatte es Isa schon immer albern gefunden, ein halbes Dutzend Autos mit Speisen, Wein und Bier vollzuladen und sich dann in ein paar hundert Meter Entfernung von der Landstraße niederzulassen, um sich über Fresskörbe und Kühlboxen herzumachen.

Mit dem Freund ihres Cousins verzog sie sich eine halbe Stunde nach Beginn des Picknicks zu den höher gelegenen Felsen.

»Hast du es schon mal gemacht?«, fragte der Junge, als sie außer Sicht- und Hörweite waren.

»Klar, Dummkopf.«

Im Lauf der nächsten fünfzehn Minuten erwies sich der Junge als noch größerer Dummkopf, als Isa erwartet hatte, aber sie taten, was sie sich vorgenommen hatten, und der

Junge kam immerhin auf seine Kosten. Isa dagegen konnte nicht aufhören, jede Einzelheit zu registrieren: seine schnellen, aber unbeholfenen Gesten, seine Gier, seinen Egoismus. Als sie es machten, tat es weh, aber sie ließ sich nichts anmerken.

»Du hast mir nicht gesagt, dass du deine Tage hast«, sagte der Junge. Er kramte nach Taschentüchern.

»Wenn es dich stört, kannst du beim nächsten Mal wegbleiben, *imbécil.*«

»Schon gut. Ich meine nur.«

»Geh zu den anderen zurück. Ich bleibe noch etwas.«

»Wollen wir uns wiedersehen?«

»Geh jetzt.«

Sie rauchte eine der Zigaretten, die sie vor ihren Eltern geheimhielt, und fragte sich, warum sie sich nicht anders fühlte als zuvor. Sie dachte an die verlogene Jungmädchenromantik ihrer Klassenkameradinnen und drückte die Zigarette aus.

Als sie zur Picknickstelle zurückging, brauchte sie sich beim Verstellen nicht anzustrengen. Sie wusste, dass sie so wirkte wie immer. Von Weitem sah sie ihren Vater, wie er auf einen seiner Brüder einredete, und sie vermutete, es ging um Gott und die gottferne Gesellschaft. Sie sah auch ihre Mutter, weiter drüben, im Gespräch mit anderen Frauen der Familie, und sie hätte geschworen, es ging um die Mühen der Kindererziehung.

Nuria, ihre elfjährige Schwester, spielte allein, wie sie es so oft tat. Gerade hatte Nuria kleine Äste zu einem Scheiterhaufen geschichtet und blickte sich suchend um.

Isa blieb stehen. Nuria wäre die Einzige gewesen, die sie dort hätte herausholen wollen, um ihr etwas Besseres zu bieten als ihr erstickendes Elternhaus. Würde Nuria die Kraft haben, einen eigenen Weg zu gehen? Isa war sich nicht sicher. Nuria brauchte Beistand, wollte sich anlehnen, sie wurde schwermütig, wenn sie der Welt allein gegenüberstand.

»Isa!«, rief Nuria und winkte ihr. Sicherlich brauchte sie Hilfe, um ihren kleinen Scheiterhaufen in Brand zu setzen. Isa würde ihr erklären müssen, dass man das nur an den bezeichneten Stellen tun durfte.

Auch ihre Mutter hatte sie entdeckt.

»Isa! Wo hast du denn gesteckt?«

Sie sah missgelaunt aus. Ihre Mutter zeigte zu der Gruppe gerundeter Felsen hinüber, an der sich die Kleineren abmühten. Das, so fand sie, wäre Isas Aufgabe gewesen. Die kleinen Krabben beaufsichtigen.

Isa hatte es schon immer gemocht, wenn Erwachsene nicht ängstlich waren und den Nachwuchs eigene Erfahrungen machen ließen, doch dazu war ihre Mutter nicht fähig. Jetzt zog sich einer ihrer Onkel zurück, um sich dem Wein und seiner Zigarre zu widmen.

»Du könntest dich mal um die Kleinen kümmern.«

Ihre Mutter trieb sie mit aufgeregter Geste an.

»Mama. Beruhige dich. Bin schon da.«

Ihre Mutter wandte sich ab. Sie hatte die Fähigkeit, Isa immer zu zeigen, dass sie nur das Minimum tat, knapp am Rand des Scheiterns. Was war das für eine Tochter, die man um alles bitten musste? Dabei fand Isa, dass ihre Mutter selbst kein Muster an Pflichtbewusstsein war. Sie schlug viel mit den Flügeln und besprach lang und breit die Fülle ihrer Aufgaben, mit denen der Rest der Familie sie allein lasse, aber es kam nichts dabei heraus.

Isa schaute zu ihrem Vater hinüber, der immer noch auf seine Verwandten einredete. Als Kind hatte Isa seine Visitenkarten bewundert. Irgendwann wurde ihr klar, dass ihr Vater dem Geld hinterherlief und diesen Makel damit kompensierte, dass er auch Gott hinterherlief. Er steckte die ganze Familie mit seiner Nervosität an, und spätestens mit dreizehn hatte Isa erkannt, dass die Ehe ihrer Eltern zu Ende war und nur noch von der Angst zusammengehalten wurde, Konventionen zu verletzen. Vielleicht auch von finanziellen Erwägungen, ihr Vater dürfte es gründlich durchgerechnet haben. Der Satz, den sie in ihrer Kindheit immer wieder gehört hatte, lautete: »Weißt du, was das wieder kostet?«

Isa half den Zwergen auf den nächsten Stein, gab Anweisungen und sagte den Kindern, sie sollten zwei Gruppen bilden.

Sie setzte sich auf einen leicht erhöhten Findling und sah dem Spiel zu. Hin und wieder rief sie etwas oder feuerte an. Dann kehrte sie zu ihren Gedanken zurück. Sie war keine Schülerin mehr, sie musste die Schule nur noch hinter sich bringen.

Die Trennung, dachte sie, bestand nicht zwischen denen, die Sex schmutzig fanden oder ihn ins Dunkle verbannen wollten, denen klare Benennungen peinlich waren – obwohl doch jeder wusste, worum es ging –, und all den »Liberalen« und »Aufgeklärten«. Nein, die Trennung verlief zwischen denen, die immer noch einen tieferen Sinn darin sahen und von Treue und Liebe faselten, und Realisten wie ihr. Jeder war allein auf der Suche. Jeder dachte nur an sich, jeder nahm, was er brauchte oder kriegen konnte.

Isa wusste schon jetzt, mit sechzehn, wie es sein musste: Der Verstand regierte den Körper. Wer zuließ, dass es umgekehrt lief, wer an romantische Erfüllung glaubte oder sich selbst vergaß, war ein Idiot. Sie, Isa, wollte sich sehr genau überlegen, wie sie ihren Körper einsetzte.

Ihr Vater hatte sie aufgegeben, als sie noch zur Schule ging und anfing, sich dem Kirchgang zu verweigern. Eigentlich hätte das Isa nicht nur zu Hause, sondern auch in ihrer konfessionellen Schule in Schwierigkeiten bringen müssen, doch sie löste das Problem, indem sie zur Direktorin ging und ihr erklärte, sie stecke in einer Glaubenskrise. Bis auf Weiteres könne sie nicht die Eucharistie empfangen.

»Gott wird mich wiederfinden, Schwester, wenn er mich sucht«, sagte sie. Und ergänzte in Gedanken: Wenn es ihn überhaupt gibt.

»Dispens vom Kirchgang ist auf dieser Schule nicht üblich, das weißt du.«

Isa nickte.

»Und er kann nicht erteilt werden.«

Isa nickte wieder. Die Direktorin erwartete von ihr, dass sie nachgab. Doch Isa schlug unter ihrem Blick nicht die Augen nieder.

»Schwester, ich möchte auf dieser Schule bleiben. Ich möchte bei Ihnen und den anderen bleiben. Aber wenn Sie es sagen, werde ich die Schule verlassen. Sagen Sie mir, was ich tun soll.«

Die Direktorin sah sie lange an. Dann atmete sie geräuschvoll ein und wieder aus. »Geh, Isabel. Ich werde einen Weg finden. Versprich mir, dass du dich dem Herrgott nicht verschließt.«

Isa senkte den Kopf. »Danke.«

So einfach machte ihr Vater es ihr nicht.

Isa erzählte ihm, sie gehe nicht mehr zur Schulmesse und werde auch nicht mehr die Sonntagsmesse besuchen. Als er hörte, dass sie eigenmächtig mit der Schulleiterin gesprochen hatte, wurde er wütend. Er habe ein Recht, davon zu erfahren, sagte er mit mühsam beherrschter Stimme.

Woraus er dieses Recht ableite?

Weil er ihr Vater sei! Weil er für sie die Schule ausgesucht habe. Weil sie die heilige Taufe und die heilige Kommunion empfangen habe. Weil ihre Seele ein Gefäß sei, in das Gott …

Isa unterbrach ihn. Sie glaube nicht daran, sagte sie. Sie habe nie daran geglaubt. »Ich bin kein Gefäß.«

»Was fällt dir ein, den Glauben deiner Väter zu verhöhnen!«

So begann der Streit. Und er hörte nicht mehr auf. Am Anfang versuchte ihr Vater, Isa den Kirchgang zu befehlen. Dann schlug er sie. Am Ende verfluchte er sie und sprach nicht mehr mit ihr. Mit sechzehn Jahren verlor Isa erst ihre Unschuld, wie man so sagt, dann den Glauben und gleich darauf den Vater. Er war noch nicht tot, doch er war ihr so fern wie ein Toter und blieb es.

Sie konnte sich ausmalen, was ihr Vater in ihr sah. Einen trotzigen, eigensüchtigen Menschen, der seine Unabhängigkeit forderte. Isa wusste es besser. Sie entdeckte in sich keinen Trotz. Sie wusste auch, dass sie das Gespräch mit der Schulleiterin nicht wegen einer »Glaubenskrise« geführt hatte, sondern weil sie herausfinden wollte, an welcher Stelle sie das Gebäude am leichtesten zum Einsturz bringen konnte. Und während Pío Valverde noch glauben mochte, seine ältere Tochter stecke nur in einer Phase des Zweifels, aus der sie irgendwann herausfinden würde, mit Reue im Herzen, so dass sie kommen und »die Familie«, besonders aber ihn, ihren Vater, um Verzeihung bitten könnte, wusste Isa, dass kein Stein des Gebäudes mehr auf dem anderen stand und alles unwiderruflich zerstört war.

Von diesem Moment an plante Isa ihr Verschwinden. Sobald sie achtzehn wäre, würde sie es tun. Sie dachte kaum über den Augenblick hinaus, da sie die ersten zehn Kilometer zwischen sich und die Wohnung ihrer Eltern gelegt haben würde. Sie brauchte nur ihren Verstand, etwas Geld und ein paar Klamotten.

In jenem Jahr habe ich Nuria verloren, sagte Isa sich. Da habe ich sie vergessen und nur noch an meine Flucht gedacht. Keine Beschönigungen. Ich habe Nuria zurückgelassen wie einen leeren Koffer.

Sich selbst gegenüber drückte Isa die Dinge in aller Härte aus, aber es war wenig Selbstkritik damit verbunden. Beim nächsten Mal, das wusste sie, würde sie genauso handeln.

4
Erschöpfung macht Feiglinge aus uns

»Erschöpfung macht Feiglinge aus uns.«

Nuria musste sich den Satz erklären lassen.

»Denk dir eine Kämpferin«, sagte ihr neuer Trainer, der Óscar hieß, ein kompakter Mann mit sicheren, ruhigen Bewegungen, dem schon das Haar ausfiel. »Denk dir eine Kämpferin, die nicht mehr kann, die nur noch will, dass alles zu Ende ist, damit Schmerz und Ausgebranntheit aufhören. Diese Kämpferin, Nuria, geht jeden Kompromiss ein, sie akzeptiert auch die eigene Niederlage. Sie ist wie ein Verhandlungsführer, der will, dass die anstrengende Sitzung endlich vorbei ist, weil er sich nach einem Bier und einer Zigarette sehnt. In diesen Augenblicken«, Óscar sah sie ernst an und machte eine Pause, damit Nuria wusste, dass jedes Wort zählte, »werden die meisten Menschen weich und geben nach. Eine Sekunde des Erschlaffens, nicht mehr. Sie lassen sich fallen, um endlich Ruhe zu haben. Und in diesen Augenblicken, Nuria, werden wir feige.«

Nuria spricht nicht viel über den Kampfsport, aber sie denkt ständig darüber nach, auch auf dem Fahrrad. Sie wüsste nicht, wer sie wäre, wenn es das Kämpfen nicht gäbe.

Ihr Vater musste ihrer Mutter erklären, was MMA ist. Wofür die Abkürzung steht und was die Kampfregeln sind. »Mixed Martial Arts«, erklärte ihr Vater ihrer Mutter. »Das ist Englisch, verstehst du? Englisch.«

Ihre Mutter verzog den Mund. »Können sie es nicht auf Spanisch sagen?«

»Mama«, sagte Nuria. »Das ist doch jetzt egal. Es sind verschiedene Stile von Kampfsport, aber alle in einem.«

»Ich weiß gar nicht, warum Frauen so kämpfen müssen. Es gibt doch andere Mittel.« Als Nuria ihr Videos von MMA-Kämpfen zeigen will, ruft sie: »Lass mich mit diesen brutalen Frauen in Ruhe! Hast du die aufgeplatzten Lippen gesehen? Und diese, diese entstellten Körper voller Blut? Um Gottes willen! Und das findest du ästhetisch?«

»Mama«, sagt Nuria. »Darum geht es nicht.«

»Wirklich, Nuria. Wofür haben wir dich erzogen?«

Ihr Vater reagierte so zurückhaltend, wie sie ihn später nie wieder erlebte. Nicht einmal Gott, von dem er sonst dauernd sprach, spielte diesmal eine Rolle. Gott fiel nichts dazu ein, dass Nuria ihre Gegner schlug, trat, würgte, zu Boden warf. Gott war sprachlos.

Sie solle auf ihre Seele achten, sagte ihr Vater, nicht nur auf den Körper. »Die Seele ist ein Gefäß, in das Gott seine Gnade gießt.«

Das war alles.

Nuria spürte, dass ihr Vater das Training und die Abhärtung respektierte. Und weil er seit der Sache mit Isa nichts so sehr fürchtete wie die Abwege der Kosmetik, die kurzen Röcke, das Ausgehen bis in die frühen Morgenstunden und natürlich das Trinken und die Drogen, war er einverstanden und zahlte sogar dafür. Er erlaubte Nuria, ernsthaft das Training aufzunehmen. Er hatte ja erreicht, was er wollte. Kosmetik und kurze Röcke bedeuteten ihr nichts.

Óscar, dem Nuria am meisten zu verdanken hat, weil er gleich erkannte, wonach sie suchte, sagte ihr nach wenigen Wochen: »Dein Ego ist dein mächtigster Feind. Bändige es. Benutze es. Manchmal brauchst du auch Wut. Sorg dafür, dass es sehende Wut ist, nicht blinde Wut.«

Sehende Wut. Die Wut anderer ist blind. Meine Wut sieht.

Sie denkt nicht daran, eine Philosophie daraus zu machen. Der Fitnessaspekt des Kämpfens ist ihr egal, ebenso die Mode, und das angeberische Fachsimpeln der Jungs – es sind meistens Jungs – erträgt sie keine zwei Minuten. Das Lächerlichste von allem sind Jungs, die an Schaufenstern vorbeigehen, sich selbst begaffen und die Muskeln unter den knallengen T-Shirts anspannen. Jungs, die das Hemd aufkrempeln, damit man sieht, was sie haben.

Nuria dagegen schaut nur flüchtig in den Spiegel, und nie erwartet sie, zu verstehen, wer Nuria für andere ist. Óscar scheint das zu ahnen, denn er spricht mit ihr, führt sie, bremst sie, wenn es nötig ist.

Natürlich weiß sie, dass sie unter Leute gehen muss, sonst gilt man nicht als normal, schon gar nicht in ihrem lärmenden, vergnügungssüchtigen Land, das von der Wiederkehr der immer gleichen Fest- und Feiertage lebt. Nur unter Leuten, sagt sie sich, lernt man Leute kennen. Und sie macht es nicht schlecht. Wenn sie will, kann ihre Stimme so laut und frech klingen wie die der anderen. Manchmal hat Nuria Lust, zwei, drei Gläser Weißwein hinunterzustürzen. Cristina, Juan und Portu haben sie beim Ausgehen gern dabei. Aber Portu weiß auch, dass Nuria nicht dazugehört, er kennt sie besser als jeder andere. Er würde ihr gern helfen, und weil er das nicht kann, beugt er sich manchmal nach vorn und legt seinen Kopf mit den großen, traurigen Augen auf ihre Schulter, damit sie ihm mit der Hand durchs Haar fahren und »Blödmann« sagen kann.

Portu hält die Augen geschlossen, wenn sie das tut. Portu ist schon seit Längerem clean, und ginge es nach ihm, wären sie noch zusammen. Aber Nuria will nicht mehr. Nuria denkt an einen Satz aus *Jane Eyre*, der wie für sie geschrieben scheint: *Aber ich war an solche Einsamkeit gewöhnt, und sie bedrückte mich nicht allzu sehr.*

Selbst Portu hat Nuria nicht erzählt, welcher Arbeit sie nachgeht, während die anderen schlafen. Nachtschicht in einem Möbelgroßbetrieb, sagt sie.

»Komische Zeiten haben die«, sagt Portu.

»Die brauchen auch nachts jemanden, der sich mit Verwaltung auskennt. Nur die leichten Sachen, Computer, ein bisschen Ablage.« Dann sagt sie noch: »Im Industriegebiet von Alcorcón. Es ist nur, bis ich mir was Dauerhaftes überlegt habe.«

Portu nickt, kein Problem. Sie sind jung, alle leben provisorisch. Er wolle auch wieder was finden, sagt Portu, um ein bisschen Geld zu verdienen. Und dann: »Toll, dass du was gefunden hast.«

Nuria nickt, schon in Ordnung, sie will nicht so tun, als hätte sie groß was geleistet, nur weil sie einen Job hat. War sie nicht mal zu Höherem berufen gewesen? Ihre Eltern hätten ihr das Studium bezahlt, zumindest die ersten beiden Jahre, doch Nuria hat nirgendwo durchgehalten, nicht in Betriebswirtschaft (ein Semester) und nicht in Psychologie (zwei). Stattdessen kam die Episode mit Portu und seiner Drogensucht. Nuria hatte anfangs gar nicht gemerkt, dass ihr stiller Freund mit den großen Augen Crack entdeckt hatte, sie war naiv, sie wusste überhaupt nichts. Damals wohnten sie noch nicht zusammen, und es gelang Portu ein paar Wochen lang, die Abhängigkeit vor ihr geheimzuhalten. Dann, als es richtig schlimm wurde, folgte sie ihm nach Las Barranquillas, die berüchtigte Drogensiedlung am Stadtrand, von der kaum jemand zurückkommt. Zehn Tage lang hauste sie dort mit Portu, besorgte ihm zu essen, passte auf ihn auf und sorgte dafür, dass sie kein Messer zwischen die Rippen bekamen. Zehn Tage in einem Mittelding aus Hüttendorf, Campingplatz und Müllkippe, auf knochentrockenem Sommerboden, in Gesellschaft abgemagerter Junkies und gleich neben den Hochsicherheitsbunkern der Drogenclans, zu denen sich nicht einmal mehr die Polizei vorwagte, weil das Spitzelsystem der weitläufigen Siedlung jeden überraschenden Zugriff unmöglich machte. Nicht ihre Welt, hatte Nuria einmal gedacht, ganz und gar nicht die Welt eines spanischen Mittelklasse-Mädchens mit ausreichend Verstand, um zwischen Alltag und Wahnsinn zu unterscheiden. Und doch war sie hineingegangen und hatte Portu zehn Tage lang im Auge behalten.

Bis sie fünfzehn war, hatte Nuria einen Traumberuf. Sie wollte Krankenschwester werden und sich um andere Menschen kümmern. Vielleicht hatte ihr Traum mit ihrem verstorbenen Onkel Víctor zu tun, der sie sonntags nach dem Mittagessen immer auf seinem Knie reiten ließ. Onkel Víctor, über den die Familie in mitleidigem Ton tuschelte, wenn er nicht mit am Tisch saß. Onkel Víctor mit den riesigen Hemden, die seine massige Gestalt wie Zeltplanen umhüllten.

Nuria wusste genau, vor wie vielen Jahren Onkel Víctor gestorben war. Sie verlor das Datum nie aus dem Blick, der Tag seines Todes war für die neunjährige Nuria zum Beginn einer neuen Zeitrechnung geworden. Als sie mit neunzehn Theater spielte, sollte sie auf der Bühne Schmerz und Trauer ausdrücken. Erst da schrie sie heraus, wie sehr Onkel Víctor ihr fehlte. Sie stellte sich den einsamen Mann vor, der allein gestorben war, und fühlte sich wie eine Waise.

Schon als kleines Mädchen hatte Nuria von ihm die Beschwörungsformel gelernt: »Dich überspringe ich.« Sie saß rittlings auf seinem massigen Knie nach einem der endlosen Sonntagsmittagessen, die er so liebte, die Luft roch nach

Zigarren und Brandy. Es war eine Methode, sagte Onkel Víctor, Unglück abzuwenden, die speziell für kleine Mädchen entwickelt worden war. Wenn Nuria etwas nicht gefiel, wenn sie traurig war oder Angst vor etwas hatte, brauchte sie nur einen entschlossenen Blick nach vorn zu richten und mit fester Stimme zu sagen: Dich überspringe ich! Wichtig war, dass man es mit fester Stimme sagte. Dich überspringe ich! Und schon verschwand der böse Zauber.

»Aber Onkel. Was mir Angst macht, passiert doch trotzdem!«

»Das sagst du so, Kleine. Aber passiert es wirklich? Oder passiert etwas Anderes?«

»Es passiert wirklich.«

»Nein, es passiert etwas Anderes.«

»Du flunkerst, Onkel!«

»Ich flunkere nicht«, sagte Onkel Víctor. »Ich gebe zu, dass ich in meinem Leben hin und wieder geflunkert habe. Aber der große Weltgeist, den manche Gott nennen, nimmt solche Flunkereien nur übel, wenn man kleine Mädchen anflunkert.«

»Und was geschieht«, sagte Nuria, »wenn ich die bösen Dinge übersprungen habe? Suchen sie sich dann Andere, denen sie geschehen können?«

»Das ist die große Frage. Was geschieht mit den Dingen, die nicht geschehen? Das ist eine der größten Fragen überhaupt, kleine Nuria. Ich fürchte, wir müssen sie auch überspringen«, sagte er und lachte. »Pilar, hättest du noch ein Glas für mich?«

Und ihre Mutter schob widerwillig die Brandyflasche über den Tisch.

Am Abend probierte sie es aus. Sie dachte an eine Schulfreundin, mit der sie völlig zerstritten war, und sagte mit fester Stimme: »Dich überspringe ich!«

Sie wusste nicht, was sie erwartet hatte, aber am nächsten

Morgen kam ihre ehemalige Freundin zur Schule wie immer. Auch in den Wochen darauf blieb alles beim Alten. Beim nächsten großen Sonntagsmittagessen erzählte sie Onkel Víctor davon. Sie erzählte es vorsichtig, damit er sich nicht ertappt fühlte. Doch Onkel Víctor fühlte sich weder gekränkt noch widerlegt. Im Gegenteil, er sah in dem Geschehenen einen Beweis dafür, dass die Methode funktionierte. Wenn Nuria es nicht sofort verstand, sagte er, lag es nicht an der Methode, die über jeden Zweifel erhaben sei, sondern daran, dass sie falsch gedeutet wurde. Man dürfe die Wirklichkeit nicht zu wörtlich nehmen.

Nuria sah ihn mit großen Augen an. »Wieso nicht?«

»Weil der Wille zum Überspringen schon der halbe Sprung ist.«

»Ich weiß nicht, Onkel«, sagte Nuria.

»Und man muss daran glauben, dass die richtigen Dinge auf Umwegen geschehen.«

Sie hatten keine Zeit, länger über das Thema zu reden. Ihre Eltern schickten sie fort, um mit Onkel Víctor eine wichtige Angelegenheit zu besprechen. In ihrem Zimmer legte Nuria sich auf den gelbroten Zauberteppich und dachte darüber nach, wie das Überspringen der schlimmen Dinge am besten zu erreichen war. Onkel Víctor hatte sie nicht überzeugt, ganz und gar nicht. Und was hatte er über das Universum gesagt? Dass manche es Schöpfung nannten. Das bedeutete doch, dass es möglicherweise keine Schöpfung *war*.

Was, wenn ihr Leben und die ganze ihr bekannte Welt *keine* Schöpfung waren?

Sie fragte ihre große Schwester, aber die konnte nichts damit anfangen.

»Du darfst Onkel Víctor nicht so ernst nehmen, hörst du? Der hat eine Menge eigener Probleme.«

»Welche Probleme?«

»Verschiedenes«, sagte Isa. »Steck deine Nase nicht überall rein.«

»Isa! Welche Probleme? Sag's mir!«

»Das erfährst du noch früh genug.«

Kurz darauf verließ Nurias Klassenkameradin die Schule, weil ihre Familie nach Asturien zog. An einem Donnerstagvormittag verkündete die Lehrerin die Neuigkeit, und nach dem Wochenende war Nurias Feindin nicht mehr da. Onkel Víctor hatte die Wahrheit gesagt. Die richtigen Dinge geschahen auf Umwegen.

Nur wenige Tage später nahm ihr Vater sie beiseite. Bevor er zu dem, was er sagen wollte, ansetzen konnte, hatte Nuria im Türrahmen das verweinte Gesicht ihrer Mutter gesehen. Ihr Vater sagte es ihr, ohne sie anzuschauen. Onkel Víctor war unerwartet gestorben. An diesem Nachmittag, in seiner Wohnung. Sein Herz sei nicht gut gewesen.

Nuria wusste später nicht mehr genau, wann das Misstrauen in ihr aufgestiegen war, ob schon in diesem Augenblick oder wenige Stunden später, als die Verwandten, Freunde und Nachbarn ins Tanatorio kamen, um von dem Toten Abschied zu nehmen. Jedenfalls hatte sie das Misstrauen so deutlich gespürt, als stünde jemand neben ihr, wiese mit ausgestrecktem Arm auf die Einzelheiten dieses Todesfalls hin und redete mit leiser Stimme auf sie ein, um sie zu beschwören, sich nicht täuschen zu lassen.

Da war die unleugbare Tatsache, dass Onkel Víctor eine Methode kannte, um sich vor den Gefahren des Lebens zu schützen. Dich überspringe ich! Es war doch so einfach. Er hatte die Methode gekannt, und sie hatte ihm nicht geholfen. Das ergab keinen Sinn. Dann der Umstand, dass Onkel Víctor noch so jung war. Ja, er wog so viel wie ein kleiner Elefant und war nicht mehr so beweglich wie ihr Vater, der immer noch von seinen Erfolgen im Fußballverein erzählte, doch er hatte klare Augen, eine glatte Haut und sehr viele Haare, auch am Körper, sie schauten ihm sogar zum Hemdkragen heraus. Von seinem schwachen Herzen hatte sie dagegen noch nie etwas gehört.

Manche Trauerbesucher glaubten, sie könnten die Wahrheit vor ihr verbergen, indem sie ihr über den Kopf strichen, sie an sich drückten und ihr dabei geschickt die Ohren zuhielten, während sie fortfuhren, mit Worten, Blicken oder frommen Grimassen über den ungeheuerlichen Todesfall zu sprechen. Dort, im Tanatorio, wurde es gesagt oder halb gesagt oder auch nur angedeutet, nämlich, *wie er es gemacht hatte*, mit Stuhl und Strick, was besonderen Mut erfordere, ein Schritt für entschlossene Menschen, für Männer dicht vor dem Abgrund. Er hatte auch etwas am Herzen gehabt, wofür er Medikamente brauchte, aber die Sache war unter Kontrolle gewesen, sagten seine Freunde. Wenn nur der Alkohol nicht gewesen wäre. Wenn nur die Schulden nicht gewesen wären.

»Isa«, sagte Nuria, als sie das versteinerte Gesicht ihrer Schwester sah. »Weißt du, was Onkel Víctor getan hat?«

Da nahm ihre Schwester sie in den Arm und sagte leise: »Er war besser als diese ganze Bande. Aber schwach. Vergiss das nie.«

Nuria hörte es und schwieg. Dich überspringe ich!, hätte sie am liebsten zu dem schrecklichen Brandy gesagt. Und zu den Zigarren und den Schulden. Erst viel später, als längst nicht mehr von den Umständen seines Todes gesprochen wurde, erfuhr Nuria, dass Onkel Víctor eine Zeit lang mit einer Frau zusammengelebt hatte. Nachdem die Frau ihn verlassen hatte, trank Onkel Víctor offenbar mehr als zuvor, sprach von der Welt und ihrer *Verfasstheit*, das war sein Wort und blieb es. *Die Verfasstheit der Welt*. Sie besiegte ihn, diese Verfasstheit. Sie war die letzte Begründung, als er ein Ende machte.

Es war dieses Wort, das Nuria mehr als zehn Jahre später, an ihrem ersten Tag in Las Barranquillas, wieder hörte. Und hier, so schien es, gehörte es hin.

Las Barranquillas breitete sich im Südosten von Madrid aus, wie es wollte, eine wilde Siedlung in der Nähe des Autobahnzubringers. Ein kleines gelbes Auto sammelte die Süchtigen am Neptun-Brunnen auf und transportierte sie für drei Euro pro Mann vom Zentrum an den Stadtrand raus nach Las Barranquillas. Auch Portu ließ sich auf diese Weise in die Drogensiedlung bringen. Aus Sicherheitsgründen ließ der *cundero* die Leute kurz vorher aussteigen. Das letzte Stück mussten sie allein zurücklegen.

Im Osten markierte ein drei Meter hoher Stacheldrahtzaun das Territorium des Autofriedhofs, der einzige Nachbar, den man sich für Las Barranquillas vorstellen konnte. Selbst für die trübsten Köpfe der zweitausend Seelen, die ständig in der Siedlung wohnten, aber immer noch dem Glauben anhingen, ihr Aufenthalt sei nur vorübergehend, war der enorme Stacheldraht des Autofriedhofs eine Beruhigung, denn manche der ausgeweideten Autowracks waren so hoch gestapelt, dass sie Türme bildeten, die bei starkem Wind gefährlich schwankten. In den ungezählten Phantasien von Las Barranquillas, im unruhigen Halbschlaf, in flachen Drogenträumen hatten diese Türme schon ihre Rolle gespielt, denn das ächzende Schaben von Metall auf Metall, das der Nachtwind herübertrug, klang menschlich, wie ein Klagen, das nie beachtet wird. Manchmal quietschte es, kratzte und klopfte. Dann, irgendwo in diesem Blechberg, dessen Äußeres kaum eine Bewegung verriet, fiel etwas nach unten und prallte mit einem hämmernden Klonk! unten auf. Danach wieder Seufzen, Ächzen und Stille. Alle Geräusche schienen Vorboten einer Lawine zu sein, die sich unentwegt ankündigte und selbst wieder aufschob, am Ende aber, wenn sie schließlich käme, die

Autoleichen des stählernen Friedhofs auf die Bewohner von Las Barranquillas herunterstürzen lassen würde, um allen zusammen, Menschen und Autos, ein Grab zu bereiten.

Die Drogenhäuptlinge waren Abkömmlinge verschiedener Clans, in denen alle mit anpackten und sich nützlich fühlten. Wenn etwas in Ordnung zu bringen oder ein Verräter zu bestrafen war, kümmerten sich die Häuptlinge darum. Sie gaben den Auftrag oder warteten ab. Meistens gaben sie den Auftrag, denn Warten war nicht ihre Stärke. Las Barranquillas war kein Ort zum Warten.

Die Häuptlinge bestimmten auch, wie viel hereinkam und was es kostete, sie ließen die stählernen Doppeltüren öffnen, wann es ihnen beliebte, und teilten die Rationen zu. Dann zogen die Zwischenhändler los. Die Ware landete in kleinen Räumen. Manche, die gekauft hatten, rauchten gleich hier, besonders die Verlorenen, die keinen anderen Ort mehr hatten und an den dünnen Holzwänden zusammensanken. In den frühen Morgenstunden kamen die jungen Madrider Schnösel, die ihr SUV an eine Böschung stellten und eine Weile blieben, um sich in Ruhe mit Koks zu versorgen. Die anderen – Helfer, Wachleute, Drogenkuriere – umschwirrten die Häuptlinge wie Fliegen, immer in der Angst, einen Fehler zu machen. Das also war die Gemeinschaft, die Nuria sich ausgesucht hatte, weil sie Portu nicht aufgeben konnte.

Zuerst sprachen sie die Hyänen an, die nur noch auf den nächsten Schuss warteten und nichts mehr zu verlieren hatten. Waren es Männer, gingen sie umher und bettelten. Die Schwächsten von ihnen fanden kaum noch eine Vene und hatten innerhalb weniger Sekunden vergessen, wen sie schon angebettelt hatten. Sie wurden meist mit Flüchen und Tritten verjagt. Handelte es sich um Frauen, boten sie ihren Körper an, sachlich, wie ein Ding, das einem nicht mehr gehört, so dass auch die Zurückweisung nicht persönlich genommen wurde.

Die Hyänen waren naturgemäß schwach. Erst in der Gruppe fühlten sie sich stark genug, um ein paar Sekunden lang zu zischen und einem Unbekannten Schimpfworte nachzurufen. Nahm man sich aber eine einzelne Hyäne heraus und schaute ihr tief in die Augen, duckte sie sich und wich zurück, um sich hinter den Beinen der anderen zu verbergen.

»Hast du mal einen Euro?«

Nuria schüttelte den Kopf.

»Komm. Nur einen Euro.«

Nuria trug Sporttasche und Wasserflasche. Wenn jemand sie nicht interessierte, sah sie nicht hin. Sie durfte sich von ihrem Ziel nicht abbringen lassen.

Die Hyänen zischelten und blieben zurück.

Am Abend des ersten Tages, als Portu eingeschlafen war und Nuria sich die Decke zum Schlafen unter den Kopf schob, hatten sich die meisten Hyänen schon an sie gewöhnt. Da kam Luis ans Feuer und erzählte ihr vom Kampf des tibetanischen Volkes gegen seine Unterdrücker, als kennten Nuria und er sich schon viele Jahre. Sie traute ihren Ohren nicht, als Luis das Wort sagte. Es liege an der Verfasstheit der Welt, sagte Luis, während er in die Flammen starrte, dass die Mächtigen die Ohnmächtigen unterdrückten, vertrieben oder schlachteten. So war das Universum aufgebaut. Es war die Verfasstheit der Welt, dass die einen starben, damit die Herrschaft der anderen fortdauerte.

»Den da«, sagte Luis und deutete auf den schlafenden Portu. »Den kenne ich.« Er wartete darauf, dass Nuria etwas sagte. »Ihr müsst aufpassen, wo ihr euch hinlegt. Die stehlen euch alles. Wenn du wüsstest, was mir schon gestohlen wurde. Man kann nicht immer aufpassen. Man will doch leben.«

Luis war der einzige Mensch in Las Barranquillas, dem Nuria traute, wenn sie von Portu absah, doch sie traute ihm nur zu bestimmten Zeiten. Hatte Luis zu viele Crack-Röhrchen geraucht, fing sein Blick an zu flackern, und er wirkte wie jemand, der nur noch innere Landschaften erkennt.

Luis kam aus einer wohlhabenden Madrider Familie. Sein Vater war Anwalt und hatte ihn gedrängt, Jura zu studieren. Mit dem väterlichen Wohlwollen hatte es ein Ende, als Luis das Studium abbrach und mit drei Freunden in eine baufällige Wohnung in der Altstadt zog. Zwei Ideen reiften gleichzeitig in ihm, und mit einer Gewissenhaftigkeit, die er gegenüber dem Studium nie aufgebracht hatte, setzte er sie in die Tat um. Die erste Idee war das Spielen nach System. Er fuhr ins Spielcasino draußen an der A6 und begann, die Methoden der anderen zu studieren. Während er seinen Freunden freimütig davon erzählte und sogar den einen oder anderen überredete, mit ihm zu gehen, hielt Luis seinen zweiten Plan sorgfältig geheim. Er bestand darin, Sparkassen in der Provinz auszurauben.

Nuria hob die Augenbrauen. »Ich dachte, das gäbe es gar nicht mehr, Sparkassenraub.«

»Damals«, sagte Luis, »das war eine andere Zeit. Die Überwachungstechnologie war noch nicht so weit.«

Luis arbeitete allein. Dadurch konnte er auf jedes verdächtige Anzeichen reagieren. Gewalt war nicht erforderlich, bis zum Ende nicht.

»Ich wurde auf andere Weise dumm«, sagte er. »Ich hatte zu viel Geld und wollte es ausgeben. Und da begann ich, im Casino zu verlieren. Jeder glaubt, er kann es schaffen, wo alle anderen vor ihm gescheitert sind. Ich habe nie erfahren, wer mich gemeldet oder verpfiffen hat, aber dass es irgendwann passieren würde, war klar. Es war nicht möglich, dass einer Abend für Abend neues Geld anschleppte, um es am Spieltisch mit beiden Händen rauszuhauen.«

»Und dann«, sagte Nuria.

Sie saßen an einem hell lodernden Feuer. Es war ein warmer Abend, aber ihnen war kalt gewesen. Auf der anderen Seite des Feuers lagen drei Hyänen im Dämmer des Vergessens, aneinandergeschmiegt wie junge Katzen.

»Sie warteten auf mich, als ich die nächste Sparkasse betrat. Sie fanden die Pistole, die ich nie abgefeuert hatte.«

Luis war für zwölf Jahre ins Gefängnis gegangen. Auf der Fahrt zur Vollzugsanstalt in Segovia wollte er noch einmal den römischen Aquädukt sehen, aber er sah ihn nicht. Es war, als wäre jemand in seine Träume eingedrungen und hätte das Wichtigste mitgenommen. Das erste Jahr verbrachte Luis in der festen Absicht, sich umzubringen. Es war das Einzige, was ihn am Leben erhielt und ihm die Kraft zum täglichen Aufstehen, Laufen, Wasserlassen gab. Auf die Planung seines Selbstmords verwandte Luis dieselbe Systematik wie auf seine Sparkassenüberfälle. Er wollte es besser machen als die anderen, gründlicher, er wollte kein Todesschauspiel hinterlassen, sondern lautlos die Tür hinter sich schließen. Luis, sollten die anderen sagen, wenn sie sich an ihn erinnerten, das war einer. Kam zu uns wie ein Mönch. Ging von uns wie ein Geist. Hätten wir ihn nicht mit eigenen Augen gesehen, wären wir nicht sicher, dass er je unter uns war.

»Weißt du, Nuria, was mir fehlte?«, sagte er. »Mir fehlten die Kirchen. Nicht der Glaube oder der Weihrauch. Mir fehlten Orte, an denen ich mich sammeln konnte. Wenn ich vorher mit dem Sportwagen durch ein Dorf gekommen war, hatte ich manchmal angehalten und war in die Kirche gegangen. Ich kniete mich hin, ohne zu beten. Ich wusste nicht, wie sehr mich die Stille ernährte. Ich wusste es erst, als ich keine Stille mehr hatte.«

Der Widerschein der Flammen spielte auf seinem Gesicht. Luis setzte die Milchtüte an und trank. Das waren in

Las Barranquillas seine Getränke: Wasser und H-Milch. Wenn er Rotwein kriegen konnte, freute er sich, aber solche Festtage kamen selten. Meistens schleppte Luis in der Siedlung seine Literpackung Milch mit sich herum, weil er nicht wusste, wo er sie lassen sollte. Vor den Hyänen war nichts sicher.

»Nuria«, sagte er. »Liest du Bücher? Hast du mal gelesen?«

»Habe ich mal gelesen«, murmelte sie. »Was für eine Frage.«

Irgendwie hatte sie immer die Bücher gefunden, die für Menschen wie sie geschrieben waren, für Außenseiter, für die komischen Fälle. Je trauriger und düsterer das Buch, desto mehr fühlte sie sich getröstet. Als sie auf den Roman *Jane Eyre* von Charlotte Brontë stieß, ließ er sie nicht mehr los. Sie las ihn sieben Mal. Sie lief keine Gefahr, sich mit literarischen Figuren zu vergleichen, schon gar nicht mit einer armen, hässlichen Gouvernante aus dem neunzehnten Jahrhundert. Aber es war, als wäre Jane Eyre ihre zweite große Schwester, ein Mädchen, das zum Vorbild taugte.

»Dann weißt du ... Dann kannst du verstehen, was mit mir geschah. Ich hatte ja keine Stille mehr. Nur deswegen ging ich in die Bibliothek. So klein wie eine Abstellkammer, ein verrosteter Speisewagen diente als Regal. Eine einzige Glühbirne an der Decke, aber jetzt sage ich dir was. Sie war nicht trüb. In allen Gefängnisgeschichten sind die Bibliotheksglühbirnen trüb, wenn es im Knast überhaupt eine Bibliothek gibt. In meiner war sie hell und strahlend. Und da hockte ich mich hin und las. Ich fand ein Buch über Elektromechanik, eine Einführung für Lehrlinge. Dann etwas über Geschichte. Dann fernöstliche Philosophie. Und das war es. Dort in dieser Kammer vergaß ich den Selbstmord. Ich wollte nach Asien. Wer sich umbringt, ist blöd, das begriff ich in diesem Augenblick. Wer sich umbringt, hat einfach nicht lange genug gesucht. Nur eins machte mir die Erkenntnis schwer. Während mein Kopf da oben in den Ideen schwebte, steckte ich mit beiden Füßen in der Scheiße. Oh, Nuria, pass immer gut auf. Lass den Hochmut nicht das Kommando übernehmen.«

»Willst du von meinem Buch hören, Luis? *Jane Eyre*. So heißt mein Buch. Die Geschichte eines englischen Waisenmädchens, das lesen lernt. Na ja. Ihr passieren auch noch andere Sachen.«

»Zum Beispiel?«

»Sie wird von einem Adeligen begehrt.«

»Ah. Den hätte sie heiraten können.«

»Tut sie auch«, sagte Nuria. »Aber nicht zu seinen Bedingungen.«

»Eine romantische Geschichte.«

»Es geht nicht ums Heiraten, Luis. Es geht darum ... zu werden, wer man ist.«

»Kannst du die Augen offenhalten? Ich will mich mal hinlegen. Hier, halt die Milchtüte.« Luis rollte sich zusammen, den Rücken zum Feuer, eine Hand unter den Kopf geschoben, den anderen Arm über die Augen gelegt. »Achte auf die Flammen«, sagte er.

Nuria beugte sich zu Portu hinunter, der reglos neben ihr lag, und sah ihm beim Schlafen zu. Eine Hyäne wurde unruhig und sprach im Dämmer von einem Picknick, das abgesagt werden musste.

Zehn Tage blieb Nuria in Las Barranquillas. Bis Portu einem Methadon-Programm zugestimmt hatte. Danach ging sie jeden Tag zum Training, um sich zu quälen, Woche um Woche. Die Haare geschoren, alle Farben aus ihrer Garderobe verbannt und nur noch in Schwarz, beim Sport, im Leben. Sie sah im Spiegel, wie sie aussah: gefährlich. Keine Piercings. Und nur ein kleines Tattoo am linken Oberarm, ein verwittertes Kreuz in einem Rosenbusch, mit Dornen überall, die Dornen überwuchern das Kreuz.

Wenn sie das Tattoo sieht, denkt sie: In den Dornen. Die Haare lässt Nuria sich später wieder wachsen. Sie will nicht von den falschen Leuten für jemand anderen gehalten werden. Das Schwarz ihrer Klamotten behält sie bei.

Nachdem sie zu Hause ausgezogen ist, adoptiert sie im Tierheim eine Hündin, die Matilda heißt, und bringt sie in die Wohnung in Chueca, die sie mit Cristina, Juan und Portu teilt. Matilda ist ein langhaariger portugiesischer Hütehund mit undefinierbarer Beimischung. Manchmal zeigt Matilda ihr die untere Zahnreihe, als wollte sie Nuria ein geheimes Zeichen geben, Matildas Unterzahnlächeln. Ist Nuria nicht da, kümmern sich die anderen um den Hund. Am liebsten liegt Matilda dann vor Portus unaufgeräumtem, säuerlich riechendem Zimmer und behält die Wohnungstür im Auge.

Es ist auf einem ihrer Zwölfkilometerläufe mit Matilda in der Casa de Campo, dass Nuria zum ersten Mal der größte Straßenstrich der Stadt auffällt. An diesem Tag hat sie die Laufroute geändert. Statt sich mit dem Gelände in der Nähe des Zoos zu begnügen, läuft Nuria Richtung Stadtzentrum, fast bis zum See. Da sieht sie die Mädchen, viele verschiedene Hautfarben, sie sieht die aufreizenden Klamotten, ihre Tricks, die Aufmerksamkeit der vorbeifahrenden Männer zu erregen.

Zuerst reagiert Nuria nicht, wie Menschen, die eine Landschaft nur nach bestimmten Zeichen absuchen und deshalb alle anderen übersehen.

Dann bleibt sie stehen. Sie beugt sich nach vorn, stützt die Hände auf die Knie und senkt den Kopf. In ihrem Rücken, das spürt sie mit jeder Faser ihres Körpers, zittert ein ungeheuerliches Bild, zittert und kommt zur Ruhe, damit sie, Nuria, es endlich erkennt. Noch immer dreht sie sich nicht um, aber sie weiß jetzt, dass hinter ihr das Bild auf sie wartet, laut wie ein Ruf. Mit einem Blick über die Schulter, den Kopf immer noch gebeugt, fast heimlich, schaut sie zurück. Dann richtet sie sich auf und dreht sich um.

Sie sieht Mädchen, die warten. Mädchen, die auf und ab gehen, die Zeichen machen und sich etwas zurufen. Mädchen, die sich tief in ein Auto beugen, um mit dem Fahrer zu verhandeln. Es sind so viele, dass Nuria erschrickt. Sie sieht die Autos, die an den Mädchen vorbeifahren, gelenkt von Männern, die Zeit haben, jetzt, am hellen Tag, und die nur gekommen sind, um sich einen Menschen auszusuchen.

Sie weiß noch, wie sie damals weitergelaufen ist. Mit gerunzelter Stirn, Matilda neben sich, als müsste sie die Antwort auf eine Frage finden, die sie nicht stellen kann.

Beim nächsten Mal lässt sie Matilda zu Hause und läuft um den See, mitten durch das Spalier der Mädchen. Sie fängt an zu zählen, aber den Versuch gibt sie schnell auf, es sind einfach zu viele, und am Ende bedeuten Zahlen nichts. Während sie läuft, schaut sie niemanden an. Doch sie begreift, dass sie einen Fehler gemacht hat. Dies ist feindliches Territorium. Nuria verzieht keine Miene und zuckt nicht zusammen, als ihr Flüche und Schimpfworte nachgeworfen werden.

Jemand trifft sie mit einer Plastikflasche am Bein.

»Verpiss dich, du Gespenst!«

»Lauf woanders, *puta de mierda*!«

Am Abend, in der Wohnung, legt Nuria sich auf den nackten Holzboden, von dem im Lauf der Jahre die ochsenblutrote Farbe abgescheuert worden ist, und wartet darauf, dass Matilda sich neben sie legt. So liegt sie lange, denkt nach und schließt die Augen, bis etwas sie an der Wange stupst: Matilda will raus und braucht ihr Futter.

Matilda verharrt über ihr, wedelt mit dem Schwanz und zeigt ihr Unterzahnlächeln.

Nuria weiß nicht, woran sie gedacht oder was sie sich in ihrem Minutenschlaf vorgestellt hat. Aber da war etwas. Es lässt sie nicht los. Sie denkt immer noch darüber nach, als sie am Abend mit Matilda durch die Altstadt geht. Sie könnte weiterleben wie bisher. Oder etwas radikal anderes tun.

Sie liest wieder *Jane Eyre*. Sie sieht, wie es ist, wenn alle Welt einen hässlich findet und es offen ausspricht. Einer sagt zu der kleinen Gouvernante: *Ich habe mich schon gefragt, woher Sie so ein Gesicht haben.*

Es gibt Unverschämtheiten, die einem helfen, man selbst zu werden.

Ich muss ein neues Leben anfangen, sagt Jane Eyre, *unter fremden Gesichtern und an fremden Schauplätzen.* Nuria unterstreicht sich die Stelle. Das müsste doch zu finden sein, denkt sie, und vielleicht muss ich gar nicht so weit dafür reisen.

5
Die Scheu junger Liebender

An seine erste Madrider Freundin erinnerte Rico Vargas sich wie an einen Vorfall, der einem anderen widerfahren ist. Freundinnen standen nicht auf seinem Plan. Er hatte die Blicke über den Gang des Busses hinweg schon eine Weile gespürt. Beim Aufschauen sah er in ein diabolisch hübsches Gesicht mit blitzenden Augen. Als er aufstand, weil seine Haltestelle gekommen war, sagte das Mädchen: »Warte!«, und stand ebenfalls auf.

Auf dem Gehsteig gab sie keine Sekunde lang vor, dies sei ihre Haltestelle. Sie hieß Ana, war zwei Jahre älter als er und arbeitete in der Verwaltung eines Milchkonzerns.

»Wollen wir was unternehmen, *chato*?« Ana benutzte gern Ausdrücke, die sie von Lateinamerikanern aufgeschnappt hatte. »Besuch mich heute Abend, ich zeige dir mein Viertel.«

Später ärgerte es ihn, dass Ana ihn im Vorbeigehen wie Obst vom Baum gepflückt hatte. Sie war in jeder Beziehung weiter als er. Offen erzählte sie ihm von ihren bisherigen Liebhabern und lehrte ihn, die Dinge in der Liebe beim Namen zu nennen. Ich mag es von hinten, sagte sie, aber nicht gleich am Anfang. Ich habe gern Zeit. Wenn es schnell gehen muss (und manchmal muss es *sehr* schnell gehen, sagte sie, das geht dir doch auch so?), ist mir fast alles egal, Rico, der Ort, die Umstände, dann kannst du mit mir machen, was du willst. Du kannst mir sogar wehtun.

Rico kannte solche Liebesanweisungen nicht. Für einen bald Zwanzigjährigen aus Marchena hatte er, so glaubte er, gar nicht so wenig erlebt. Er hatte mit zwei Mädchen geschlafen und war zweimal zu den *putas* gegangen, das erste Mal auf Einladung seines Freundes Gonzalo, der auf diese Weise seinen achtzehnten Geburtstag begangen hatte.

Wie so viele junge Männer hatte Rico damals kein klares Selbstbild als Liebhaber. Er blieb an Äußerlichkeiten hängen, er vollzog und erwartete die traditionellen Gesten, aber was in dem Mädchen in seinen Armen wirklich vorging, konnte er sich nicht vorstellen. Es sind eben Mädchen, sagten er und seine Freunde und nahmen einen energischen Schluck aus der Bierflasche. Selten hielt die Liebe, was sie sich davon versprochen hatten. Dann erzählte einer von ihnen einen schmutzigen Witz, über den sie sich kaputtlachten, und bevor sie nachts auseinandergingen, hatten sie den Witz drei, vier Mal wiederholt und jedes Mal wieder gelacht. Und doch kamen sie nicht davon los, sich mit Mädchen zu treffen, was sollte man tun?

Alicia, vor Ana die ernsthafteste Freundschaft seines Lebens, hatte es mit Rico drei Monate ausgehalten. Er hätte gern weitergemacht, denn sie war sanft und forderte wenig, doch als sie spürte, dass er zu viele Angelegenheiten in ihrem Leben zu lenken begann, beriet sie sich mit ihren Freundinnen und machte mit ihm Schluss. Sie hatte eine Freundin mitgebracht, um es ihm im Café zu sagen, allein brachte sie nicht den Mut dazu auf.

Rico fühlte sich maßvoll verletzt, aber auch erleichtert. Alicia war, bis er Ana kennenlernte, das einzige Mädchen, mit dem er regelmäßig geschlafen hatte. Alle Erfahrungen, die mit der Dauer, der Wiederholung, der Gewöhnung und der Abnutzung in der Liebe zusammenhängen, hatte er über drei Monate hinweg mit Alicia gesammelt. Doch je genauer Rico sich nach der Trennung ihre gemeinsame Zeit in

Erinnerung zu rufen versuchte, desto mehr schien sie ihm zu entgleiten. Wer war Alicia als Liebende für ihn gewesen? Und wer, als Liebender, er für sie? »Es ging am Ende nicht mehr so gut«, sagte er achselzuckend, um seinen Freunden die Trennung zu erklären. »Es gab immer mehr Probleme, wir waren eben doch zu verschieden, vielleicht waren wir auch zu jung, ich glaube, sie hatte zu viel Respekt vor ihren Eltern, sie hatte so etwas, ich weiß nicht, Unfreies ...« Und andere Sätze dieser Art, die mehr verdeckten als enthüllten, weil das Wesen der damaligen Liebe dem damals Liebenden nicht mehr zugänglich war.

Stattdessen traten in der Erinnerung Einzelheiten hervor wie Alicias Geräusche beim Liebemachen. Als Rico noch in Marchena wohnte, wusste er nicht, wie es zu klingen hatte, wenn eine Frau Lust empfand, er war nur ungefähr darüber im Bilde, dass, wenn es ihr Spaß machte, *etwas zu hören sein musste*: Seufzen, Stöhnen, heftiges Atmen, leise Rufe. Am Stöhnen war zu erkennen, dass alles stimmte. Doch das Stöhnen als solches war den jungen Männern, zu denen Rico gehörte, fremd, ja unheimlich. Sie selbst fassten die Aufgabe beim Liebesspiel stoisch auf und ließen nur die unvermeidlichen Geräusche hören, ein unterdrücktes Schnaufen, allenfalls ein widerwilliges Grunzen, das viel älter klang, als ihre jungen Körper es hätten vermuten lassen.

Nach der Schule, wenn sie unter sich waren, hatten sie so oft die Erregungsgeräusche von Mädchen imitiert und ins Lächerliche gezogen, dass Rico sich erschreckte, als er diese Geräusche zum ersten Mal in der Wirklichkeit hörte. Sie klangen überhaupt nicht wie in den Pornofilmen, die er in Canal+ gesehen hatte, sie hatten mehr Ruhe, dehnten sich aus in der Zeit und schufen durch ihre Unvorhersehbarkeit, durch überraschende Pausen, ein alternierendes Verstummen und neues Einsetzen komplexe Muster. Noch schlimmer war es, Alicias Geräusche als direkte Folge seines eigenen Tuns zu erleben. Rico kam es so vor, als läge unter ihm ein Wesen, das alle Bewegungen, die er vollzog, wie ein Automat verstärkte und als akustische Karikatur zu ihm zurückwarf, so dass er sich bemühte, *leise zu sein* und sie durch sein Vorbild zur Zurückhaltung zu ermuntern. Er ertappte sich sogar bei dem Gedanken, ihr den Mund zuzuhalten. Glücklicherweise sprach sie kaum, Alicia besaß noch die Scheu junger Liebender vor dem Benennen der schmutzigen Dinge, aus ihrer Kehle strömten Laute, kaum Worte, mit Ausnahme unspezifischer Orts- oder Richtungsangaben (»da unten«, »weiter oben«, »mehr nach links«), und selbst diese in sich unschuldigen Bezeichnungen waren Rico zuviel.

Als Alicia sich von ihm trennte, nahm er es hin, ohne ihr eine Szene zu machen. Er sah nicht wie ein verlassener Geliebter aus, als er im Beisein ihrer schweigsamen Freundin die Nachricht empfing.

»Willst du denn gar nichts sagen?«

Die Rührung, die sie jetzt angesichts des verlassenen Rico empfand (eine Rührung, die unabhängig davon existierte, dass sie, Alicia, die alleinige Verursacherin dieses Verlassens war), weitete sich zu einem allgemeineren Schmerz über die Grausamkeit der Umstände, die sie, Alicia, zwangen, sich von Rico zu trennen. Sie empfand beides, die Schwierigkeiten des Verlassens und die Traurigkeit des Verlassenwerdens. Doch all dies empfand sie allein, ohne ihn, während Rico ungerührt sein Urteil in Empfang nahm. Alicia konnte nicht wissen, dass Rico sie in Gedanken schon verlassen hatte, lange bevor sie ihn verließ, ja, dass er eigentlich nie in vollem Sinn ihr Freund gewesen war. Er hatte die Rituale vollzogen, mit ihr gesprochen und mit ihr geschlafen, aber nicht gewusst, was ihm fehlte, um die Erfahrung der Liebesbeziehung vollständig zu machen.

»Wir können Freunde bleiben, weißt du?«

Auch das meinte Alicia ernst. Sie wollte die Hand nach ihm ausstrecken und ihm etwas dalassen für die Stunden und Tage des Schmerzes, von denen sie annahm, dass sie irgendwann kommen würden, denn man verlässt einander nicht nach drei Monaten und vielen Momenten geteilter Intimität, ohne dass einem im Alltag etwas fehlt. Da ist eine Leerstelle, die vorher gefüllt war, da sind all die vertrauten Worte, Gesten und Zärtlichkeitsformeln, die man sich abgewöhnen muss, bevor man Gelegenheit erhält, mit einem neuen Geliebten neue zu lernen. Beide waren noch nicht alt genug, um den Überdruss zu kennen, der sich mit den Jahren unvermeidlich einstellt, wenn man mit einem neuen Liebespartner abermals von vorn beginnen muss, die eigene Geschichte noch einmal erzählt und die zahlreicher werdenden Lebensstationen, die immer tiefer in die Vergangenheit zurückreichen, immer kürzer und summarischer abhandelt, weil die schon oft erzählten Versionen des eigenen Lebens einen selbst zu langweilen beginnen.

Doch anders als Alicia empfand Rico, weit vor seinen Jahren, schon etwas von der Ernüchterung über die Austauschbarkeit der Liebespartner, eine Lektion, die manche als grausam, andere als heilsam empfinden.

»Wirst du klarkommen, Rico?«

Alicia hatte das Register gewechselt. Sie schaute nach vorn. Die trauernde Liebende wich der besorgten Freundin.

»Versprich mir, dass du nicht bitter wirst. Hörst du?«

Rico nickte. Endlich ein Versprechen, das er ihr leicht geben konnte, denn an Bitterkeit hatte er nicht gedacht. Er war verlassen worden. Er trug eine Narbe. Sein Leben begann allmählich, einer Geschichte zu ähneln. Er sah hinter sich die Vergangenheit und vor sich die Zukunft.

»Ich komme klar.«

Einen Monat nach seiner Ankunft in Madrid beschloss Rico, Don Eulalio von seinem ersten Lohn ein Geschenk zu kaufen. Doch alles, was er gesehen hatte, fand er langweilig und überteuert. *Sein* Geschenk, so dachte er, sollte nicht das Abhängigkeitsverhältnis zwischen stark und schwach ausdrücken, das beiden Seiten bewusst war, sondern eine besondere Beziehung stiften. Eine strategische Partnerschaft. Ein Bündnis unter Gleichen.

Ein Gang durch die Altstadt brachte ihn auf die Idee. In einer Eisenwarenhandlung fand er im hinteren Winkel, abseits der etikettierten Waren, einen großen, fleckigen Messingschlüssel und dazu ein verrostetes Vorhängeschloss. Der Schlüssel ließ sich noch drehen. *Das* war sein Geschenk. Er schickte Don Eulalio den Schlüssel in genauso fleckigem Zustand, wie er ihn gefunden hatte, in einer mit dunkelgrünem Samt ausgeschlagenen Holzschatulle. Dazu legte er ein paar persönliche Worte. »Mein verehrter Freund! Das passende Schloss wartet auf Sie in Madrid, wann immer Sie geneigt sein mögen, zu kommen und es zu öffnen. Mit ergebenen Grüßen Ihres dankbaren R«.

Don Eulalio ließ sich nicht zu einer Antwort herab. Rico war davon überzeugt, dass er über eine Antwort *nachgedacht* und sich dagegen entschieden hatte. Gerade die nicht gegebene Antwort verankerte das Geschenk, so glaubte Rico, noch tiefer in Don Eulalios Bewusstsein.

Viele Jahre später würde Rico Vargas Männer wie Don Eulalio zu seinen Kunden zählen und ihnen Mädchen zuführen. Nicht allen von ihnen – denn manche bewahrten auch in ihrem geheimen Leben die Fassade bürgerlichen Anstands und gingen nicht zu käuflichen Frauen –, aber doch sehr, sehr vielen. Denen musste man die Verführung nur vernünftig präsentieren und den Einstieg erleichtern.

Irgendwann, da war sich Rico Vargas sicher, würde er in

seinem Club Caverna Azul auch Don Eulalio begrüßen können. »Blaue Höhle«, der Name sollte etwas Geheimnisvolles ausstrahlen. Seit sieben Jahren und drei Monaten war Rico darauf vorbereitet und hatte die richtigen Mädchen an der Hand. Einige von ihnen hatte er nur deshalb ausgewählt, weil er überzeugt war, dass Don Eulalio, sollte er einmal die Caverna Azul besuchen, Gefallen an ihnen finden würde. Rico Vargas hatte wenig Gelegenheit gehabt, den Geschmack des Patrons zu studieren, doch für den mächtigsten Industriellen von Marchena stellte er sich etwas Klassisches vor, Frauen mit zurückhaltender Kleidung, hervorragenden Manieren und großstädtischem Auftreten.

In der zweiten Schublade seines Schreibtischs bewahrte Rico die Briefe auf, die Don Eulalio ihm geschrieben hatte, genau einen pro Jahr. Es waren Karten aus dickem Karton, die nach Zigarren dufteten. Sie trafen immer vor dem Dreikönigsfest ein und enthielten in den ersten Jahren nur wenige Zeilen, einen Rückblick und einen Ausblick. Meine Freunde aus Madrid berichten mir gute Dinge, stand da zum Beispiel, meine Freunde aus Madrid sind mit ihrer Wahl sehr zufrieden …

Das war der Rückblick. Auf Ricos Geschenk war Don Eulalio in keiner seiner Karten eingegangen.

Den Ausblick packte Don Eulalio meistens in sehr wenige Worte. Halt dich ran, und dir winkt Gottes Lohn, stand in einem Brief. Dein Einsatz wird Früchte tragen, in einem anderen. Die größte Verheißung stand in diesem Satz: Meine Freunde aus Madrid werden dich weiterempfehlen, wenn du dich einmal auf eigene Füße stellen willst. Bleib zuverlässig, mein Junge.

Mit diesem letzten Satz kam ein neuer, wärmerer Ton in Don Eulalios Korrespondenz. Rico war jetzt »mein Junge«, später hieß er »mein Sohn«. Mit dem vierten Brief von Don

Eulalio fingen auch die spirituellen Ermahnungen an, die am Anfang noch sehr knapp gefasst waren und später immer wortreicher wurden. Don Eulalio empfahl ihm den Kirchgang, die Nähe zum Priester und zur heimatlichen Gemeinde. Rico solle sich doch einmal nach dem Opus Dei erkundigen, er, Don Eulalio, stelle gern den Kontakt her. Besonders im Norden Madrids, in Mirasierra, habe er gute, verlässliche Freunde, die dem Opus seit Langem verbunden seien.

Meine Freunde aus Madrid berichten mir von deinem neuen Geschäftszweig, schrieb Don Eulalio, als Rico schon seit mehr als einem halben Jahr Frauen für sich anschaffen ließ. Rico hatte sich gefragt, wie der Patron die Nachricht aufnehmen würde, und war auf Kritik vorbereitet. Doch Don Eulalio hüllte seine Ratschläge in die allgemeinsten Formeln, denen sich ohne Kenntnis des Zusammenhangs nicht das Geringste entnehmen ließ, schon gar keine Kritik. Allenfalls riet der Patron zu »humaner Perspektive« und »besonderer Umsicht bei diesem Thema«. Alles wolle »genau bedacht« und »mit Gründlichkeit durchgeführt« sein. Im übrigen seien »guter Geschmack und unbestechliche Kriterien« hier (»wie auch in allen anderen Geschäftsfeldern«) immer von Nutzen.

Rico war nicht leicht zu beeindrucken, doch diesmal war er sprachlos. Er war froh, dass Don Eulalio so einen großräumigen Blick auf die Dinge hatte. Er schrieb ihm ausführlich zurück, erzählte mit Enthusiasmus von seiner Geschäftsvision und davon, wie gern er Don Eulalio – später, wenn er »würdige Räumlichkeiten mit ausgesuchtem Personal« vorzuweisen hätte, was nur eine Frage der Zeit sei – einmal bei sich begrüßen würde, niemand sei ihm so willkommen wie Don Eulalio, ohne dessen Hilfe nichts von alldem möglich geworden wäre. Später schämte Rico sich dafür, dass er aus Ungeschicklichkeit das Wort »Personal«

gewählt hatte. *Seine* Mädchen sollten kein »Personal« sein, sondern die besten Kräfte der Branche, die besten ... Er suchte nach dem richtigen Ausdruck, fand ihn aber nicht. Egal! Er war davon überzeugt, der Patron hatte ihn verstanden.

Erst mit dem nächsten Brief zum Dreikönigstag erfuhr Rico Vargas, dass Don Eulalio mit seinen Söhnen sehr unzufrieden war, sie taugten offenbar alle nichts und verschwendeten das Geld ihres Vaters. So mochte sich der warme Ton erklären, mit dem der Patron seinen jungen Zögling, der sich aus dem Nichts emporgearbeitet hatte, zu stetigem Weiterarbeiten ermutigte und ihm eines Tages ein Wiedersehen in Marchena in Aussicht stellte. Tatsächlich hatten sie nur zweimal im Leben dieselbe Luft geatmet – die wenigen Minuten an jenem allerersten Sonntag im Restaurant und während der kurzen morgendlichen Begegnung im »Betrieb« zwei Tage danach.

»Wir sollten in unserem *pueblo* essen gehen, mein Sohn, und uns über ein paar Dinge austauschen. Schreib mir, wann es dir passt.«

Rico schrieb umgehend zurück und machte einen Vorschlag. Doch er bekam keine Antwort. Die Monate verstrichen, und der Patron meldete sich nicht mehr. Rico war zu stolz nachzufragen. Erst zum folgenden Dreikönigstag schickte Don Eulalio wieder einen Brief, in dem er mit keinem Wort auf das Essen einging. Doch der Ton war fürsorglich wie immer. Rico Vargas beschloss, den Vorfall auf sich beruhen zu lassen. Er war inzwischen ganz sicher, dass Don Eulalio es sich anders überlegt und beschlossen hatte, ihn, Rico, in der Caverna Azul zu besuchen, sobald er sich davon überzeugt hätte, dass es sich lohnte.

Natürlich würde er unangemeldet kommen, nur so ließe sich ein zutreffendes Bild gewinnen, Rico konnte es sich gar nicht anders vorstellen. Er achtete die Weisheit des Patrons; niemandes Urteil bedeutete ihm mehr. Und deshalb war er für den ungewissen Tag in jeder Beziehung gewappnet.

Besonders eine unter seinen Frauen, Isa, die sich »Valeria« nannte, stellte Rico sich an Don Eulalios Seite vor. Sie war die Klügste, die Professionellste, sie war außergewöhnlich in jeder Hinsicht. Rico legte die Hand für sie ins Feuer, er hatte Isa für den Patron reserviert, nur dass niemand davon wusste außer ihm selbst. Nicht einmal Isa war eingeweiht, obwohl Rico ihr zutraute, dass sie es ahnte, denn ihr Scharfsinn war bemerkenswert.

Seit sieben Jahren und drei Monaten hatte Rico sich die Szene ausgemalt, wie Don Eulalio, ein wenig älter geworden, die Schwelle der Caverna Azul überträte. Der Patron konnte nicht ahnen, dass er gewissermaßen jeden Tag in Madrid erwartet wurde. Er konnte nicht wissen, dass immer mindestens zwei Mädchen anwesend waren, die seinen Namen und sein Foto kannten und genau instruiert waren, wie sie mit seinen mutmaßlich klassischen Vorlieben umzugehen hatten. Dass gleich nach seinem Eintritt ein Bote losgeschickt werden würde, um Rico Vargas und »Valeria« zu holen, sollten sie abwesend sein, und dass es ihm, dem Patron, in der Zwischenzeit an nichts mangeln dürfe.

6

Erschütterung

Als die Lage schon schlecht war, aber noch nicht ganz so schlimm wie später, fand Mateo Wassmann Castellar Arbeit bei einer jungen Madrider Tageszeitung. Für ihren Namen schämte er sich vom ersten Tag an. Die Zeitung hieß *Claro!*. Sie war erst zweieinhalb Jahre auf dem Markt, als er dort anheuerte, für ihn ein ausreichendes Zeichen, dass sie auf festen Füßen stand. Man wurde bescheiden in dieser Branche.

Bescheiden war auch der Lebenslauf, mit dem Mateo sich bei *Claro!* um eine Redakteursstelle beworben hatte. Er hatte bei einer Lokalzeitung im Ruhrgebiet volontiert und bei einer anderen Lokalzeitung in der Gegend vierzehn Monate lang den krankheitshalber fehlenden Redakteur für Vermischtes vertreten. Danach hatte Mateo sich als Freelancer durchgeschlagen.

Es war keine schlechte Zeit. Finanziell kam er halbwegs über die Runden. Mateo fühlte sich als Reporter und sammelte Erfahrungen. Mit einer gewissen Leidenschaft untersuchte er das, was er in heimlicher Nachfolge von Zola und anderen Größen des Gewerbes die »Unterseite« der Gesellschaft nannte – Drogen, Rotlichtbezirke, Prostitution. Viel bekam er davon nicht zu sehen, aber zur Begehung einiger Originalschauplätze in Duisburg und Oberhausen reichte es. Einmal hob Mateo in einem Bordell in Herne einen blutbefleckten seidenen Bademantel auf und roch daran, weil er glaubte, so könne er von der Story einen authentischeren Eindruck gewinnen.

Seiner damaligen Freundin erzählte Mateo etwas zu oft, er wolle »sich durchbeißen«. Er verteilte Visitenkarten, auf denen stand: *Mateo Wassmann Castellar, M. A. Freier Journalist. Reportero.* Seine Veröffentlichungen hatte er gesammelt und seinen Bewerbungen beigelegt. Dann kam die überraschende Nachricht aus Spanien. Man bat ihn zum Vorstellungsgespräch, und es wurde angedeutet, die Stelle sei ihm so gut wie sicher. Mateo fragte sich, wo der Haken dabei war.

Eine Zeitung mit dem Namen *Claro!* hatte es in Spanien schon einmal gegeben, in den innovationsfreudigen Neunzigerjahren. Die damalige *Claro!* stellt im Buch der krachenden Misserfolge des Pressewesens ein besonders düsteres Kapitel dar, denn sie überlebte keine sechs Monate. Die deutschen Investoren, hieß es, gingen mit zweistelligen Millionenverlusten nach Hause. Es war die Rede von der »Verschiedenheit der Kulturen«, die das Verhalten der Konsumenten unberechenbar mache.

Eben deshalb lagen die Karten diesmal günstig, so das Argument des Eigners von *Claro!*, Mariano Parra Vidal. Der fehlgeschlagene Launch war lange genug her, um fast vergessen zu sein.

Mariano Parra Vidal hatte sein Vermögen mit Wurst verdient und war später in Qualitätsschinken eingestiegen. Mit einer genialen Werbestrategie versechsfachte er den Umsatz innerhalb eines einzigen Jahres und machte seinen *pata negra* zu einem auch in New York, Brüssel und London gefragten Lifestyleprodukt.

Weil Parra vom Verkaufen etwas verstand, reizte es ihn, eine Zeitung zu gründen. Eine Zeitung, so wurde er zitiert, mache über den modernen Menschen eine tiefere Aussage als Schinken. Parra ließ sich gut beraten und warb von anderen Blättern eine Menge talentierter Leute ab. Böswillige behaupteten, er habe sich gedacht, sollte es seiner Zeitung an Anzeigenkunden fehlen, könnte er ja einfach für seinen Schinken werben. Manche fürchteten sogar, es könnte ihm in den Sinn kommen, ein versonnen lächelndes iberisches Schwein in den Zeitungskopf zu setzen. Nichts davon trat ein.

Um den Namen hatte es ziemlichen Wirbel gegeben. Im Spanischen hätte es nämlich *¡Claro!* heißen müssen, mit umgekehrtem Ausrufezeichen vor dem Wort. Nachdem er das Thema mit seinem Chefredakteur besprochen hatte, waren Parras Zweifel verflogen. Nacho Cano fand, der Zeitungsname falle durch den orthografischen Regelverstoß sofort ins Auge, und Aufmerksamkeit sei auf jeden Fall gut. So kam es, dass die neue Zeitung *Claro!* getauft wurde, Untertitel: »Nachrichten aus Spanien und der Welt«. In Gedanken sah der Chefredakteur auch seinen eigenen Namen mit Ausrufezeichen: *Cano!* Seinen Mitarbeitern schärfte er ein, *Claro!* müsse zugleich dümmer und schlauer agieren als die anderen. Die Bilder wurden größer, die Stories etwas kürzer, aber saftiger als bei der Konkurrenz, und die Sprache – oder das, was elegantere Journalisten den »Ton« genannt hätten – passte sich den täglich grober werdenden Zeiten an. Nacho Canos Leitartikel prägten das Blatt. Hier wurde nicht drumherum geredet. *Claro!* stand für Klarheit.

Als Mateo im Südosten Madrids, einer tristen Gegend mit schnurgeraden Straßen und verkrüppelten Bäumen, im Verlagshaus antrat, wurde ihm erklärt, warum er für *Claro!* so attraktiv war, dass man ihm sogleich eine – mäßig bezahlte – Stelle anbot. Mateo Wassmann Castellar war Deutsch-Spanier. Er sprach und schrieb die beiden Sprachen gleich gut. Ob sein künftiger Arbeitgeber von seinem lässigen Kosmopolitismus beeindruckt war oder in ihm lediglich eine billige Kraft mit Fremdsprachenkenntnissen sah, fand Mateo auch bei seinem ersten Termin nicht heraus. Dafür erhielt er einen äußerst lebendigen Eindruck von dem Chefredakteur, der es sich nicht nehmen ließ, ihn persönlich zu begrüßen. Danach sollte Mateo gleich anfangen.

Nacho Cano war groß, füllig, hatte kleine weiße Hände, in denen kein einziger Muskel zu stecken schien, und ein weiches Gesicht mit vollen Lippen, die sinnlich hätten wirken müssen, es aber nicht taten, weil Nacho Cano als Mann nicht sinnlich war und seine Lippen offenbar durch ein Versehen der Natur erhalten hatte. Nur den flinken Augen und der kompakten Figur sah man seinen grenzenlosen Machthunger an.

Mateo hatte in den zurückliegenden Wochen intensiv *Claro!* gelesen. Nacho Cano war eindeutig der Schreiber mit dem härtesten Schlag, ein direkter, ein bulliger Schreiber, der mit jedem Satz verstanden werden wollte und scharfe Intelligenz mit Demagogie und trompetendem Pathos mischte. Die Sorge darum, nicht fein genug zu wirken, schien Nacho nicht zu kennen. Nachdem er in sein Büro gestürmt war, in dem Mateo schon wartete, drückte er dem Besucher aus Deutschland achtlos die Hand, murmelte »sehr erfreut« und ließ sich in seinen Bürostuhl fallen. Sofort griff er sich Mateos Bewerbungsmappe.

»Ah, hier. Spanisch, Deutsch und Englisch fließend, Französisch gut, Portugiesisch brauchbar. Das klingt nicht schlecht. Muss mir nur noch einer erklären, was ›brauchbar‹ heißt.«

»Man kommt so durch«, sagte Mateo.

»Ah.«

Nacho machte eine Pause.

Zum ersten Mal sah er Mateo aufmerksam an. Dann sagte er feierlich: »Wassmann Castellar. Ich kenne eine Menge Lateinamerikaner mit deutschen Wurzeln, die solche Namen tragen. Argentinien, Chile, Paraguay. Sind auch ein paar Nachfahren von untergetauchten Nazis dabei. Würde man nicht glauben, wie viele es von denen noch gibt. Aber du bist kein Lateinamerikaner, sehe ich hier, du bist kein Abkömmling von alten Nazis. Oder?« Er lachte kurz und dreckig auf, was ihn Mateo eher sympathischer machte. »Wäre mir auch egal. Die Vergangenheit ist die Vergangenheit. *El pasado*. Es ist doch in Ordnung, wenn ich du sage? Als Spanier bist du das sicherlich gewohnt. Aber sag mal, Mateo, was bist du wirklich: Spanier oder Deutscher?«

Nacho lehnte sich zurück und verschränkte die Hände auf dem Bauch. Seine flinken Augen tasteten Mateos obere Hälfte ab.

»Beides«, sagte Mateo.

»Im Ernst? Das nenne ich Glück. Und dein Vater?«

»Der repräsentiert den deutschen Teil.«

»Ah, er ist aus dem kalten Deutschland hierhergekommen und hat sich in eine dunkelhaarige spanische Schönheit verliebt.«

»So ungefähr«, sagte Mateo.

Tatsächlich hatte Mateos Vater in Mateos Mutter die Liebe seines Lebens gefunden. Er kam aus dem Ruhrgebiet, lernte in Córdoba seine künftige Frau kennen und war für alle anderen Frauen verloren. Mateo war sieben Jahre alt, als der Bauchspeicheldrüsenkrebs seinen Vater innerhalb von elf Wochen umbrachte.

»Gut, Mateo«, sagte Nacho. »Willkommen bei *Claro!*. Hier wird hart gearbeitet. Du fängst im Lokalen an, um den Laden kennenzulernen. Du hast den Schreibtisch neben Diego. Er kann dich einführen. Wer fürs Team spielt, kommt weiter.«

Mateo wollte dem Chefredakteur die Hand schütteln, doch der hatte schon die frische Ausgabe von *Claro!* aufgeschlagen.

Auf dem Weg zu seinem neuen Arbeitsplatz wurde ihm freundlich zugenickt. Mateo nickte zurück. Er mochte Großraumbüros. Er fand sie demokratisch. So sollte auch die Zeitung sein. Er stellte sich den Leuten in seiner direkten Umgebung vor und schüttelte ein paar Hände. Er setzte sich, klickte im Internet herum und richtete sich die wichtigsten Favoriten ein.

Rechts neben ihm saß sein neuer Kollege Diego und graste die Madrider Lokalnachrichten ab. Diego war Ende zwanzig und ein stiller, freundlicher Bartträger – Vollbart, im Gegensatz zur großen Schar der jungen Struppigen.

Sie sollten bis 13 Uhr alles sammeln, sagte Diego, und dann entscheiden, was in die Ausgabe des nächsten Tages komme.

»Machen wir auch Verbrechen?«, fragte Mateo. Er dachte an die Banden- und Drogendelikte aus dem Ruhrgebiet, mit denen er sich beschäftigt hatte.

»Kommt darauf an«, sagte Diego. »Die Regel heißt: Verbrechen mit Kick. Zum Beispiel, wenn ein sozialpolitisches Thema drinsteckt.«

»Was ist hiermit?«, sagte Mateo und zeigte auf seinen Bildschirm.

Diego ignorierte ihn. »Korruption machen wir fast immer, und zwar ohne Ansehen der politischen Partei. Jedenfalls weitgehend.« Er lachte.

»Aber das fällt doch unter Politik.«

»*Depende*. Manchmal spielen wir es im Lokalteil. Javier dort drüben bastelt die besten Infografiken der Welt. Malt kleine bunte Männchen mit vollgestopften Taschen, die einen Kometenschweif von Geldscheinen hinter sich herziehen. Wirklich lustig. Fast schon zu gut. Manchmal glaube ich, unsere Leser konsumieren seine Infografiken wie Comics. Wir unterhalten sie damit.«

»Und das hier?«, sagte Mateo noch einmal und nickte

seinem Bildschirm zu. »›Zwei Prostituierte in der Casa de Campo aufgegriffen. Hintergrund von Menschenhandel vermutet. Die Frauen weigern sich, auszusagen.‹«

»Habe ich auch gesehen«, sagte Diego. »Wir könnten irgendwann mal wieder eine Geschichte über die Veränderungen in der Casa de Campo machen.«

»Veränderungen?«

»Na ja. Wie die Polizei die Prostituierten von einer Ecke in die andere scheucht, damit ein bestimmter Teil des Parks immer vorzeigbar ist. Was dort nachts abgeht, was bei Tag und mit welchen Methoden die Polizei das erreicht. Vor allem am See soll es sauber bleiben, da darf kein Mädchen anschaffen gehen. Und am Zoo natürlich. Überall da, wo Kinder sind. Aber es scheint nicht zu klappen. Nachts ist in der Casa de Campo die Hölle los. Ich kann es dir mal zeigen. Man lernt etwas über die Menschheit.«

»Gern«, sagte Mateo. Irgendetwas reizte ihn daran. Er hatte den Verdacht, in seinem Kopf spukten immer noch Klischeevorstellungen über Prostitution herum.

»Ob an der Geschichte sonst noch was dran ist, keine Ahnung«, sagte Diego. »Tendenziell nein. Es gibt einfach zu viele Nutten. Und Nacho will nicht, dass wir aussehen wie ein Serviceheft für Sexkunden.«

»Besteht denn die Gefahr?«

Diego sah Mateo mit seinen jungen, ernsten Augen an.

»Weißt du, was ich mich gefragt habe? Wie viele anständige Leute gern über Nutten lesen und sich Fotos von Afrikanerinnen mit meterlangen Beinen, winzigen Röckchen und gepixelten Gesichtern ansehen. Ich habe den Eindruck, diese Artikel dienen nicht mehr der Information. Sie dienen dem Kitzel. Sie sind dazu da, damit sich die Wohlanständigen beim Morgenkaffee daran aufgeilen können, bevor sie ihre müden Ehefrauen anstrahlen und ins Büro hetzen. *El morbo de las putas.* Ein ewiges spanisches Thema. Und wir tun alles dafür, dass es so bleibt. Nur eine Vermutung von mir, Mateo. Nur eine bescheidene Vermutung.«

Die ersten Stunden vergingen schnell. Mateo arbeitete die Madrider Lokalnachrichten durch, las Agenturen und amtliche Webseiten. Diego zeigte ihm, wie sie die Auswahl trafen und die Formate festlegten. Irgendwann nach drei Uhr lehnte Mateo sich zurück und rieb sich die Augen, als ihn eine junge Kollegin am Ärmel zupfte, die er noch nie gesehen hatte.

»Du bist der Neue. Hallo. Ich bin Blanca.«

Sie hatte große Augen und trug ihr dunkles Haar in einer kurzen Föhnfrisur, die Mateo an französische Internatsfilme erinnerte. Ihr Gesicht war so schmal, dass der Mund riesig wirkte.

Mateo wartete darauf, dass sie noch etwas sagte, er wollte den Mund in Bewegung sehen. Doch erst einmal lächelte sie nur. »Ich bin Mateo«, sagte er wie ein Schüler. »Mein erster Tag.«

»Ich weiß«, sagte Blanca.

»Und du arbeitest ... wo?« Mateo sah sich um, als benötigte er einen Lageplan.

»Da hinten«, sagte Blanca und lachte. »Gesellschaft und Reportage. Du bist auf der Etage noch nicht sehr weit herumgekommen, nehme ich an.«

Blanca Palacios war ein paar Jahre jünger als Mateo und schien sich bei *Claro!* einen Ruf als Gesellschaftsreporterin erworben zu haben. Mateo erkannte es in den nächsten Tagen an der Selbstverständlichkeit, mit der sie von einem Tisch zum anderen ging und die Kollegen bei der Arbeit unterbrach. Und er sah es an der Häufigkeit, mit der ihre Geschichten im Blatt auffällig platziert wurden.

»Verstärkungen der Redaktion sind in diesen Tagen besonders interessant«, sagte Blanca. »Wegen der neuen Kampagne.«

»Davon haben sie mir gar nichts erzählt.«

»Wirst du schon noch mitbekommen«, sagte Blanca und legte Mateo die Hand auf den Unterarm. »Nachher erzählst du mir mal, was du so gemacht hast.«

Es gab nichts Schöneres, fand Mateo, als eine Redaktion von innen zu erleben. Hier wurde eine Zeitung gemacht, und man sah, roch und spürte es. Ein ewig unaufgeräumtes Großraumbüro, in dem die Sonne nicht unterging, übersät mit Papier, auch wenn überall Bildschirme glühten: Die *Claro!*-Redakteure blieben Produzenten von fester Materie. Dann der zarte, sich bisweilen zum Fortissimo steigernde Generalbass des Maschinenparks, die Drucker, Shredder, Faxgeräte und Kopiermaschinen. Gedämpftes Reden, dann wieder konzentriertes Schweigen. Gelegentliches Schnaufen, hin und wieder ein Lachen oder ein saftiger Fluch. Leise dudelnde Tischtelefone, Seufzen über klickenden Computertasten. Ungeduldiges Hin- und Herrollen auf dem Bürostuhl, wenn die Deadline nahte. Mateo liebte alles daran. Als er seine neue E-Mail-Adresse sah, durchströmte ihn ein warmes Gefühl: m.wassmann@claro.com. Er war bei der fünftgrößten Tageszeitung Spaniens. Er war angekommen.

Als Mateo vierzehn Tage dabei war, erinnerte sich Diego seines Angebots und schlug vor, in die Casa de Campo zu fahren. Er wolle seinem neuen Kollegen den Madrider Fleischmarkt zeigen, wie er sagte. Nach Einbruch der Dämmerung brachen sie auf. Es war windig, aber trocken.

Mateo empfand eine sonderbare Spannung. Er wollte durch das Straßennetz der Prostitution rollen, wie die Freier es taten, er wollte sehen, was sie sahen. Er wollte das System verstehen.

»Ich will dich auf etwas vorbereiten«, sagte Diego, als sie noch auf dem Paseo de Extremadura waren. »Zuerst denkst du, das ist die Bombenstory, darüber muss man doch schreiben! So viele Mädchen, so viele Männer. Was sind die Geschichten, die sich dahinter verbergen? Stimmt's?«

»Stimmt.«

»Und du sagst dir, dass für die Mädchen kaum etwas übrig bleibt, wenn sie nur zwanzig Euro für eine Nummer nehmen. Ist es so?«

»Ja. Und?«

»Ich sage nur. Mach die Augen auf. Dies ist der Sexmarkt von Madrid. Die Casa de Campo ist die Bedürfnisanstalt einer Metropole des Südens. Hier gibt's Banden aus aller Herren Länder, die Mädchenhandel treiben. Nur dass du die Schleuser und Sklavenhalter nie zu Gesicht bekommst.«

Sie kamen am öffentlichen Schwimmbad vorbei und fuhren weiter Richtung See. Noch bevor sie das Rondell erreichten, wo die Zone mit den Seerestaurants begann, hatten sie am Straßenrand gut zehn Mädchen gezählt, die meisten von ihnen Schwarzafrikanerinnen. Am Rondell wurde es unübersichtlich.

»Wohin fahren wir?«, sagte Mateo.

»Die klassische Route. Hier rechts weiter und um den See herum. Links konzentriert sich vor allem Osteuropa, wenn ich das richtig in Erinnerung habe. Die Zonen ändern sich gelegentlich, jedes Mal nach Einschreiten der Polizei. Aber das ist Augenwischerei. Ich glaube ja, viele von den Jungs in Uniform werden geschmiert, manche mit Liebesdiensten.« Diego bog ab. »Wir sind da. Jetzt rollen wir. Hab Verständnis, dass ich Musik anstellen muss. Fenster zu, bitte.«

Diego drückte auf einen Knopf, und ein feierlicher Männerchor erfüllte das Auto. Morales' Totenmesse. Sehnend stiegen die Stimmen in die Höhe, als wartete in den höchsten Noten schon die Erlösung. Dann kehrten sie auf den Boden zurück.

»Was hat es mit der Musik auf sich?«

»Trost«, sagte Diego. »Diese Musik hilft mir trauern. Dafür wurde sie geschrieben.«

Sie fuhren schweigend durch das Netz der Einbahnstraßen, die sich durch den Park zogen. Junge Frauen lösten sich vom Straßenrand und winkten, schürzten die Lippen, riefen ihnen etwas zu und versuchten, sie zum Anhalten zu zwingen. Hin und wieder drangen die Rufe bis in den Wagen hinein und begleiteten Morales' Männerchor. Das junge Leben und der Abschied; das Laster und die Erlösungsmusik.

Jede der Frauen hatte sich eine Rolle zugelegt und kämpfte auf ihre Weise, mit Frechheit oder Aufdringlichkeit, die Gier kaum verborgen unter dem Minimum automatisierter erotischer Gesten. Viele Gesichter fand Mateo schön. Er machte sich klein im Autositz, weil er nicht glotzend durch die dunklen Straßen rollen wollte. Das Spalier schien endlos, eine Reihung hektischer Beine, die hierhin und dorthin eilten.

»Als mich jemand zum ersten Mal hierherbrachte«, sagte Diego, »dachte ich daran, wie ich als Junge aufgeklärt wurde. Auf der Straße, wie alle von uns. Das hier ist die zweite Aufklärung.«

Tagsüber, erzählte Diego, war die Casa de Campo ein Erholungsgebiet für Fahrradfahrer, Jogger und Spaziergänger. Aber die Touristen, die mit den Gondeln der Schwebebahn in den Park getragen wurden, die Stadtautobahn M 30 überflogen und über die verbrannten Braun- und Gelbtöne der Landschaft zockelten, sahen von hoch oben auch das andere: Mädchen mit nackten Beinen und in knapper Wäsche, auf dem Rücken den Minirucksack. Die meisten hatten kleine Kinder oder ganze Familien zu versorgen. Mehrmals im Monat schickten sie bei Western Union Geld auf einen anderen Kontinent.

»Sei sicher, Mateo, diese Mädchen wissen, wie es ist, sich mit elf Tropfen Wasser zu waschen und drei davon für das Frühstück aufzubewahren. Nachts gibt es hier nur noch die Autos und die Mädchen. Gleich kommt der See. Die Nähe des nächtlichen Wassers gibt dem Ganzen etwas Besonderes, findest du nicht? Die romantische Untermalung des Geschäfts …« Er verzog das Gesicht.

Am rechten Rand, hinter Baumgruppen, entdeckte Mateo Parkbuchten mit ein paar Autos. Zwischen einem Auto und dem nächsten lagen nur ein paar Meter.

»Manchmal bringen die Freier das Mädchen danach wieder an seinen Platz zurück«, sagte Diego, ohne den Blick von dem sich dahinwindenden Asphaltband zu nehmen. »Manchmal auch nicht.«

Er verfiel wieder in Schweigen. Morales klang jetzt lauter, als rechtfertigte der Zustand der Welt jede Inbrunst vor Gott. Sie fuhren und ließen die Mädchen zurück. Doch hinter der nächsten Kurve standen weitere.

»Gott. Ich hatte nicht gedacht, dass es so viele sind«, sagte Mateo.

»Ich weiß. Wie soll jemand, der einmal hier durchgefahren ist, an eine vernünftige Welt glauben?«

»Du sagst, das alles ist bekannt, das muss nicht mehr erzählt werden.«

»Es gibt polizeiliche Statistiken über die Bordelle an Spaniens Landstraßen, weil dort fast nur Ausländerinnen arbeiten. Auf die Prostitution zu achten ist Einwanderungspolitik. Aber hier, das ist etwas anderes. Diese Mädchen sind *sinpapeles*, sie haben kein Visum und nichts. Die Banden nehmen ihnen die Pässe ab. Jeder weiß, dass sie ins Land kommen, aber niemand hat ein Interesse daran, sie zu zählen. Sie kommen erst dran, wenn alle Sozialprojekte im Haushalt versorgt sind.«

»Und weiter?«

»Das ist es, Mateo. Es gibt kein Weiter. Willst du diese vielen hundert Frauen in den Arbeitsprozess eingliedern? Hast du einen Job für sie?«

»Es ist unfassbar.«

»Vorsicht, das hier sind nicht nur arme Opfer. Darunter sind auch ganz ausgebuffte Mädchen, die zu faul waren, eine ordentliche Ausbildung zu absolvieren. Ein Freund mit einer gewissen Milieukenntnis hat mir mal gesagt: Wer in diesem Gewerbe arbeitet, ist entweder gierig oder dumm.«

»Das ist mir zu einfach«, sagte Mateo.

»Du gibst immer die richtigen Antworten.« Diego fuhr jetzt sehr langsam, schaute nach links, nach rechts und in den Rückspiegel. Weiter vorn sahen sie Bremslichter. »Ich wollte dir keine Predigt halten, bevor du es nicht mit eigenen Augen gesehen hast. Aber es ist, wie ich sage. Die Geschichte der Zustände in diesem schönen Park ist längst geschrieben.«

Mateo ließ nicht locker. »Es muss doch Menschen geben, die etwas unternehmen wollen.«

»Es *gibt* Menschen, die etwas unternehmen. Aber es sind zu wenige. Sieh dich um!« Diego seufzte. »Jetzt habe ich doch wieder gepredigt. Lass uns zurückfahren.«

7
Der Gott der Schmerzen

Nuria mag die erste Abendrunde, wenn die Mädchen gerade erst an den Start gegangen sind. Sie mag auch die fünfte Runde, wenn alle schon eingearbeitet sind und man sich mit Kurzformeln verständigt. Wenn man sich wiedersieht und nur noch ein kaum sichtbares Nicken braucht. Sie mag auch die Spannung, die sie erfasst, wenn sie ihre Runden dreht, um nach den Mädchen zu sehen, und die Situation noch nicht genau überschauen kann. Jede Nacht ist anders.

Würde jemand Nuria fragen, was die schönsten Augenblicke ihrer Arbeit sind, käme die Antwort ohne Zögern: die Augenblicke der Unsicherheit und der Gefahr. Die Situationen, in denen sie wirklich gebraucht wird. Die Hüter schützen die Mädchen nur so weit, wie es das Geschäft unbedingt erfordert. Das heißt, manchmal schützen sie die Mädchen überhaupt nicht, weil das Ergebnis stimmt, solange die Mädchen zum Ende der Schicht wieder vollzählig am Kleinbus sind. Sehen die Hüter sich genau an, wen sie da am frühen Morgen nach einer langen Nacht im Freien einladen? Nein, denn die Hüter sind ebenfalls müde, sie waren ständig zu Fuß unterwegs, sie mussten die üblichen Frustrationen verarbeiten wie unauffindbare Mädchen, mangelhafte Arbeitsleistung und die allgemeine Gleichgültigkeit der Mädchen gegenüber dem übergeordneten Geschäftsziel. Die Hüter zählen also schnell durch, wenn die Schicht gelaufen ist, manchmal begnügen sie sich auch mit einem ungefähren Eindruck, sie bellen ihre Befehle und karren die erschöpfte Menschenladung zur Finca zurück, um die Nacht abzuschließen und diese Arbeitseinheit – eine weitere in einer vielgliedrigen, unendlich langen Kette von Arbeitseinheiten – hinter sich zu bringen. Je schneller sie das schaffen, desto besser. Desto schneller finden sie selbst den Weg ins Bett, um am nächsten Abend wieder ausgeruht zur Verfügung zu stehen.

Bei Nuria ist es anders. Sie ist jünger als die Hüter, sie nimmt ihre Arbeit als sportliche Aufgabe, die nicht nur ihren Körper, sondern auch ihren Geist erfasst, und sie versucht, den Mädchen etwas von ihrer eigenen Härte weiterzugeben, sie gewissermaßen zu trainieren, damit sie ihre Arbeit besser und einträglicher erledigen können. Was den Kampfsport betrifft, so spricht sie nie davon. Es reicht, wenn die Mädchen spüren, dass Nuria da ist und sich um sie kümmert, genauer müssen sie es nicht wissen. Manchmal muss Nuria ein bisschen tricksen, weil sie aus dem Training Schwellungen und Hautrisse davonträgt, obwohl sie mit Helm und Mundschutz arbeiten. Dann lenkt Nuria die Aufmerksamkeit von ihrem eigenen Körper auf den des Mädchens, auf den komme es an, sagt sie, der müsse bereit sein.

Was für sie selbst die vollständige körperliche Präsenz im Kampfsport bedeutet hat und immer noch bedeutet, kann sie den Mädchen natürlich nicht sagen, sie kann es ihnen nur indirekt vermitteln. Dass sie stärker geworden ist und alles willkommen heißt, was die meisten Menschen zurückweisen würden: das Keuchen, das Schwitzen in der Gruppe, in der viel mehr Männer sind als Frauen. Das Brennen in den schweren Muskeln, wenn sie wie eine Verrückte trainiert hat. Das Klingeln des Schmerzes, wenn sie hart getroffen wird. Die Wunden, die sie nicht bemerkt hat, Kratzer, Prellungen, eine blutende Unterlippe, ein wundes

Ohr, gegen das ein fremder Ellenbogen gerieben hat. Nuria denkt unaufhörlich über Schmerz nach. Wenn sie ihn empfindet, versucht sie, ihn zu verstehen. Ist sie frei von Schmerz, fragt sie sich, wo er bleibt. Dann die Ruhe, wenn sie sich ins Bett legt und sofort einschläft, kaum dass sie die Augen schließt. Sich fallenzulassen hat etwas von Selbstaufgabe, aber erst, wenn der Tag vorbei ist. Vorher besteht ihr Sport aus Härte, Festhalten, Kontrolle. Etwas Höheres als sie selbst schwebt über den Kämpfern. Es gibt keine Ausnahmen und keine Entschuldigungen. Schlagen. Treffen. Getroffen werden. Zurückschlagen. Auf die Beine achten. Am Boden liegen. Dem Würgegriff entgehen. Dem Gegner mit der Rechten in die Seite schlagen, immer wieder, als ginge es auf eine Trommel.

Dann oben liegen, endlich. Durchatmen. Ruhiger werden, weitere Schläge anbringen. Die Augen schließen, weil Blut hineinläuft. Kraft sammeln, um den entscheidenden Griff zu probieren.

Was bleibt, wenn nichts mehr bleibt, wenn Nuria leer ist und nur noch zu Boden gehen will wie auf ein Bett? Sie darf diese Frage nicht zulassen, nicht einmal im Training. Erschöpfung macht Feiglinge aus uns.

Um mehr von ihrer Umgebung im Königspark wahrzunehmen, fährt Nuria manchmal langsam und mit ausgeschaltetem Licht. Dann kann sie am besten nachdenken. Mit dem Klicken der Gangschaltung im Ohr.

Bald ist der Sommer vorbei. Dann wird es Zeit, das Regenzeug herauszuholen, im Winter den Neoprenanzug. Überraschend gab es im August ein paar Regentage und heftige Gewitter. Nuria sieht schon den Jahreszeiten entgegen, die noch nicht da sind, weil Planung ihr wichtig ist.

Klar, auf die Mädchen hat das Wetter Einfluss. Und auf die Männer auch. Wenn das Wetter schlecht ist, haben die

Mädchen weniger Lust zu arbeiten, und viele Männer kommen erst gar nicht. Aber Nuria fährt ihre Runden. Sie sagt den Mädchen: »Wenn ich dich nicht zum Arbeiten bringe, tun es die Hüter. Das weißt du doch. Willst du, dass die Hüter kommen?«

Dann drehen die Mädchen sich weg und schauen die Straße hoch, ob nicht ein Auto zu sehen ist.

»Du musst bereit sein«, sagt sie zu den Mädchen. »So ist es für alle am besten.«

Nuria sieht ein, dass es Hüter geben muss, wenn das System im Königspark einen Sinn haben soll. Die Hüter dürfen es nicht bei Ermahnungen belassen. Dafür sind sie Hüter. Sie haben ihre Vorschriften. Genauso, wie Nuria ihre Vorschriften hat.

Bei Jacqueline muss sie sich nicht besonders anstrengen, die arbeitet von selbst, obwohl Nuria das Gefühl nicht los wird, dass Jacqueline eigene Pläne verfolgt. Auch Poppy, Salva und Alexa bereiten wenig Probleme. Die jungen Schwarzafrikanerinnen dagegen sind faul. Es fällt ihnen schwer, den Zusammenhang zwischen ihrer Arbeitsleistung und dem irgendwann in Aussicht stehenden Tag ihrer Freiheit zu erkennen. Oder können sie nicht rechnen?

Die Nigerianerinnen sprechen besser Englisch als Spanisch, ein weiterer Nachteil. »Ihr müsst Spanisch lernen«, sagt Nuria zu Bondad, die eigentlich Goodness heißt. Die Hüter haben ihr befohlen, ihren Namen ins Spanische zu übersetzen. »Sag es auch deinen Freundinnen, hörst du? Hier spricht niemand Englisch, es sei denn, ihr kriegt Engländer, Amerikaner oder Schweden. Aber das sind nicht viele. Der normale Kunde im Königspark spricht Spanisch. Kommt. Hadeel hat es auch gelernt.«

Es ist wirklich nicht so schwer. Sagen, was man anzubieten hat. Sagen, was man auf keinen Fall zu tun bereit ist. Wörter wie »Auto«, »Parkplatz«, »da drüben«, »kommen«, »Schluss«. Dazu die Zahlen: fünf, zehn, fünfzehn, zwanzig. Wer das nicht schnell lernt, ist faul. Und Faulheit ist schlecht fürs Geschäft, das muss Nuria den Afrikanerinnen immer wieder erklären. Auch beim Kassieren zeigen sich charakterliche Unterschiede. Manche Mädchen sind gierig, aber nicht verbindlich, und gefährden dadurch den reibungslosen Ablauf. Erika zum Beispiel ist zuverlässig, Irina weniger. Fevo lässt sich beim Bezahlen leicht übertölpeln. Es gibt noch so viel zu lernen.

Mit dem ersten Arbeitstag im Königspark hat Nuria den Kontakt zu ihren Eltern abgebrochen. Erst war es eine intuitive Entscheidung; dann ergibt sie einen tieferen Sinn. Als wollte Nuria Isas Verschwinden zehn Jahre zuvor im Kleinen nachspielen – sich für eine Weile in Luft auflösen und unsichtbar bleiben, wie lange, weiß sie selbst noch nicht. Mit ihrer Mutter hält sie seit ihrem Auszug nur sporadischen Kontakt. Ihr Vater stellt ihr mit Anrufen nach, er will reden und die Familie wieder zusammenbringen, als wäre in den vergangenen zwölf, fünfzehn Jahren nichts geschehen, als stünden sie alle noch am Anfang. Einmal, ein einziges Mal, nimmt sie das Gespräch an, als sie seinen Namen auf dem Display sieht, es ist schon dunkel, sie hat das Fahrrad gegen einen Baum gelehnt, und sofort bereut sie, dass sie nicht hart geblieben ist.

»Nuria? Ich bin's, Papa.« Durch die Leitung dringt ein kräftiges Räuspern. »Wollte mal hören, wie es dir geht.« Ihr Vater räuspert sich immer, wenn er sich Aufmerksamkeit verschaffen will. »Ob ich die Stimme meiner Tochter noch erkenne.«

Sie sagt: »Welcher von beiden?«

Sie meint zu hören, wie ihr Vater die Provokation verarbeitet, und lässt ungerührt die Sekunden verstreichen.

Er sagt: »Hast du von deiner Mutter gehört?«

»Nein. Ich hab zu tun.«

»Um diese Zeit? Wo bist du überhaupt? Draußen?«

»Ja.«

»Wann sehe ich dich denn mal? Ich wollte an unser letztes Gespräch anknüpfen. Ich hatte das Gefühl, wir haben es nicht zu einem guten Abschluss gebracht.«

»Das könnte sein.«

»Wir sollten in Ruhe über alles reden.«

Nuria lehnt sich gegen ihr Fahrrad und seufzt. »Es gibt nichts zu reden. Wir sehen die Dinge einfach anders.«

Wieder ein kraftvolles Räuspern. »Hast du Arbeit?«

»Ja.«

»Und darf man fragen, was du machst?«

»Nein.«

Ihr Vater scheint zu überlegen. Nuria stellt sich vor, dass er eine Liste mit Fragen abarbeitet. Für die nächste Frage braucht er ein paar Sekunden länger, er scheint sich nicht ganz sicher zu sein, ob es klug ist, sie am Telefon zu stellen. »Hör mal. Bist du noch mit diesem Miguel zusammen?«

»Nein.«

»Ah. Er hat sich aus dem Staub gemacht, dieser Miguel. Der wollte nur seinen Spaß.«

»Papa, damit hast du nichts zu tun. Meine Freunde sind meine Freunde. Alle hatten ihren Spaß.«

»Nuria.« Er klingt müde. »Gott ist bei dir, das weißt du. Er vergisst uns nicht. Niemanden von uns.« Er räuspert sich wieder. »Seit Monaten renne ich euch hinterher. Das ist nicht die Familie, die ich mir vorgestellt habe.«

»Papa, du hast jemanden vergessen«, sagt Nuria. »Wie oft soll ich dir noch sagen, dass du immer jemanden vergisst!«

»Halt dich da raus«, sagt er. »Was zwischen mir und Isabel ist, geht dich nichts an.«

»Oh, doch. Das geht mich eine Menge an. Sie ist auch

von mir weggegangen, nicht nur von euch. Wolltet ihr sie überhaupt wiederhaben? Hast du Isa ein einziges Mal gesagt, dass sie wiederkommen soll, was auch immer passiert ist?«

»Ich weiß nicht, was diese Frage jetzt soll…«

»Das ist doch die einzig sinnvolle Frage überhaupt! Sie entscheidet darüber, wer wir sind, was uns zur Familie macht, siehst du das nicht? Und wenn wir unsere Gespräche nicht zu einem guten Abschluss bringen, wie du immer sagst, vielleicht genau deswegen! Weil wir immer etwas auslassen. Weil wir nicht offen miteinander sind. Weil Isa zwischen uns … Weil sie fehlt. Das musst du doch sehen! … Hallo? Papa, bist du noch da?«

Die Leitung ist tot. Nuria will nicht darüber nachdenken, ob ihr Vater aufgelegt hat oder der schlechte Empfang im Königspark schuld ist. Für Nuria ist es der richtige Abschluss. Zeit, vom Radar ihres Vaters zu verschwinden.

Die ungeübten Mädchen, die Neulinge, haben immer noch Angst vor der Nacht. Sie sind es nicht gewohnt, im Dunkeln draußen zu sein. Nuria will es ihnen so leicht machen, wie es geht, doch der Wechsel der Schichten sorgt dafür, dass jedes Mädchen auch einmal nachts drankommt. Sie denkt: Durchschneidet die Nacht wie mit einem Messer. Duckt euch, verschmelzt mit der Dunkelheit. Vor allen Dingen, wehrt euch.

Hadeel und Marissa gehören zu denen, die nach Einbruch der Dunkelheit nicht mehr arbeiten wollen. Wenn sie überhaupt jemals arbeiten wollen.

»Wenn du nicht arbeitest«, sagt Nuria zu Marissa, »kann ich nichts für dich tun.«

Marissa ist klein und vielleicht schon jenseits der dreißig, es ist schwer zu sagen. Sie spricht so gut wie nie. Sie nickt nur. Marissa nickt auch dann, wenn sie eigentlich den Kopf schütteln müsste. Nuria weiß nichts über ihre Vergangenheit. Es ist besser so, sagt sie sich, die Mädchen sind jetzt hier und müssen sich anpassen.

Und dann Hadeel. Kein Wunder, dass sie kaum etwas verdient. Sie ist träge wie ein Stück Holz. Sie kommt nur dran, wenn die anderen Mädchen schon beschäftigt sind, sie muss nehmen, was übrig bleibt, und das sind die Schüchternen, die Verzweifelten, solche, die noch weniger Erfahrung haben als sie. Dabei kann Hadeel besser Spanisch als die meisten anderen. Warum macht sie das? Es ist, als würde sie ihren Kopf dazu benutzen, der Arbeit auszuweichen. Manchmal entdeckt Nuria sie im Halbdunkel, fast in den Büschen, wo sie von den vorbeifahrenden Freiern nicht gesehen wird. Unterdessen werfen sich die konkurrierenden Mädchen den Männern fast vor die Kühlerhaube oder geben dem langsam vorbeirollenden Auto einen Klaps, als wäre es ein Tier.

Es *sind* Tiere. Nuria hat es gleich erkannt. Die bösen Tiere der Nacht. Man muss mit ihnen umgehen lernen. Wenn ein Mädchen das nicht schafft, wenn es umherirrt und sich nicht vor den scharfen Zähnen in Acht nimmt, läuft es Gefahr, gefressen zu werden.

Die gewundenen Straßen im Königspark sind für Autos zu schmal zum Anhalten, erst recht zum Wenden. Es geht immer nur voran, nicht zurück. Wer niemanden einsteigen lässt, hat keinen Grund, auf einen der schummerigen Parkplätze abzubiegen. Wer nichts findet, muss aus dem Park herausfahren und zwei Kilometer weiter wieder hineinfahren. Dann noch einmal die ganze Strecke absuchen. Hoffen, dass ein Mädchen sich wieder eingereiht hat, das vorher nicht dabei gewesen ist und jetzt zur Verfügung steht. Schärfer hinschauen, ein Gespräch beginnen und die frühere Scheu überwinden. Fahren mehrere Freier dicht hintereinander, wie es am Wochenende oft vorkommt, muss sich der erste, der anhält, mit dem Mädchen schnell handelseinig werden und dafür sorgen, dass sie zu ihm ins Auto steigt, sonst wird weiter hinten gehupt.

Mit dem Fahrrad fährt Nuria an allen vorbei und erreicht selbst schwer zugängliche Stellen im Wald, abseits der Wege und Schneisen, die die Mädchen den Freiern vorschlagen. Sie versteht, was alle wollen und was alle fürchten. Sie versteht sogar die Polizei, die sich unter die Freier mischt, um darauf zu achten, dass der Handel geregelt abläuft.

Schnell hat sie gelernt, Polizeiwagen am Fahrstil zu erkennen, selbst wenn sie in Zivil kommen. Wenn sie sich nicht ganz sicher ist, ob sie es mit einem Zivilauto zu tun hat, beschleunigt sie und gibt vor zu trainieren.

Alexa, die schon länger auf der Finca ist, hat ihr erzählt, dass nur männliche Polizisten im Königspark patroullieren, angeblich, weil die Arbeit gefährlich werden kann. Es ist dunkel, die Methoden der Zuhälter sind unberechenbar, jedes Land bringt seine eigene Mafia hervor. Aber Alexa weiß, dass auch deswegen nur männliche Polizisten in den Königspark kommen, weil sie für Liebesdienste empfänglich sind. Jemand weiter oben hält es für richtig so.

»Du meinst, sie werden geschmiert?«

»Aber natürlich«, sagt Alexa. »Das weiß doch jeder. Eigentlich dürften wir gar nicht hier sein.«

»Und was passiert, wenn mal einer seine Pflichten ernstnimmt und eure Papiere sehen will?«

»Das wäre schlecht«, sagt Alexa. »Vor allem für uns. Sie könnten uns rauswerfen.«

Auf ihrer dritten Abendrunde schnappt Nuria ein Gespräch auf. Sie hat ein paar Minuten hinter einem Baum innegehalten, das Fahrrad außer Sicht, sie hat eine Pause gemacht.

Nein, eigentlich hat sie geträumt. Nuria nennt es Pause,

aber es ist wie ein Verschwinden bei reglosem Körper. Ihr Geist, er macht sich auf und schwebt davon. Das passiert ihr manchmal. Dass sie über die Vergangenheit nachdenkt und sich fragt, was hätte anders kommen können. Wie anders die Welt aussähe, wenn Onkel Víctor sie nicht verlassen hätte. Wenn Isa noch da wäre. All das.

Da hört sie, wie ein Wagen hält, und plötzlich sieht sie Hadeel hinter den Bäumen zu ihrer Linken hervortreten und hört Hadeels Stimme, eine ruhige, tonlose Stimme, die nichts fordert und nichts erwartet.

»Wie wär's? Lutschen fünfzehn, Ficken zwanzig.«

Der Fahrer hat die Scheibe herunter gelassen und sagt etwas, was Nuria nicht versteht.

»Nein«, sagt Hadeel, »gleich hier um die Ecke. Soll ich einsteigen?«

Aber der Fahrer tut nichts. Hadeel steht an der Beifahrertür, beugt sich in den Wagen und verhandelt mit ihm. Dann tritt sie einen Schritt zurück und sieht sich um. Nuria muss blinzeln, um zu erkennen, was Hadeel jetzt tut. Sie tritt noch einen Schritt vom Wagen zurück und legt den Kopf in den Nacken. Ja, sie schaut nach oben, als suchte sie etwas. Erst jetzt scheint Hadeel ihre Umgebung wahrzunehmen, die laue Luft, die Blätter über ihrem Kopf. Oder sucht sie etwas am Himmel?

»Wir können uns auch unterhalten«, sagt Hadeel, aber sie beugt sich nicht in den Wagen. »Ich unterhalte mich gern. Du musst mich nur bezahlen.« Sie wartet, nickt wieder. »Pass auf, ich steige ein, dann fahren wir da rüber und unterhalten uns.« Sie zeigt in die Nacht. »Und du überlegst dir, was du willst ... Bitte? Nein, ich habe doch gerade gesagt, dass du mich bez– ... Was? ... Ich soll mich für dich ausziehen, während du mir von deiner Mutter erzählst?«

Es fällt Nuria nicht leicht, jede Nacht weg zu sein. Tagsüber schläft sie, führt den Hund auf die Straße, geht zum Training oder hockt mit den anderen zusammen. Sie nennen es Wohngemeinschaft, weil man das so sagt, aber manchmal hat Nuria das Gefühl, sie teilen ein Floß auf hoher See. Es hat sie zufällig darauf verschlagen, das ist alles.

Wenn sie zum Kampfsport geht, erinnert sie sich wieder an die Zeit in Las Barranquillas. Sie hat sich dort auf sonderbare Weise sicher gefühlt, nicht nur, weil ihre Muskeln hart sind. Sondern auch, weil ihr Leben ... weniger wert ist. Darf sie das sagen? Sie glaubt nicht mehr an Gott, jedenfalls nicht an den Gott ihres Vaters, und doch empfindet sie den Satz als sündhaft: *Mein Leben ist weniger wert.*

Nein. Ihr Leben war nicht weniger wert. Sie war nur bereit, es einzusetzen. Und was Gott angeht, sie spricht noch mit ihm, auch wenn er ihr fern ist. Sie sagt ihm, dass sie einen anderen Gott sucht als den Gott ihres Vaters.

»Hör zu«, hat sie neulich laut gesagt, als sie im Augustregen vom Training gekommen ist. Sie hebt die Stimme, um keinen Zweifel daran zu lassen, mit wem sie spricht, sie will, dass die Hauswände der Calle Cartagena ihre Worte zurückwerfen, sie will plötzlich, dass alle es hören. »Hör zu, ich suche den Gott der Schmerzen. Bist du dieser Gott? Vergiss meine Frage nicht. Ich werde sie dir wieder stellen. Bist du der Gott der Schmerzen?«

Sie läuft durch den Regen, tritt absichtlich in Pfützen und hält das Gesicht in den Himmel.

Die Erinnerungen an Las Barranquillas sind nicht nur schlecht. Vielleicht hat Gott – ein Gott, dessen Namen sie nicht kennt – ihr beigestanden. Nur Luis hat nicht überlebt, der einzige aufrechte Junkie, wie Portu sagte, die einzige schöne Seele inmitten einer Horde Verworfener. Er war schon zu weit vom Weg abgekommen, war gelaufen, wo niemand läuft, und hatte seinen Platz für immer verloren. Luis mit seiner löcherigen Decke über den Schultern und der Milchtüte in der Hand. Nuria sieht wieder die spitzen Wangenknochen, die müden Augen, spürt noch einmal, wie sie es damals gespürt hat, dass er ihr unwiderruflich entgleitet.

»Ich habe nirgendwo mehr hingepasst, als ich aus dem Gefängnis kam.« Luis flüsterte nur noch. »Ich dachte, ich freue mich, rauszukommen. Ich bin der Welt zurückgegeben, lese Bücher und fange von vorne an. Die Bücher!« Seine Worte klangen, als versuchte er zu singen, leise wie ein Schlaflied. »Dabei lag mein Leben schon hinter mir.«

Luis kam nie wieder auf seine Geschichte zurück. Die Tage oder Wochen, die ihm noch blieben, lebte er in der Gegenwart. Manchmal sprach er von der Zukunft.

»Sag mal, du bist doch eine Fee«, sagte er zu ihr am vorletzten Tag. Diesmal, das wusste sie, würde sie Portu mitnehmen und nicht wiederkommen. »Kannst du mir nicht einen Liebestrank oder so was besorgen und einen schönen Mann aus mir machen?«

»Und dann? Was tätest du?«

»Ich würde eine sanfte Frau kennenlernen.«

»Um sie zu heiraten …«

»Um sie zu heiraten, ja. Es würde mir aber auch reichen, mit ihr zusammenzuleben.«

»Kannst du überhaupt noch an Frauen denken, Luis?«

Er wandte ihr den Kopf zu, und in seinen Augen glomm ein Licht auf. »Ich weiß, was du meinst. Das, was alle meinen. Ob ich's noch bringe.«

»Entschuldige, Luis.«

»Schon gut. Da ist nichts mehr. Hat mir auch nie viel bedeutet. Ich verstehe die Gier der Menschen nicht.«

Nuria schloss die Augen und lauschte auf die Nachtgeräusche. Doch da war nichts außer dem Knacken des Feuers und dem Ächzen des Metalls, das der Wind vom Autofriedhof herübertrug.

»Der Mensch, den ich liebe«, sagte sie.

»Was ist mit dem?«

»Der Mensch, den ich liebe, für den würde ich mir den Arm brechen lassen.«

»Ach.« Luis seufzte. »Ich hätte gern eine sanfte Frau, die neben mir liegt. Die da ist, wenn ich aufwache, und auf meine Milchtüte aufpasst. Ich glaube nicht, dass du bleibst.«

»Das glaube ich auch nicht.«

»Weißt du schon, wann du gehst?«

»Bald.«

Ihr letztes Bild, als sie an einem hellen Tag mit Portu an der Hand Las Barranquillas verließ, war ein blonder Junge, der ihnen entgegenkam, schmal, aber allem Anschein nach nicht drogenabhängig, mit Shorts und gebräunten Beinen, ein Sportler, ein Läufer vielleicht, der eine große Flasche Mineralwasser in der Hand trug und mit weit ausgreifenden Schritten in die Siedlung ging. Was verstehe ich schon von diesem Ort, sagte Nuria sich, als sie ihn hinter sich gelassen hatten, vielleicht ist alles ganz anders, als ich denke, nicht nur hier, überall.

Dann beschließt Nuria, bei Isa anzurufen. Es kommt ihr so lächerlich vor, dass Isa die Familie nach so vielen Jahren immer noch beschäftigt, aber niemand weiß, wie es ihr geht. Zumindest das will Nuria wissen.

»Hallo?«, sagt eine Stimme, die nach einem viel beschäftigten Menschen klingt.

»Isa? Ich bin's, Nuria. Ich wollte mal hören …«

»Nuria! Woher hast du diese Nummer?«

»Die hast du mir doch gegeben. Weißt du das nicht mehr?«

Nuria will das Gespräch beiläufig halten, obwohl sie genau weiß, dass kein Gespräch mit Isa beiläufig ist. Sie fährt freihändig, fühlt sich immer noch leicht, spürt den Nachtwind im Nacken.

»Wann?« Isas Stimme ist hart. »*Wann* soll ich dir diese Nummer gegeben haben?«

»Na, als wir beim letzten Mal miteinander telefoniert haben. Da hattest du noch eine andere.«

Und schon ist die Beiläufigkeit weg.

»Das geht *überhaupt* nicht. Du kannst auf dieser Nummer nicht anrufen.«

»Tut mir leid«, sagt Nuria. Sie bremst und stützt den Fuß auf die Bordsteinkante. Rechts von ihr liegt der See. Sie sieht den abnehmenden Mond. Sie macht noch einen Versuch, ihre Schwester ins Gespräch zu ziehen. »Wenn du wüsstest, Isa, was für einen tollen Blick ich hier gerade habe.«

»Hör mal, diese Leitung muss absolut frei bleiben.«

»Gut. Ich wollte auch nur ... Du kannst mir ja eine andere Nummer geben. Deine Privatnummer.«

»Ja, ich geb dir eine andere. Später.«

»Und ... geht es dir gut, Isa?«

»Ja, ja. Ich melde mich.«

Als es passiert, wundert Nuria sich nicht, im Inneren ist sie vorbereitet. Sie hat Hadeel schon länger nicht mehr gesehen, obwohl sie mehrmals um den See gefahren ist und gründlich gesucht hat. Nuria glaubt nicht daran, dass Hadeel einen Freier nach dem anderen bedient, auch nicht an einem Samstagabend.

Merkwürdigerweise hört sie erst Hadeels Stimme, dann die beiden Jungs, obwohl sie lauter sprechen als das Mädchen. Nuria sieht, dass einer Hadeel am Arm gepackt hat. Der andere öffnet hinten rechts die Autotür, damit der erste Hadeel hineinstoßen kann. Hadeel wehrt sich, aber sie kommt gegen den Griff des Jungen nicht an. Die beiden tragen Jeans, gebügelte helle Hemden und Gel im kurz geschnittenen Haar. Sie haben sich fein gemacht für die abendliche Vergnügung.

Nuria weiß sofort, die Jungs haben etwas Schlimmes vor. Das Auto steht am Rand einer kleinen Lichtung, gleich unter einem Baum. Das nächste Auto steht zwanzig Meter weiter, aber drinnen sind sie beschäftigt, von dort wird keine Hilfe kommen. Der eine der beiden Jungs hat schon seinen Gürtel geöffnet.

Nuria rollt auf dem Fahrrad näher. Einer der beiden hält inne und starrt Nuria an. Es ist der, der die Hintertür geöffnet hat.

Nuria sieht Gegnern nie lange in die Augen. Sie will keine Botschaft empfangen. Ihr Trainer hat ihr gesagt, dass ihr Gesicht in diesen Augenblicken teilnahmslos wirkt, fast unverschämt.

Der Junge, der sie immer noch anstarrt, scheint es auch so zu empfinden. »Verpiss dich! Oder willst du mitmachen?«

Nuria steigt ab und legt ihr Fahrrad behutsam in den Sand.

»Ich hab dir gesagt, du sollst dich verpissen!«

Nuria geht mit ruhigen Schritten auf ihn zu und lässt die Arme leicht schwingen.

»Bist du taub!«, schreit der Junge, aber Nuria ist schon bei ihm und tritt ihm mit der Hacke gegen die Kniescheibe. Sie zieht nicht voll durch, sie will nicht, dass der Junge sich für den Rest seines Lebens an diese Begegnung erinnert. Aber sie trifft ihn fest genug, um ihn jaulend zu Boden zu schicken.

Noch in derselben Bewegung und mit ruhigem Atem geht Nuria auf den zweiten Jungen zu.

»Lass sie los.«

Der Junge lockert verblüfft seinen Griff. Dann sieht er Nurias Gesichtsausdruck und lässt Hadeel los.

»Hadeel«, sagt Nuria. »Was schulden sie dir?«

Hadeel hat sich abgewandt.

»Sag mir, was sie dir schulden. Zwanzig? Dreißig?«

Hadeel schüttelt den Kopf. Sie zieht die Schultern hoch. Dann geht ein Zittern durch ihren Oberkörper.

»Vierzig? Hadeel? Sprich mit mir!«

»He, bist du bescheuert«, sagt der Junge, der noch auf den Füßen steht, »die Schlampe hat nicht mal angefangen!«

Nuria sieht ihm in die Augen und geht einen Schritt näher. »Sag mir, was du ihr bezahlt hast.«

»Was willst du überhaupt? Was mischst du dich hier ein?«

»Gewalt gegen die Mädchen kostet fünfzig Euro. Minimum. Also her damit.«

Nuria streckt langsam die Hand aus. Aus dem Augenwinkel sieht sie, dass der andere Junge auf dem Boden sitzt und sich wimmernd das Knie hält.

»Letzte Chance«, sagt Nuria. »Wenn ich noch einmal fragen muss, sind es hundert. Und es wird dir wehtun.«

Der Junge flucht, holt ein Päckchen Scheine aus der Hosentasche und zieht einen Fünfziger heraus.

»In meine Hand. So. Und jetzt entschuldigst du dich bei ihr und sagst, dass es dir leid tut. Auch im Namen deines Freundes.«

»Sag mal, hast du sie noch alle?!«

Nuria beugt sich nach vorn, als hätte sie nicht gut verstanden. Ihre Augen fixieren den Jungen. Mit dem Kopf macht Nuria eine unmerkliche Bewegung. Der Junge versteht. Er tut zwei Schritte in Richtung Hadeel.

»He, Entschuldigung.«

»Lauter«, sagt Nuria. »Sag ihr, dass es dir leid tut.«

»Es tut mir leid.«

»Auch im Namen deines Freundes.«

»Auch im Namen meines Freundes.«

»Und dass es nie wieder vorkommen wird.«

»Es wird … Es wird nie wieder vorkommen. Okay? Reicht's jetzt?«

»Pack deinen Kumpel ein und verschwinde. Sein Knie braucht Eisbeutel und viel Ruhe.«

Nuria geht zu Hadeel und legt ihr eine Hand auf die Schulter. Sie drückt sie so lange, bis die Jungen weggefahren sind.

»Vergiss die Idioten. Denk nicht mehr darüber nach.«

Hadeel macht sich los, um sich die Nase zu putzen. Sie schüttelt den Kopf.

»Wann sieht man bei euch denn die Sterne? In meinem Dorf ist alles voller Sterne.«

»Damit kann ich dir nicht dienen. Der Himmel von Madrid ist total versaut.«

Nuria beugt sich nach vorn und drückt ihre Wange gegen Hadeels Wange. Sie riecht Hadeels Haut, ein trockener Geruch nach Sand und Steinen, angenehm, nicht wie ein Mensch, sondern wie eine Landschaft. Nuria flüstert ihr ins Ohr, so langsam, als wollte sie Hadeel dazu bringen, jedes Wort zu wiederholen: »Willst du leben? Oder geschlachtet werden? Ich will, dass du mich rufst, wenn was ist. Ich will dich über den ganzen See hören.«

Nuria drückt sie kurz an sich, wie ein Kampfritual. Währenddessen lässt sie den Blick über die Umgebung wandern, ob ein Hüter zu sehen ist. Alles ist ruhig. Die Nachtgeräusche sind verstummt, aber der Morgen ist noch nicht da.

Sie gibt Hadeel den Geldschein. »Geh jetzt.« Sie drückt ihre weichen Schultern, prüft die untrainierte Muskulatur. »Zurück an die Arbeit.«

8

Hadeel

Wenn Hadeel nur lange genug herumgestanden hatte, schweiften ihre Gedanken ab und landeten wieder in der Welt, die sie verlassen hatte. Ein Dorf, wo jeder den anderen kannte und es keine verschlossenen Türen gab. Ein Dorf mit strahlender Sonne am Tag, kühlen Nächten und weiten Himmeln. Sie sah die an den Hang geschmiegten Häuser von Tizi Oussem und das lichterfüllte Hellbraun des Steins im Atlasgebirge – Bilder ohne Ton, als hätte jemand Menschen und Wohnungen in weite Ferne gerückt. Sie sah auch sich selbst, ebenfalls klein und weit entfernt, eine junge Frau, die trotz ihrer sechsundzwanzig Jahre noch immer keinen Mann gefunden hatte. Und weil sie immer geglaubt hatte, es liege an ihr, hatte sie ihre Schlüsse daraus gezogen und den Gedanken ans Heiraten aufgegeben. Das war Tizi Oussem am Ende für sie gewesen: der Ort, an dem sie wartete, ohne zu wissen, worauf.

Und dann kamen die Erinnerungen an die Monate vor ihrer Abreise nach Spanien, als die Veränderung spürbar wurde. Irgendjemand musste mit ihren Eltern gesprochen und ihnen verlockende Ideen eingegeben haben. Hadeels Mutter hatte immer wieder davon angefangen.

»Wisst ihr, Rehane von nebenan? Habt ihr gehört, wie gut es ihr jetzt geht? Sie schickt ihrer Familie zweimal im Monat Geld. Sie arbeitet als Verkäuferin in Europa.«

Am nächsten Tag ging es weiter.

»Zuhrah wird demnächst auch nach Europa gehen. Nach Spanien. Dann bekommt ihr Großvater die Operation, die ihm die Schmerzen nimmt.«

Hadeel hatte sich bis dahin nicht getraut, ihre Eltern zu fragen, woher sie diese Neuigkeiten hatten. Oder sie war zu stolz gewesen. Ihre Mutter fand, der Stolz werde eines Tages ihr Verderben sein, und wenn ihre Mutter böse auf sie wurde, wie es in jenen Monaten öfter vorgekommen war, dann schimpfte sie laut auf Frauen, die ihre besten Jahre verstreichen ließen.

Seitdem waren die Andeutungen fast täglich gefallen, und Hadeels Eltern benutzten dafür schöne Wörter. Sie sagten »Europa«, und ihre Stimmen klangen voller Licht und Hoffnung. Sie sagten »Arbeit«, und während Hadeels Vater ernst nickte und auf seine Hände heruntersah, die schon seit langem nutzlos waren, zog Hadeels Mutter Naima zu sich heran und tat so, als müsste sie ihr die Haare ordnen. Auch Naima, die längst zu alt war, sich von ihrer Mutter hübsch machen zu lassen, sah Hadeel an, als wüsste sie, was die Eltern dachten. Hadeel konnte sich sogar vorstellen, ihre Eltern hätten die Jüngste der Familie beiseitegenommen und ihr erzählt, demnächst werde ihre große Schwester »nach Europa« aufbrechen, damit es allen besser ginge.

Hin und wieder kamen Wanderer aus Europa nach Tizi Oussem, aber sie brachten kein Geld mit. Nein, wer Geld verdienen wollte, sagten Hadeels Eltern, durfte nicht warten. Der musste nach Europa gehen.

Lag Hadeel damals noch spät in der Nacht wach, stand sie manchmal auf, ohne ein Geräusch zu machen, damit Naima nichts merkte, und ging ins Badezimmer. Sie wusste, wie sie die verzogene Holztür des Badezimmers lautlos schließen konnte. Drinnen schob sie mit unendlicher Langsamkeit den Riegel vor, den sie heimlich geölt hatte. Dann zog sie sich das Nachthemd aus und betrachtete sich im Spiegel.

Ihre Brüste waren klein und hingen schon herunter wie bei einer Frau von mittleren Jahren. Ihre Schultern waren rund und schön; die Beine kräftig, mit glatter Haut, die zu ihrem dicht behaarten Dreieck hin immer glatter wurde, fast wie Seide. Das Becken war breit, ausladend, wer konnte etwas dagegen haben? Doch was sie von ihrem Hintern sehen konnte, wenn sie sich umdrehte und einen Blick in den Spiegel zurückwarf, war entmutigend. Die helle, sechsundzwanzig Jahre alte Haut war nicht mehr straff, sondern voller Unebenheiten, Streifen und Mulden.

Als es ihr zum ersten Mal aufgefallen war, zweieinhalb Jahre zuvor, hatte sie gedacht, sie müsse es ihrer Mutter erzählen. Sie wollte sich Rat holen, ob ein Arzt etwas gegen die Mulden auf der Rückseite tun könnte. Aber dann fiel ihr ein französisches Magazin in die Hände, das ein Händler aus Asni dagelassen hatte, und Hadeel erfuhr viel über die Sorgen, die sich die Frauen aus Frankreich um ihre Haut machten. Besonders um Oberschenkel und Gesäß. Die Frauen aus Frankreich kämpften mit denselben Problemen wie sie, Hadeel!

Da wusste sie es. Es gab keine Medizin gegen die Mulden in ihrer Haut außer sehr teuren Cremes, die die französischen Frauen sich leisten konnten. In dem Magazin hieß es, man müsse sich jeden Tag eincremen und außerdem Gymnastikübungen machen, um die heilsame Wirkung der Creme zu unterstützen. Wie sollte sie das jemals schaffen? Als es ihr etwas besser ging, ließ sie das Magazin verschwinden.

Sie hatte schon oft über die ungleiche Verteilung des Reichtums auf dieser Welt nachgedacht, aber noch nie hatte sie darüber eine so starke Wut empfunden wie diesmal. Immer wieder prüfte sie in den folgenden Wochen ihre Haut. Immer wieder zog sie sich leise aus, drehte sich um und ließ ihren Blick über die entstellten Zonen auf ihrer Rückseite wandern. Bis sie eines Tages genug hatte. Wem wollte sie denn gefallen? Es kam doch sowieso niemand. Der Zug war abgefahren und hatte sie mit dem Koffer in der Hand zurückgelassen. Sie tat gut daran, sich in das Unabänderliche zu fügen.

Es musste in jenen Wochen voller Sorge und Bedrückung gewesen sein, dass sich auf Hadeels Stirn, genau zwischen den Augen, zwei senkrechte Falten bildeten.

Ihre Mutter bemerkte es zuerst. Warum sie immer so böse dreinschaue, fragte sie.

Böse? Sie sei nicht böse, antwortete Hadeel.

»Dann sieh dich mal im Spiegel an, wie du immer schaust«, rief ihre Mutter. »Man glaubt, du willst jemanden umbringen!«

Und es stimmte. Sie sah böse aus, selbst wenn sie sich ruhig fühlte. Sie dachte daran, dass sich die französischen Frauen das Böse sicher einfach aus dem Gesicht massieren ließen und mit ihren glatten Hinterteilen zu ihren Freundinnen gingen, um mit ihnen Tee zu trinken.

Wenn Hadeel sich trösten wollte, dann nachts. Immer, wenn Naima bei ihrer Cousine im Nachbardorf übernachtete, zog Hadeel sich unter der Decke das Nachthemd hoch, ließ die Finger über ihr Geschlecht wandern und stellte sich Männer vor, die sich im Dunkeln zu ihr legten. Sie erfand schöne Sätze, die die Männer zu ihr sagten, und wenn die Männer (sie ähnelten einander und verschmolzen bald zu einer einzigen Person) eine Kerze anzünden wollten, um sie besser zu sehen, sagte Hadeel: Nein, kein Licht, das brauchen wir nicht. Und als der Mann sagte, er wolle sie aber bewundern und jeden einzelnen Körperteil von ihr besingen, gab Hadeel nach und ließ zu, dass er die Kerze anzündete.

Ich weiß genau, wie du aussiehst, sagte der Mann. Ich habe im Dunkeln doch schon alles ertastet.

Da wäre ich mir nicht so sicher, sagte Hadeel leise.

Aber als der Mann Licht gemacht hatte und der helle Kerzenschein auf Hadeels Körper fiel, leuchtete die Glut in seinen Augen auf, weil er sich an seiner Geliebten nicht sattsehen konnte. Er berührte mit den Fingern ihre Schultern und Brüste. Er umfing ihre Knie, streichelte ihr die Waden, küsste ihren Mund und die Augenbrauen. Tief vergrub er die Nase in ihrem Haar und atmete ein, aus, ein, aus.

Dann lächelte er sie an. Er drehte sie auf den Bauch und legte sich auf sie, damit sie seine Erregung spüren konnte. »Hadeel«, sagte er. »Hadeel, Hadeel.« Sie stieß einen kleinen Schrei aus, als er ihre Hüften packte und in sie eindrang. »Hadeel.« Als er ganz in ihr war, legte er sich der Länge nach auf sie.

Sie verlor das Zeitgefühl, wusste aber, dass viele Minuten vergangen sein mussten, denn das Stöhnen hatte ihr die Kehle ausgetrocknet, und auch der Mann klang heiser. Sie hatten kein Wasser, doch wie hätten sie jetzt aufstehen können? Mit heiserer Stimme sagte der Mann, ihr Liebhaber, immer wieder »Hadeel«. Er hörte nicht auf, sich auf ihr zu bewegen und sie von einem Gipfel zum nächsten zu führen.

Sie konnte die Begegnung mit ihrem Liebhaber immer wieder erleben, und im Lauf der Zeit wurden ihre Spiele wilder. Hadeel besaß keine besonderen Kenntnisse von der Liebe, nur das, was sie vor Langem von Freundinnen, die inzwischen alle verheiratet waren, gehört hatte. In ihrem geheimen Leben, das sie anfangs nur führen konnte, wenn Naima nicht zu Hause schlief, griff sie nach dem Glied des Mannes und nahm es in den Mund. Überhaupt nahm sie sich sehr viel Zeit, seinen Körper zu erforschen. Sie lernte noch, und so sagte sie es auch ihm: Ich lerne noch! Es machte ihr Spaß, seine Wünsche zu erahnen und das Leuchten in seinen Augen zu sehen, doch am tiefsten spürte sie den Triumph, wenn sein Mund sich verzog und seine Lippen vor Erregung zu zittern begannen.

Manchmal war ihr Liebhaber scheuer als sie, dann musste sie ihm zeigen, was sie gern hatte. Später kam es sogar vor, dass sie sich ihren Phantasien auch dann überließ, wenn Naima zwei Meter weiter schlief. Es erregte sie, dass alles noch viel heimlicher vonstattengehen musste, weil niemand von den nächtlichen Besuchen des Mannes erfahren durfte. Wie oft musste sie ihm den Finger auf die Lippen legen, damit er nicht so laut war!

Eines Morgens fragte Naima, warum sie so unruhig schlafe. Ob sie Schmerzen habe?

»Nein. Vielleicht ein böser Traum.« Naima sah sie misstrauisch an und wollte etwas erwidern. Doch dann schwieg sie.

Hadeel lebte nicht hinter dem Mond, aber als sie von ihrer Freundin Fatima erfuhr, dass man im Internet in Echtzeit mit einem Familienangehörigen sprechen konnte, der sich »in Europa« aufhielt, und dass man diesem Familienangehörigen am Bildschirm Fragen stellen, ihn die Arme verschränken oder sich die Nase schneuzen sehen konnte, veränderte sich ihr Weltbild. Aus der Möglichkeit, einen Bruder oder Onkel auf den Schirm zu zaubern, der nicht mehr in der Heimat lebte, erwuchs in Hadeels Phantasie eine ganz andere, ungeahnte Gelegenheit: mit ihrem Geliebten zu sprechen. Dem Mann, der sie inzwischen Nacht um Nacht besuchte und seine Leidenschaft mit ihr teilte. Seines fiktiven Charakters wegen hatte Hadeel ihm keinen Namen gegeben (sie nannte ihn »Geliebter«, »mein Lieber,

Süßer«, »mein Retter« oder auch »mein geliebter Mann«), doch in ihren Phantasien, die von großer körperlicher Konkretheit waren, weil sie sich jede Nacht zuverlässig einstellten, besaß der Geliebte bestimmte Charakterzüge. Er konnte scheu sein, fand nach dem Liebesspiel aber auch Gefallen an langen Gesprächen; er war leise, rief in Momenten der Leidenschaft aber laut und mit ungebremster Wildheit ihren Namen; er schien ein fröhliches Naturell zu besitzen, sank jedoch – ebenfalls nach dem Liebesspiel – immer wieder in grüblerisches Schweigen, das ihn noch anziehender erscheinen ließ. Je länger sie mit ihm umging, desto mehr verstand sie, dass ein Mensch aus vielen Menschen besteht und dass der Einzelne nicht immer weiß, welches seiner inneren Wesen gerade die Oberhand gewinnt.

Eines Tages begleitete sie ihre Freundin Fatima ins Nachbardorf. Fatimas Onkel besaß einen Computer und sprach zu bestimmten Gelegenheiten mit den Familienangehörigen, die sich »in Europa« aufhielten. Einen hatte es nach Frankreich verschlagen, zwei nach Portugal, vier nach Spanien. Hadeel sah Männer mit blechernen Stimmen und unscharfen Konturen, deren Bewegungen Schlieren über den Bildschirm zogen. Manchmal setzte die Verbindung aus, und das Bild gefror. Ein erwachsener Mann verharrte vor ihren Augen in einer Position, die ihn wirken ließ wie ein Kind. Doch es waren wirkliche Männer, und einen von ihnen hatte Hadeel, wie sie sich erinnerte, vor Jahren einmal kennengelernt.

Es mochte also sein, dass Hadeel dem Gedanken, sie könne selbst eines Tages nach Europa gehen, im Inneren Vorschub geleistet hatte. Wer weiß, vielleicht hatte wirklich etwas in ihrem Gesicht aufgeleuchtet, wenn von Städten wie Lyon, Marseille, Madrid die Rede war? In Fatimas Haus wurde viel von Europa gesprochen.

Einmal, als Hadeel bei Fatimas Onkel wieder vor dem Computerbildschirm saß, hatte sie sich auf Skype mit einem von Fatimas Verwandten unterhalten. Sie musste sich konzentrieren, denn die Verbindung brach immer wieder ab, so dass sie manchmal minutenlang vor einem eingefrorenen Bildschirm saß, aber beide Seiten bewiesen große Geduld, und wenn dann wieder ein paar Sekunden lang ein Gespräch möglich war, lachte Hadeel so unbekümmert wie Fatimas Verwandter auf der anderen Seite. Er war ein Mann mit vorstehenden Wangenknochen, glühenden Augen und kräftiger Stimme. Sein Alter konnte sie schlecht schätzen, das Bild war zu verwischt. Aber er mochte schon Ende dreißig sein. Sie stellte sich vor, der Mann lebte allein in der fremden Stadt und hatte schon seit Langem keine Frau mehr gehabt.

»Es ist, als ob ihr euch kennen würdet«, sagte Fatima und stieß Hadeel in die Seite. »Dabei könnte ich schwören, dass ihr euch nie gesehen habt. Tamir lebt schon seit fünfzehn Jahren in Lissabon.«

»Hat er eine Frau?«, fragte Hadeel.

»Ach, das ist eine lange Geschichte. Nimm dich vor ihm in Acht.«

»Keine Sorge«, sagte Hadeel und lachte.

Ihre nächtlichen Phantasien nahmen jetzt eine noch deutlichere Gestalt an. Ihr Geliebter trug die Züge von Tamir. Ihr Geliebter verlor die Zurückhaltung und legte sich auf sie, sobald er in ihr Zimmer getreten war. Ihr Geliebter sprach mit kräftiger Stimme, und selbst im Dunkeln konnte sie das Glühen in seinen Augen sehen. Manchmal kam es ihr so vor, als gefriere sein Bild in ihren Armen, wie es bei der aussetzenden Leitung auf dem Computerbildschirm gefroren war. Dann hielt sie ihn so lange fest an sich gedrückt, bis er wieder zum Leben erwachte. Sie mochte alles an ihm, selbst seinen scharfen Körpergeruch und seinen

Zigarettenatem. Hadeel konnte sich nicht vorstellen, jemals einen anderen Mann zu lieben als Tamir.

Dennoch war sich Hadeel ganz sicher, dass sie gegenüber ihren Eltern nicht als Erste von Europa gesprochen hatte.

»In Europa«, sagte Hadeels Mutter eines Mittags, »gibt es immer noch Arbeit.«

Ihr Vater sah auf seine Hände hinunter. Seit er die Stelle in der Töpferei verloren hatte, saß er viel zu Hause.

»Wo«, sagte Hadeel. »Wo gibt es Arbeit? Keiner weiß, wo es Arbeit gibt.«

»Denk darüber nach«, sagte ihre Mutter. »Rehane hat es auch geschafft. Wenn du vor fünf Jahren gegangen wärest, hättest du heute einen Mann. Und hast du das von Zuhrah gehört? Sie geht demnächst. Ihr könntet zusammen gehen.«

In diesem Augenblick sah Hadeel ihr bisheriges Leben vor sich, und sie erkannte, dass sie träge gewesen war. Sie hatte nicht die Unruhe anderer junger Frauen im Dorf verspürt, die der Enge und Hoffnungslosigkeit entfliehen wollten, sondern sich eher bestätigt gefühlt, wenn sie schlechte Nachrichten von den Ausgewanderten erreichten. Es war gefährlich fortzugehen. Man war den Behörden und Bestimmungen eines fremden Landes ausgesetzt. Man wurde mit Misstrauen betrachtet. Man verstand die Sprache nicht. Auch das Essen war anders.

Vieles von dem, was sie gehört hatte, klang in Hadeels Ohren nicht nach einem besseren, sondern nach einem schlechteren Leben. Die ärmsten ihrer Landsleute waren als Saisonarbeiter in der spanischen Obst- und Gemüseernte gelandet, bei Hungerlöhnen und unter fürchterlichen Bedingungen. Manche lebten in Erdlöchern, zu siebt, und hatten nur Plastikplanen gegen den Regen. Für Frauen war da kein Platz. Bisher hatte Hadeel ihre eigene Trägheit immer als Klugheit angesehen und sich durch die Schreckensberichte von den andalusischen Erntefeldern bestätigt gefühlt. Es war nicht die Welt der Marokkaner. Nur die Stärksten kamen durch.

Und doch fragte sie sich jetzt zum ersten Mal, ob sie wirklich untätig bleiben wollte, bis es zu spät wäre. Die Ungewissheit, sie gehörte vielleicht dazu. Worauf wartete sie noch? Wenn sie ihr Leben verändern wollte, musste sie mutig sein. Sie sprach ein bisschen Spanisch. Wenn sie jemals einen Mann finden wollte, musste sie den Sprung wagen.

Die Stimme des Hüters riss Hadeel aus ihren Erinnerungen.

»Was stehst du da hinten rum, du Schlampe! Komm näher an die Straße, verdammt!«

Der Hüter kam zu ihr und packte sie am Arm.

»Hierhin jetzt, schön ins Licht. Beweg den Hintern!«

Hadeel ließ sich mitzerren.

Sie musste besser aufpassen, sie durfte sich nicht in nutzlosen Gedanken verlieren.

Als sie wieder am Straßenrand stand und den näher kommenden Scheinwerfern entgegensah, erlosch ihr Blick, sanken die Mundwinkel herab, zog sich ihr Körper zusammen, als wollte sie sich klein machen, um in einem Erdloch zu verschwinden.

»Hier bleibst du stehen, hörst du?« Der Hüter sah sie ausdruckslos an. »Und nach der Schicht zeigst du mir dein Geld. Wir werden dich schon zum Arbeiten kriegen. Wir kriegen alle zum Arbeiten.«

9
Die Körper lügen

»Wenn er mich nicht will, gehe ich. Wenn er mich behalten will, soll er mich bezahlen.«

Das waren Nurias Sätze gewesen. Rico Vargas hatte sie sich von den Hütern mehrmals bestätigen lassen. Wer sagte denn so was? Ein Mensch, der frei war, zu kommen oder zu gehen. Ein unabhängiger Mensch, ein nicht beeinflussbarer, nicht erpressbarer Mensch. Oder aber – was Rico Vargas in jenen Wochen nicht zu denken wagte – ein Mensch, dem alles egal ist.

Aber so sah Nuria nicht aus, wie hätte er darauf kommen sollen, Rico Vargas hatte schon mit vielen Menschen unterschiedlichen Schlags zu tun gehabt, er kannte berechnende, abgestumpfte, gleichgültige, hinterhältige Menschen, er kannte solche, die zuverlässig waren und jenseits eines bestimmten Punkts nicht mehr, weil jedes Menschen Moral einen Anfang und ein Ende hat, auch wenn die wenigsten Menschen etwas davon wissen wollen, sie lassen die Grenze lieber im Ungewissen. Nur dass Rico Vargas es nicht Moral nannte. Er bezog alles auf sich, er fragte also: Ist sie zuverlässig? Kann ich mich auf sie verlassen? Und auch an diesem Punkt kannte er sich selbst nicht gut genug. Er ließ außer acht, dass er neugierig geworden war und Nuria beobachten, sie um sich haben wollte, um sie zu studieren wie ein Objekt. Das war überhaupt eine seiner unbewussten Schwächen: lernen zu wollen, was das Leben ihm bis dahin nicht vermittelt hatte, weil die Gelegenheit gefehlt oder sein Vater sich keine Gedanken um das Fortkommen seines Sohnes gemacht hatte. Es war in Marchena einfach zu wenig geschehen, und nun musste Rico mit fünfunddreißig Jahren sehen, wie er das Versäumte nachholen konnte, während das Geschäft ihm kaum eine Atempause gönnte, und das war der eine Vorwurf, den er sich nie machen wollte: dass er zu träge gewesen wäre, etwas Wichtiges zu erledigen, dass er sich nicht genug gekümmert hätte, wo doch so viel im Geschäftsleben von sorgfältiger Beobachtung abhing.

Wenn er mich nicht will, gehe ich. Wenn er mich behalten will, soll er mich bezahlen.

Gut, er bezahlte sie. Er bezahlte sie, indem ein Hüter ihr nach jeder abgelaufenen Woche die Scheine in die Hand drückte, die sie einsteckte, ohne sie zu zählen, Rico hatte sich erkundigt. Und das war möglicherweise ihre Seite der Vereinbarung, vielleicht auch ein Zeichen für ihn, Rico Vargas: dass sie die richtige Bezahlung nie infrage stellte, dass jeder tat, was von ihm erwartet wurde.

Einmal, ein einziges Mal, kam es zu einer Peinlichkeit, die glücklicherweise nur Rico bemerkte, und das war, nachdem er seine Kontrollgänge im Mädchentrakt und die gelegentlichen Besuche im Mädchengemeinschaftsbad wieder aufgenommen hatte. Er kam eines Nachmittags herein und sah drei Mädchen beim Duschen, links Poppy, dann Alexa, daneben ein Mädchen, das den Kopf gesenkt hielt und sich das Haar schäumte, er erkannte sie nicht sofort und schaute genauer hin, es war eine seiner Gewohnheiten, auch beim Hinschauen nicht oberflächlich zu sein. Er sah den blauen Fleck am linken Oberarm, eine kräftige Schramme am Unterschenkel, und als er sich fragte, wer das Mädchen war, begriff er, dass es Nuria war, so dass er sich lautlos und mit undurchdringlichem Gesichtsausdruck aus dem Bad zurückzog, ohne dass ihn jemand gesehen hätte – Alexa vielleicht, aber ihr Aufschauen war kurz und gleichgültig gewesen. Erst draußen beschleunigte Rico seine Schritte und erreichte zügig sein Büro, wo er innehielt. Hatte Nuria einen Konflikt mit den Hütern gehabt, hatten sie sich geprügelt? Er konnte sich nicht vorstellen, dass die Hüter ihm so etwas verschwiegen hätten. Er dachte über Körper nach, und beim Nachdenken über den, den er gerade zum ersten Mal nackt gesehen hatte, dachte er über manches mehr, anderes weniger nach. Er hatte die Verletzungen dieses Körpers gesehen, weil sie auffällig waren, aber vor lauter Schaum und Wasser und Ablenkung durch die Verletzungen hatte Rico kein ausreichendes Bild dieses Körpers erhalten, nur dass er sportlich war, das war ihm klar, aber das ergab sich schon aus Nurias Training, es machte ihr nichts aus, mit dem Rad von Alcorcón in die Casa de Campo zu fahren, im Gegenteil, sie suchte solche Gelegenheiten, auf ein paar Dutzend Kilometer mehr oder weniger schien es ihr nicht anzukommen.

Sportverletzungen, sagte er sich, am Körper bleibt immer etwas hängen, und damit hatte er, egal, in welchem Licht man es betrachtete, nicht unrecht.

Jeden Zugewinn in der Liebe bezahlt man mit einem Verlust, so hatte Rico es viele Jahre zuvor von Ana gelernt. Denn was ihm an Ana »freier« vorkam als bei Alicia, erschien ihm zugleich schamloser und – nachdem die wichtigsten erotischen Lektionen gelernt waren – enttäuschend arm an Geheimnissen. Ana hatte sich zwischen den Beinen enthaart und nur einen kleinen schwarzen Streifen stehen gelassen. Der dunkle Streifen wirkte wie eine Einladung, sie mit der Zunge zu erkunden, und dem jungen Rico wurde klar, dass er tatsächlich einer der Männer war, die dies taten.

Einer in einer Reihe, die lange vor ihm angefangen hatte und bei ihm nicht enden würde.

»Haben wir es nicht gut?«, fragte Ana, wenn sie nach dem Liebemachen in ihrer kleinen Wohnung auf dem Bett lagen und sie sich eine Zigarette anzündete.

Rico schwieg. Er hatte sich wieder vor sich selbst geekelt, nachdem er gekommen war, und hatte es eilig gehabt, sich zu waschen. Später brauchte er ein Laken, um sich zu bedecken, er wollte nicht an die Liebe erinnert werden, zu der es ihn immer wieder zurücktrieb, weil er gierig war, so gierig wie sie. Ana machte schon Witze über seinen Drang, die Spuren ihres Sex sofort zu tilgen.

Die Körper lügen.

Er wollte sich nicht besudelt fühlen, aber war es nicht seine eigene Schuld? Er ließ sich gehen, er gab nach, auch Ana gab immer wieder nach, sie waren bequem und taten nur, was alle miteinander taten, alle ohne Ausnahme, es war gewöhnlich, es war ... niedrig.

Von Anas Wohnung aus sah Rico in einen Streifen Himmel, der von Parabolantennen durchschnitten wurde. Einmal hatte er dort zwei Vögel beobachtet, die lange auf den Antennen herumhüpften und miteinander zu kommunizieren schienen.

Im Lauf der Tage kehrten Ricos Gedanken immer wieder zu den beiden Vögeln zurück, immer in den Minuten nach der Liebe, wenn Ana ihr kleines Ritual vollzog: Zigarette rauchen, Bademantel anlegen, über Belanglosigkeiten reden. Er sah die beiden Vögel nicht wieder, doch in seiner Phantasie sah er ihre kleinen, umherhüpfenden Körper mit dem grauen Gefieder und hörte ihr Tschilpen, das nicht aufgeregt geklungen hatte, sondern ruhig, wie ein Austausch über Selbstverständlichkeiten. Sie waren erwachsen, dachte er. Sie hatten sich für ein bestimmtes Leben entschieden. Es war, als wollten sie ihm etwas sagen.

Irgendwann hörte Rico auf, von Ana etwas zu erwarten. In diesem Moment hätte er sofort aufstehen und ihr Schlafzimmer für immer hinter sich lassen können, aber er war neugierig auf das, was geschehen könnte, wenn ihm etwas Unvorhergesehenes einfiele. Ein Gefühl von Macht erfüllte ihn, weil er über etwas nachgrübelte, von dem Ana nichts ahnte. Und vielleicht hätte er viel später auf die Frage, wann die Kälte in ihm erwacht war und ihn zum Zuhälter gemacht hatte, geantwortet: Damals, als ich den beiden Vögeln zusah und das Gefühl hatte, weniger mit dir auszutauschen als sie. Damals, als ich die Langeweile entdeckte.

Ein paar Tage lang verschaffte ihm dieser Gedanke Lust, und seine Liebesspiele nahmen eine aggressive Färbung an. Es musste etwas geschehen, dachte er, etwas Grundlegendes. Er dachte wieder an die beiden Vögel, doch jetzt sah er sie in einem anderen Licht. Sie würden niemals etwas von ihrem Leben verstehen und niemals etwas daran ändern.

»Ana, weißt du, was ich glaube? Unsere Beziehung ist falsch.«

»Und warum denkst du das, großer Junge? Macht es dir mit mir keinen Spaß mehr?«

Ana stand nackt im Rahmen der Schlafzimmertür, und Rico sah sie wie am ersten Tag, als ihre Unbefangenheit ihm die Sprache verschlagen hatte. Doch diesmal gab er sich nicht damit zufrieden. Er musterte ihren Körper, ließ ihn auf sich wirken, sah ihn als physische Substanz, nicht als Geheimnis, und je länger er seinen Blick auf Ana ruhen ließ, desto unsicherer wurde sie. Im Türrahmen stehend, bürstete sie sich mit schräggelegtem Kopf das Haar. In diesem Augenblick sah Rico sie wie ein schönes Rennpferd, das die beste Pflege verdient, am Ende aber immer nur ein Rennpferd bleibt. Die Suche war abgeschlossen, die Frage beantwortet. Die Körper lügen.

»Lass uns ausgehen«, sagte Rico.

»Jetzt?«

»Zieh dir den gelben Rock an.«

»Der ist zu kurz.«

»Zieh ihn an«, sagte Rico.

Ana wusste nicht, wie sie seine Miene deuten sollte. Da er sie weiterhin ruhig anschaute, gab sie nach.

»Und zieh eine andere Bluse an«, sagte er. »Die schwarze. Du weißt schon.«

»Die ist mir zu tief ausgeschnitten.«

»Zieh sie an.«

Diesmal sah Ana ihm länger in die Augen, um zu verstehen, was in ihm vorging. Aber da war nur ein Ausdruck von Geduld und Höflichkeit, genau das, was seiner Stimme gefehlt hatte. Sie ging zum Schrank und zog sich die schwarze Bluse an.

Auf der Straße wahrte Rico einen gewissen Abstand, wie er es bei ihrem ersten Gang durch Anas Viertel getan hatte. Sie gingen in eine Bar. Rico bestellte zwei Bier. Er ließ seine Augen durch den Raum schweifen. Ana folgte seinem Blick und blieb dort hängen, wo auch er innehielt: bei zwei jungen, muskulösen Männern in T-Shirts. Rico nahm Blickkontakt mit ihnen auf.

»Was wird das?«, sagte Ana.

»Warte.«

Sie runzelte die Stirn und untersuchte ihre Fingernägel.

Einer der jungen Männer hatte Ricos Blick aufgefangen. Er lächelte und stieß seinen Kumpel an. Rico nickte wissend und schaute auf Ana, dann zurück zu den beiden Männern.

»Kommt mal rüber.« Er winkte dem Barmann und bestellte noch zwei Bier.

Die beiden Männer lachten und kamen zu ihnen an den runden Stehtisch. Ana wahrte die Form. Sie lächelte, als sie sich einander vorstellten, und nickte, wenn die beiden

Männer etwas sagten. Aber plötzlich wurde ihr neben Rico kalt. Er wirkte, als wäre er älter als sie alle. So hatte sie ihn noch nie erlebt. Gelassen. Selbstsicher. Er stellte den Männern Fragen, über die sie nachdenken mussten, und lachte auf eine aufreizend souveräne Art, die den beiden anderen das Gefühl gab, er habe schon eine Menge erlebt. Ana kam sich neben ihm vor wie seine kleine Schwester. Was aber waren dann die beiden Jungs, von denen der eine ein Tattoo am Hals hatte, das in seinem Hemdkragen verschwand?

»Wie wär's, wollen wir bei uns noch etwas trinken? Etwas Stärkeres. Wir sind gleich nebenan.«

Rico sah die beiden direkt an, mal den einen, dann den anderen, und immer lag ein leicht ironisches, aber auch verheißungsvolles Lächeln auf seinen Lippen.

»Rico«, sagte Ana, »ich weiß nicht, ob das heute Abend …«

»Komm, du weißt doch, dass es dir gefällt.«

»Was redest du da? Bist du w–«

»Muss ich dich an das letzte Mal erinnern?« Seine Stimme war sanft. »Zieh keine Show ab.« Er sah die beiden anderen an und lachte. »Es gibt ihr einen Kick, sich zu wehren.«

Er klopfte dem Mann mit dem Tattoo auf die Schulter und schenkte dem anderen ein nachsichtiges Lächeln. Er zahlte die Getränke und fasste Ana unter den Arm. Sie wollte sich losmachen, aber Ricos Griff war stärker. Schon standen sie auf der Straße. Ana sah Rico nicht an. Ein Taubheitsgefühl hatte sich in ihrer Magengegend breitgemacht. Ihr Atem ging schneller.

Später fiel ihr ein, was sie hätte tun können, tun sollen, tun müssen. Doch sie tat nichts davon. Eine eigenartige Macht ging von Rico aus, eine Autorität, die Ana nicht anzutasten wagte. Beunruhigend war, dass er nichts mehr von dem zu wollen schien, was er vorher gewollt hatte – sie. Mit seiner provinziellen Jungenromantik, seiner rührenden, dann wieder lästigen Anhänglichkeit, die so weit hinter ihrer eigenen Erfahrenheit zurückblieb. All das war verschwunden. Als hätte Rico sich eine Maske abgenommen, nein: als hätte er eben erst erkannt, dass er eine Maske trug, die sich abnehmen ließ.

Ana brauchte eine Weile, sich einzugestehen, was an jenem Abend in ihrer Wohnung wirklich geschehen war, doch dann kam sie nicht mehr daran vorbei. Rico hatte sie dazu überredet, sich an die beiden Männer in den engen T-Shirts zu verkaufen. Nicht gegen Geld. Gegen Lust. Zuerst hatte sie gedacht, Rico wolle sich Befriedigung verschaffen. Doch sie konnte nichts Voyeuristisches an ihm entdecken. Rico hatte nur mit seinem ironischen Lächeln dabeigesessen und die Ereignisse in seinem Sinne dirigiert, als läge allein darin die Befriedigung: dass alles genau so ablief, wie er es eingefädelt hatte. Selbst die erst verblüffte, dann gierige Einverstandenheit der beiden jungen Männer, die ihren Augen kaum zu trauen wagten, als Rico sie gleich ins Schlafzimmer führte, schien er einkalkuliert zu haben. Mit Unverständnis erinnerte Ana sich daran, dass sie zwischendurch immer wieder seinen Blick gesucht hatte, um herauszufinden, ob sie es gut mache, ob er zufrieden sei oder ihm an ihrer Vorstellung noch etwas fehle. Ana hatte nicht gewusst, dass sie dazu fähig war, jemand anderem die Kontrolle zu überlassen. Als hätte sie sich vor einem Gewitter, in das sie unverhofft geraten war, unterstellen wollen, ein kleines Mädchen auf der Suche nach Schutz. Ja, sie hatte Rico gefallen wollen, daran kam sie nicht vorbei, sie hatte sich unter intensiver Beobachtung gefühlt und auf Zeichen des Beifalls gewartet.

Dann kehrten ihre Gedanken zu den Ereignissen zurück, die sich in ihrer Wohnung abgespielt hatten. Rico musste den Plan schon vor dem Ausgehen gefasst haben. Sie, Ana, zum Werkzeug zu machen. Ihr zu zeigen, dass sie Gefallen daran finden konnte. Während sie am Abend zuvor im Badezimmer gestanden und sich die Haare getrocknet hatte, genau in diesen Minuten hatte Rico beschlossen, sie zur Hure zu machen und ihr Zuhälter zu werden.

Als es vorbei war, hatte sie eine heiße Dusche genommen. Rico und die beiden Männer waren gegangen, die Wohnung war still.

Der Nettere der beiden hatte sie zum Abschied scheu angelächelt, als wollte er sagen: Ich weiß immer noch nicht genau, wie das hier zustande gekommen ist, normalerweise mache ich solche Sachen nicht, ich hoffe, es hat dir gefallen?

Ana hatte lange unter dem heißen Wasserstrahl gestanden, Duschgel aufgetragen, hart gerieben, bis es schäumte, und dann wie eine Physiotherapeutin geschrubbt, bis ihre Haut sich rötete. Sie fühlte sich beschmutzt von Zweifel und Verwirrung. Sie rieb sich die Kniekehlen ein, erst die eine, dann die andere, widmete sich ihren Ellenbogen, dem Steißbein, den Schläfen, der Achillessehne und den Zwischenräumen zwischen den Zehen. Ihr Poloch war wund. Sie nahm den Finger weg, schloss die Augen und ließ das Wasser rinnen. Als sie an sich herunterschaute, sah sie, dass ihre Knie stark gerötet waren. Wieder schloss sie die Augen.

Der sanftere der beiden jungen Männer hatte sie eine Zeit lang an den Fußgelenken gepackt, als er sie von hinten nahm, eine überraschende Geste, die Ana gern aus dem Gesamtgeschehen herausgelöst hätte, um sie gesondert zu betrachten: den Mann, der sie beim Vögeln von hinten nicht an der Hüfte hielt, ihr nicht auf den Po schlug oder sich weit über sie beugte, um ihre Brüste zu kneten, sondern der mit einer merkwürdig keuschen Vorliebe behutsam ihre beiden Fußgelenke hielt und gelegentlich, während er zustieß, mit der flachen Hand über ihre Waden strich, als wollte er die Signale des Frauenkörpers vor sich an einer unauffälligen, weit abgelegenen Zone spüren, so wie sich die Auswirkungen von Erdbeben oft genauer in einiger Entfernung vom Epizentrum studieren lassen.

Sie hatte sich nicht genug gegen Rico gewehrt, dachte sie noch einmal, als sie die geschlossenen Augen in den heißen Wasserstrom hielt. Auf der Straße hätte sie sich losreißen und schreien können. Doch sie war mit ihm zu ihrer Wohnung gegangen, hatte folgsam den Schlüsselbund aus der Handtasche genommen, während der Tätowierte von einem Bein aufs andere trat, und auf der Treppe zwischen der ersten und zweiten Etage hatte sie gespürt, dass ihre Angst der Erregung wich, ihr Platz machte wie einem überraschenden Gast.

Sie hatte Rico nichts Böses zugetraut. Er war noch nicht einmal zwanzig.

»Und jetzt.«

Am Morgen danach war alles anders. Am Morgen danach stand Ana vor dem Spiegel, der eine ganze Wand ihres kleinen Badezimmers einnahm, und sprach die beiden Worte ohne Fragezeichen. Sie sah ihren eigenen ratlosen Blick und die feinen Falten links und rechts neben den Mundwinkeln. Sie stützte sich aufs Waschbecken und senkte den Kopf. Ihre Beine gaben ein wenig nach, aber statt sich hinzusetzen, hielt sie stand.

So wird es sein, wenn ich älter bin, dachte sie. Meine Beine werden nachgeben.

Im Waschbecken entdeckte sie einen Klecks Zahnpasta. Nach den Spielen mit den beiden Männern hatte sie sich wie besessen die Zähne geputzt und an alle Mädchen und Frauen gedacht, die sich solchen Dingen ergeben und sich deshalb oft die Zähne putzen mussten.

Bisher hatte sie alles freiwillig getan, das war der Unterschied.

Pasta dentífrica. Zahnpasta. *Toothpaste.*

Was, wenn eine Frau sich den Mund ausspülen wollte und es nicht konnte, weil sie gezwungen wurde weiterzumachen, weil jemand sie festhielt, sie dirigierte, ihr Befehle gab? Wenn sich ihr fremde Körperteile entgegenreckten, wenn ihr Gerüche an die Nase schlugen, vor denen sie Ekel empfand, wenn sie sich abwenden und die Augen schließen wollte? Wenn ihr heiß war, wenn an ihrer Haut gerieben und gescheuert wurde, als wäre sie ein Gerät? Was, wenn sie würgen oder sich übergeben musste, o Gott! Was, wenn das *jeden Tag* geschah? Was, wenn sie mit diesem Gedanken aufwachte und sich mit diesem Gedanken schlafen legte?

Was, wenn sie eine *Gefangene* wäre?

Ana sah in den Spiegel. Sie wollte mutiger aussehen, als sie sich fühlte, tapferer, härter, sie wollte die Haut wechseln, sie wollte den Menschen hinter sich lassen, der am Vortag benutzt, herumgeschoben und arrangiert worden war wie, wie die Schinkenplatte am Büffet. Dem fremde Hände die Gliedmaßen verbogen hatten. Der von einem Mann zum anderen gereicht worden war wie ein Ding.

Schon in der Gründungsphase seines Geschäfts hatte Rico Vargas alles selbst erledigt. Er verließ sich auf seinen Instinkt, er wusste, welchen Typ Frau er sich für jeden Geschäftsbereich vorstellte; er hatte sie in seinen Träumen vor sich gesehen.

Auf Erkundungsgängen nannte er nie seinen wahren Namen. »Ich heiße John«, sagte Rico, wenn er bei einem Massagesalon anrief, der in den Anzeigen verheißungsvoll ausgesehen hatte. »Wann bist du frei?«

Die Anzeigen waren eine Lüge. *Ich empfange dich in*

Unterwäsche und nehme mir viel Zeit. Du wirst dich fühlen wie bei deiner Freundin. Rico verstand, warum die Mädchen ihre Dienste so annoncierten. Weil die Männer blöd genug waren, darauf hereinzufallen.

Musste er eine Weile warten, trank er in einer Bar einen Kaffee und beobachtete die Gäste. Im Lauf der Jahre hatte er schon elf Schulhefte mit neuen Wörtern, eleganten Redewendungen und Selbstermahnungen gefüllt. Die Hefte hatte er nummeriert. Seine Sprache war unbeholfen, das wusste er selbst. Irgendwann würde er sich auch um seine Rechtschreibung kümmern. Jetzt musste er Frauen finden, Frauen unter dreißig, die sich davon überzeugen ließen, dass sie besser für ihn als auf eigene Rechnung arbeiteten.

Wenn er einen Massagesalon betrat, achtete er auf alle Einzelheiten. Ob der Boden sauber war, ob die Einrichtung ein Minimum an Geschmack verriet, wie viele der Mädchen sich eine Wohnung teilten, ob sie an ihrem Arbeitsplatz wohnten oder außerhalb.

Anfangs wusste er es zu würdigen, wenn im Massagezimmer Kerzen brannten und Entspannungsmusik lief. Rico war noch nie in Asien gewesen, er hatte überhaupt noch nie die spanische Grenze überschritten. Das wollte er sich für später aufheben. Aber was er sich vorstellte, wenn er an Japan, Thailand und diese Länder dachte, hatte mit Schlichtheit und Sauberkeit zu tun. Später lernte er das Wort »Kontemplation«; er las von Versenkung und wie man die Stille auf sich wirken ließ, von dienenden Geschöpfen, die sich verbeugten und schweigend ihre Arbeit verrichteten. Er wollte seine Kunden erziehen, damit sie diese Dinge zu würdigen lernten.

Nachdem sich die Tür vor ihm geöffnet hatte, achtete er auf Garderobe und Flur. Er war davon überzeugt, dass viele Männer den Flur gar nicht wahrnahmen, weil sie ein Ziel vor Augen hatten, aber für ihn gab es keine nebensächlichen Details. Wenn das Mädchen nicht zu leicht bekleidet war, fühlte er sich wohler. Hatte sie ihn ins Zimmer geführt, zückte er seine Brieftasche, anfangs noch das abgegriffene Ding aus braunem marokkanischem Leder, von dem er sich lange nicht trennen konnte, später eine englische Brieftasche in Schwarz. Das Gespräch über Geld war der eigentliche Test. Hatte das Mädchen eine klare Vorstellung von dem Verhältnis zwischen Leistung und Entlohnung? Bestand sie auf ihrem Tarif, oder war sie bereit, dem Kunden entgegenzukommen? Wenn ja, wie weit? Machte sie es zu billig, konnte Rico sie nicht gebrauchen. War sie gierig und unflexibel, auch nicht.

Geschmeidigkeit, hatte er kurz zuvor in sein Notizbuch geschrieben. Er war froh, dass er neue Wörter lernte, um genauer zu definieren, was er sich vorstellte.

»Willst du vorher duschen?«

Auch diese Frage gefiel ihm. Die Zumutung für die Mädchen, einen behaarten, stinkenden Burschen auf der Liege vor sich zu sehen und ihn berühren zu müssen, konnte er sich leicht ausmalen. Wie konnte jemand sich selbst respektieren, wenn er einen dreckigen Menschen anfassen musste?

Wenn er bezahlt hatte, sagte Rico: »Ich möchte eine therapeutische Massage.«

Er zog sich aus und legte sich auf den Bauch. Oft wurde das Licht gedimmt und Musik angestellt.

Was danach geschah, wurde für Rico zu einer Demonstration der Willenskraft, die er sich immer und immer wieder abverlangte. Er würde nichts tun und niemanden ermutigen. Während er sich auf die Hände, die Bewegungen und das angenehme Gefühl des Öls auf seiner Haut konzentrierte, registrierte er den Grad an Professionalität der Masseurin. Er lernte schnell zu beurteilen, ob sie eine ordentliche Ausbildung absolviert und wirklich Quiromassage oder Shiatsu gelernt hatte, wie sie in der Anzeige behauptet hatte. Manchmal begannen die Mädchen, von ihren Sorgen zu erzählen. Das ertrug Rico nicht lange, doch er nutzte das Thema, um etwas über ihre Einkünfte zu erfahren. Wie viele Kunden am Tag? Viele Stammkunden? Wurde auch am Wochenende gearbeitet? Er war überrascht, wie gern manche Mädchen von ihren privaten Nöten erzählten. Dann begriff er, woran es lag: Sprich mit den Kunden wie mit deinen Nachbarn, und am Ende glaubst du selbst daran, dass du einen ganz gewöhnlichen Beruf ausübst.

Wer zu viel preisgab, kam für ihn nicht in Frage.

»So, du kannst dich umdrehen. Jetzt kommt der angenehme Teil.«

»Danke, nicht nötig. Würdest du die Waden etwas gründlicher machen? Und die Zehen.«

»Oh. In Ordnung. Willst du gar nicht …?«

»Am Ende bitte noch Nacken und Kopf.«

Rico Vargas hatte sich körperlich in Form gebracht, seit er seinen Plan gefasst hatte. Er war durchtrainiert und hatte sein Idealgewicht. Jetzt, wo er für die Masseurin leicht verdientes Geld ohne erotische Zugabe darstellte, entspannte sie sich. Jeder Misston war ausgeschlossen. Hier ging es um die Gesundheit des Kunden – alte Sehnenverletzungen, steife Hüften, ein verspannter Nacken. Rico konnte die veränderte Atmosphäre spüren. Wie wohltuend musste es für die Masseurin sein, sich mit einem jungen, sauberen Körper zu befassen, der keine Bedürfnisse zu kennen schien außer denen, die sachkundige Hände befriedigen konnten!

»Lebst du in Madrid? Wenn es dir gefallen hat, komm doch wieder.«

»Gut.«

»Ich biete auch heiße Steine und Schokoladenmassage an.«

Ana hatte es nicht für möglich gehalten, dass Rico sich nicht sofort melden würde, um darüber zu sprechen.

Er habe viel Arbeit gehabt, sagte er, als er sie schließlich anrief.

»Willst du mir nicht verraten, was das zu bedeuten hatte?« Sie gab sich Mühe, normal zu klingen. »Die Sache vor drei Tagen.« Jetzt hatte sie sich gefangen.

»Ach, das«, sagte er. »Ich komme heute Abend vorbei.«

Vier Stunden vor der verabredeten Zeit hielt sie plötzlich inne und richtete sich im Drehstuhl auf. Ana saß an ihrem Arbeitsplatz im Sekretariat der Milchfabrik und legte Briefe in Registermappen ab. Sie hörte leise Stimmen aus einem Büro nebenan, das ferne Klicken von Computertasten und die Geräusche eines zu Ende gehenden Nachmittags. Oder war da noch etwas anderes?

Im Raum links von ihr wurde der Kopierer angeworfen. Ana hörte das Klackern des Geräts und wartete auf das leise Seufzen, mit dem die kopierte Seite ins Ausgabetablett geschoben wurde.

Jemand murmelte etwas. Eine Tür quietschte. Eine Stimme rief: »Will jemand noch einen Kaffee?«

Sie saß mit leicht geöffneten Lippen da, aufrecht wie ein Stock, und musste sich zusammenreißen, um sich nicht schreiend auf den Boden zu werfen.

Eine Stunde vor der verabredeten Zeit war Ana zu Hause. Sie duschte sich und stand danach lange vor dem Kleiderschrank. Sie zog ihren weißen Jogginganzug an. Sie machte sich einen Kamillentee. Erst in diesem Augenblick erkannte sie, dass sie Rico verlassen musste. Sie sank aufs Bett und weinte vor Scham.

Als er an der Tür klingelte, hatte sie sich gefasst. Sie ließ ihn ein und führte ihn in die Küche.

»Möchtest du Wasser? Cola?«

Rico schüttelte den Kopf.

Ana war schön in ihrem weißen Jogginganzug. Eine dunkle Strähne war ihr in die Stirn gefallen; das Küchenlicht legte ihr einen mattgelben Schimmer auf die Haut. Sie ahmte die Geste von Teetrinkern nach, die sich an der Tasse die Finger wärmen. Dann pustete sie und spürte auf den Wangen den feinen Dampf.

Rico legte auf dem Küchentisch die Arme übereinander. Er sah auf den weißen Jogginganzug, den er noch nie an ihr gesehen hatte, und seine Gedanken schweiften ab. Er sah zehn, zwölf frisch geduschte Mädchen in weißen Jogginganzügen vor sich, zusammen in einem Raum, in dem bequeme Sessel und zwei Sofas standen. Die Mädchen unterhielten sich, ein paar lackierten sich die Nägel, eines besserte ein Kleid aus. Die Mädchen hatten Pause, es herrschte eine entspannte Atmosphäre. Etwas Sauberes ging von der Szene aus.

Es muss einladend sein, sagte er sich. Und klinisch einwandfrei.

Ihm gefiel das Wort »klinisch«. Rico wollte ein Haus haben, in dem zehn, zwölf oder mehr Mädchen in weißen Jogginganzügen so beieinandersitzen konnten.

»Du hast noch eine Unterhose bei mir«, sagte Ana. »Sie liegt im Flur.«

Rico sah auf. »Es hat dir Spaß gemacht. Gib's zu.«

»Es hat *dir* Spaß gemacht.«

»In Ordnung. Es hat uns beiden Spaß gemacht.«

»Sag mir, warum.«

Er zuckte die Achseln. »Man macht was Neues.«

»Du hast mich behandelt wie eine Nutte.«

»Es hat dir gefallen. Hör auf, es abzustreiten.«

»Ich streite es nicht ab.«

»Was willst du dann noch.«

»Ich war nie deine Nutte.«

Er zeichnete mit dem Finger Kringel auf den Tisch. »Hast du nie daran gedacht, mal was anderes zu machen?«

10
Gefangenschaft

Immer wieder, wenn sie nicht weiter wusste, schaute Hadeel zum Himmel hinauf und suchte nach den Sternen. In Tizi Oussem hatte es immer ein Licht über ihr gegeben, das aus vielen Lichtern bestand, wie kleine Luken in ein anderes Universum. Etwas funkelte dort oben, weit über ihrem Kopf, es leuchtete, glomm oder erlosch. Dann kam es wieder. Je länger Hadeel hineinschaute, desto klarer wurde das Muster, wie eine Landkarte aus Licht. Oft zogen Sternschnuppen über das weite Blau, an manchen Abenden drei, vier innerhalb kurzer Zeit, als jagte ein Licht dem anderen hinterher und wollte es im unendlichen Raum fangen. Hadeel hatte nie etwas über Sterne gelernt, aber sie glaubte daran, dass ihr Licht die Menschen begleitete.

Sie hatte sich auch von ihnen verabschiedet, als sie nach Europa ging. Sie hatte nur nicht bedacht, dass sie von dort aus, wo sie gelandet war, kaum einen Stern wiedersehen würde. Nachts war der Himmel in Spanien, auch wenn der Tag strahlend blau gewesen war, wie mit einem Film überzogen. Aber darauf war es in der ersten Zeit sowieso nicht angekommen. Wenn Hadeel ehrlich war, musste sie sich eingestehen, dass sie die Sterne am Anfang völlig vergessen hatte. Eigentlich dachte sie immer noch, das, was sie in diesen Wochen erlebte, könne unmöglich die Wirklichkeit sein. Warum aber kostete es sie dann so lange Zeit, aus dem Albtraum zu erwachen?

Sie hatte schon vor der Überfahrt von Tanger nach Algeciras ein ungutes Gefühl gehabt, sie brauchte nur in die teilnahmslosen Gesichter der Männer zu blicken, die das Schiff beluden. Das merkwürdige Gefühl verstärkte sich, als Hadeel und die anderen Frauen wie Vieh zusammengepfercht wurden. Die Männer brüllten Befehle, gleich nachdem sie bezahlt worden waren, auch das hatte Hadeel nicht erwartet. Dann die Hitze während der Überfahrt, die Angst, das Erbrechen. Das unerträgliche Warten.

Auf der Finca war ihnen eingeschärft worden, mit niemandem darüber zu reden, wie sie nach Spanien gekommen waren und was sie unterwegs erlebt hatten. Rico Vargas hatte es erwähnt, aber die Hüter kamen immer wieder darauf zurück: »Kein Wort, habt ihr gehört? Kein einziges Wort!« Folglich sollten sich auch die Gespräche mit den Freiern auf das Minimum beschränken.

Die Liebe, sagten die Hüter, braucht keine Sprache.

Als dann aber die Sache mit dem Radfahrer passierte, dachte Hadeel nicht mehr an die Ermahnungen. Der junge Mann, ganz sicher kein Freier, war auf dem staubigen Weg mit dem Reifen weggerutscht, und im nächsten Augenblick lag er Fevo und Goodness buchstäblich vor den Füßen. Hadeel wollte fragen, ob er sich verletzt hatte. Aber dann hielt sie sich doch zurück.

Fevo und Goodness hielten vor Schreck die Hände vor den Mund und rührten keinen Finger. »*Are you all right?*«, fragten sie, während der junge Mann aufstand, sein Knie betastete und sich anschließend mit einem Taschentuch den verschrammten Ellenbogen abtupfte. »*Are you all right?*«

Der Mann nickte. Es war ihm peinlich, dass er gestürzt war. Er schüttelte den Kopf und fummelte an seinem Fahrrad, als hätte ihn ein Fehler in der Mechanik zu Fall gebracht.

»Danke«, sagte er. »Nicht viel passiert. Ich war nur blöd. Das Fahrrad gehört mir nicht.«

Erst in diesem Augenblick schien er zu begreifen, mit wem er es zu tun hatte. Er schaute den Weg hinunter, wo ihre Kolleginnen standen und plauderten, es war noch hell, keine halb neun, er sah die aufgereihten Mädchen. Hadeel beobachtete aus ein paar Metern Abstand, wie der junge Mann Fevo und Goodness ins Gespräch zog, wie erst die eine, dann die andere eine Bemerkung machte, ein knappes Lächeln zeigte, ein Nicken, während sich der Körper schon abwandte, und dann war es auch gut, denn beiden war klar, dass hier nichts zu holen war und der Junge gleich wieder auf sein Rad steigen würde. Die Mädchen waren freundlich, wenn es sich machen ließ, aber mit Männern, die keine Freier waren, wollten sie nichts zu tun haben.

Hadeel war stehen geblieben und sah den jungen Mann an. Sie machte ein Zeichen mit dem Kopf. Der Mann runzelte die Stirn. Hadeel bedeutete ihm, näher zu kommen, näher ans Gebüsch heran.

»Ich wollte nur fragen«, sagte sie, als er bei ihr war. »Das Knie. Wieder gut?«

»Brennt noch ein bisschen«, sagte er.

»Ich bin Hadeel«, sagte sie.

»Mateo. Sehr erfreut.« Er deutete eine Verbeugung an. »Du bist …«

Sie sah ihn streng an und presste die Lippen aufeinander.

»Entschuldige«, sagte er. »Ich kenne mich hier nicht aus. Man weiß gar nicht, wer dazugehört.«

Hadeel legte den Kopf schräg und wartete, was als nächstes kam.

Er sagte: »Du weißt, was ich meine.«

Hadeel schüttelte den Kopf. »Bring dein Fahrrad mit. Ich zeig dir was.«

Mateo folgte ihr tiefer ins Gebüsch. An einem jungen

Baum blieb sie stehen. »Und ich?«, sagte sie und sah ihn herausfordernd an. »Gehöre ich dazu?«

»Tut mir leid, wenn ich was Falsches gesagt habe.«

»Du hast nichts Falsches gesagt.«

»Gut«, sagte Mateo. »Dann sag mir, was du hier tust.«

Sie schüttelte den Kopf. »Das verstehst du nicht.«

»Aber ich *will* es verstehen! Deswegen bin ich hier!«

Sie seufzte, biss sich auf die Unterlippe, drückte sich die Hand gegen die Stirn.

»Erzähl es mir«, sagte er. »Wie bist du hierhergekommen?«

Sie schüttelte wieder den Kopf. Sie durfte nicht reden, doch eigentlich wollte sie nichts lieber als das.

»Du bist mit dem Schiff gekommen, stimmt's? Aus Marokko?«

Hadeel nickte. Und dann beschloss sie, es ihm zu sagen. Es war sowieso egal. Sagte sie nichts, war es schlimm, machte sie den Mund auf, konnte es kaum schlimmer werden. »Wir kamen in Algeciras an. Kennst du den Hafen?«

Mateo kannte ihn nicht. Sie beschrieb ihn. Groß, ein Frachtdampfer neben dem anderen, dann die Personenschiffe. Am Hafen von Algeciras übergaben die Männer, die sie herübergebracht hatten, sie einer anderen Gruppe von Männern. Die einen ähnelten den anderen, und der barsche Ton blieb gleich. Hadeel wusste längst, dass sie einen Fehler gemacht hatte. Immerhin sprach sie etwas Spanisch und konnte vieles von dem verstehen, was die Männer den Frauen sagten.

»Da wusstet ihr schon, dass etwas nicht stimmte?«

Hadeel nickte. Als sie schließlich in einem Kleinbus, in dem sie kaum atmen konnten, weil sie aufeinander lagen, vom Hafen in eine nahe gelegene Kellerwohnung gebracht wurden, sah Hadeel zum ersten Mal den spanischen Himmel. Es war frisch draußen, sie wusste nicht, ob es früher oder später Morgen war, sie sah bunte Fahnen im Wind. Der Kleinbus fuhr an einem Spielplatz vorbei, immer noch so nahe am Hafen, dass Hadeel sich ganz sicher war: Hier sollten die Kinder der Menschen spielen, die auf ein Schiff nach Marokko warteten. Danach sah sie nicht mehr viel außer den Fluren der Kellerwohnung und den beiden Zimmern, in denen sie zu siebzehnt untergebracht waren.

Sie blieben drei Tage, und die Männer, die sie bewachten, holten ein oder zwei Frauen aus ihrer Gruppe ab, wann immer sie wollten. Alle sollen drankommen, sagte einer am Anfang. Sie gingen mit ihnen nach nebenan.

»Alle kamen mehrmals dran«, sagte Hadeel. »Jede von uns.«

»Und dann?«

Seit diesem ersten Tag bewegte Hadeel sich wie durch einen Nebel von Empfindungen. Nichts war präzise, nicht einmal die Schreie der anderen Frauen drangen deutlich an ihr Ohr. Hadeel dachte an einen Esel, der auf dem Acker seine Runden zieht und so regelmäßig geschlagen wird, dass die Hiebe und sein Herzschlag ununterscheidbar sind.

Am späten Abend des zweiten Tages nutzte sie eine Unachtsamkeit ihrer Wächter. Sie war zur Toilette gegangen, hatte am Ende des Flurs eine offene Tür gesehen, die sonst immer geschlossen war, war weitergelaufen, durch eine weitere Tür gegangen und im nächsten Augenblick auf die Straße entwischt. Sie rannte los, aber diesen Teil erzählte sie Mateo nicht in allen Einzelheiten, es wäre ihr peinlich gewesen, wie unbeholfen sie war, doch sie fühlte sich zu allem entschlossen. Einmal links um die Ecke, dann rechts, dann wieder links. So lief sie ein paar Minuten, bis sie außer Atem war und Seitenstiche hatte.

Warum bin ich so schwer, fragte sie sich, und auch das erzählte sie Mateo nicht. Warum habe ich zu Hause immer so bequem herumgesessen? Warum hatte ich immer Hunger?

Ich hätte Sport treiben können, dann würde ich jetzt dahinjagen wie der Wind!

Dann kam sie um eine Ecke und fand sich am Hafen von Algeciras wieder. Vor Schrecken stöhnte sie auf. Sie war im Kreis gelaufen. Sollte sie gleich ein Schiff nach Hause nehmen? Was für eine Niederlage. Sie erinnerte sich daran, dass die Männer ihr den Pass abgenommen hatten. Sie *konnte* nicht zurück. Ohne Papiere war sie gar nichts mehr wert.

Dann erzählte sie Mateo alles andere. Wie sie an einem hohen Wohnblock stand, der zusammen mit anderen Wohnblocks eine Reihe bildete. An der großen Straße, die auf den Hafen schaute, gab es Cafés und Dönerläden. Es waren nur wenige Menschen unterwegs. Direkt vor ihr fesselten Lichter ihre Aufmerksamkeit.

»Die erste Ampel meines Lebens«, sagte sie. Einige Minuten lang, erzählte sie, habe sie nichts anderes getan, als auf das Umspringen der bunten Lichter zu warten. Dann wanderten ihre Augen über das weite Gelände jenseits der Straße. Sie sah die mächtigen blauen Arme der Containerkräne im Licht der Scheinwerfer schimmern. Weiter vorn sah sie die Container selbst, rote, graue und gelbe. Hadeel hatte Freude daran, sich all diese Dinge anzusehen, und sie vergaß ihre Notlage. »Ich hatte ja noch nie Gelegenheit gehabt, mich in einem Hafen umzuschauen.« Wenn sie es genau bedachte, sagte sie, war ein Hafen ein sehr romantischer Ort. Sie erzählte Mateo nicht, was sie sich außerdem noch vorstellte: Hier hätte ein Mann wie Tamir mit einem Blumenstrauß auf sie warten können.

Irgendwann ermahnte sie sich nachzudenken. Da sah sie den Spielplatz. Es war derselbe, an dem sie am Vortag vorbeigefahren war. Hadeel ging näher. Sie suchte nach einer Schaukel, aber es gab keine. Hadeel sah auch keine Wippe und kein Klettergerüst. Auf den gelb und blau gestrichenen Geräten standen Anweisungen. Und dann begriff sie. Es waren Fitnessgeräte. Sie ähnelten denen, die sie in Magazinen gesehen hatte und die den französischen Frauen halfen, einen schön geformten Hintern zu bekommen.

Es fiel Hadeel nicht leicht, die Anweisungen auf den Geräten zu verstehen, doch nachdem sie verschiedene umrundet hatte, traute sie sich an eines heran. Es war eine Art Tretmühle, nur dass man mit den Armen auch noch zwei lange Hebel betätigen musste. Ein leichter Wind war aufgekommen, der Hadeel gut tat. Weit und breit war niemand zu sehen.

Zuerst fühlte Hadeel sich wahnsinnig ungeschickt. Sie rutschte mit den Schuhen ab und kam aus dem Rhythmus. Später vergaß sie, die Arbeit der Beine mit den Armen zu unterstützen. Wie soll mich jemals irgendein Mann mögen, wenn ich so tollpatschig bin, dachte sie, aber das sagte sie Mateo nicht. Und was würde Tamir denken, wenn er mich so sähe! Sie fühlte sich von den dummen Geräten verspottet. Wie spät mochte es sein? Elf Uhr abends? Schon Mitternacht? Dort im Hafen, unter einem sternenklaren Himmel, nahm Hadeel sich feierlich vor, ihr Leben zu ändern und von vorn zu beginnen. Sie würde an sich arbeiten, und zwar konsequent.

»Und dann ging es plötzlich besser mit diesen Geräten«, sagte sie. »Ich spürte, wie ich die Muskelkraft einsetzen musste.« Sie hatte ja davon gelesen. Wenn die französischen Frauen auf den Schlankheitsgeräten standen, atmeten sie heftig, wischten sich die glänzende Stirn mit einem weißen Frotteeband und verloren Gewicht. Als der Wind noch weiter auffrischte, begann es ihr Spaß zu machen. Hadeel richtete sich auf, weil sie das Gefühl hatte, dass ihre Muskeln so besser arbeiten konnten, und bekam ein Gespür für die Harmonie der Bewegung, die an diesem Gerät gefordert war. Sie hielt die feuchte Stirn in den Wind und schloss die Augen. Jetzt spürte sie nur noch Arme und Beine, die sich selbstständig gemacht hatten, überließ ihnen die Führung und erlaubte ihrem Bewusstsein davonzutreiben, als sei es gar nicht mehr mit ihrem Körper verbunden.

Sie dachte an ein marokkanisches Liebeslied, das sie schon seit Jahren nicht mehr gesungen hatte, und ehe sie darüber nachdenken konnte, hatte sie schon die Stimme erhoben und die erste Zeile gesungen. Es klang noch ungewohnt, weil alles so lange her war, doch dann kam die zweite, die dritte, die vierte Zeile. Die Stimme wurde sicherer, die Worte flossen heraus, weil nichts sie aufhielt.

»Wie dumm ich war«, sagte sie zu Mateo. »Unendlich dumm.«

Später, als man sie auf die Beine schlug und der Schmerz des Muskelkaters sich mit den Rutenhieben mischte, war sie sich ganz sicher, dass sie nie wieder nach Hause zurückkehren und nie wieder das marokkanische Liebeslied singen würde. Sie musste sich das Weinen abgewöhnen, denn Weinen ließ sie vor den Männern schwach erscheinen, aber noch war es nicht so weit, die Tränen flossen ihr über die Wangen, und als Hadeel schon dachte, sie wären versiegt, genügte es, dass einer der Männer mit kalkulierter Bosheit an ihre Dummheit erinnerte, um sie wieder zum Strömen zu bringen.

Und das verschwieg sie Mateo nicht. Wie die Männer sie lächerlich machten, sie verspotteten. Denkt euch nur, sagten sie, was die dumme Kuh da um Mitternacht am Hafen macht, steht auf dem Fitnessding und singt Lieder aus der Heimat, damit die ganze Stadt sie hört. Wie kann man nur so blöd sein! Was für eine Idiotin, dumm wie ein Kartoffelsack!

»Jetzt kennst du meine Geschichte. Ich habe sie noch keinem erzählt.«

»Du musst hier raus«, sagte Mateo.

»Ich weiß.«

»Warum gehst du nicht zur Polizei?«

»Weil die Polizei mir nicht hilft. Niemandem hilft sie. Oder siehst du hier ein Mädchen, das zur Polizei geht? Die stecken doch mit drin.«

»Kann ich dich wiedersehen? Gib mir deine Nummer.«

Hadeel schüttelte den Kopf. »Du findest mich hier. Geh jetzt. Ich muss arbeiten.«

Als Mateo gegangen war, dachte Hadeel daran, wie sie nach Madrid gekommen war. Dass sie in die Hauptstadt Spaniens gebracht wurden, entnahmen sie den Straßenschildern. Es wurde noch heißer als in Algeciras, glühender Wind fegte durch die Straßen. Sie wurden getrennt; die anderen Frauen sah Hadeel nie wieder. An dem Ort, der »Finca« genannt wurde, teilte sie ein Zimmer mit Marissa, Rubi und Wendy. Zwei von ihnen mussten auf dem Boden schlafen. Nach einer Woche wurde getauscht. Rubi und Wendy sprachen Spanisch, aber Hadeel gab vor, nur wenig zu verstehen.

Sie erinnerte sich an den ersten Appell, zu dem sie am Morgen antreten mussten. Sie sah die erschöpften Gesichter der anderen Frauen, manche mit Spuren von Schlägen, blauen Flecken, roten Augen. Dies waren ihre Genossinnen. Sie war die einzige Marokkanerin. Dann erschien der *jefe* und hielt eine kurze Ansprache.

»Ihr seid hier, um zu arbeiten«, sagte Rico Vargas, als die Gruppe auf dem Hof vor ihm stand, die Neuen in der ersten Reihe. »Ihr werdet so lange arbeiten, bis eure Schulden abgezahlt sind. Wer die Hausordnung verletzt, wird bestraft. Alles andere sagen euch die Hüter.«

Während Rico sprach, hatte Hadeel über den Hof geschaut, auf die Landwirtschaftsgebäude, den Hühnerstall und das in der Hitze flirrende Ödland jenseits des hohen Zauns. Die Mädchen, die so neu waren wie Hadeel, sahen

Rico an und schienen zu versuchen, sich einen Reim auf diese merkwürdige Gestalt zu machen – ein schmaler Mann mit hellen Augen und dünnen Lippen, der alle Macht in seine leise Stimme zu legen schien.

Morgens stand Hadeel auf und ging benommen ins Bad. Musste sie warten, starrte sie vor sich hin. Obwohl die anderen Frauen ihr leid taten, sprach sie kaum mit ihnen. Die meisten waren erst so kurze Zeit da, dass sie ohnehin keine gemeinsame Sprache hatten. Hadeel verlor das Zeitgefühl, sah keine Vergangenheit und keine Zukunft.

Das Essen, das Ricos Männer ihnen gaben, war schlecht, aber Hadeel tat so, als wäre es ihr egal. Sie kaute methodisch und verbarg jede Regung. Wenn die Männer sie ansahen, sah sie weg. Hadeel hatte noch keinen Plan, aber sie wusste, dass sie sich stärker machen musste, für den Tag ihrer Befreiung. Manchmal sprach sie mit Fevo, einer Achtzehnjährigen aus Ghana. Sie unterhielten sich auf Französisch.

Sprecht Spanisch, riefen die Hüter, wenn sie Gespräche in einer anderen Sprache mitbekamen. Ihr müsst Spanisch lernen!

Fevo hatte eine lustige Art, Grimassen zu ziehen. Es waren die einzigen Gelegenheiten, die Hadeel zum Lachen brachten.

Die Köchin erzählte einem Mädchen im Vertrauen, in der Casa de Campo sei eine Frauenleiche aufgetaucht, vermutlich eine Bestrafung für einen Fluchtversuch oder eine andere Übertretung. Die Nachricht verbreitete sich innerhalb weniger Stunden. Manche Banden griffen zu brutalen Maßnahmen, um unter den Mädchen Disziplin zu wahren. Lähmung packte die Neuen, Lähmung, die in Erleichterung umschlug, als alle sich klarmachten, dass der Mord von einer anderen Bande verübt worden war.

Nur an den Abenden, da sie keine Nachtschicht hatte, dachte Hadeel manchmal an Tamir, den Mann, den sie sich nachts in ihren Phantasien vorgestellt hatte, als sie noch in Tizi Oussem lebte, ihren Liebhaber mit der heiseren Stimme und dem Zigarettenatem. Aber es dauerte keine drei Wochen, da blieben die Bilder aus, und es war, als hätte es sie nie gegeben.

Um sich mehr Sicherheit zu verschaffen, hatte Rico Vargas wieder damit angefangen, in Schulhefte zu schreiben. Er wusste nicht mehr genau, wann er aufgehört hatte, Dinge des täglichen Lebens zu notieren, Listen anzulegen und Vorsätze mit Datum zu versehen, um später zu überprüfen, was aus seinen Absichten geworden war. Vermutlich hatte das Einerlei der Geschäfte ihn gelockert, unaufmerksam gemacht, und als er bedachte, dass er so früh im Leben – immer gemessen daran, woher er kam, was er »mitbrachte« und was ihm fehlte – Erfolg gehabt hatte, stieg die Befürchtung in ihm auf, er könnte bequem geworden sein und die innere Spannung verloren haben, die ein Geschäftsmann nie verlieren darf. Darum war es Zeit, sagte er sich, die Zügel wieder fester in die Hand zu nehmen.

Über den wahren Grund, eines Tages ein frisches Schulheft aufzuschlagen und auf die erste Seite, oben rechts, das Datum zu setzen, machte er sich jedoch nichts vor. Sein Schreiben galt dem Nuria-Studium. Er wollte nur ein paar Sachen über sie festhalten, sagte er sich, um sie nicht zu vergessen, er hatte kein konkretes Ziel außer ... Wie nannte man das? Daten zu sammeln.

Er hielt schriftlich fest, zu welchen Zeiten er Nuria gesehen und was sie getan hatte, beziehungsweise was sich über ihr Tun herausfinden ließ, und er stellte fest, dass es ihm später Vergnügen bereitete, sich seine Notizen durchzulesen – Notizen voller Tatsachen, Vermutungen und Spekulationen. Seine Erinnerung funktionierte viel genauer, seit er sich Dinge aufschrieb und mit Datum versah, er meinte, so etwas wie eine Geschichte zu erkennen. Nein, das war es nicht, keine Geschichte; eher einen Zusammenhang, eine gewisse Beziehung unter seinen Beobachtungen.

»26. August«, schrieb er, »19:15: N kommt früh. Geht zu den Mädchen (?), spricht mit ihnen (?), verschwindet im Mädchengemeinschaftsbad, bleibt zwanzig Minuten.

27. August, 18:55: Die Hüter sagen, N kommt gleich in die CdC, nicht zur Finca. Ich frage, hat es schon mal Unpünktlichkeit gegeben? Hüter sagen nein, N immer vor 20 Uhr bei der Arbeit.

28. August, 17:20: N früh auf der Finca. Hat Tee gemacht. Mehrere Mädchen mit N in der Küche. Gesichtsausdruck: sorgenvoll. Ich könnte sie fragen. Aber ich kann nicht. N verschlossen, schweigsam.«

Als er sich seine Notizen am späten Abend noch einmal durchlas, kurz vor dem Aufbruch nach Hause, packte ihn die Ungeduld. Er wollte sofort wissen, was es mit Nurias gedrückter Stimmung auf sich hatte. War sie unzufrieden? Bezahlte er sie nicht gut genug? Rico Vargas verließ sein Büro, ging zum Mädchentrakt hinüber und schaute in die Zimmer. Die meisten Mädchen waren bei der Nachtschicht in der Casa de Campo, aber einige lagen auf den Betten oder schauten fern.

»Du, sag mal, wie heißt du?« Er rief in ein dunkles Zimmer hinein, in welchem sich etwas bewegt hatte. »Komm mal raus, ich muss mit dir reden.«

Eine Form erwachte zum Leben. Kleider raschelten, Schlappen wurden übergestreift. Eine große Blonde mit zerzausten Haaren kam auf den Flur.

»Weißt du, wer ich bin?«

»Ja«, sagte das Mädchen.

»Dein *jefe*. Stimmt's?«

Das Mädchen nickte.

»Und du bist …«

»Erika.«

»Natürlich. Ist dir an Nuria irgendetwas aufgefallen, Erika? Irgendeine Veränderung?«

Erika schaute ins Leere. Dann schüttelte sie den Kopf.

»Eine gewisse Verschlossenheit, meine ich. Oder kommt sie dir so vor wie immer?«

»Wir reden nicht viel. Ich liefere ihr das Geld ab, das war's.«

»Schon klar«, sagte Rico. »Aber ist dir an ihrer *Stimmung* nichts aufgefallen? Denk mal nach, Erika! Du kannst deine Lage sehr verbessern, wenn du mir hilfst. Ich kann zuverlässige Mädchen gebrauchen.«

Doch er kam bei Erika nicht weiter. Sie sagte auch über sich selbst nichts Konkretes. Wie es ihr ging, wusste sie nicht. Ob sie zufrieden war, wusste sie nicht. Wenn Rico sie anschaute, schlug sie die Augen nieder.

»Was weißt du überhaupt?« Am liebsten hätte er sie geschlagen, um eine Reaktion herauszulocken. »Erika! Ich rede mit dir!«

Da machte Erika sich so klein, wie es ihre Körpergröße eben zuließ, und presste die Hand auf den Mund. »Bitte.« Es klang nach einem Kind.

»Geh schlafen«, sagte er und schob sie ins Zimmer zurück. Dann ging er ins Badezimmer seines Büros, wusch sich die Hände und trocknete sie mit einem frischen Frotteetuch ab.

Hadeel kam mit Salva ins Gespräch und erwähnte die Tote, die kürzlich gefunden worden war.

»Nein, du irrst dich«, sagte Salva. »Hier hat es keine Tote gegeben, nicht in den letzten sieben Wochen.«

»Also davor?«, fragte Hadeel.

»Ja, davor schon«, sagte Salva. »Tote gibt es immer wieder.«

Am Anfang empfand Hadeel Nuria wie eine weitere Aufsicht, der sie entgehen musste. Sie wechselten sich ab, dachte Hadeel, Nuria und die Hüter arbeiteten einander zu, und am Ende dienten sie derselben Herrschaft, die sie alle gefangen hielt. Doch dann begriff sie, dass Nuria anders war und mit niemandem gemeinsame Sache machte. Sie hatte eigene Pläne, vielleicht sogar geheime Absichten. Nur abends, wenn die Nachtschicht begann, war sie immer zur Stelle.

Eines Nachts fragte Nuria sie, seit wann sie dabei war. Hadeel musste nachdenken. Die Tage ihrer Gefangenschaft in Tanger verschwammen mit den ersten Tagen auf der Finca.

»Ungefähr«, sagte Nuria. »Du musst dich doch an das Datum der Abreise aus Tanger erinnern.«

»Nuria«, sagte Hadeel. Es war das erste Mal, dass sie ihren Namen aussprach. »Kannst du es mir zeigen?«

»Kann ich dir *was* zeigen?«

»Ich will so stark werden wie du. Kannst du mir helfen?« Hadeel sah in Nurias Augen, die sie ruhig anschauten und nichts verrieten. »Ich will so laufen können wie du. Ich will kämpfen, treten. Zeigst du es mir?«

»Natürlich zeige ich es dir. Aber du musst Geduld haben. Es dauert lange.«

»Wann können wir anfangen?«

»Ich weiß nicht, ob ›wir‹ anfangen können. Soll ich auf der Finca Kurse geben? Was würden die Hüter dazu sagen?«

»Ich will nur, dass du mir etwas zeigst.«

»Gut, Hadeel. Ich zeige dir etwas. Aber du musst genug essen. Lass den Zucker weg. Trink genug Wasser. Denk nur an deine Disziplin, daran, dass dein Körper stärker werden will.«

»Wann zeigst du mir eine Übung?«

»Gleich. Aber trainiere nicht nur deinen Körper, sondern auch deinen Geist. Du wirst erst frei, wenn du beides trainierst. Niemand ist dein Vorbild. Du bist dein eigenes Vorbild. Hörst du, Hadeel? Bevor du jemand anderen besiegst, musst du deinen eigenen Schmerz besiegen.«

Hadeel sah sie mit ausdruckslosem Gesicht an. Sie nahm Nurias Hand und führte sie sich an die Hüfte, unter ihr Top, dorthin, wo ein Hüter eine Zigarette auf ihrer Haut ausgedrückt hatte.

»Das kann ich. Man lernt es hier.« Hadeel schaute Nuria lange in die Augen. »Zeigst du es mir jetzt?«

Sie hatten nicht viel Zeit. Nuria zeigte ihr den Anfang von allem, brasilianisches Bewegungstraining. Mit dem eigenen Gewicht arbeiten, den Körper am Boden, ohne Hilfsmittel. Geschmeidiger werden. Zwei, drei Übungen, jeden Tag. Nach zehn Tagen würden sie weitersehen.

»Die Hüter dürfen nicht merken, dass du dich veränderst. Es muss langsam gehen.«

»Wenn es langsam geht, dauert es lange.«

»Alles dauert lange. Dein ganzes bisheriges Leben hat lange gedauert. Mach, dass auch dein künftiges Leben lange dauert.«

»Ich bin noch nie in meinem Leben Fahrrad gefahren. Ist es schwer?«

»Nein. Nur Übung. Merk dir einen Satz. Erschöpfung macht Feiglinge aus uns.«

»Von welchem Baum bist du denn gefallen?«, sagte die große Gestalt mit der tiefen Stimme, als Hadeel eines Nachts zum ersten Mal in den Abschnitt der Transvestiten geriet.

Sie war gelaufen, um sich nicht anbieten zu müssen, um nicht angestarrt, angefasst, angeschrien, befummelt, gerieben, geschlagen zu werden. Ja, sie hatte mit dem Bewegungstraining angefangen, das Nuria ihr gezeigt hatte. Aber sie war nicht für sich, sondern Teil einer Herde. Alle Tiere dieser Herde taten dasselbe.

Es gab Augenblicke bei der Arbeit, in denen sie der Ekel so heftig überkam, dass sie sich fortstahl und in einen anderen Abschnitt wanderte, dorthin, wo kein Freier sie finden würde. »Arbeit«! Nie hatte sie gedacht, dass sie diese Sklaverei einmal Arbeit nennen würde. Sie wollte nicht gefallen, keinem einzigen Menschen. Sie wollte keine Obszönitäten in die Nacht rufen, niemanden erregen, keinen Preis aushandeln, sie wollte überhaupt nicht in der Casa de Campo sein. Hadeel wollte stumm sein, ein Baum sein, sich mit Laub bedecken, zwischen Sternen schweben. Sie könnte mit offenen Augen bei den Fischen liegen.

»Von welchem Baum bist du denn gefallen?«

Sie musste den Transvestiten schon eine Weile angestarrt haben. So einen Menschen hatte sie noch nie gesehen. Er war groß, hatte ebenmäßige Züge und trug Frauenkleidung. Die Sachen standen ihm gut.

»Willst du mir nicht sagen, wie du heißt?«, fragte die tiefe Stimme. »Ich habe dich noch nie hier gesehen.«

Hadeel konnte immer noch nichts sagen. Sie lächelte, wie sie es früher immer getan hatte, wenn sie etwas nicht verstand und sich Zeit geben wollte.

»Also, Schätzchen.« Der Transvestit kam näher. »Wir können es natürlich auch anders machen. Die Welt ist ein freier Ort. Ich glaube, du willst mich *raten* lassen, wer du bist.« Die große Gestalt trat vor Hadeel hin und betrachtete sie gründlich. »Hmm, wo hast du heute im Kleiderschrank nur wieder hingegriffen? Hast du nichts anderes? Oder verbindest du dir die *Augen*, wenn du die Sachen aus dem Schrank ziehst? Das wäre ein lustiges Spiel. Aber es führt natürlich überhaupt nicht weiter, wenn man an die

Jungs denkt. Oh!« Kurzes Innehalten. Die große Gestalt wiegte sich hin und her. Ein Lächeln erschien in den Mundwinkeln, aber die Augen lachten nicht mit. »Oh, ich glaube, ich beginne zu verstehen. Ts, ts, ts ... Machst du das wirklich zum ersten *Mal*? Du bist nicht sehr geübt darin, oder? Du bist noch nicht lange dabei.«

»Ich bin nicht ... Ich bin gar nicht dabei«, sagte Hadeel. Sie klang so trotzig, wie sie sich selbst seit Langem nicht mehr gehört hatte. »Ich gehöre nicht dazu. Ich bin keine von denen.«

»Oh, doch«, sagte die tiefe Stimme. »Du gehörst dazu, Schätzchen. Du bist eine von denen, wenn dein *jefe* es dir sagt. Sie haben dir deine Papiere abgenommen, stimmt's?«

»Ja. Dir auch?«

»Nein«, sagte die Stimme. »Ich arbeite allein. Danila muss *frei* sein, Schätzchen. Danila war immer frei. Immer frei, immer allein.« Danila lachte. »Hör zu, wenn jemand kommt, gehst du da hinter den Baum, ja? Du bist in der ganz falschen Abteilung. Aber bleib noch etwas. Wir können uns unterhalten, bis der nächste Junge kommt. Ich sag dir, sie werden immer jünger.«

Hadeel bewunderte Danilas Ruhe, ihre ... War es Liebe? Es schien ihr Spaß zu machen, in der Casa de Campo zu sein. Hadeel war sich nicht sicher, ob sie die Frage stellen durfte.

»Macht es dir Spaß, Danila?«

»Ach, Schätzchen, was heißt *Spaß*? Macht das Leben mir Spaß? Manche benutzen dich, bespucken dich, trampeln auf dir herum wie auf der Fußmatte. Ich tue es für die Süßen unter den Jungs. Ich tue es für die Schönheit.«

Hadeel blieb lange bei Danila, viel zu lange. Zwischendurch sah sie Nuria vorbeikommen, die sie sicher suchte. Hadeel verbarg sich vor ihr.

»Ah, deine Leute sind hinter dir her«, sagte Danila. »Die

Forderungen der Welt! Besuch mich öfter, Hadeel, du findest mich hier. Aber schau doch mal, ob du nicht ein paar andere Sachen im Schrank hast. So kriegst du *nie*manden ab.«

11

Heute habe ich mich wieder verliebt

»Wie hast du dich denn eingelebt, Mateo?«

Nacho Cano war neben Mateos Schreibtisch aufgetaucht und musterte mit unverhohlener Neugierde den Papierberg, auf den sein Schatten fiel. Mateo hatte das Gefühl, es seien schon drei Monate vergangen. Vielleicht war er zum Lokalredakteur geboren.

»Danke, ganz gut.«

»Freut mich. Kann Diego dir ein bisschen helfen?«

Er legte Diego seine kleine, weiße Hand auf die Schulter. Diego rührte sich nicht und fixierte weiter den Bildschirm.

»Hör mal, Mateo, ich habe da eine Idee. Blanca kann dir davon erzählen. Kommt doch beide nach fünf mal zu mir rein.«

Erst jetzt nahm er die Hand von Diegos Schulter, klopfte Mateo auf die seine und verschwand.

»Komischer Typ«, sagte Diego, ohne seinen Blick vom Bildschirm zu nehmen.

»Wieso komisch?«

»Der steht total unter Strom. Wahrscheinlich muss ein Chefredakteur so sein. Aber ich glaube, er kokst.«

»Im Ernst?«

»Nur eine Vermutung von mir, Mateo. Nur eine bescheidene Vermutung.«

Mateo war aufgefallen, dass Blanca sich schon eine ganze Weile nicht mehr in seiner Ecke hatte sehen lassen, sondern sich auf ein Hallo aus der Halbdistanz beschränkte. In der nächsten Gefechtspause trabte Mateo zu ihr.

»Hallo, Mateo. Zu dir wollte ich auch gerade.« Sie schien sich ehrlich zu freuen, ihn zu sehen.

»Fein, Blanca. Was gibt's denn?«

»Nacho hat wieder eine Idee für eine neue Sparte. Du und ich werden zusammenarbeiten. Nacho sagt, es muss unbedingt ein Paar sein. Ein *junges* Paar. Ich habe ein ziemlich gutes Gefühl dabei. Komm, ich erkläre es dir.«

Sie zog einen freien Stuhl heran.

In den ersten Minuten ihres Gesprächs hörte Mateo kaum, was sie sagte. Er versuchte, ihren Duft aufzufangen. Doch obwohl er nur wenige Zentimeter von ihrer linken Schulter entfernt saß, roch er zunächst … nichts. Kein Parfüm, keinen Körperduft, nicht einmal einen Hauch des Shampoos, das sie am Morgen benutzt haben musste. Was für ein diskretes Mädchen, dachte er. Ein Geheimnis der Leere umgab sie, etwas Unbeschriebenes, trotz ihres dunklen Haars, das sie als Typ so stark zu definieren schien.

»Was hältst du davon?«, sagte Blanca und lehnte sich zurück. Ihr schöner Mund kam zur Ruhe.

Er nickte. »Interessant. Wann wollen wir anfangen?«

»Wenn's geht, kommende Woche«, sagte sie. »Das hängt vom Dichter ab. Seinen Terminen.«

»Dem Dichter?«

»Nacho will uns etwas dazu sagen. Am Nachmittag.«

»In Ordnung«, sagte er. »Ich bin gespannt.«

»Noch ein wichtiger Punkt, Mateo. Ich habe bei unserem Projekt die Endredaktion. Ist das okay?«

»Klar«, sagte er. »Kein Problem. Ich werde bestimmt eine Menge von dir lernen.«

»Sei nicht so unterwürfig, Mateo. Verteidige dein Terrain.«

»Nur dir gegenüber nicht. Habe ich das richtig verstanden?«

»Sei nicht albern. Ich führe bei unserer Geschichte das Oberkommando. Aber wenn dir hier ein anderer so kommt wie ich, dann tritt ihm in die Eier.«

Mateo suchte in Blancas Gesicht nach Spuren der ehrgeizigen jungen Frau, die sie in den letzten Sätzen enthüllt hatte. Aber da war gar nichts, nur eine schöne, unbearbeitete Fläche. Er lächelte sie an. Dieses Lächeln gehörte zu den wenigen Dingen im Leben, die ihm immer zur Verfügung standen. Es war positiv, wenn sich Menschen in seiner Gegenwart wohlfühlten, weil auch er sich dann wohler mit ihnen fühlte. Deshalb benutzte er sein Lächeln ziemlich häufig, auch wenn »benutzen« gewiss das falsche Wort war. Er *schenkte* es dem anderen. Er schenkte das Lächeln beiden, dem anderen und sich selbst, obwohl er selbst es nicht sehen konnte, sondern nur auf den Wangen, in den Mundwinkeln und unter den Augen spürte, seltsamerweise *besonders* unter den Augen, weil sich dort die Haut südlich der unteren Wimpernlinie leicht straffte und ihm das Signal sandte: Alles in Ordnung!

»Ich bin froh«, sagte Blanca, »dass du es so sportlich nimmst.« Sie ließ ihren Blick noch einen Moment auf seinem Gesicht ruhen, als müsste sie die digitale Erfassung eines unverstandenen Eindrucks abwarten. »Ich hole mir einen Kaffee. In einer halben Stunde sage ich dir Bescheid, dann gehen wir zu ihm rein.«

Und da, beim Aufstehen, fächelte sie Mateo den leisen Hauch eines Körperdufts zu, Blancas Geheimnis, eine Ahnung, nicht mehr: etwas Frisches wie von einer kürzlich geschnittenen Wiese, auf die Regen gefallen ist, vielleicht mit einem Stapel nassen Brennholzes in der Nähe, ein Duft wie aus einer Herbstlandschaft ohne Menschen.

Als er aufstand, hielt er mitten in der Bewegung inne. Da

war noch etwas anderes. Wie Blanca »ihm« gesagt hatte statt »Nacho«. Ja. »Dann gehen wir zu *ihm* rein«, das waren ihre Worte gewesen. Es war dieses leichthin verwendete Personalpronomen gewesen, das die Intimität andeutete und Mateo auf ihre Spur setzte, die nur für scharfe Ohren hörbare Spur eines Paares, das in den Redaktionsräumen alles tun musste, um seine Verbindung zu verheimlichen.

In diesem Augenblick war Mateo überzeugt, dass Blanca mit Nacho eine Affäre hatte.

»Hat Blanca dich eingeweiht, Mateo? Kommt rein, setzt euch.«

Nacho Cano verließ seinen Schreibtisch mit einem letzten mürrischen Blick auf den Bildschirm, kam in ihre Ecke und setzte sich an den Tisch. »Was hältst du von unserer Idee?«

Die »Idee«, soweit Mateo sie durch Blancas Erklärungen verstanden hatte, bestand aus einer Serie von mindestens zweimal monatlich erscheinenden Interviews mit Prominenten, die Blanca und Mateo führen sollten. Das Thema war immer dasselbe, der Reihentitel kündigte es an: »Heute habe ich mich wieder verliebt«. Die Prominenten sollten über eine ungewöhnliche Verliebtheit sprechen, die ihnen im Leben widerfahren war – ob lang oder kurz, ob glücklich oder unglücklich, blieb ihnen überlassen. Nacho war sich der Sache sicher. »Kontrollierte Enthüllung« war sein Begriff dafür. Heutzutage schirme sich jeder vernünftige Mensch vor der hechelnden Nachstellung durch die Medien ab, denn die Prominenten hätten keinerlei Macht mehr über die Bilder, die auf den Titelseiten landeten. Doch in *seinem* Format – Nacho malte gestisch Wohnzimmeratmosphäre mit gedämpftem Licht und leise spielender Musik im Hintergrund – behalte der Prominente die Hoheit über das Gespräch. Er, Nacho, glaube fest daran, dass dem »sensiblen Journalismus« die Zukunft gehöre. Er selbst sei für so etwas nicht gemacht, er könne nur mit Boxhandschuhen arbeiten, brauche echte Gegner, die zurückschlügen, aber *Claro!* sei ein Blatt, das unterschiedlichen Formaten ein Dach biete.

»Die Gespräche«, sagte Blanca, »sollen im Haus des Prominenten stattfinden, Mateo. Das ist ganz wichtig.«

»Genau. Er soll sich wie zu Hause fühlen, ha, ha. Noch etwas, Mateo.« Er stand überraschend behände auf, schnappte sich von seinem Schreibtisch eine Wasserflasche und trank im Stehen ein paar große Schlucke. »Der Titel ist provisorisch, das habe ich Blanca schon gesagt. Aber ich mag ihn. ›Heute habe ich mich wieder verliebt‹. Der Witz liegt in dem Wort *wieder*. Ein ganzes Menschenbild scheint darin auf. Das Porträt einer Zeit, die nichts nur einmal machen kann, sondern dazu verdammt ist, sich zu wiederholen. So auch in der Liebe. *Coño*, wir sind alle Wiederholungstäter!«

Er lachte, aber Mateo fing den kummervollen Blick von der Dauer eines Lidschlags auf, den Blanca ihm zuwarf.

»Es gibt da noch eine Kleinigkeit, Mateo.« Er rieb sich die Hände. »Wir brauchen deine Hilfe.«

Nacho erzählte ihm, er habe schon eine Liste von Prominenten angelegt, die Blanca und Mateo für die neue Reihe besuchen und interviewen sollten, eine gute Liste, er habe keinen Zweifel daran, dass die meisten von ihnen zusagen würden. Aber da sei einer, der auf Wunsch von Mariano Parra auf der Liste gelandet sei, ein Dichter, der ihm, Nacho, leider nichts sage, vermutlich ein Schulfreund von Parra oder etwas Ähnliches. Parra nenne ihn immer nur »den Dichter«. Er, Nacho, habe den Verdacht, dass Parra den Mann beziehungsweise seine Kunst subventioniere. Im Internet sei kaum etwas über ihn zu finden, und selbst Héctor, der Literaturredakteur, könne sich nur dunkel an einen frühen Gedichtband mit dem Titel *Letztes Licht* erinnern. Das sei vor zwanzig Jahren gewesen. Danach sei der Dichter in der Versenkung verschwunden. Er heiße Horacio Ballesteros Nelson.

Nacho nannte den Namen und lehnte sich zurück. Dann sah er Blanca an, die erst ihn, dann Mateo ansah. Beide schienen etwas von ihm zu erwarten. Als die Pause unangenehm wurde, sagte Mateo:

»Und?«

»Mateo«, sagte Nacho. »Er ist dein Onkel.«

»Bitte? Davon weiß ich nichts.«

»Mateo«, sagte Nacho. »Du verscheißerst mich, oder? Wir haben das recherchieren lassen, und wir wollen die erste Aufgabe mit Eleganz bewältigen. Ich hatte den Eindruck, dass Mariano sehr daran liegt.«

»Ich weiß wirklich nicht, wovon du redest«, sagte Mateo.

Dann fiel es ihm ein. »Der Dichter«. Im spanischen Teil seiner Familie wurde er meistens *el loco* genannt. Als Kind hatte Mateo über den Dichter in den Sommerferien Geschichten gehört, weil er schon damals ein komischer Kauz gewesen war. Später, hieß es, sei der Dichter nach Madrid gezogen. Sein Name war Mateo entfallen, weil er für die Kinder – seine Verwandtschaft – immer nur *el loco* gewesen war. Er war der Patenonkel von Mateos Tante Luz, mit der er sich zerstritten hatte.

»Horacio Ballesteros Nelson«, sagte er. »Ehrlich, du könntest mir ein halbes Dutzend Großonkel unterschieben. Keine Ahnung, wie alt er heute ist. Sechzig? Siebzig?«

»Hör zu, Mateo. Der Dichter wird unser erster Gesprächspartner. Mit ihm startet unsere neue Serie. Du musst ihn mit Blanca besuchen. Er steht doch auf Frauen, oder? Blanca kann sich etwas Knappes anziehen.«

Wieder warf Blanca ihm einen kummervollen Blick zu.

»Komm, Schatz, du weißt, wie ich das meine.«

Mateo hielt den Kopf gesenkt.

Nacho räusperte sich. »Mateo, kann ich auf dich zählen? Du musst den Dichter anrufen und dich vorstellen. Dann machst du einen Termin aus. Und lies ein paar seiner Gedichte. Lyriker sind eitel. Sie haben sonst nichts. *Letztes Licht*. Um Himmels willen. Lern zwei Gedichte von ihm auswendig, wenn sie nicht zu lang sind, hörst du? Gib ihm das Gefühl, er sei ein Star. Ich wüsste gern, was Mariano in ihm sieht. Vielleicht haben sie als Schüler dasselbe Mädchen gevögelt.«

Blanca stand auf. »Ich habe noch etwas zu erledigen«, sagte sie und ging.

Mateo schaute wieder auf seine Hände. Dann ließ er den Blick tiefer wandern und bemerkte eine unsaubere Stelle an seinem rechten Schuh. Was soll's, dachte er und sah sich das Schuhwerk des Chefredakteurs an. Der Schnürsenkel von Nachos linkem Schuh war nicht ordentlich gebunden, sondern ein knubbeliger Knoten. Wahrscheinlich zog Nacho den Schuh abends so vom Fuß, wie er war, und zwängte sich am nächsten Morgen wieder hinein. Mateo fragte sich, wer diesem ungepflegten Chefredakteur die schlecht sitzenden Anzüge kaufte. Auch die Ärmel seines Hemdes waren zu lang. Die Krawatte war unsauber gebunden. Doch Nachos Garderobe sah so achtlos aus, dass man sich sofort fragte, was der Mann an wichtigen Dingen im Kopf haben mochte, um sich so einen Aufzug leisten zu können.

»Also, Mateo. Was machen wir?« Er bewegte den Kiefer, als müsste er Nüsschen zerkauen. »Bekommst du das hin? Sag mir, wenn du diesen Horacio Ballesteros Nelson angerufen hast, ja? Sei nett zu ihm. Ihr gehört zur selben Familie. Wenn wir damit durch sind, hätte ich mal Lust, ein Interview mit Ken Follett zu machen, den kennen die Leute wenigstens. Außerdem mag er spanischen Schinken. Habe ich Parra ganz deutlich gesagt. Deinen Ballesteros kennt noch nicht mal seine eigene Mutter. Aber Mariano war nicht davon abzubringen. Loyalität macht uns zu Narren.« Er stand auf. »Noch was, Mateo.« Nacho legte ihm eine Hand auf die Schulter. »Keine Sorge wegen Blanca. Halt sie nur in der Spur. Gib ihr das Gefühl, sie sei der Häuptling.«

Nacho ließ seine kleine, wärmer werdende Hand noch einige Sekunden auf Mateos Schulter liegen.

»In Ordnung.«

»Ich wusste, dass ich mich auf dich verlassen kann.«

In den nächsten Tagen ging Blanca ihm aus dem Weg. Da Mateo es ihr leichtmachen wollte, bemühte auch er sich um Abstand und arbeitete mit seinem Kollegen die Lokalnachrichten ab. Diego schien Mateo die Sache mit der Interviewreihe nicht zu neiden. Wenn Mateo sah, wie Diego reglos vor dem Bildschirm saß und im Gehirn seinen großen Nachrichtenfilter anwarf, bewunderte er ihn. Das waren die Leute, die wirklich die Zeitung machten. So einer wie Diego hatte er damals werden wollen, als er in Deutschland das Volontariat antrat. Einer, der sofort erkannte, welche Nachricht in die Zeitung gehörte und welche nicht, welche falsch, frivol, aufgeblasen oder gelogen war. Wie man den Menschen helfen musste, eine Nachricht einzuordnen und die Zusammenhänge zu verstehen.

Das Telefon klingelte.

»Hallo, Mateo? Hier Pilar von der Zentrale. Da ist ein Herr, der die Lokalredaktion sprechen muss.«

»Sekunde.« Er sah zu Diego rüber, aber der schüttelte den Kopf. »Lokalredaktion, wie kann ich Ihnen helfen?«

»Endlich!« Die Stimme des Mannes klang weit entfernt. »Mit wem spreche ich, bitte?«

»Mateo Wassmann.«

Die Männerstimme am anderen Ende räusperte sich geräuschvoll. »Versprich mir, dass du nicht gleich auflegst wie die anderen. Bitte.«

»Versprochen. Wollen Sie mir nicht sagen, wie Sie heißen?«

»Pío Valverde. Ich habe eine Odyssee hinter mir.«

»Herr Valverde, wie wäre es …«

»Nenn mich Pío.«

»Wollen Sie mir nicht sagen, Pío, worum es geht?«

Die Stimme am anderen Ende schnaufte. »Ich will es versuchen. Meine Tochter ist verschwunden. Nuria. Sie meldet sich nicht mehr. Seit zehn Tagen ist sie weg. Dabei wollten wir uns verabreden.«

»Wäre das nicht eine Sache für die Polizei?«

»Natürlich. Die Polizei weiß auch Bescheid. Aber ich glaube, sie tut nichts. Hast du Erfahrung mit der Polizei?«

»Nicht persönlich.«

»Sei froh«, sagte Pío. Ein kraftvolles Räuspern. »Ich habe das Gefühl, die sitzen nur da und bohren in der Nase. *Con perdón*. Aber ich glaube, die tun überhaupt nichts.«

»Was sollten sie Ihrer Meinung nach denn tun?«

»Sie sollten Nuria suchen. Da ist etwas faul. Nuria würde nicht einfach weggehen und ihrem Vater keine Nachricht geben.«

»Nein? Wie alt ist sie denn?«

»Dreiundzwanzig«, sagte Pío. »Und kein Jahr mehr.« Seine Stimme nahm einen zärtlichen Ton an.

»Sie haben bei einer Tageszeitung angerufen, Pío. Ich sehe immer noch nicht, was *Claro!* für Sie tun kann.«

»Ihr werdet doch von jüngeren Leuten gelesen, dachte ich. Setzt etwas in eure Zeitung, damit Nuria weiß, dass wir sie suchen. Am besten mit Foto.«

Mateo wusste, was Pío Valverde dachte. Die Zeitung als Kommunikationsmittel und Verlautbarungsorgan. Die Zeitung auf jedem Tisch, in jeder Bar, in Bus und Bahn. So wie früher, als sich die Nachbarschaft am Kiosk traf, weil es dort immer Neuigkeiten gab. Die ältere Generation hatte offenbar noch nicht mitbekommen, dass kein Mensch unter dreißig mehr eine raschelnde Tageszeitung aufschlug, es sei denn, er wäre bei einer angestellt. »Pío«, sagte er. »Vielleicht muss ich Ihnen etwas erklären …«

»Ich habe eine telefonische Nachricht von ihr bekommen«, sagte Pío Valverde. »Gleich am ersten Tag.«

»Dann scheint ja alles klar zu sein. Was steht denn drin?«

»Klang etwas rätselhaft, wenn du mich fragst. ›Mach dir keine Sorgen. Ich muss mich um jemanden kümmern.‹«

»Und das kam per SMS?«

»Ja.«

»Aber es hat Sie nicht beruhigt.«

»Am ersten Tag schon. Aber jetzt ist es zehn Tage her. Sie beantwortet keinen Anruf, keine SMS. Es ist noch nie vorgekommen, dass Nuria sich zehn Tage lang nicht bei ihrem Vater gemeldet hat.«

»Und bei der Mutter?«

»Wir sind getrennt.«

»Sie könnte sich trotzdem bei ihrer Mutter gemeldet haben, oder?«

»Nein, hat sie nicht. Die beiden sind nicht eng. Lass die Mutter aus dem Spiel.«

»Kinder werden erwachsen, Pío. Nuria ist eine junge Frau, die ihre eigenen Entscheidungen trifft. Wohnt sie bei Ihnen?«

»Nein, mit Freunden zusammen. Was man so Freunde nennt. Aber ich habe die Adresse nicht. Da stimmt etwas nicht, sage ich dir. Willst du mir helfen?« Er klang nicht mehr flehend. »Ich würde dir gern ein Foto schicken.« Er machte eine Pause. »Weißt du, Nuria ist gläubig.«

»Bitte?«

»Sie glaubt an Gott. Wie ihr Vater.«

Mateo wusste nicht, was das an der Sache änderte, aber Pío Valverde schien davon überzeugt zu sein, dass einem mit dem Glauben an Gott und ein wenig Hilfe von *Claro!* nichts geschehen konnte.

»In Ordnung«, sagte Mateo. »Schicken Sie mir das Foto und Nurias Telefonnummer. Ich will sehen, was sich machen lässt ... Hallo? Sind Sie noch da?« Mateo hörte Pío atmen.

»Glaubst du an Gott, Mateo?«

In der Leitung war das leise Rauschen zu hören, das solche Fragen immer begleitet.

»Was wir zu erledigen haben«, sagte Mateo, »müssen wir in diesem Leben erledigen. Danach kommt nichts mehr. Ich glaub einfach nicht dran.«

»Ich hatte erwartet, dass du das sagst.« Pío machte eine Pause. »Aber Nuria ist anders. Ich will, dass du das weißt. Nuria ist ein ernsthaftes Mädchen, das sich nicht von irgendeinem Blödsinn verlocken lässt. Sie hat ... Ich sage immer, Gott hat ihr ein Koordinatensystem gegeben.«

»Das ist gut, Pío. Vielleicht kümmert er sich dann auch um einen Navigator. Entschuldigen Sie. Ich meinte ... Sie wissen schon. Dass sie bald nach Hause findet.«

Kurz darauf schickte ihm Pío per E-Mail das Foto. Nuria sah älter aus als ihre dreiundzwanzig Jahre. Sie war blass, als lebte sie in einer Höhle. Dunkles Haar, in der Mitte gescheitelt. Der Blick war offen und sehr ernst. Ein interessantes Gesicht, fand Mateo, ein Entweder-oder-Gesicht.

Am Abend rief Mateo seine Mutter an und bat sie um ein paar Informationen über den Dichter, aber sie konnte ihm nicht viel sagen. Seine Mutter las keine Gedichte, und da Ballesteros auf Kontakt zur Familie keinen Wert zu legen schien, hatte sie ihn schon vor Langem aus den Augen verloren.

Auch Mateo las keine Gedichte. Ihm fiel auf, dass er niemanden kannte, der Gedichte las.

Seine Tante Luz hatte dazu ihre eigene Meinung.

»Von wegen Dichter. Dieser Horacio hat eine grobe Sprache, wenn du mich fragst«, sagte sie ihm am Telefon. »Der Mann flucht, was das Zeug hält.«

Mateo fragte sie, ob er ihn von ihr grüßen solle.

»Auf keinen Fall! Was deine Mama und mich betrifft, gehört er nicht mehr zur Familie. Er ist eine Schande für uns alle. Nimm dich vor ihm und seinen Sauereien in acht.«

12

Ein Firnis von Falschheit

Solange Nacho Cano sich erinnern konnte, hatte er sich für seinen Körper geschämt. Schon das Wort »Körper« war ihm zu viel. Sein Äußeres. Seine Hülle, die durch geheimes, teuflisches Kabelwerk mit seiner Seele verbunden war – zu blass, zu weich, nichts zum Vorzeigen.

Schon bald nach dem Studium trug Nacho Cano die Uniform der Bürogeschöpfe, um sich über seinen Körper keine Gedanken mehr machen zu müssen: dunkler Anzug, weißes oder hellblaues Hemd, unauffällige Krawatte. Im Sommer durften die Anzüge auch hellgrau sein und die Krawatte etwas jugendlicher, im Ferienmonat August erlaubte er sich eine leichte Baumwollhose mit Sommerjackett und ließ die Krawatte manchmal weg. Nur bei den Schuhen war er schlampig, aber das lag daran, dass er sich ungern bremsen ließ. Er fand keine Zeit für Formalitäten, er warf sich den Trenchcoat über die Schultern und stürmte aus der Redaktion.

Wenn er sich an körperliches Wohlgefühl in seiner Kindheit erinnerte, dachte er an die kräftigen Rubbelbewegungen, mit denen seine Mutter ihn nach einem heißen Bad in der Wanne mit dem Frotteetuch abgetrocknet hatte. »Jetzt bist du bereit für die Welt«, hatte sie immer lächelnd gesagt. Und das war er wirklich: Er fühlte sich bereit für die Welt, spürte Energie und Tatendrang.

Das nächste intensive körperliche Wohlgefühl wurde

ihm sieben oder acht Jahre später geschenkt, bei den ausgedehnten heißen Duschen im sorglich verriegelten Badezimmer seines Elternhauses. Hier entdeckte Nacho Cano die Freuden der Selbstbefriedigung. Da ihm sein Körper nicht gefiel, schaffte er es nicht, mit derselben humorvollen Vulgarität davon zu sprechen wie seine Klassenkameraden. Über die eigene Selbstbefriedigung sowieso nicht; aber auch nicht über die der anderen. Für Nacho existierte Masturbation nicht – man tat es, durfte es aber nicht benennen.

Ein kurzes homosexuelles Abenteuer während seiner Studentenzeit in Pamplona – absurderweise mit einem Jungen, der ebenfalls Nacho hieß – stürzte ihn in tiefe Verwirrung. Durch den Ekel, den ihm vieles an der Begegnung mit einem anderen Mann bereitet hatte – die kräftige Körperbehaarung, die schwuchtelhaften Gesten, die er danach in der winzigsten Bewegung zu identifizieren lernte –, drang dennoch die Lust zu ihm durch, eine nahe, leicht zu erreichende Lust, eine Lust unter Männern, die sich keine Erklärungen geben mussten und einander ganz selbstverständlich dort anfassten, wo es gut tat. *Liebe unter Gleichen.* Der schmale Nacho, wie er ihn bei sich nannte, schien genau zu wissen, was ihm, dem dicken Nacho, gefallen würde.

»Du hast es noch nie mit einem Mann gemacht, stimmt's?«

Er war unfähig, die Frage zu beantworten. Er war unfähig, über sich als sexuelles Wesen nachzudenken, er wollte auch den schmalen Nacho nur als Mitstudenten wahrnehmen, dessen Körper ihn erregt und dessen Lächeln es ihm leicht gemacht hatte, doch sobald es vorbei war – *es* –, kehrte er der Sache schweigend den Rücken. Warum musste man es bereden? Die Welt stand unter dem fürchterlichen Zwang, alles mit Bezeichnungen zu besudeln. Nacho sehnte sich nach Stille und Sprachlosigkeit.

»Schon gut. Ich habe gemerkt, dass du zu denen gehörst, die nicht gern darüber reden. Kein Problem.«

Der schmale Nacho legte dem dicken Nacho die Hand auf die Stirn.

»Mach die Augen zu«, sagte er.

»Was hast du vor?«

»Trau mir einfach.«

»Sag schon, was du vorhast.«

»Trau mir. Wenn es dir nicht gefällt, darfst du mit mir machen, was du willst.«

Der dicke Nacho schloss die Augen und öffnete sie fünfzehn Minuten lang nicht mehr. In dem Schweigen, das sich ausbreitete, fühlte er sich ruhiger. Er sah sich durch eine helle Landschaft laufen, in der Worte nicht mehr gebraucht wurden. Alle Schuld und Peinlichkeit lösten sich auf. Er spürte etwas Warmes, Weiches auf dem Oberschenkel. Der schmale Nacho hatte ihm Öl auf das Bein gegossen. Jetzt beschrieben die Hände auf seinem Körper Kreise. Zwei Wörter kamen ihm in den Sinn: *auf Umwegen*. Träge ließ er die Gedanken durch sein Bewusstsein ziehen. Es waren die einfachsten und zugleich schwierigsten Gedanken. Man durfte *es* nicht direkt ansteuern, sondern nur auf Umwegen. Man durfte die Lust nicht anstreben und sich nicht nach ihr verzehren. Nacho wusste jetzt, dass er die Lust nur erreichen konnte, wenn er sich durch die Stille zu ihr treiben ließ.

Schweigend massierte der schmale Nacho seinen ganzen Körper, schob schwer gewordene, willenlose Gliedmaßen zur Seite, wie es ihm gefiel, rollte seinen Partner auf den Bauch, um noch leichter über ihn zu verfügen, und der dicke Nacho ließ alles geschehen. Für Momente tauchten Gedanken in seinem Kopf auf, denen er die Farbe Rot gab. Was tue ich hier? Darf ich das? Was, wenn mich jemand dabei sieht? Was, wenn einer davon erfährt? Dann verblasste das Rot. Er hörte wieder den schneller gehenden Atem des schmalen Nacho, der seinen Körper mit Hingabe erkundete und den Druck der massierenden Hände erhöhte. Nichts erregte Nacho Cano so stark wie die Erregung des anderen. Es tat gut, die Augen geschlossen zu halten, nichts zu wollen und nichts zu wünschen, außer dass es immer so weiterginge. Nur der Atem des schmalen Nacho war zu hören, dazwischen Stille und absolutes Schweigen, das der dicke Nacho brach, als er den Höhepunkt nicht mehr zurückhalten konnte und aufschrie. Dann musste er den Kopf verbergen. Tränen liefen ihm über die Wangen. Ohne ein Wort zu sagen, legte der schmale Nacho sich auf ihn, drückte sein Gesicht an die feuchten Wangen und umschlang seine Schultern.

»Es ist gut.«

Aber nichts war gut. Nacho Cano konnte die Welt nicht mit geschlossenen Augen durchwandern. Sobald er sie aufschlug, packte ihn der Ekel. Er konnte nicht anders.

Sie schliefen fünf Mal miteinander. Dann brach Nacho Cano die Beziehung ab. Er ertrug die Vorstellung nicht, er könnte *einer von denen* sein.

Später war er mehr als zwei Jahre mit einer Studentin zusammen, Maite, die ihn brillant fand, intellektuell brillant, viel interessanter als die Jüngelchen in den Seminarräumen. Sie verführte ihn nach einem französischen Filmzyklus im kommunalen Kino, was Nacho völlig in Ordnung gefunden hätte, wenn sie mit ihrem wüsten Zungenkuss nicht seine Ausführungen über das Frühwerk von Eric Rohmer unterbrochen hätte. Doch er war kein Spielverderber.

Leider war er im Bett nicht ganz auf der Höhe der Anforderungen.

»Ich weiß auch nicht, was heute mit mir los ist.«

»Kein Problem«, sagte Maite. »Kommt schon mal vor.«

Maite sah gut aus, wenn sie ihre kräftige grüne Brille abgenommen hatte.

»Aber das passiert mir sonst nie«, sagte er.

»Schon klar, es wird an mir liegen.«

»So war das nicht gemeint.«

»Ist nicht so wichtig«, sagte sie. »Es ist nur Sex. Wir können es später noch mal probieren. Sag mir, wenn du bereit bist.«

Aber das war genau der falsche Satz. Denn nun fragte er sich jede Minute, ob er vielleicht schon bereit sei. Oder gleich? Oder erst in einer Stunde?

An diesem unglücklichen Abend widerfuhr ihm etwas, was von nun an zu seinem Leben gehören würde. Er sah suchend seine Partnerin an und überlegte, was er an ihr so erregend fand, dass seine Erektion garantiert wäre. Als er nackt neben ihr lag, stand die Frage abermals vor ihm, nun noch drohender: Auf welche ihrer Körperteile sollte er sich konzentrieren, wo sollte er sie berühren, packen, streicheln, um in seinem Innern die nötige Hitze zu produzieren? Der Gedanke – Sex als physikalisches Problem – sank wie Gift in sein Gemüt und machte es ihm für immer unmöglich, sich zu entspannen.

Gemessen an allen denkbaren Katastrophen war Maites Reaktion auf sein Erschlaffen ebenso einfühlsam wie pragmatisch. Sie fand, man könne sich auch auf den erotischen Vorstufen vergnügen. Nacho war ihr dankbar, dass sie sein Versagen kaum noch zu bemerken schien und aufhörte, davon zu sprechen.

»Weißt du, was mindestens so wichtig ist wie … *der da*?«

»Was?«, fragte Nacho.

»Humor.«

Nacho war sich nicht sicher, ob er das lustig fand.

»Im Ernst«, sagte Maite. »Wenn zwei nicht miteinander lachen können, kannst du den Sex auch vergessen.«

Nacho verkniff sich eine selbstmitleidige Bemerkung und wechselte das Thema.

Doch es stimmte. Sie lachten viel im Bett, und das war beiden wichtig. Sie lachten natürlich auch, weil sie kaum je Gefahr liefen, von der Leidenschaft mitgerissen zu werden. Stattdessen führten sie im Bett ihre besten Gespräche, sie konnten miteinander diskutieren und komplexe Gedanken austauschen – digitale Revolution, Aufstiegschancen der Dritten Welt, die Aporien der abstrakten Kunst, solche Sachen. Er gewöhnte sich so sehr an die Strategie, durch Reden die Bedeutung des Sexuellen herunterzuspielen, dass er seine Chancen, sich in der Lust zu verlieren, zunichte machte. Ein oder zwei Mal war er so erregt, dass Maite ihn triumphierend anfunkelte und den Pferden die Sporen gab. Plötzlich sah er in ihren Augen die Gier, spürte, wie sie sich endlich einmal vergessen wollte, mit ihm, der überraschend doch noch zum Mann geworden war. Mit Erschrecken erkannte er, dass Maites Lust nur geschlummert hatte und aufbegehrte, sobald sich die Gelegenheit dazu ergab.

Und schon war es wieder vorbei.

»Nicht so schlimm«, sagte Maite, aber ihr Ton verriet sie.

Nacho atmete schwer und hatte Mühe, seine Wut zu unterdrücken.

»Du hast keine Ahnung«, sagte er, »wie beschissen das ist. Frauen sind fein raus.«

»Bitte?«

»Ich meine, euch kann sowas nicht passieren.«

»Nein, aber uns können andere Sachen passieren. Zum Beispiel ein Freund, der keinen hochkriegt.«

Sie machten noch ein paar Minuten so weiter und sagten viele verletzende Dinge, bis sie spürten, dass sie genügend Gründe beieinander hatten, sich zu trennen. Dann hielten sie inne. Recht haben half ihnen nicht weiter.

Und es kam nicht wieder vor, dass sie darüber stritten.

Nacho gewöhnte sich daran, »nicht ganz auf der Höhe der Erwartungen« zu agieren, und das dämpfte bei ihm jede Lust auf einen Wechsel der Partnerin. Er ertappte sich sogar bei der ängstlichen Frage, was mit ihm wäre, sollte Maite ihn je verlassen.

Als es dann wirklich geschah – sie hatte sich von einem Sportstudenten verführen lassen, über dessen intellektuelle Brillanz sie Nacho gegenüber kein Wort verlor –, war es nicht so schlimm wie befürchtet. Mit Maite verabschiedete sich auch die Zeugin seiner Demütigungen aus seinem Leben, und wer sagte, es müsse beim nächsten Mal genauso sein? Vielleicht hatte Maite ja seinen unbeschwerten sexuellen Genuss verhindert? Nacho hielt es für möglich. Und diese Möglichkeit erlaubte es ihm, mehrere Semester ohne Freundin auszuhalten und sich einzureden, bei der nächsten Partnerin werde er freier und selbstsicherer auftreten.

Auch erinnerte er sich mit Staunen und Dankbarkeit an eine halbe Stunde in der Wohnung eines Transvestiten, die ihn sechzig Euro gekostet und ihm bewiesen hatte, dass mit ihm im Prinzip alles in Ordnung war. *Sehr* in Ordnung.

Weiter vermochte Nacho nicht darüber nachzudenken, sonst wäre sein Leben auseinandergefallen.

In späteren Jahren bescherten ihm zwei Freundinnen – er hatte längst die dreißig überschritten – ähnlich gemischte Ergebnisse wie zuvor, doch die Beteiligten gingen gelassen damit um. »Wie Erwachsene«, so seine Formulierung. Keine offenen Schuldzuweisungen, kein sexuell motiviertes Zerwürfnis. Dauer der Beziehungen: das eine Mal dreizehn, das andere Mal siebzehn Monate. Dazwischen große Pausen und diskrete Besuche bei Transvestiten, die ihm außerordentlichen Genuss verschafften.

Nacho gestand sich ein, dass er mit Frauen ein Problem hatte, aber er war sich ganz sicher, dass es vielen Männern genauso ging und sie nur nicht darüber sprachen. In der wachsenden Zahl von Transvestiten, wenn die Kontaktanzeigen bei *Claro!* ein Maßstab waren, sah er den unwiderlegbaren Beweis. Auch später benutzte er nie den Anzeigenteil von *Claro!*, wenn er sich auf die Suche nach sexuellen Abenteuern machte, sondern den von *El Mundo*. Man mochte es Aberglauben nennen.

Je älter Nacho wurde, desto sicherer handhabte er seine Defizite und suchte gezielter nach Befriedigung. Das erotische Elend, an das er sich in den Studentenjahren gewöhnt hatte, glich er durch gesunde Aggressivität im Beruf aus. Das hatte paradoxerweise zur Folge, dass seine erotische Ausstrahlung wuchs, was wiederum sein Selbstbewusstsein stärkte, das seinerseits immer lauter und fordernder nach sexueller Betätigung rief. Doch Nacho wusste nur zu genau, dass Sex geeignet wäre, ihn abermals unglücklich zu machen. Es war, als säße er auf einer Wippe und sähe die Welt mal von oben, mal von unten. Zeitweise ging es ihm als aufstrebender Journalist so gut, dass er sich an seine früheren Probleme nur noch unscharf erinnerte und sie kurzerhand auf Maite schob. Zu anderen Gelegenheiten kehrten die Augenblicke der Demütigung ins Bewusstsein zurück (»zum Beispiel ein Freund, der keinen hochkriegt«), und er wusste, dass er bestimmte Situationen nie wieder erleben wollte.

Dann wurde Nacho an die Spitze von *Claro!* berufen. Mariano Parra Vidal, der Eigner, kaufte der Konkurrenz einfach seinen Lieblingsjournalisten weg. Bei einem Mittagessen, dem ersten von unzähligen, schaute der Wurst- und Schinkenfabrikant seinen neuen Chefredakteur listig an, bevor er sagte: »Privat alles in Ordnung, Nacho? Bist du gebunden? Getrennt? Stehen Veränderungen bevor? Das ist nicht unwichtig, weißt du?«

»Zur Zeit gerade getrennt«, sagte Nacho und gab sich Mühe, es sorglos klingen zu lassen.

»In dieser Abteilung sollte Ruhe herrschen«, sagte Parra. »Was im Dunkeln geschieht, ist mir egal. Aber Ruhe muss herrschen. Hab schon zu viel Blödsinn gesehen, alles nur wegen eines Paars prächtiger Titten. Ich bin sicher, das siehst du genauso.«

»Absolut.«

»Dann ist es gut.«

Und Nacho sah es wirklich so. Man musste die Triebe kontrollieren und Gerede vermeiden. Auf Verständnis war ohnehin nicht zu zählen. Im Büro, im Fitnessstudio, am Tresen der Weinbar mochten die Menschen einander auf bestimmte Weise kennenlernen. Aber sexuell war jeder auf sich allein gestellt, und wenn er, Nacho Cano, irgendeinen guten Rat zu erteilen hatte, dann lautete er, niemandem zu trauen.

Es gab Momente, da befiel ihn unendliche Traurigkeit bei dem Gedanken, dass er niemandem die volle Wahrheit über sich selbst sagen konnte. Seine sexuelle Wahrheit, wenn man es so nennen wollte. Nicht einmal im Bett. Nicht Freunden, nicht Freundinnen. Nur sexuelle Dienstleister durften wissen, wer er war.

Was für ein Armutszeugnis, dass die Verstellung, die Lüge, die Heimlichkeit zu seinem Leben gehören würden wie Andruckzeiten und Redaktionssitzungen. Es war zum Kotzen. So hatte er sich das Leben nicht vorgestellt, als er jung war. Er hatte einmal mutig und offen leben wollen, er wollte zu allem stehen, was er für richtig hielt. Doch beim Sex versteckte er sich. Er wagte es nicht einmal, im Tagebuch die Wahrheit zu sagen, er belog sich selbst, obwohl es keinen geheimen Leser gab.

Ich belüge mich selbst seit … wie vielen Jahren? Fünfzehn? Zwanzig? Wann habe ich endgültig gewusst, dass ich Männer will, aber nicht immer, sondern nur manchmal, dass ich bestimmte Männer zu bestimmten Zeiten unter bestimmten, nur mit größter Peinlichkeit zu benennenden Umständen begehre? Dass es besser ist, wenn sie jung sind, sehr jung …? Seit wann, zum Teufel? Und wie war das beim letzten Mal, als ich gefragt wurde, ob ich es schon mal mit Ketten gemacht hätte? Ich habe mich für die Sachen interessiert, das ist die Wahrheit. Ich habe sie mir angesehen, als stünde ich vor der Kuchentheke und dürfte mir ein Stück aussuchen und auf den Teller laden … die Sachen aus Leder und Latex, den Halsring, den Dildo … alles. Das ist die Wahrheit. Ich will alles kennenlernen, alles, alles!

Irgendwann, so dachte er, würden die Menschen auf der Straße erkennen, dass er durch und durch falsch war und nichts an ihm stimmte. Diesen Tag fürchtete er. Und so wurde es zu seinem Ziel, die Maske konsequent zu tragen, ohne Brüche, ohne Schwächeanfälle.

»Du kennst vielleicht den wunderbaren Satz von García Márquez«, sagte Parra beim Nachtisch, um das Thema abzuschließen.

»Welchen meinst du?« Nacho war es nicht gewohnt, von Parra mit Bildungsfrüchten verwöhnt zu werden.

»Hat er irgendeinem Literaturkritiker gesagt. ›Ich habe ein öffentliches Leben, ein privates Leben und ein geheimes Leben.‹ Ist das nicht genial? *Drei* Leben sind es, nicht zwei. Und das dritte Leben gehört ganz allein ihm selbst, da steckt niemand die Nase rein. Das unterscheidet den schlauen Gabo von der Masse der Klugscheißer. Er hat es immer verstanden, sein geheimes Leben zu verteidigen. Manchmal wusste niemand, wo er gerade steckte, ob in Mexiko, Kolumbien oder Kuba. Und das bei einem Nobelpreisträger. Das nenne ich wahre Freiheit.«

»Sehr interessant«, sagte Nacho, und plötzlich packte ihn Neid auf Gabriel García Márquez. »Es stimmt doch, dass er in Bogotá zeitweise im Bordell gewohnt hat? Als er jung war?«

»Weiß ich nicht«, sagte Parra. »Aber ich traue es ihm zu.«

»Meinst du, da hat er auch was mit den Mädchen gehabt?«

»Klar! Wofür wohnt man denn sonst im Bordell? Er war ein hübscher Junge mit dunklen Locken, du hast doch mal alte Fotos gesehen. Dieses Lateinamerika der Fünfzigerjahre, ich sage dir, davon machen wir uns gar keinen Begriff! Gut, wir sind Spanier. Wir müssen hier glücklich werden, nicht in Bogotá. Deswegen wohnen wir nicht im Bordell, sondern bei unseren Familien.«

»Völlig richtig«, sagte Nacho.

»Er ist auch nicht da wohnen geblieben. Gabo, meine ich, im Bordell. Er hat geheiratet, wie es sich gehört, und den Rest seines Lebens mit ein und derselben Frau verbracht. Ist das nicht beeindruckend?«

»Sehr«, sagte Nacho. »Außerordentlich.«

»Ein Nobelpreisträger, *coño*. Die kommen schon mal auf Ideen, wenn der Ruhm ihnen zu Kopfe steigt. Aber nicht unser Gabo. Alle Achtung!«

Kaum hatte Nacho im Verlagshaus sein nagelneues Büro bezogen, spürte er, dass die Macht ihn als Mann interessant machte, obwohl er »als Mann« objektiv nicht interessant war. Die Frauen, ob Sekretärin, Redakteurin oder Layouterin, sahen ihn anders an. Beiläufige Berührungen ergaben sich – drei Fingerspitzen auf seiner Schulter, ein leichter Klaps auf den Arm, der Mentholatem einer jungen Frau wie ein absichtlicher Hauch auf seiner Wange. Es wurde ihm geboten, es lag in der Luft. Jeder wusste um die körperliche Mindestspannung, die gegeben ist, wenn Menschen in Bürokleidung auf engem Raum viel Zeit miteinander verbringen.

Im zweiten Jahr begann Nacho eine Affäre mit Blanca. Oder besser, Blanca mit ihm. Es waren ihre Blicke gewesen, ihre ungezwungenen Berührungen und ihr sehr nah an sein Gesicht gehaltener Mund mit dem farblosen Lippenstift, ein ungewöhnlicher und schöner Mund. Nacho fand es interessant, so umworben zu werden.

Und nun hatte sich die Waage endgültig zur Seite des Berufslebens geneigt. Er würde keine Dummheiten machen, nichts Übereiltes tun, sich in der Leidenschaft nicht verlieren. Natürlich musste er seinem Körper, der in stillen Momenten seine Ansprüche anmeldete, irgendetwas bieten, aber viel musste es nicht sein. Auch als Liebender blieb man den Macht- und Konkurrenzverhältnissen des Arbeitslebens verhaftet.

Als er zum ersten Mal mit Blanca schlief, unterließ er es, im technischen Sinn mit ihr zu schlafen. Stattdessen gewann er erst ihr Vertrauen, dann die Kontrolle. Länger als eine Stunde widmete Nacho sich Blancas sexuellen Erregungskurven, Blancas Höhepunkten, Blancas Wohlbefinden. Mit physiotherapeutischer Geduld befasste er sich mit nichts anderem als diesem schönen, weißen, enthaarten und auffallend geruchsneutralen Körper. Er tat vieles mit den Händen, manches mit den Fingern und der Zunge, und während er dergestalt tätig war, kam ihm ohne jeden Anlass der alberne Satz »Hier kocht der Chef« in den Sinn. Er brachte ihn dazu, laut loszulachen. Mit dem Effekt, dass Blancas Erregung abflaute und wieder geduldig aufgebaut werden musste.

In all diesen Minuten forderte Nacho für sich selbst nichts, was Blanca begreiflicherweise unheimlich war. Wie? Ein Chef, der sie nicht vögeln wollte? Doch sie konnte nichts tun. Wenn sie nach ihm griff, entzog er sich ihr. Er bestimmte die Regeln.

»Hat es dir gefallen?«, fragte er, als er danach eine leichte Decke über sie gebreitet hatte.

»Ja. Sehr. So etwas habe ich noch nie erlebt.«

»Was?«

»Na, so etwas. Dass jemand … diese Dinge für mich tut. So lange. Du bist sehr einfühlsam.«

»Es macht mir Freude, wenn es dir gefällt. Ich mag deinen Körper.«

Er spürte, dass dieser Satz nicht der richtige gewesen war.

»Nacho?«

»Ja?«

»Willst du nicht …?«

»Später, Blanca. Es ist alles in Ordnung.«

Wieder ein falscher Satz.

»Natürlich«, sagte sie. »Aber ich will dich kennenlernen. So, wie du mich kennenlernst. Ich will dich in- und auswendig kennen.«

»Klar. Das wird kommen.«

Der dritte falsche Satz.

Er strich ihr eine Strähne aus der Stirn und betrachtete den schmalen, milchweißen Arm auf der Decke, wie eine Zeichnung aus der Schule der *ligne claire*.

Da erklang Blancas schläfrige Stimme. »Du bist einundvierzig, stimmt's?«

»Ja. Und du siebenundzwanzig. Macht dir das Sorge?«

Sie lächelte, ohne die Augen zu öffnen. »Das glaubst du nicht im Ernst! Und dir?«

»Nein«, sagte er und küsste sie auf die Augenbraue.

So fing es an. Nacho wusste nicht, ob Blanca ihn jemals überraschen würde. Aber es war gut, dass er eine Büroaffäre hatte. Die Redaktion sollte ruhig davon erfahren. Nacho war dabei, sich eine Reihe spanischer Männlichkeitsattitüden zuzulegen, um sexuell nicht als Sonderling zu gelten. Er war eine Führungspersönlichkeit, verdammt, er konnte sich kein schwuchtelhaftes Auftreten leisten.

13
Die Strahlen einer frühen Liebe

Blanca und Mateo nahmen die Metro, nicht das Auto, um zu ihrem ersten gemeinsamen Interviewtermin zu fahren. Nach der Besprechung bei Nacho war Blancas Enthusiasmus über das Projekt mit dem Titel »Heute habe ich mich wieder verliebt« ziemlich abgeflaut. Es war ihr offensichtlich peinlich, dass Mateo von ihrer Affäre mit dem Chef wusste. Unterwegs sprach Mateo über ihre gemeinsame Aufgabe. Wenn er ehrlich sei, finde er die Serie peinlich. Er selbst würde lieber an einer Sozialreportage arbeiten als an so einem Promi-Quatsch.

»Na prima«, sagte Blanca. »Ideale Voraussetzungen für unsere Zusammenarbeit.«

»Blanca, ich verstehe dich nicht. Du hast bei *Claro!* seriöse Themen bearbeitet. Und jetzt so etwas?«

»Nicht so hochmütig, *niño*. Führ erst mal ein Interview, das man drucken kann. Du kannst hier noch jede Menge lernen.«

Horacio Ballesteros Nelson wohnte in der Calle Ibiza in einem Haus mit niedriger Nummer, weit weg vom Retiro-Park.

»Ah, Parras Kommando«, sagte eine krächzende Stimme aus der Gegensprechanlage, nachdem sie die Klingel gedrückt hatten. »Kommt hoch, 5 B. Der Aufzug ist kaputt.«

Mateo freute sich nicht auf die Begegnung mit einem entfernten Mitglied seiner Familie. Und auch der Dichter hatte keinen Versuch gemacht, Anekdoten auszutauschen, als sie ein paar Tage zuvor das Treffen vereinbart hatten. Er freue sich, wenn sein Besuch eine Flasche Brandy mitbringe. Keine zu teure Marke, bitte, das lohne sich nicht. Sie sollten am Nachmittag kommen. Vormittags sei er nicht vorzeigbar.

Ballesteros, fand Mateo, war auch nachmittags nicht vorzeigbar. Er trug das schüttere weiße Haar zu lang, genauso wie den Bart. Er schien Probleme mit den Zähnen zu haben, denn sie verstanden ihn schlecht. Später erkannten sie, dass er einmal ein sehr gut aussehender Mann gewesen war, Spuren davon waren noch zu entdecken, wenn er lachte. Während Blanca ihn durch Plaudern aufzuwärmen versuchte, ging Mateo in die Küche und suchte nach Gläsern. Als er nach einer kleinen Spülaktion wieder ins Wohnzimmer kam, eine gemütliche Dichterhöhle mit herumliegenden Büchern und Aschehäufchen auf dem Tisch, hatte Blanca den Dichter schon etwas gelockert.

»Deine Freundin erzählt gerade, was sie so schreibt. Nicht uninteressant«, sagte er. »Vergesst nicht, Mariano einen schönen Gruß von mir auszurichten. Man müsste ihn schlagen für den albernen Namen seiner Zeitung. Und du?« Er musterte Mateo ausgiebig. Dabei schienen seine Augen unabhängig voneinander hin- und herzuspringen. »Dich kenne ich nicht. Deine Mutter hat dich von mir ferngehalten. Die schreckliche Luz hat sie dazu angestiftet. Denk nicht, das wüsste ich nicht. Weißt du, was unsere nette Familie immer wollte? Sänger, Tänzer, lächelnde Idioten. Niemand in diesem Córdoba will sich anstrengen. Wollen wir anfangen? Was war noch mal das Thema?«

Blanca erklärte es ihm. Viele Menschen hätten irgendwo im Hinterkopf wertvolle Erinnerungen weggepackt (das war ihr Wort, »weggepackt«), die in ihrem täglichen Leben keine Rolle spielten, aber »im Halbdunkel des Bewusstseins« große Bedeutung hätten. Und manchmal beträfen solche Erinnerungen eben eine frühere Liebe. Oder ein Verliebtheitsgefühl, eine Geschichte, die sich nicht erfüllt habe und deswegen auf immer »im Möglichkeitszustand verharre«.

Sie machte Mateo sprachlos.

Sie habe jetzt eine Bitte an ihn, sagte Blanca und rückte auf ihrem Stuhl ein Stück nach vorn. Sie bitte ihn, sie nicht mit irgendeiner fernen Anekdote abzuspeisen, sondern von der Liebe zu erzählen, die ihn zu seinen traurigsten Gedichten angeregt habe, etwa zu »Wasserpfütze, 23:57 Uhr« oder »Umarmung der Nacht«. Das sei ihre Bitte. Wenn er das nicht könne oder wolle, werde sie, Blanca, lieber gehen. Sie sei nicht zum Brandytrinken gekommen.

Es wurde still. Ballesteros blickte in die Ferne wie ein Kapitän.

»Wie heißt diese bescheuerte Serie noch mal?«

»›Heute habe ich mich wieder verliebt‹.«

»Ah ja. Gib mir eine Minute, um darüber hinwegzukommen.«

Dann erzählte er. Als die Sache sich zutrug, war Horacio Ballesteros Nelson dreiundzwanzig Jahre alt, schon ein Dichter, der abends Schulhefte mit Versen vollschrieb, aber noch unveröffentlicht. Eines Tages lernte er im Retiro-Park ein Mädchen kennen. Es begann damit, dass er die junge Frau aus der Entfernung längere Zeit beobachtete und die Augen nicht von ihr losreißen konnte. Sie war schlank, dunkelhaarig, »das Übliche«, sagte der Dichter, »wir verlieben uns in Typen und geben die Frau dann als Individuum aus, aber das ist ein Irrtum«. Sie saß am Teich gleich neben dem Bootverleih, bei den Bänken, die zum Lesen einladen. Und das tat sie: Die junge Frau las in einem dünnen Buch. Sie schaute manchmal auf, sah über das Wasser, wo Enten umherschwammen, und wenn das geschah, sah

Ballesteros, wie ihr Mund Laute bildete. Natürlich wollte er wissen, was die junge Frau las.

»Der Neid junger Menschen ist sehr direkt, er ist körperlich«, sagte der Dichter. »Ich war neidisch auf den Autor, der diese Hand dazu verführte, die Seiten umzuschlagen, diesen Mund und diese Lippen dazu brachte, Laute zu bilden, der sich in das Gedächtnis hinter dieser weißen Stirn grub und dort bleiben würde, wer weiß, vielleicht für immer. Ich glaube, ich verliebte mich in das Bild der Lesenden und kämpfte insgeheim schon gegen den Autor, den sie las.«

Ballesteros stand links von ihr, ihm war bewusst, dass sie jederzeit aufstehen und gehen konnte. Während er überlegte, was er tun sollte, hörte er Getrappel von Hufen. Ein Pferd der berittenen Polizei war durchgegangen und preschte den Weg entlang, gefährlich nah an der Eisbude vorbei, ohne jedoch anzustoßen; hinten folgten zwei weitere Polizeipferde. Die junge Frau drehte sich nach links, sah das galoppierende Pferd, und der Dichter konnte beobachten, wie sich auf ihren Zügen erst Schrecken, dann Neugierde malte: Das Mädchen war vor den Pferden sicher, die Frage war nur, ob sich das Pferd würde kontrollieren lassen. Etwa auf Höhe des Mädchens gelang es dem Reiter. In diesem Augenblick sah die junge Frau Ballesteros, weil ihr Blick die ganze Szene erfasste, und lächelte ihn an, so wie man lächelt, wenn sich durch ein größeres Ereignis ein paar Sekunden lang eine Komplizenschaft zwischen einander völlig unbekannten Menschen ergibt. Horacio Ballesteros Nelson ergriff seine Chance. So viele Jahre später konnte er genauestens erzählen, wie er sie ins Gespräch zog: mit Geschichten über die Pferde der berittenen Polizei. Wie oft sie durchgingen und was dabei schon alles passiert war. Natürlich waren diese Geschichten frei erfunden.

»Und so lernte ich Begoña kennen.«

Der Dichter machte eine Pause und trank von seinem Brandy. Ihm genügte ein kleiner Schluck.

»Und dann?«

»Ich dachte, es gehe ums Verliebtsein. Nun denn, hier ist es. Ich persönlich finde die Sache mit den Pferden sehr poetisch. Ein kleiner Schrecken ohne Rettungsbedarf.«

»Sie haben etwas vergessen«, sagte Blanca.

»Habe ich? Was denn?«

»Ich wollte einen Zusammenhang mit Ihren Gedichten erkennen. Die Begoña, von der Sie erzählt haben, inspiriert niemanden zu Gedichten.«

»Da könntest du recht haben.«

»Don Horacio, ich dachte, Sie wollten sich Mühe geben! Wenn Sie das Wichtigste auslassen, ist es keine Geschichte.«

Ballesteros seufzte. »Immer wollt ihr Geschichten. Ihr wollt unterhalten werden wie im Kino.«

»Denken Sie, was Sie wollen. In dieser Form ist die Geschichte wertlos.«

»Wertlos, ja? *Wertlos!*« Aber der Dichter war nicht wütend. Er tat nur so. »Wertlos für wen? Für eure dumme Zeitung mit dem dummen Namen! Das vielleicht.«

»Don Horacio«, sagte Blanca, »hören wir auf mit dem Unsinn. Wir haben nicht den ganzen Nachmittag. Wie ging es mit Begoña weiter?«

In diesem Augenblick konnten sie zusehen, wie sich das Gesicht des Dichters gleichsam entleerte – wie die Farbe etwas grauer wurde, die Substanz schlaffer, der Ausdruck älter. Er schien endlich bei den Erinnerungen angekommen zu sein, die Blanca aus ihm hervorlocken wollte.

»Wir waren zwei Monate zusammen«, sagte Ballesteros. »Davon die ersten fünf Wochen ohne Kenntnis von Begoñas Eltern. Hätte ich gewusst, worauf ich mich einließ, wäre ich gleich nach der Szene mit den Pferden abgehauen. Man ist unfassbar blöd, wenn man jung ist.«

Die Schwierigkeit bestand darin, dass Begoñas Eltern reich waren, eine Familie alten Geldes, das sich in den frühen Jahren der Diktatur stark vermehrt hatte. Ballesteros und Begoña sahen sich heimlich, weil dem Mädchen klar war, dass es seinen Freund den Eltern nicht vorstellen konnte. Das ging fünf Wochen gut. Begoña hegte ernsthafte Hoffnungen, ihr Vater könne Ballesteros sympathisch finden und der romantischen Verbindung seinen Segen geben. Als sie es schließlich wagten, begingen sie den ersten Fehler. Begoña sagte ihren Eltern, sie wolle selbst entscheiden, mit wem sie ihre Zeit verbringe. Ihr Vater ließ sie sprechen und dachte darüber nach, wie er mit der Herausforderung umgehen sollte. Er musste das Nachdenken ganz allein besorgen, denn Begoñas Mutter fühlte sich von der Situation überfordert und floh in Migräneanfälle.

Der Dichter nahm geistesabwesend einen Schluck Brandy. »Ich weiß nicht, was das noch mit eurem Interview zu tun hat.«

»Wir wollen die Strahlen sehen«, sagte Blanca.

»Was für Strahlen?«

»Die Ihre Verliebtheit von damals in Ihr späteres Leben geworfen hat.«

»Du wirst zur Dichterin, Mädchen, aber so fängst du mich nicht. Strahlen!« Der Dichter lachte sein bösestes Lachen. »*Una mierda*, das war es.«

»Wenn es keine Strahlen sind«, sagte Mateo, »sondern ein Haufen Scheiße, dann erzählen Sie uns davon! Wie ging es weiter?«

»Mit einer denkwürdigen Szene. Ich hatte schon einmal das Haus betreten, die alten Möbel aus afrikanischem Holz bewundert und das Ticktack der Standuhr aus dem achtzehnten Jahrhundert gehört, ein unglaublicher Klang, ein Ereignis: So klingt nur selbstbewusster Reichtum, gereinigtes Geld, dem man nicht mehr ansieht, woher es kommt.

Dass ich schon einmal in der riesigen Wohnung im Stadtteil Salamanca gewesen war, erschien Begoña und mir wie ein Etappensieg. Ihr Vater hatte mich nicht hochkant rausgeworfen, sondern sich dazu herabgelassen, mich in Augenschein zu nehmen. Deshalb fanden wir es eine nette Geste, als er uns zur Privatvorführung eines Zauberers hinzulud, die er in der eigenen Wohnung veranstaltete. Ich weiß nicht, bei welcher Agentur er den Mann bestellt hatte, jedenfalls war es ein mittelmäßiger Magier, soweit ein Laie das sagen kann, und Begoñas Vater tat alles, um ihn noch nervöser zu machen. Was mich in der Erinnerung am meisten bedrückt, ist das schweißglänzende Gesicht des Zauberers. Er schaute sich ängstlich um, seine Lippen arbeiteten fieberhaft, als wollte er gegen seine Lage Einspruch erheben, doch außer seinen routinierten Magiersprüchen brachte er keinen Ton heraus. Nachdem er das Kartenspiel fallengelassen hatte, unterbrach Begoñas Vater den Zauberer mit einem groben Witz und fasste ihn an der Schulter. Er schickte ihn fort, sagte ihm allerdings noch, wo er sein Geld bekommen werde (in der Küche, die Haushälterin war instruiert) und dass er seine Fertigkeiten erheblich verfeinern müsse, um ›in die erste Liga der Magier aufzusteigen‹. Der Zauberer, dem gar nicht mehr zu helfen war, lachte auch dazu, er gehörte zu der Spezies, die bei ihrer eigenen Erniedrigung Hand anlegt und ihrem Schlächter viel Glück bei der Arbeit wünscht.«

Ballesteros machte eine effektvolle Pause.

»Dann wandte er sich mir zu. ›Der Bekannte meiner Tochter‹, sagte er, ›schreibt übrigens Lyrik. Ein seltenes Privileg, einen Dichter im Wohnzimmer zu haben.‹«

»Und dann?«, fragte Blanca.

»Der Klassenhass machte mich blind. Das Los des Zauberers erschien mir wie eine Vorahnung. Man würde mich in die Küche schicken, damit ich meinen Lohn abholte, danach ab an die Luft. Über die Dienstbotentreppe. Ich wartete ab, bis Begoñas Vater mit dem Nachschenken so weit war. Ich schaute mir auch die anderen Gäste an, einen nach dem anderen, und las in ihren Mienen die verkrampfte Konventionalität gekaufter Seelen.«

»Das haben Sie irgendwo gelesen«, sagte Blanca.

Der Dichter warf ihr einen verächtlichen Blick zu. »Das habe ich schon mal geschrieben, *nena*. Weil es stimmt. Aber davon verstehst du nichts. Als alles still war und die Gäste mich anschauten, fing ich an, einen Monolog aus einem Stück von Lope de Vega zu rezitieren. Es hätte auch etwas anderes sein können, die Reichen verstehen nichts von Lyrik, aber ich nahm Lope, weil ich mich über seine Theaterstücke schon so oft geärgert habe. Kennt ihr *Strafe ohne Rache*? Da habt ihr die spanische Seele. Ständig ist von Ehre und Blut die Rede, alle haben Angst um ihren guten Ruf, als wüssten sie nicht, was sie sonst auf Erden anstellen sollen. Ich machte meine Sache gut! Als ich ans Ende meines Monologs kam und nicht weiterwusste, fing ich einfach wieder von vorne an, denn der feine Idiot starrte mich an und versuchte immer noch, nach dem Sinn dieser alten Wörter zu schnappen. ›Das reicht, Herr Dichter‹, rief Begoñas Vater plötzlich, ›ich glaube es dir! Das hast du hübsch auswendig gelernt.‹ Er sah mit einem überheblichen Lächeln seine Gäste an. Begoña hatte ich in all diesen Minuten nicht vergessen. Dies war ihr Zuhause. Das Ambiente mit Teppich und Standuhr hüllte sie ein wie ein Kokon, bald würde sie eingewickelt und verschwunden sein.

›Du hast doch sicherlich auch eigene Verse geschrieben‹, sagte Begoñas Vater. ›Etwas aus deiner Feder würde uns jetzt gefallen.‹ Er hatte wieder die Oberhand gewonnen. ›Stell dich da in die Mitte. Und sprich schön laut.‹

Sicherlich wollte er, dass auch Begoña mich gut sehen konnte, er wollte der kleinen dummen Gans ihren andalusischen Verlierer vorführen. Ich überlegte, was ich tun sollte. Da kam mir die rettende Idee. Ich würde meine Zuhörer abermals überrumpeln. Ich beschloss, Begoñas Vater und seinen Vasallen Verse von Lorca vorzutragen, aus dem *Dichter in New York*. Ich sprach zögernd, als müsste ich meinen Weg zwischen den Wörtern ertasten. Und es kam, wie ich es erwartet hatte. Die Leute verstanden nichts. So wenig, wie sie Lope begriffen hatten, begriffen sie Lorca. Sie hatten keine Ahnung, dass ich ihnen einige der schönsten Zeilen des zwanzigsten Jahrhunderts rezitierte. Kennt ihr den *Dichter in New York*?«

»Nein«, sagte Mateo. Blanca sah Ballesteros an und schwieg.

»Ist ja auch egal. Ihr seid echte Spanier, selbst Mateo, der nur ein halber Spanier ist.«

»Was kam dann?«, sagte Blanca.

»Er fing an zu lachen«, sagte Ballesteros. »Der Kretin brach in schallendes Gelächter aus, als ich die herzzerreißende Stelle erreichte, an der vom ›Fest der Bohrmaschinen‹ die Rede ist. Geht nach Hause und lest den *Dichter in New York*, dann versteht ihr, was ich meine.«

Horacio Ballesteros Nelson fixierte sein verschmiertes Glas, schien zu überlegen, ob er das Ding anrühren sollte, und nahm geistesabwesend zwei Schluck Brandy.

»Während ich den Mann so höhnisch lachen hörte, beschlich mich ein Gefühl, auf das ich nicht stolz bin. Ich schämte mich meiner Freundin, der Tochter dieses Vaters. Es bedrückte mich, dass er so ein ungebildeter Mann war, nicht wie die ehrlichen Ungebildeten, die eine instinktive Achtung vor der Kultur empfinden, die sie nicht verstehen. Nein, ich schämte mich meiner Freundin, weil sie die Gene dieses ignoranten Angebers in sich trug, weil sie Teil an ihm hatte, Teil von ihm war, weil er sie vor vielen Jahren in seinen Armen gewiegt und sie nach dem Nachtlied auf Wangen und Stirn geküsst hatte.«

»Aber Sie hatten doch längst erkannt, dass es aussichtlos war«, sagte Blanca. »Sie gehörten nicht in diese Kreise.«

»Ja, das wusste ich. Wie hätte es mir verborgen bleiben können? Aber wenn man jung ist, glaubt man nicht, dass man seine Schwiegereltern heiratet. Man heiratet die Braut. Man will sie entführen und ihrer nichtsnutzigen Klasse entreißen. Das war mein Hochmut. Und nenn mich nicht Don Horacio.« Er nahm wieder einen Schluck Brandy. »Der Hochmut der Jugend. *Ojo*, er ist nicht das Schlechteste daran. Aus Hochmut hatte ich meine ersten Gedichte geschrieben, während meine Kumpel mit ihren Freundinnen knutschten. Der Hochmut hat mich ernährt, während ich kaum ein Stück Brot hatte, um den Hunger zu stillen. Sag nichts gegen den Hochmut, Blanca, wenn du ihn nicht unter solchen Bedingungen kennengelernt hast.«

»Welche Bedingungen wären das?«

»Wenn er etwas kostet, was sonst?« Ballesteros schüttelte den Kopf, dass die Haarsträhnen wippten.

»Jetzt fehlt noch das Ende«, sagte Blanca.

»Das mache ich kurz. Begoñas Vater hielt uns seine Rede. Ich sage ›uns‹, weil er sie auch an die anwesenden Claqueure richtete, natürlich auch an seine Tochter, die längst so eingeschüchtert war, dass sie mich kaum noch anzusehen wagte. Während ihr Vater redete, fixierte ich Begoña mit meinem Blick, als könnte ich sie hypnotisieren. Aber sie hatte sich in ein Oberklassenpüppchen zurückverwandelt, das bis in die anmutige Haltung hinein das Produkt verkörperte, das ihre Eltern aus ihr gemacht hatten. Während der Vater meine Lyrik brotlose Kunst nannte, reif für den Gully und ähnliche Nettigkeiten, wollte ich aus Begoña eine Reaktion hervorlocken, die mir zeigte, dass ich mich nicht völlig in ihr getäuscht hatte.

›Und du‹, sagte ich leise zu ihr. Sie hörte mich nicht. ›Und du, Begoña‹, sagte ich jetzt lauter, ›was denkst du? Glaubst du diesem Mann?‹ Ihr Vater wurde wütend und rief: ›Hast du denn gar kein Wort verstanden? Sie will dich nicht! Sie hat erkannt, dass du ein hergelaufener Straßensänger bist!‹«

»Ich weiß wirklich nicht, wie das in unser Interview passen soll«, sagte Blanca und sah den Dichter mitleidig an.

»Ach, scheiß doch auf euer Interview! Siehst du die Szene vor dir?«

»Ja«, sagte Mateo. »Wir sehen sie vor uns.«

»Alles?«

»Alles.«

»Wolltet ihr nicht wissen, welche Strahlen von der Verliebtheit eines dummen Jungen in sein späteres Leben gefallen sind? Bitte, da habt ihr sie. Die Feigheit eines schönen Mädchens, in das ich mich verliebt hatte, weil es ein Buch las. Aber das ist vielleicht doch nicht ganz die romantische Brühe, die ihr in euer Blättchen gießen wollt.«

»Sie haben recht«, sagte Blanca. »Entschuldigen Sie.«

»Ich bitte darum!«

Die Brandygläser waren leer. Der Dichter fuhr sich mit den Händen über das Gesicht, als müsste er sich waschen.

»Da wäre noch etwas«, sagte Mateo. »Das Buch aus dem Park. Sie haben uns nicht gesagt, was es war.«

»Ach, das ...« Er begann zu lachen, erst mit einem Glucksen, dann unter Hustenanfällen. »Aus dir könnte doch noch ein guter Reporter werden, Mateo. Du fragst nach den richtigen Dingen. Ha, ha, ha! Das Buch, das meine süße, begehrenswerte Begoña damals im Retiro las, war eine französische Grammatik. Sie schrieb am nächsten Tag eine Arbeit und sprach die Übungssätze nach. Gewissenhafte kleine Schlange. Die sehnenden Blicke ... Sie gehören wohl zum Alter. Aber das wusste ich damals noch nicht. Ich habe ein Gedicht darüber geschrieben, ›Französische Grammatik‹. Kennst du es, Blanca? Den hier frage ich lieber nicht.«

Blanca schüttelte den Kopf. »Nein, sagt mir nichts. Die große Ballesteros-Expertin bin ich auch nicht.« Sie hielt inne. »Don Horacio. Ich weiß nicht, wie wir diese Geschichte in ein Interview …«

»Ach, macht damit, was ihr wollt. Lasst euch was einfallen, wofür bezieht ihr Gehalt? Bringt ein bisschen Komik rein. Damals war ich nicht in der Lage, die Komik zu würdigen. Wir waten durch ein Tal von Scheiße und nehmen uns zu wichtig. Und du«, sagte er zu Mateo, »komm mich noch mal besuchen, dann reden wir ein bisschen über das Leben. Jetzt raus mit euch. Ich bin müde.«

Er legte den Kopf zurück und schloss gleich die Augen. Dann hörte er sie gehen, diskret, wie es nicht mehr alle jungen Leute konnten.

Der alberne Satz ließ ihn nicht los: Heute habe ich mich wieder verliebt. Er legte sich die Hand über die Augen, hüstelte einmal und wurde still. Er würde ein Gedicht mit diesem Titel schreiben. Irgendwann.

14
Dein nachtblauer Körper

Was der Dichter ihnen wirklich erzählt hatte, hörte Mateo erst, als er sich mit dem Kopfhörer vor das Bandgerät setzte und das Gespräch abzutippen begann. Nach einer halben Stunde sah er den Text anschwellen, und nach der siebten Seite gab er auf. Wie sollte das jemals in das Format von *Claro!* passen? Was gut war an diesem Gespräch, hatte vor allem Blanca aus dem Dichter herausgekitzelt. Doch auch ihr war es nicht gelungen, daraus ein gutes Zeitungsinterview zu machen.

Diego war längst nach Hause gegangen, als Nacho Cano durch das Redaktionsbüro geschlendert kam und an dem einen oder anderen Schreibtisch verweilte, um zu plaudern. Bevor Mateo den Text wegklicken konnte, hatte sich der Chefredakteur schon über seine Schulter gebeugt.

»Ah, Begoña heißt die Kleine! Er hat also von einer wirklichen Liebe erzählt, unser berühmter Dichter. Und? War die Geschichte gut?«

»Ja«, sagte Mateo. »Sehr interessant.«

Nacho legte ihm eine Hand in den Nacken und ließ sie dort. »Streich das Wort aus deinem Vokabular, Mateo. Bei Zeitungsmachern ist das Wort ›interessant‹ geächtet. Bekenne dich zu ja oder nein.« Ein letztes spielerisches Zudrücken, die Hand packte Mateo wie einen Welpen. »Gib der kleinen Begoña Feuer!«

»Nacho.« Sobald er freikam, rollte Mateo seinen Drehstuhl zur Seite und ging auf Abstand. »Sollte man nicht mal etwas über den Straßenstrich in der Casa de Campo machen? Ich glaube, da liegt ein gravierendes soziales Problem.«

Nacho schien Mateos Unbehagen zu spüren. Er schnappte sich Diegos Drehstuhl, setzte sich und beugte sich nach vorn, aufmerksam, ein kumpelhafter Boss.

»Was *genau* ist das gravierende soziale Problem?«

»Der Strich ist gigantisch! Und es arbeiten illegale Einwanderinnen dort.«

»Hast du mit ihnen gesprochen, Mateo?«

»Ja, mit einer. Man müsste das erweitern. Die Geschichte von ihrer Seite aus erzählen.«

»Ist schon tausend Mal gemacht worden, glaub mir. Ein alter Hut.«

»Aber ich habe noch nie so viele Transvestiten auf einem Haufen gesehen.«

»Ach. Wirklich?« Nacho sah ihn aufmerksam an.

»Ich glaube nicht, dass es so etwas in Deutschland gibt.«

»Na, na. Glaubst du, ihr Deutsche seid frommer als die Spanier? Enthaltsamer? Vielleicht hast du dich in Deutschland nur nicht im richtigen Milieu bewegt. Ich glaube, dass es diese Bedürfnisse überall gibt. Männer, die sich heimlich Lust verschaffen. Die das, was ihr Körper fordert, nicht öffentlich leben können, weil sie die soziale Diskriminierung fürchten oder ihren Job verlieren könnten. Komm, Mateo. Ein bisschen Phantasie! Das Leben ist *durchsetzt* von Heimlichkeit. Jeder Mensch besteht aus mehreren Menschen. Du kennst doch den klugen Satz von Gabriel García Márquez.«

»Welchen Satz?«

»›Ich habe ein öffentliches Leben, ein privates Leben und ein geheimes Leben.‹ Nicht schlecht, oder? *Drei* Leben hat er, nicht zwei! Und in sein drittes Leben durfte niemand die Nase hineinstecken. Gabo kannte sich aus, Mateo. Lüge und Täuschung haben ihren Platz gleich neben der alltäglichsten Wirklichkeit. Sie sind Teil desselben Gewebes.«

»Ich weiß nicht, was das mit der Casa de Campo zu tun hat.«

»Nein? Du glaubst, das sind alles arme Menschen dort, die jungen Frauen, die ihren Körper verkaufen müssen, um ihre kleinen Kinder zu ernähren? Dann könntest du zuerst einmal fragen, warum sie sich so schlecht beherrschen können, dass sie all diese kleinen Kinder *bekommen* haben. Hätten sie nicht verhüten können? Aber selbst wenn du die Kinder beiseitelässt – glaubst du, die kleinen Transvestiten dort empfinden bei ihrer Arbeit keine Lust? Verdammt, die *machen* es nur wegen der Lust! So sieht das aus. Jeder holt sich, was er braucht, und zwar um so ziemlich jeden Preis. Heimliches Leben, Mateo! Was denn sonst?« Nacho Cano rollte auf Diegos Stuhl ein Stück zurück, klatschte sich auf die Oberschenkel und sagte: »Ich muss. Wir reden morgen weiter. Bin gespannt auf die feurige kleine Begoña!«

Mateo räumte zusammen. Ein paar Redakteure hockten noch über Seitenabzügen oder tippten etwas in den Computer. Blanca hatte sich schon abgesetzt. Nachdem Mateo ihr das Interview mit dem Dichter gemailt hatte, soweit es übertragen war, klingelte das Telefon. Er überlegte kurz, ob er rangehen sollte. Sein Pflichtgefühl siegte.

»Mateo«, sagte eine enttäuschte Stimme. »Warum meldest du dich nicht?«

»Pío?«

»Du weißt, worum es geht, oder? Es geht um Nuria. Es geht um eine verschwundene junge Frau. Das ist keine Kleinigkeit.« Ein Räuspern.

»Geben Sie mir ein bisschen Zeit. Hier ist viel los, Pío. Außerdem ist die junge Frau nicht *verschwunden*.«

»Nein? Was ist sie denn dann?«

»Sie meldet sich nicht bei Ihnen.«

»Sie geht auch nicht ans Telefon, beantwortet keine E-Mail und keine SMS. Das ist nicht ihre Art, Mateo. Da stimmt etwas nicht.«

Mateo seufzte. »Ich bin Redakteur, Pío. Es gibt viele Dinge, an denen etwas nicht stimmt. Man könnte sogar sagen, meine Arbeit besteht von morgens bis abends darin, Dinge zu *suchen*, an denen etwas nicht stimmt. Können Sie mir folgen?«

»Du willst Nurias Fall relativieren. Schon verstanden.«

»So war das nicht gemeint. Sie müssen nur einsehen, es ist ein Fall unter anderen. Aber ich sage Ihnen was. Ich werde Nuria schreiben und bei ihr anrufen. Ich probiere es einfach. Ich halte die Augen offen. Sind Sie dann zufrieden, Pío?«

»Ja. Mateo. Gib dein Bestes, und Gott ist mir dir.«

Nicht lange, nachdem die Wohnungstür ins Schloss gefallen war, dachte Horacio Ballesteros Nelson an Inés, die ihn vor vielen Jahren verlassen hatte. Er blieb liegen und ließ die Erinnerungen vorüberziehen. Nach Inés war keine Liebesbeziehung in seinem Leben mehr von Dauer gewesen. Als wäre etwas zu Boden gefallen und hätte geklebt werden müssen; noch benutzbar, aber nicht mehr für feierliche Gelegenheiten mit Gästen geeignet. Ein nagendes Bedauern war geblieben, und vermutlich war das der Endzustand jenes Gefühls, das ihm damals so groß erschienen war. Es hätte mit Inés und ihm weitergehen können. Warum war es nicht weitergegangen?

Er war zu alt, um sich zu bedauern, und zu müde, um wirklichen Schmerz zu empfinden. Doch wenn er an die Zeit nach Inés zurückdachte, fiel ihm auf, dass er selbst etwas verloren hatte. Er war verlassen, aber auch beschädigt worden, er, der sich für so robust gehalten hatte. Ballesteros fing an, seine Mitmenschen zu beobachten, wie *sie* es machten, besonders die Männer, er fragte sich, was einer haben musste, um auf diesem Markt mitzubieten, und irgendwann erkannte er, dass er nicht mehr mitbieten wollte. Das war ein Schock für ihn, ein untrügliches Zeichen des nahenden Alters. Und dann sein Ekel vor der spanischen Leichtlebigkeit, dem Mangel an Ernst! Männer in seinem Alter führten sich auf, als wären sie zwanzig. Gingen sie ins Bordell, sagten sie: »Wir gehen zu den Mädchen.« Ballesteros war entsetzt gewesen; er begriff, dass er nicht mehr dazugehörte.

Doch er hatte nie dazugehört, auch früher nicht. »Wir gehen nachher noch irgendwo hin«, sagten die Arbeitskollegen von Horacio Ballesteros Nelson in der kurzen Phase seines Lebens, in der er sein Geld mit einem bürgerlichen Beruf verdiente und neunzehn Monate lang jeden Morgen ein Büro betrat. »Nachher« bedeutete: nach der Firmenfeier, nach dem Weihnachtsessen. »Nachher« bedeutete die Verlängerung eines ausgelassenen Abends, den die Ehefrauen seiner Kollegen schon seufzend abgeschrieben hatten, weil sie wussten, dass ihre Männer viel trinken würden. Dass es einige von ihnen in die Topless-Bars zog, wussten sie nicht.

Zu jener Zeit arbeitete Ballesteros als Redenschreiber für einen Madrider Immobilienkonzern und war in der Lage, seine Schulden abzuzahlen. Neunzehn Monate, länger hielt er es nicht aus. Er gewann so viele Einblicke in das spanische Erwerbsleben, dass er drei Gedichtbände hätte schreiben können – wenn ihm die Kraft geblieben wäre, sie zu schreiben.

Bei seinem ersten Besuch in einer als »Pub« firmierenden Kontaktbar wusste er noch nicht, worum es ging, er war unschuldig wie ein Baby. Ein Kollege hatte das Lokal vorgeschlagen, und andere hatten dazu genickt. Kaum hatte Ballesteros an der Bar seinen Whisky eingeschenkt bekommen – seine Kollegen hatten sich sofort an einen niedrigen Tisch mit Clubsesseln begeben –, saß schon eine junge Frau an seiner Seite. Sie war hübsch und nicht zu auffällig gekleidet. Im Gegenteil, sie trug etwas, was Ballesteros zunächst täuschte, ein elegantes, nicht zu tief ausgeschnittenes Kleid. Erst dachte er, es sei schwarz, dann entdeckte er, dass die Farbe ins Nachtblau spielte. Außer dem kräftigen roten Lippenstift, der den Blick gleichsam einsog, war das Make-up nicht übertrieben. Die Frau an seiner Seite wusste genau, was ihr Typ vertrug.

Ein paar Minuten lang durfte sich Ballesteros im Zweifel wiegen, und es waren schöne Minuten. Szenen alter amerikanischer Filme, in denen es immer Frauen gab, die am richtigen Ort auf den tief nachts eintretenden Mann warteten, mischten sich mit romantischen Vorstellungen. Seine Misstrauensreflexe waren träge geworden; es war spät, er hatte zum Abendessen guten Wein getrunken und war offen für die lässige Nachtseite der Welt.

Die Frau wartete in Ruhe ab, bis er sie fragte, ob sie etwas trinken wolle.

Sie lächelte und bat um einen Gin Tonic.

Sie unterhielten sich miteinander, als würden sie ein vor langer Zeit unterbrochenes Gespräch wiederaufnehmen. Über Firmenanlässe und ihre Konventionen, über Ehrlichkeit am Arbeitsplatz. Die Frau hieß Lucía. Sie erzählte, sie habe länger in einer großen Firma gearbeitet.

»Aber irgendwann musste ich raus aus dieser Welt. Kannst du das verstehen?«

»Natürlich«, sagte Ballesteros. »Bei mir ist es auch nur für den Übergang.«

»Das sagen viele. Willst du etwas Eigenes aufziehen?«

»Nein.« Er hielt inne. »Oder doch. Ich mache etwas Eigenes weiter, das ich nie hätte verlassen dürfen.«

»Darf man fragen, um welche Branche es sich handelt?«

»Na ja, ich schreibe. Lyrik. Ich bin Dichter.«

»Oh.«

Die Frau reagierte mit einem leisen Ausruf, den Ballesteros gut kannte. Die meisten Menschen konnten das Dichten nicht als Handwerk betrachten, sondern glaubten, etwas Originelles über »Berufung« oder »Inspiration« sagen zu müssen. Oder sie fragten in neutralem Ton, der das Mitleid kaum verbarg: Kann man vom Dichten denn *leben*? Ballesteros hatte in dieser Hinsicht schon alles gehört und alles ertragen. An einem späten Abend wie diesem, mit einer schönen Frau an seiner Seite, hatte er keine Lust, etwas zu erklären. Und so senkte er den Blick und machte damit klar, dass er im Lauf seiner Karriere schon hinreichend bedauert worden war und kein weiteres Bedauern benötigte.

»Schreibst du auch Liebesgedichte?«

»Ja. Hin und wieder.«

»Liebesgedichte finde ich schön«, sagte Lucía. »Weißt du eins auswendig?«

»Ja.«

»Möchtest du es aufsagen?«

»Jetzt? Nein.«

»Ein Freund hat mir mal die Liebesgedichte von Neruda geschenkt. Kennst du die?«

»Ja.«

Sie blickte versonnen in ihren Gin Tonic. »Die finde ich schön. Das Buch hatte rote Wolken auf dem Umschlag. Ich meine, es waren wirklich *realistische* Wolken. Nur rot. Ich finde es toll, auf welche Ideen diese Leute kommen, die sich den Buchumschlag ausdenken. Es muss ja zum Buch *passen*.«

Ballesteros nickte langsam. »Und grüne Wolken hätten nicht gepasst?«

Lucía musterte ihn. »Du bist heute nicht so gut gelaunt, oder?«

»Ach, Laune. Wenn die Leute nichts anderes kennen, die Liebesgedichte von Neruda kennen sie immer.«

»Ich kenne auch noch andere«, sagte Lucía.

»Von wem denn, zum Beispiel?«

»Na ja ... Ich vergesse die Namen so leicht.«

Ballesteros sah ihr tief in die Augen.

»Ist das nicht der Wahnsinn?«

»Was?«

»Dass die Leute die Namen aller anderen Dichter vergessen, aber sich an Neruda immer erinnern?«

»Man könnte fast glauben, du hast was gegen ihn. Bist du neidisch, weil er so berühmt ist?«

»Nein. Ein bisschen vielleicht. Dichter sind immer neidisch. Aber dann könnte ich auch auf Zidane neidisch sein.«

»Es ist spät geworden«, sagte Lucía.

Ballesteros nickte. Jeden einzelnen Abend seines Lebens wurde es spät, weil er den Weg ins Bett nicht fand, die Krankheit der Alleinlebenden. Er wollte den Tag nicht loslassen, wenn er sich einmal an ihn gewöhnt hatte. Als er seine Zigaretten herauszog, lächelte Lucía und legte auch ihre Schachtel auf den Tresen. Er gab ihr Feuer. Als er das Flämmchen an seine eigene Zigarette führen wollte, legte sie ihre Hand auf seine.

»Warte.«

Sie gab ihm Feuer.

Und das war es. Die Berührung hatte sie verraten. Ballesteros lehnte sich zurück und spürte, wie seine Züge erschlafften.

An den Tisch seiner Kollegen hatten sich mehrere Frauen gesetzt, alle jung und hübsch. Einer seiner Kollegen führte das große Wort, und die anderen lachten. Ballesteros sah Lucía an, um zu prüfen, ob sie es auch gesehen hatte. Da wusste er, dass sie seinen Irrtum in derselben Sekunde begriff.

»Ich hatte mich schon gewundert«, sagte sie. »Die anderen kenne ich. Aber du bist zum ersten Mal hier.«

»Stimmt.«

»Hast du Lust, irgendwo hinzugehen? Wir könnten es schön haben.«

»Ach nein. Nichts für mich.«

»Schade.«

»Ja.«

Er wartete auf die Rechnung. Lucía zog an ihrer Zigarette und beobachtete das Geschehen am Tisch seiner Kollegen. Ballesteros nahm einen Geldschein und hielt ihn über den Tresen, ohne hinzusehen.

Die Hand, die gerade noch den Geldschein gehalten hatte, kribbelte. Jetzt, dachte Ballesteros und senkte den Kopf, als könnte er die Bilder irgendwo innen finden, hinter seiner Hemdbrust oder den Spitzen seiner Schuhe. Jetzt diese Frau beschreiben können, wie sie da sitzt, zwischen Etwas-tun und Nichts-tun, an einem normalen Arbeitstag, nach einem ganz normalen Bargespräch, das nur den Nachteil hat, nichts eingebracht zu haben, während ihre Freundinnen am Nebentisch gemeinsam bei der Jagd sind, unter lauten, ausgelassenen, angetrunkenen Männern, die sich die Krawatten gelockert haben und sich sehr bald abschleppen lassen werden, weil sie deswegen und nur deswegen an diesen Ort gekommen sind. Den ich in meiner grenzenlosen Weltfremdheit nicht erkannt habe!

Er suchte nach Zeilen, die nicht ins Zentrum dessen führten, was er sagen wollte, sondern an den Rand. Er dachte an ihr Gespräch über Liebesgedichte und verwarf es. Er verwarf Neruda, den Gin Tonic, den roten Lippenstift.

Dann sah er es, den Moment der Erkenntnis, den Augenblick, in dem sich alles enthüllte: ihre Hand auf seiner. Die Geste, die so vielerlei bedeuten konnte und fast immer Freundschaft bedeutet, in diesem Fall aber nur den Handel eröffnet hatte, wie Lucía ihn sich vorstellte. Sie, die geübte Händlerin. Er, der ahnungslose Dummkopf.

»Die Hand, die vergeblich auf meiner lag.«

Damit könnte er anfangen. Keine schlechte erste Zeile. Aber wohin dann? Wie so oft fragte er sich, während er Wörtern und Kadenzen nachjagte, warum er jemals geglaubt hatte, sechzehn vollkommene Verse könnten die Welt in eine bessere verwandeln.

Aber so war es. Danach hatte er gelebt. Sechzehn vollkommene Verse machten die Welt besser.

»Ich brauche einen Titel«, sagte er. Er schaute in eine kleine Pfütze auf dem Tresen und hätte gern eine Fliege darin gesehen. Aber Fliegen wagten sich in so einen Laden nicht rein.

Lucía wandte sich ihm zu. »Was?«

»Jetzt ist der richtige Augenblick dafür.« Er sah sie an. »Dein nachtblaues Kleid.«

»Gefällt es dir?« Es klang spöttisch. »Das wäre immerhin etwas.«

»Dein nachtblauer Körper in diesem Kleid.«

»Sag nicht, das wird ein Gedicht.«

Der Barmann stellte ihm das Schälchen mit dem Wechselgeld hin. Ballesteros sah Lucía an, verneigte sich vor ihr und ging.

15
Ein sehr teurer Mensch

Nuria fürchtet, dass es Ärger geben könnte. Hadeels Mund hat in den vergangenen Tagen einen trotzigen Ausdruck angenommen. Sie lernt es einfach nicht, sagen die Hüter, wenn wieder eine Nacht vorbei ist und Hadeel kaum mehr als 65 Euro vorweisen kann. Und Nuria muss zugeben, dass die Hüter recht haben. Das Erlebnis mit den beiden Jungs, die sie zu etwas zwingen wollten, liegt noch nicht lange zurück, aber Hadeel scheint es schon vergessen zu haben.

»Erika sagt, du bist öfter bei den Transvestiten. Hast du Freunde dort? Du weißt, dass du da nicht hingehörst. Stell dich wieder zu den anderen, hörst du?«

»Ich unterhalte mich gern. Die *travestis* sind nett.«

»Komm, Hadeel, hier gibt es auch nette Mädchen.«

»Am liebsten unterhalte ich mich mit Danila. Sie kommt aus Argentinien. Sie hat mir Fotos gezeigt, wie sie früher aussah. Was für ein schöner Junge! Ich habe ihr gesagt, was ich denke. Ich hätte sie sofort geheiratet!«

»Sprichst du immer noch von den Transvestiten?«

»Was für ein Jammer, Nuria … All diese hübschen Jungen. Aber Danila hat es mir erklärt. Ich weiß nicht, ob ich alles verstanden habe, aber Danila sagt, es ging nicht anders. Es ist ihre Natur.«

Nuria schüttelt den Kopf. »Gib dich mit denen nicht ab, Hadeel. Du musst arbeiten. Hier, in deinem Bereich. Hast du heute überhaupt schon etwas verdient?«

»Es geht mir nicht gut.«

Sie tritt langsam von einem Bein aufs andere. Ihre Beine sind zu kräftig für die Sandaletten. Und ihr Top ist zu formlos. Wer hat ihr gezeigt, wie man sich anzieht, um den Jungs zu gefallen?

»Ich kenn solche Tage«, sagt Nuria.

»Nein.«

Nuria sieht Hadeel in die Augen und fragt sich, ob Unglück vergleichbar ist. »Was ist mit deinem Training? Kommst du voran? Merkst du schon, dass du stärker wirst?«

»Ein bisschen. Es geht nicht schnell genug.«

»Nichts geht schnell. Du brauchst Geduld.«

Hadeel sieht Nuria an. Etwas Herausforderndes ist in ihren Blick gekommen. »Geduld! Wenn sie mich packen und mit mir machen, was sie wollen. Wenn sie mich zu Sachen zwingen, die ... Es ist so ekelhaft. Es dauert zu lang, Nuria. Ich muss hier weg!«

»Du weißt, was passiert, wenn du nicht arbeitest. Dann kann ich dich nicht schützen.« Nuria sieht sich um, aber sie sind allein. »Hast du Marissa gesehen? Warum arbeitet ihr nicht zusammen? Ich dachte, ihr kommt beide aus Marokko?«

»Marissa kommt aus Algerien.«

»Marokko, Algerien. Ihr seid Nachbarn, oder? Brudervölker. Ihr sprecht dieselbe Sprache.«

»Marissa ist alt. Die Männer finden sie zu alt. Und sie mögen ihre Hände nicht.«

»Was ist mit ihren Händen?«

»Sieh sie dir an, dann weißt du es.«

»Hadeel, verdammt. Könnt ihr euch nicht gegenseitig helfen?«

»Gib mir etwas Geld.«

»Das musst du abgeben, wenn die Hüter dich durchsuchen. Wo willst du es denn verstecken?«

»Bei Danila«, sagt Hadeel.
Nuria gibt ihr einen Zehneuroschein.
»Arbeite jetzt«, sagt sie.
»Heute kommt niemand.«
»Irgendeiner kommt immer. Es sind Männer.«
Nuria sagt die Sätze, ohne nachzudenken. »Hadeel.« Sie legt ihr die Hand auf die Wange. Hadeels Wange ist fest. Nuria spricht weiter, weil ihr nichts Besseres einfällt. »Zeig mal ein Lächeln. Du glaubst gar nicht, wie viele Männer denken, sie kommen wegen der Lust, aber viele kommen wegen eines Lächelns.«
»Sie bezahlen mich nicht fürs Lächeln.«
»Arbeite jetzt«, sagt Nuria. »Und denk an das Geld. Wenn die Hüter es finden, ist es weg.«

Mehrmals versucht ihr Vater, sie anzurufen, aber sie geht nicht dran. Sie fragt sich, was passieren würde, wenn sie die Nummer ihres Vaters blockieren ließe. Zu welchen Mitteln er greifen würde. Dann wird ihr klar, dass ihr Vater keine Möglichkeiten hat, mit ihr in Kontakt zu treten. Er kennt noch nicht einmal die Adresse ihrer Wohngemeinschaft in Chueca, und da Nurias Mutter noch weniger über sie weiß, könnte er auch dort nichts in Erfahrung bringen. Nuria sieht unter »Verpasste Anrufe« eine weitere Nummer, die ihr nichts sagt. Der Anrufer hat es zweimal bei ihr probiert. Nuria löscht die Nummer.

Schon vor vielen Jahren haben sich ihre Eltern auf hässliche Weise getrennt, und das Wenige, was es an Familiengemeinsamkeit gab, war zerstört. Nurias Vater behielt die Wohnung. In seinen reiferen Jahren hat er die Religion entdeckt und spricht davon, Gott liebe sie alle, selbst als Streitende. Nuria kann sich das nicht vorstellen. Nicht einmal Gott kann sie lieben, glaubt sie, wenn sie als Familie Streit haben.

Ihr Vater ist Versicherungsvertreter und ziemlich erfolgreich. Im Lauf der Jahre hat er sein Portfolio verfeinert und arbeitet nur noch mit großen Firmen zusammen.

Gott werde sie wieder zusammenbringen, sagt er, und zur Versöhnung führen.

Nurias Mutter glaubt nicht daran. Sie hat aus ihrer Ehe nichts als Verbitterung mitgenommen. Manchmal fragt Nuria sich, wen von beiden sie schwerer erträglich findet, ihren salbungsvollen Vater oder ihre krittelnde Mutter. Wie mögen sie gewesen sein, bevor sie einander in einer viel zu langen Ehe gequält und bis zur Unkenntlichkeit verformt haben? Es gab eine Zeit, da hat Nuria sich wirklich für diese Frage interessiert. Die sogenannten »guten Jahre«, von denen ihr Vater immer wieder spricht, wurden irgendwann gleichgültig, weil sie für Nuria keine Nachwirkungen in der Gegenwart haben. Das Gute hilft ihr nicht, wenn es in Geschichtsbüchern steht. Geschichtsbücher lügen.

Isa, so empfindet Nuria es, ist das eigentliche Opfer gewesen. Isa hat die volle Ladung an Streit und zertrümmerten Vasen abbekommen. Mit achtzehn ist ihre große Schwester ohne Angabe von Gründen verschwunden. Weißt du noch, denkt Nuria, wie du mich gehalten hast, als ich fünf war und Mama noch nicht einmal gemerkt hat, dass ich Bauchschmerzen hatte? Da warst du meine Mama, Isa. Und erinnerst du dich, wie wir im Nebel die Skipiste hinabgefahren sind, nur du und ich, weil alle anderen Angst hatten und sich nicht mehr auf den Berg getraut haben? Wie du vorausgefahren bist, wie du immer und bei allem vorausfuhrst? Wie wir mit geschlossenen Augen geschwebt sind in einem Meer aus Watte, voller Vertrauen in uns und die Welt? Wir hatten doch uns. Wir brauchten niemanden sonst. Und ich dachte, das bleibt so, bis ich groß bin.

Wie alt ist sie bei jenem Anruf gewesen, ein paar Jahre nach Isas Verschwinden? Nuria tastet sich durch die Jahreszahlen ihrer Jugend. Ihre Eltern haben noch zusammengelebt. Isa klang damals am Telefon, als hätten sie gerade noch miteinander gekichert oder ein Eis gegessen wie in der schönsten Zeit, an die Nuria sich erinnern kann. Die Stimme klang wieder nach der Isa, die sie kennt, der großen Schwester, der halben Mama. Doch dann sagt Isas Stimme etwas, was Nuria nicht versteht.

Sie verdiene jetzt Geld, erzählt Isa. Nicht in Madrid, an der Küste. Sie wolle nicht, dass ihre Eltern davon erführen. Isa will »diese Leute«, die so viel Schaden angerichtet haben, aus ihrem Leben streichen.

Was sie denn so mache, fragt Nuria.

»Das willst du nicht wissen.«

»Doch, Isa. Ich will es wissen. Ganz ehrlich.«

»Später, kleine Schwester, okay? Wenn du älter bist. Streng dich in der Schule an, damit du schnell auf eigenen Beinen stehst. Und lass dich von den Nonnen nicht kleinmachen.«

»Und was sage ich, wenn Mama und Papa nach dir fragen?«

»Das habe ich dir doch gesagt! Zu denen kein Wort. Du bist der einzige Mensch, der mir in dieser Scheißfamilie etwas bedeutet, aber wenn du mich reinlegst, sehen wir uns nicht wieder. Hörst du? Bewahre mein Geheimnis.«

»Isa«, sagt Nuria. »Welches Geheimnis?«

»Ich muss Schluss machen.«

Isa meldet sich bei ihr alle sieben, acht Monate. Bald heißt es, in der »Agentur« gebe es viel zu tun, die »Agentur« expandiere gerade, aber wenn es demnächst etwas ruhiger werde, müssten sie sich unbedingt wiedersehen.

Doch es kommt nicht dazu. In all den Jahren haben sich

die beiden Schwestern nicht ein einziges Mal gesehen. Bis Nuria erkennt, dass Isa es nicht anders will.

Mit sechzehn Jahren erfährt sie, dass Isa für einen Escort-Service in Valencia arbeitet, aber im Begriff ist, nach Madrid zurückzukehren. Erst im Lauf der Zeit begreift sie es ganz. Nurias Schwester schläft gegen Bezahlung mit fremden Männern. Isa geht mit diesen Leuten zu Empfängen oder wichtigen Abendessen, wo es auf gutes Benehmen ankommt. Doch vor allem zieht Isa sich für sie aus. Das ist der Kern. Isa spielt diesen Männern etwas vor, simuliert Interesse und Erregung, wie kann es anders sein?

Erklär es mir. Ich verstehe dich nicht. Zählst du selbst so wenig? Und diese Leute … ihr Geruch … ihre, ihre Lust, ihr … alles daran, Isa, alles, alles, alles. Dass sie zu Hause eine Frau haben, die auf sie wartet, Kinder … Es ist so ekelhaft.

Im Internet findet Nuria die Adressen verschiedener Escort-Agenturen, und plötzlich starrt sie auf Isas Bildschirmfoto. Das ist ihre Schwester. Jeder beliebige Kerl kann es sich anschauen. Nuria fühlt sich schmutzig, als sie durch die Bildergalerie klickt.

Es ist falsch, alles daran ist falsch. Der Mensch, den sie auf dem Bildschirm sieht, gehört mehr den anderen, diesen Männern, als Nuria. Das ist nicht mehr ihre Schwester Isa, das ist eine andere, die aber noch so stark an Isa erinnert, dass Nuria es empfindet, als würde ihr etwas aus dem Inneren gerissen.

Isa nennt sich Valeria. »Valeria« in verführerischer Unterwäsche auf einem riesigen runden Bett, im Hintergrund ein rundes Fenster mit Meerblick. Valeria im blauen Abendkleid, Valeria im roten Abendkleid. Valeria sportlich, mit Sonnenbrille, lachend auf der Terrasse eines Beachklubs. Sie sieht gut aus, findet Nuria. Sie starrt in dieses Gesicht, studiert die Züge ... Etwas Hartes, Elegantes ist in Isas Ausdruck getreten, die Frau auf diesen Fotos besitzt Klasse, wenn man weiß, was man darunter zu verstehen hat. Doch Nuria begreift immer weniger.

Als sie die Preisliste entdeckt, stockt ihr fast das Herz. Stundentarif, Tagestarif, Nachttarif. Feiertags- und Wochenendtarif. Ihre Schwester ist teuer. Eine ganze Nacht mit Valeria kostet werktags 2600 Euro, freitags und samstags 3200 Euro. Nuria schaut wieder in dieses Gesicht.

Und dann weiß sie, was es ist. Isa hat das Kalkulierende ihrer Mutter. Die beiden ähneln einander, sie besitzen eine unleugbare Verwandtschaft, nicht nur, weil sie Mutter und Tochter sind, nein, es verbindet sie eine Gemeinsamkeit des Charakters. Bei dem Gedanken, die beiden könnten einander anstarren wie das eigene Spiegelbild, ringt Nuria nach Luft, und das ist die eine Erkenntnis, auf die sie gern verzichtet hätte.

Du in Mamas Zügen, ihre Züge in deinen, beide streckt ihr eure gierigen Hände nach der Welt aus und fordert euren Teil, jede auf ihre eigene Weise, ihr könntet Freundinnen sein!

»Frag mich dazu, was du willst«, sagte Isa am Telefon. »Aber du kannst es auch bleiben lassen. Ich ertrage keine Spießigkeit, das weißt du doch. Jeder hat sein eigenes Leben. Das hier ist meins.«

Nuria überlegte, ob sie ihr die eine Frage stellen sollte, die sie interessierte: Wie kannst du so etwas nur Arbeit nennen? Doch sie schwieg.

»Es ist eine anstrengende Arbeit«, sagte Isa, als hätte sie die Gedanken ihrer Schwester gelesen. »Eine Arbeit, mit der man nur gut verdient, wenn man sehr anspruchsvoll ist. Und das bin ich. Man braucht einen Qualitätsbegriff, man muss wissen, was die eigenen Werte sind.«

»Die eigenen Werte«, murmelte Nuria, aber Isa hörte sie nicht. Sie dachte an einen Satz aus *Jane Eyre*, sie war drauf und dran, ihn halblaut in den Hörer zu sprechen, um zu sehen, ob sie Isa überhaupt noch erreichte: *Je einsamer ich bin, je weniger Freunde ich habe, je weniger man mir hilft, desto mehr will ich mich selbst achten.*

»Und man muss sich gut vertreten lassen«, fuhr Isa fort. »Ohne die richtige Agentur ist es schwierig. Da sind wichtige Freundschaften entstanden, das kannst du dir vielleicht vorstellen. Mein Boss zum Beispiel ist überhaupt nicht wie ein Vorgesetzter, sondern wie ein Freund. Er steht mir zur Seite, wenn's darauf ankommt.«

»Kam es denn schon mal darauf an?«

»Ja, auf verschiedene Weise.«

»Auf welche denn, zum Beispiel?«

»Ich weiß nicht, was du fragen willst, Nuria. Wie man den anderen in der Not eben braucht. Und dann muss er da sein. Kennst du das nicht?«

Nuria wollte antworten, dass sie sich genau das eben nicht vorstellen konnte, wo die Körper so austauschbar waren. Sie wollte ihrer Schwester sagen, dass der ganze Rahmen falsch war, wie konnte dann der Inhalt stimmen? Aber sie wusste nicht, wo sie anfangen sollte.

Nuria hörte, wie ihre Schwester sich eine Zigarette anzündete, selbst das Klicken ihres Feuerzeugs klang luxuriös, und sie konnte nicht anders, ihre Phantasie fand das passende Foto dazu: »Valeria« auf einem runden Bett, gegen seidene Kissen gelehnt, Meeresrauschen, während der Rauch ihrer Zigarette langsam aus dem runden Fenster zog.

»Hör mal«, sagte Isa, »hast du eigentlich gerade einen Freund?«

Als Nächstes, dachte Nuria, wirst du mich fragen, ob er gut aussieht, und dann wird mir jede Silbe auf der Zunge ersterben, denn was könnte ich dir schon zu erzählen haben, bei den unzähligen Männerkörpern, die durch dein Bett gewandert sind?

»Nein«, sagte Nuria.

Isa überraschten nicht die sexuellen Variationen, zu denen Menschen fähig waren, sondern die Verkleidungen, in denen ihr Selbsttäuschung und Sentimentalität begegneten. Die Männer, mit denen sie umging, erzählten sich selbst Sehnsuchtsgeschichten und glaubten auch noch daran. Neugierig war Isa allenfalls darauf gewesen, wie extremer Reichtum das Bild verfeinerte. Welche kindlichen Begierden bei Menschen überlebten, die sich sonst alles, wirklich alles leisten konnten. Isa erlebte diese Männer im Bett, als anspruchsvolle Kunden einer bezahlten Leistung, und irgendwann legten viele von ihnen ihre Beichte ab. Angeblich gab es noch etwas Tieferes in ihnen, ihr wahres Wünschen und Sehnen. Dass sie ihre Existenz »so« eigentlich nie gewollt hatten. Dass sie auf der Suche nach etwas Großem, Unbestimmtem waren, womöglich dem »Sinn«, aber irgendwo die falsche Ausfahrt genommen hatten. Dass »Valeria« ihnen helfe, ihr wahres Selbst zu entdecken und so weiter.

Viele träumten davon, ein anderer zu werden und eine zweite Chance zu bekommen.

Isa ließ sie reden, darin war sie gut. Wenn sie wüssten, wie kümmerlich sie wirkten. Das »wahre Selbst« dieser Männer war genau das: eine extrem komfortable Existenz mit Maßanzügen, Firmenwagen und Business-Flügen, und eigentlich wusste doch jeder, dass es zu diesen Tatsachen kein erreichbares Gegenstück gab. Die auf ihre Weise so erfahrenen, vom Erfolg verwöhnten Männer wären in jeder anderen Umgebung gescheitert. Sie wussten es nur nicht. Deshalb kamen sie zu ihr, Valeria, und ließen sich auf jede erdenkliche Weise über das Beunruhigende ihrer Aussteigerphantasien hinwegtrösten.

Sie schmiegte sich nicht an sie, obwohl die Männer die ganze Nacht bezahlt hatten, sie hielt Distanz; sie hatte keine Lust, das Kätzchen zu spielen. Manche verschreckte sie mit dieser Haltung. Andere kamen wieder, ein ums andere Mal, als müssten sie auch auf diesem Feld eine außergewöhnliche Leistung erbringen, zu der andere Topverdiener nicht fähig waren. Dass es nicht einfach war, Valeria zu beeindrucken, schien sie anzuspornen: Wer Valerias Aufmerksamkeit erkämpft hatte, dem winkte ein Preis.

Manchmal kam ihr ein Satz ihres Vaters in den Kopf. *Unsere Seele ist ein Gefäß, in das Gott seine Gnade gießt.* Isa änderte den Satz, damit er auf sie passte. Ihr Körper war das Gefäß. Und im Lauf der Jahre war das Wort in ihrem Inneren immer wieder aufgetaucht.

Ich pflege das Gefäß, dachte sie, wenn sie sich die Beine eincremte, die Augenbrauen zupfte oder die Lippen nachzog.

Ich benutze das Gefäß, wenn sie die Decke auf dem Bett glatt strich und ihre Wohnung für Männerbesuch vorbereitete.

Ich reinige das Gefäß, wenn sie danach lange unter der Dusche stand und mit geschlossenen Augen die Minuten verrinnen ließ.

Ihr Vater musste ahnen, wie sie ihr Geld verdiente. Aber wissen konnte er es nicht. Sie hatten sich schon seit Langem nicht mehr gesehen. Irgendwann, doch sicherlich nicht im letzten und auch nicht im vorletzten Jahr, hatte Isa sich vorgestellt, was er ihr zu sagen haben könnte, doch sie glaubte, jedes seiner Worte zu kennen, seinen missbilligenden Gesichtsausdruck, sein dünnes, selbstzufriedenes Lächeln. Aber das war nicht das Schlimmste, das könnte sie ertragen. Sie selbst hatte ihm nichts mehr zu sagen. Nicht ihrem Vater. Nicht ihrer Mutter. Wege trennten sich. Wege trennten sich und fanden nie mehr zusammen.

Ihre Tarife als Escort – erst in Valencia, dann in Madrid – stiegen schnell. Aber wenn Isa bedachte, welche Erkenntnisse sie in Executive-Suiten, Landvillen und Ski-Resorts gewonnen hatte, fand sie ihre Entlohnung eher bescheiden. Die Geschenke, die sie bekam, beurteilte sie nach Geld *und* nach Stil, teuer allein reichte nicht.

Sie erinnerte sich an ihr erstes Geschenk überhaupt. Es war das Wichtigste geblieben. Eine Freundin hatte ihr von einer Kreuzfahrt auf einer Privatjacht erzählt, ob sie sich vorstellen könne mitzukommen? Isa war neunzehn und noch nicht beruflich dabei, auch wenn sie schon Kontakte hatte, sie war »ein Mädchen, das man anrufen konnte«. Es handele sich um Männer mit Niveau, sagte ihre Freundin, »liberales Umfeld«, sieben Tage von einem Mittelmeerhafen zum anderen. Körperlich war es anstrengender gewesen als erwartet, die Männer waren hungrig, und maßvoll eingesetzte Drogen erhöhten ihre Ausdauer. »Liberal« hieß: häufiger Partnertausch. Isa lernte, wie weit das Ungewöhnliche in bestimmten Kreisen schon normal geworden war, und hütete sich, Überraschung zu zeigen. In solchen Situationen, das merkte sie sich für die Zukunft, konnte man sich nicht auf einen einzigen Menschen konzentrieren und musste dennoch so tun, als ginge es jedes Mal nur um den Einen.

Doch gab es wirklich einen, der sich mehr Gedanken machte als die anderen, er war ein paar Jahre älter als der Rest. Am Ende der Kreuzfahrt schenkte er Isa einen Schiffsknoten, nicht mehr als ein dickes, abgeschnittenes Stück Strick, damit sie sich an diese Woche erinnern konnte, später, wenn sie fern gerückt wäre.

»Dieser Knoten wird für unsere Reise stehen«, sagte er. »Das Lockere und das Feste, das Gewundene und das Gerade, und wenn du ihn in der Hand hältst, sammelst du deine Erinnerungen viel spürbarer, als würdest du dich nur auf deinen Kopf verlassen. Wir brauchen Dinge und Symbole, erst recht in der Liebe, sonst sind wir vergesslich wie die Tiere.«

Isa hatte den schweren Knoten genommen, an dessen Namen sie sich längst nicht mehr erinnerte und den sie niemals selbst hätte knüpfen können. Der Mann schaute sie ruhig an. Vielleicht wollte er ihre Reaktion prüfen, vielleicht wusste er sogar, welche Gedanken ihr jetzt durch den Kopf gingen, denn plötzlich trat ihre Hand, die in der zurückliegenden Woche so viele Schwänze gerieben und nackte Körper gestreichelt hatte, aus dem Spiel der isolierten Teile heraus und verband sich mit etwas Solidem, Gehärtetem, oft Benutztem. Isa wog den Schiffsknoten in der Hand. Sie war der Wirklichkeit zurückgegeben, so empfand sie es, hier hatte sie ihr Andenken, sie allein konnte bestimmen, was es ihr bedeuten würde.

Der Mann schien all das zu ahnen. Beim Liebesspiel war er schweigsam gewesen, auch auf Deck hatte er wenig gesprochen und die Sonnenbrille selten abgenommen. Und weil er offenbar auch ihre Gedanken lesen konnte, gab er ihr noch einen Zettel mit einer Telefonnummer und einem Namen dazu, der ihr nützlich sein könnte, so sagte er es: »Rico Vargas könnte dir nützlich sein.«

Es dauerte zwei weitere Jahre, bis sie die Telefonnummer auf dem Zettel zum ersten Mal wählte. Sie war im Begriff, Valencia zu verlassen.

An die Ruhe ihres Gesprächs mit Rico Vargas konnte sie sich noch Jahre später erinnern. Sie hatte sich vor dem Anruf keine Eröffnungszeile zurechtgelegt. Sie hatte sich nur vorgenommen, gleich den Namen des Mannes auf der Jacht zu erwähnen.

»Ein sehr guter Freund«, sagte Rico Vargas und ließ eine Pause, die Isa nicht füllte. Dann sagte er: »Sein Wort genügt mir. Wollen wir uns kennenlernen?«

Isa fand die Stille so kostbar, dass sie nach seinen Worten noch ein paar Sekunden verstreichen ließ, bevor sie zustimmte. Beide, da war sie sich ganz sicher, wussten in diesem Augenblick, dass Stille zwischen ihnen immer eine Rolle spielen würde. »Immer«: Isa ahnte die Dauer ihrer Beziehung, die erst noch begonnen werden musste, nahm den Pakt bereits vorweg, der noch gar nicht geschmiedet war, etwas Tiefes, Undefinierbares, das weder in einem Liebesschwur noch in dem pragmatischen Arbeitsverhältnis zwischen einer Angestellten und ihrem Vorgesetzten bestehen konnte. Es würde etwas Drittes sein, ein Bund, der Stärke erforderte. Und zwei besondere Menschen, die sich des Augenblicks bewusst waren.

Was für beide den Bund besiegelte, war das erste gemeinsame Wochenende in Ricos Wohnung. Isa musste lächeln, als sie das riesige, leere Apartment in Chamartín sah. Sie stellte ihre Einkäufe ab und ging mit langsamen Schritten durch das Wohnzimmer, als wollte sie es ausmessen. Das schlanke Sofa wurde erkennbar nicht benutzt, ein paar Designerlampen schienen frisch aufgestellt.

Sie trat ans Fenster und sagte: »Die Wohnung eines Mannes, der seinen Vater hasst.« Ihre Stimme war leise.

»Wie kommst du darauf?«, sagte Rico.

Isa hatte das winzige Zittern in seiner Stimme gehört. Sie schüttelte langsam den Kopf. »Nur ein Gefühl.«

»Erfahrung?«

Sie nickte. Dann erzählte sie ihm davon. Drei, vier Sätze genügten, und Rico hatte ein Bild. Ihren Vater hatte Isa zurückgelassen wie er den seinen. Und ihr fehlte nichts.

Er fragte: »Hat er dich geschlagen?«

»Ja, natürlich.«

»Was hast du getan?«

»Ich habe es ertragen, so lange ich musste.«

»Und dann?«

»Dann habe ich zurückgeschlagen.«

Er ging, um den Wein zu entkorken, aber Isa spürte, dass er bewegt war.

Beim Mittagessen erzählte sie ihm, dass sie nur noch in einem exklusiven Umfeld arbeiten könne, sie sei verwöhnt und wolle ihre Ansprüche nicht mehr herunterschrauben, doch sie meine nicht nur Geld damit. »Ich fordere viel, Rico. Von mir selbst und von anderen. Besser kann ich es nicht ausdrücken.«

Rico Vargas nickte. Er hatte verstanden.

Was dann geschah, hatte sie geplant. Nach dem Kaffee war sie, ohne einen Ton über ihre Absichten zu verraten, ins Schlafzimmer gegangen. Sie zog sich aus, putzte sich die Zähne und legte sich in Ricos Bett.

Wenige Minuten später kam Rico herein. Wortlos zog er sich aus und legte sich neben sie. Isa schlug nicht einmal die Augen auf, als sie ihn hörte. So lagen sie da, die sich nie nackt gesehen hatten, hörten den Atem des anderen und taten nichts. Wären sie nicht so müde gewesen, hätten sie vor Erstaunen aufspringen müssen, aber so gaben sie nach dem späten Mittagessen der Schläfrigkeit nach und hatten, bevor ihr Bewusstsein träge davonzog, gerade noch Zeit zu denken, wie schön, wie ungewöhnlich es war, neben einem Fremden einzuschlafen, ohne irgendetwas anderes zu wollen oder zu müssen.

Sie schliefen auch nach dem Aufwachen nicht miteinander. Isa hätte sich allem gefügt; das eine, was sie zu geben hatte, das eine, dessen sie sich immer sicher sein konnte, war ihr Körper. Sie berührten einander nur, aber mit Scheu, sie lernten sich kennen, sogen des anderen Duft ein. Isa gefiel diese Distanz, die Rico auch dann noch aufrechterhielt, als sie sich nackt gesehen hatten. Und Isa verstand, warum er es tat. Er wollte sie frei, ungebunden. Und sie blieb es. Sie fassten sich an die Schulter oder die Hüfte, sie legten einander die Hand auf den Nacken oder auf den Kopf, ja sie durften alles tun, wenn es nur nicht mit den bekannten Gesten verwechselt werden konnte.

Isa glaubte, verstanden zu haben, was Ricos Motiv war. Er konnte sie nicht teilen. Und da er sie nicht allein haben konnte, ließ er sie los, bevor er Gefahr lief, sie in Besitz zu nehmen. Da es beiden nicht um Treue und Ausschließlichkeit ging, waren ihrem Verhältnis scharfe Grenzen gezogen. Es war, als hätten sie gemeinsam noch besser erkannt, was jeder von ihnen schon für sich allein herausgefunden hatte: Sie brauchten niemanden, sie wollten niemanden, sie mussten nicht einmal darüber sprechen. Sie hatten noch nie jemanden kennengelernt, für den es sich gelohnt hätte, den Panzer abzulegen. So hielten sie einander fest.

Sie konnten viele Stunden miteinander verbringen, ob redend oder schweigend, und ihnen war bewusst, dass viele normale Paare das nicht schafften. Doch am Ende eines langen Abends oder auch eines ihrer seltenen gemeinsamen Wochenenden ging jeder in seine Wohnung zurück, um allein zu sein. Die Tür fiel ins Schloss, der Tag war zu Ende. Jede Gemeinsamkeit endete hier. Es war besser so, es entsprach ihnen, und was sie verband, trennte sie im selben Zug: das intime Wissen um die Leere in der Seele des anderen.

Am Anfang ihres Berufswegs hatte Isa sich gesagt: Ich mache das eine Weile, verdiene Geld und schaffe Sicherheit. Ich finanziere mir das Studium, das ich später einmal anschließe. Dann setze ich mein Leben auf ein anderes Gleis.

Vielleicht Jura? Oder Architektur. Vielleicht auch Business, davon schien sie etwas zu verstehen. Isa kannte Mädchen, die genauso dachten, manche verbanden sogar Arbeit und Studium, und mit so einem Zukunftsplan ließen sich die dunklen Seiten ihres Berufs ertragen. Sie alle kassierten und ertrugen – in der Hoffnung auf ein unbestimmtes Morgen.

Doch bisher war das Morgen stets vor der Wirklichkeit zurückgewichen. In den letzten Jahren waren Isas Pläne, sie spürte es, nicht mehr so konkret wie früher. Sie hätte den richtigen Zeitpunkt zum Ausstieg mit einem bestimmten Bankguthaben verknüpfen können. Doch sie tat es nicht. Sie hätte den richtigen Zeitpunkt zum Ausstieg an ein Datum binden können. Doch sie tat auch das nicht. Die beruhigende Geldsumme, das richtige Datum schien es nie zu geben.

Im Windschatten dieser immer wieder aufgeschobenen Entscheidungen veränderten sich Isas Kriterien. Die Geschäftswelt, aus der ihr Kundenstamm kam, begann sie zu langweilen. Es war vorhersehbar, vielleicht sogar unvermeidlich; die teuren Materialien (Silber, Platin, Naturhölzer) wurden gewöhnlich und verloren ihre Metaphysik, sie sangen ihre Botschaft nicht mehr, sondern murmelten sie nur noch, und ob der Champagner fünfhundert Euro kostete oder das Vierfache, war auch egal. Es war ihr eigenes materielles Minimum, wie Isa sehr wohl wusste, weiter unten wollte sie nicht existieren, aber als Antrieb für sie selbst schien es nicht mehr genug. Früher hatte sie nie an die »Dauer« gedacht; jetzt war sie da.

Was Isa eigentlich brauchte, waren Rätsel. Sie wäre gern mit einem Bildhauer zusammen, um etwas Neues zu lernen. (Sie könnte auch Kunstgeschichte studieren.) Sie hätte gern Künstler kennengelernt, Menschen, die mit einem gewissen Risiko lebten. Nur dass sie, Isa, keine finanziellen

Risiken mehr eingehen wollte. Hin und wieder engagierten sich wohlhabende Geschäftsleute in einer Kunststiftung oder sponserten Ausstellungen. Wenn Isa als Escort auf solche Events gehen konnte, lebte sie auf und versuchte, mit kreativen Menschen ins Gespräch zu kommen.

Die Begegnung mit einem brasilianischen Maler war ihr im Kopf geblieben. Der Maler hatte einen eisgrauen Pferdeschwanz, und er hatte bei der Vernissage nichts dabei gefunden, unter feierlichen Krawattenträgern im himmelblauen Kaftan aufzutreten – die weiß behaarte Brust schaute heraus, er zeigte gebräunte Unterarme, Lederbändchen am Handgelenk und schamanisches Zeug um den Hals. Sein federnder Gang verriet einen freien Mann.

Dieser Maler, der gut Spanisch sprach, hatte sie am Unterarm gepackt und entschlossen in eine Ecke gezogen, um ihr zu sagen, sie solle den ganzen Mist vergessen, den sie gerade in den Eröffnungsreden gehört habe, die Wahrheit seiner Bilder sei unnennbar. »Ich meine nichts Verstiegenes, Mystisches, versteh mich nicht falsch« (er duzte sie, dachte Isa, wie er seine Geliebten und seine Musen duzte), »ich meine, dass die Antwort auf die Suche nur in den Bildern steckt und niemals in den gesprochenen Sätzen, die den Kunstkritikern als Bildersatz in den Kopf kommen, wir werden von denen für dumm verkauft, es gibt von der Abstraktion nichts zu abstrahieren, von dieser *mierda de teorías* könnte ich kotzen. Ich meine nicht einmal die *Antwort*, wir dürfen die Asche nicht mit dem Feuer verwechseln. Ich meine die *Frage*, damit fängt es an, dahin führt alles zurück, zur brennenden Frage, die ich noch nicht einmal stellen kann, wenn ich die Leinwand auf den Rahmen spanne, deswegen tue ich es doch überhaupt, es sind immer nur Fragen, und wer das nicht erträgt, soll wegbleiben.« Er richtete seinen bohrenden Blick auf ihre Augen, die ihm widerstanden, und hielt immer noch ihren Unterarm, den Isa ihm nicht entzog. »Ich war mir sicher, du würdest das verstehen.«

Sie entspannte die Muskeln und überließ ihm ihren Arm, den er jetzt mit beiden Händen hielt. Eine Hand hatte ihn gepackt, die andere streichelte ihn mit aggressiver Zärtlichkeit, so unverhohlen, dass Isa einen kurzen Augenblick dachte, er habe sie durchschaut und wisse, wer sie sei. Aber das konnte nicht sein. Vielleicht war er nur gieriger als andere und kümmerte sich nicht um gesellschaftliche Spielregeln. Dann senkte sie den Blick und sah den grünen Farbfleck auf seinem Daumennagel, und plötzlich wurde ihr klar, dass es auch in Zukunft, mit jedem kommenden Mann, immer so sein würde: dass er sie in seinem Bett haben wollte und sie ihn in ihrem Kopf.

Dennoch. Dennoch. Solche Gespräche gaben ihr etwas, was sich auf keine andere Weise ausdrücken ließ. Sie weckten Ideen, die weitergeführt hätten, wenn Isa nur gewusst hätte, wohin ... In ihrem Leben war kein Raum, nicht einmal eine Dachkammer, den Blicken der anderen entzogen, nicht der kleinste Winkel für heimliche Liebhabereien. Sobald sie nach ihrem Beruf gefragt wurde, musste sie auf den Boden der Tatsachen zurückkehren. Sie sagte: »Designberaterin in einer Investmentbank, ganz diskretes Haus, ich will Sie nicht mit Einzelheiten langweilen.«

Doch immer öfter erstarrte etwas in ihr, wenn sie so sprach. Ich lüge, um mich zu schützen, sagte sie sich, alles andere hätte keinen Sinn, im Grunde ist es keine Lüge, sondern Takt. Niemand, der auf sich hält, würde es anders machen. Niemandem, den ich bloßstellte, würde ich damit helfen.

Dann kehrte es irgendwann zurück, dieses Gefühl, das sie früher nicht gekannt hatte und das sie von nun an nicht mehr verlassen würde: das klare Bewusstsein, wer sie war. Eine Lügnerin.

Wenn Nuria auf dem Fahrrad angerufen wird, geht sie meistens nicht dran. Tut sie es doch einmal, fischt sie das Telefon mit einer einzigen Bewegung aus der Brusttasche und erwischt fast immer die richtige Taste.

»Hallo?«

»Nuria? Isa hier.«

»Isa!« Nuria bremst ab. »Warte.« Sie ist aufgeregt, und das ärgert sie. »Moment, Isa!«

»Rufe ich ungünstig an?«

»Nein, nein … Sofort.« Nuria steigt ab und atmet tief durch. »Wie geht's dir?«

»Ich dachte, ich melde mich mal. Beim letzten Mal hatte ich wenig Zeit. Siehst du die Nummer? Unter dieser Nummer kannst du mich erreichen. Wenn du was brauchst.«

»Gut«, sagt Nuria. »Ich werde sie speichern. Tut mir leid wegen neulich. Ich will nicht stören.«

»Alles okay. He, wie geht's dir, Nuria? Was machst du? Bist du draußen?«

»Was mache ich … Ja, ich bin draußen. Ein bisschen Training, weißt du?«

»*Jetzt?* Um Mitternacht? Ist das nicht ein bisschen übertrieben?«

»Du weißt doch, dass ich ein Nachtmensch bin.« Nuria lacht.

Dann hält sie inne. Woher sollte Isa *wissen*, dass sie ein Nachtmensch ist? Sie haben sich seit so vielen Jahren nicht gesehen. Nuria muss sich abstützen. Ihr schwindelt ein bisschen, so verrückt kommt ihr alles vor. Isa, ihre große Schwester, ihr nächster und liebster Mensch! Isa hat sich damals von einem jungen Mädchen verabschiedet und ruft jetzt bei einer Frau an, von deren Leben sie nicht die geringste Ahnung hat. Und sie findet nichts dabei und fragt nur: Wie geht's?

Tja, Isa, was soll ich sagen? Wie geht es mir? Das ist eine

lange Geschichte, die ich selbst nicht begreife. Aber ich stehe ja noch am Anfang, auch wenn ich in Las Barranquillas war und neben Toten geschlafen habe. Ich bin jung. Ich bin dreiundzwanzig und sehe nach den Mädchen. Das wäre natürlich ein Thema, über das wir uns austauschen könnten, wenn ... wenn es dazu etwas zu sagen gäbe. Gott, wie verlogen wir sind. Das war in unserer Familie vielleicht das Schlimmste von allem. Keiner hat dem anderen vertraut. Bist du deswegen gegangen, Isa? Das wollte ich dich schon immer fragen. Und wie hast du den Tod von Onkel Víctor erlebt? Haben sie dich auch so belogen wie mich? Warum haben wir eigentlich nicht darüber gesprochen? Du hättest es mir erklären können. Und später, als du gegangen bist ... Warst du von uns enttäuscht? Hast du uns verloren gegeben? Auch mich, mit Brackets und meinen dreizehn Jahren? Wirklich, ich verstehe es immer noch nicht. Warum rufst du mich an? Warum *jetzt*? Ich sollte das verdammte Telefon in den See werfen, es ist klebrig in meinen Händen.

»Nuria? Bist du noch da? Ich würde dich gern sehen. Wir sollten uns treffen.«

»Bist du dir sicher?«

»Ja. Ganz sicher.«

Nuria atmet ruhiger. »Und warum gerade jetzt?«

Die Frage ist draußen, bevor Nuria darüber nachdenken kann. Warum *jetzt*? Warum nicht vor zwei Jahren, warum nicht vor fünf Jahren? Was ist damals geschehen, dass kein Treffen geklappt hat? Nuria war zu allem bereit. Und nie hat etwas geklappt.

Schweigen breitet sich aus. Nuria kann Isa nachdenken hören. Sie schaut hoch in den sternlosen Nachthimmel. Es ist, als hörte das ganze Universum Isa beim Nachdenken zu. Nuria versucht, sich Isa in einem neutralen Innenraum vorzustellen, ohne Seidenkissen und runde Fenster, die aufs Meer hinausgehen. Aber sie schafft es nicht. Sie kann sich noch nicht einmal vorstellen, dass ihre Schwester ein normales Plastikfeuerzeug benutzt.

»Du weißt«, sagt Nuria, »dass ich nie erfahren habe, warum du uns verlassen hast. Nicht nur Mama und Papa, Isa. *Mich*. Warum du auch von mir weggehen musstest. Weißt du was, Isa?« Nuria spürt, wie die Wut aufsteigt und nach oben drängt, sie mischt sich mit der Furcht der kleinen Schwester, vor der großen Schwester zu versagen, die Wut wird stärker und drängt alles andere beiseite. Es ist, wie es sein muss. Die Wut ist übrig geblieben. »Isa, denk mal darüber nach, was du mir erzählen willst, wenn wir uns wiedersehen. Frag mich nicht, wie es mir geht und ob ich einen Freund habe. Erklär mir, was damals passiert ist, denn ich habe es noch nicht verstanden. Ich weiß nur, dass du ein Affengeld verdienst und aus meinem Leben spurlos verschwunden bist. Also denk darüber nach, welche Isa wieder in meinem Leben auftauchen will.«

»Moment, Nuria, das ist …«

»Kannst du nicht ein einziges Mal zuhören? Musst du immer diktieren, wo es langgeht?« Nuria wartet. Sie lockert die Schultern und stellt sich entspannter hin. Sie schließt die Augen.

Isa sagt: »Es war ein Fehler, dich anzurufen.«

»Dann wähl doch den einfachsten Ausweg, wie du es immer gemacht hast. Leg auf.«

»Du machst es mir nicht leicht.«

Nuria richtet sich auf. »Und warum sollte ich es dir leicht machen?« Sie lässt die Frage in der Luft hängen. »Ich hatte es auch nicht leicht. Ich habe genommen, was du mir gegeben hast, und das war verdammt wenig. Isa, du warst *alles* für mich! Und vom Alles wurdest du zum Nichts. Keine Erklärungen. Kein Wiedersehen. Und dann sehe ich Valeria auf eurer Website, Valeria für dreitausend Euro die Nacht. *Das* war unser Wiedersehen.«

Nach dem Gespräch mit Isa tritt Nuria in die Pedale und fährt Tempo, soweit sie es im dunklen Park riskieren kann. Wenn ein Mädchen überrascht aufschaut, weil ein lautloser Schatten an ihm vorbeizischt, ist Nuria schon zehn Meter weiter. Im Lauf der Wochen hat sie viele Mädchen von anderen Gruppen kennengelernt und mit einigen gesprochen. Jedes einzelne dieser Mädchen hat eine Geschichte. Manchmal hat Nuria das Gefühl, sie sammle Geschichten und werde von ihnen schwerer und schwerer. So viele zurückgelassene Länder, ahnungslose Eltern, verlorene Geschwister. So viel Einsamkeit, so viel Ekel. So viele gesichtslose Freier, abgegriffene Geldscheine, weggeworfene Kondome. Nuria kann endlos sammeln, die Geschichten hören einfach nicht auf, sie könnte sammeln, bis sie unter der Last der Geschichten zusammenbricht.

16

Marxismus des Fleisches

Mateo hörte Nachos verärgerten Ausruf bis zu seinem Schreibtisch. Es war der Vormittag nach dem Besuch bei Horacio Ballesteros Nelson.

»Was ist denn *das*?«

Köpfe hoben sich, Stühle wurden zur Seite gerollt, um bessere Sicht zu ermöglichen. Auch Diego reckte den Hals. Es versprach, kein gewöhnlicher Tag zu werden.

»Jetzt hat es Blanca erwischt«, sagte er und richtete seinen Blick wieder auf den Bildschirm. »Könnte das etwas mit eurem Interview zu tun haben?«

»Macht fast den Eindruck«, sagte Mateo. Er spähte in Blancas Zone hinüber. »Sollte ich rübergehen und mich zur Verfügung halten?«

»Nein«, sagte Diego. »Nicht nötig.«

Nacho Cano baute sich neben Blancas Schreibtisch auf und stemmte theatralisch die Fäuste in die Hüften. So, in Arbeiterpositur, die er so liebte, sandte er sein Signal durch das ganze Großraumbüro und vertraute darauf, dass Mateo es aus zwölf Metern Entfernung auffing. Und so war es.

»Schließ die Tür.«

Nacho hielt ein paar getippte Seiten in der Hand. Jetzt rollte er sie zu einem Rohr zusammen und schlug damit gegen die Innenfläche seiner Linken.

»Ich nehme an, Mateo kennt das? Weil das euer Gemeinschaftswerk ist, nicht wahr? Damit sollen wir also unsere neue Serie starten. Ich weiß nicht, was euer Tonband hergibt, in sechzig Minuten lässt sich eine Menge erzählen. Nur, *das* hier ... Das ist gequirlte Kacke. Total undruckbar.«

Nacho hatte Dampf abgelassen. Sein Griff um die unschuldige Papierrolle lockerte sich. Er nickte mürrisch, sie sollten sich setzen, und ließ sich seinerseits in einen Sessel fallen.

»Undruckbar aus mindestens drei Gründen. Für den ersten könnt ihr nichts. Es wäre ein Fehler, unsere Serie mit diesem komischen Ballesteros zu beginnen, und das werde ich Mariano sagen. Für *Claro!* gibt dieser Dichter nichts her. Zweitens ist seine Geschichte nichtssagend. Mateo? Irgendeine abweichende Meinung?«

»Ja, wenn du mich fragst.«

»Ach? Dann lass mal hören.«

»Ich fand seine Geschichte ... anrührend. Ich kann nicht für die Zeitung sprechen, ich kenne den Geschmack der Leser nicht. Aber als literarische Geschichte hat sie mir gefallen.«

Mateo schaute zu Blanca hinüber, die nicht zu erkennen gab, was in ihr vorging. Wollte sie ihre Arbeit nicht verteidigen?

»Ah. Als literarische Geschichte hat sie dir gefallen. Ich respektiere das. Aber wir kommen mit so einem parfümierten Zeug nicht weiter. Das hat in *Claro!* nichts zu suchen.«

»Wenn ich mir die Bemerkung erlauben darf«, sagte Mateo. »Gerade *parfümiert* fand ich seine Geschichte nicht. Sie war direkt, verständlich und spannend. Vielleicht haben wir das in unserem Interview nicht gut herausgearbeitet.«

»Das halte ich für sehr wahrscheinlich«, sagte Nacho. »Was mich zum dritten Einwand bringt. Mein dritter und entscheidender Einwand ist das angemaßte Ressentiment dieses, dieses *Dichters* gegen die Reichen. Ballesteros sagt selbst, er sei nicht stolz auf seinen Klassenhass. Gibt es in

Zeiten wie diesen etwas Abgestandeneres? Spätestens hier hättet ihr aufspringen und davonrennen müssen. Aber ihr seid sitzen geblieben und habt Brandy nachgeschenkt.«

Mateo war nicht seiner Meinung, aber er hatte genug gesagt. Blanca schwieg.

»Ihr macht sofort weiter, Kinder«, sagte Nacho.

Toby Stirling, der britische Bestsellerautor, halte sich gerade in Madrid auf, um seinen neuen Roman *Das Testament der Sonne* zu bewerben. Genau der richtige Anlass, so Nacho, um ihn für die Serie »Heute habe ich mich wieder verliebt« zu befragen.

»Natürlich war ich auch an Ken Follett dran, das habe ich euch ja erzählt. Leider hat er keine Zeit. Also. Ran an Toby Stirling! Er ist im Hotel Palace abgestiegen. Versaut es nicht noch mal.«

Toby Stirling, so stellte sich heraus, war äußerlich eine matte Kopie von Ken Follett: das Haar nicht ganz so weiß, die Gesichtsfarbe nicht ganz so rosig, das Auftreten nicht ganz so entspannt. Blanca hatte keine Zeit gehabt, mehr als fünfzig Seiten seines Romans *Das Testament der Sonne* zu lesen, aber das war ausreichend gewesen, um ihr einen Eindruck zu verschaffen. Wie sein Konkurrent Ken Follett verwandelte Stirling historische Themen in brikettschwere Bücher. Der Unterschied bestand nur darin, dass er nicht Ken Follett war.

Als sie ihm das Konzept der Interviewreihe erläutert hatten, stand Stirling auf und begann, auf und ab zu gehen. Blanca und Mateo hatten in unbequemen kleinen Sesseln Platz genommen. Die Suite im Hotel Palace, die Stirling bewohnte, schien gerade groß genug, um den nervösen Schritten des britischen Autors Raum zu geben.

»*All right*, Blanca«, sagte er mit der Weltläufigkeit eines Volkes, das die ganze Welt mit dem Vornamen anspricht.

»Ich werde versuchen, mir die Fragestellung zu eigen zu machen. Welchem Muster gehorchen die Liebesgeschichten in meinen Romanen? Wäre das ungefähr passend, Blanca?«

Stirling sprach den spanischen Vornamen wie das englische Wort *blank* – leer – aus, was in Mateos Ohren albern klang. Doch Blanca schien sich durch die persönliche Anrede des berühmten Mannes geschmeichelt zu fühlen.

»Ich bin mir nicht sicher«, sagte Mateo, »ob es das trifft.«

»Nein? Lasst es mich knapp skizzieren.«

Es wurde ein mühsames Interview, voller Missverständnisse und fehlgeschlagener Erklärungsbemühungen. Als Stirling begriff, dass es gar nicht um seinen neuen Roman gehen sollte, wurde er ungehalten.

»*People*, deswegen bin ich doch nach Spanien gekommen!«, sagte er mehrmals und sah mit einem plötzlichen Hochreißen des Handgelenks auf seine Uhr. »Wir müssen uns beeilen, ich habe gleich noch einen Fototermin. Habt ihr überhaupt mal in meinen Roman geschaut?«

»Natürlich«, sagte Blanca.

»Wenn ich es mal illustrieren darf. Im vierten Teil kommt es zu einer Liebesbeziehung zwischen dem Sohn des Herzogs und der Tochter des Steinmetzen. Die gesellschaftlichen Sphären vermischen sich. Und zwar in der Liebe.«

»O ja«, sagte Mateo. »Die erotische Begegnung überwindet die Klassenschranken, kann aber die objektive Ungerechtigkeit der gesellschaftlichen Verhältnisse nicht transzendieren. Trifft es das ungefähr?«

»*Well done*, Matthew!« Toby Stirling schenkte ihm einen anerkennenden Blick. »*I like that. I really do.*«

Durch Zufall war Mateo beim Blättern auf die erotische Szene gestoßen, auf die der Schriftsteller angespielt hatte. Und ihm war aufgefallen, dass die Passage ihre Wirkung durch genaues Ausbalancieren der Klischees erzielte. Strammes Handwerkermädchen lockert dekadenten Adelsspross. Es kommt zu sorgfältig dosierten amourösen Handlungen, nichts Akrobatisches. Stirling beschrieb das zahm und absolut jugendfrei.

»Könnte man sagen …« Mateo sah Stirling in die Augen und brachte den Satz in einem Stück fehlerfrei heraus: »Könnte man sagen, Mr. Stirling, dass Ihre Romane die misslungene Liebesbeziehung über Klassenschranken hinweg als Kritik an den gesellschaftlichen Zuständen der Epoche inszenieren? Eine Art Marxismus des Fleisches?«

Stirlings Augen leuchteten auf.

»*Marxismus des Fleisches* … Das gefällt mir! Ja! Genauso habe ich meine Liebesgeschichten konzipiert. Es steckt eine Menge Zeitkritik darin. Mein Roman soll zeigen, dass …«

»Dass es auch in den amourösen Verhältnissen keine politikfreie Zone gibt?« Mateo sah den Schriftsteller an wie ein Schüler, der nur die Anregung des Lehrers aufnimmt. »Das hieße, die Ideologiekritik erfasst alle Lebensbereiche. Auch der Eros ist Ökonomie.«

»Genau!« Stirling nickte begeistert. »Danke, Matthew. Auch der Eros ist Ökonomie!«

»Daher vielleicht auch das … tendenziell Maschinenhafte der Körper beim Liebesakt? Eine Anmutung von – marxistisch gesprochen – frühen Industrialisierungsphänomenen?«

Mateo verzog keine Miene, sondern blickte den berühmten Schriftsteller in vollkommener Unschuld an. Einen Augenblick glaubte er, zu weit gegangen zu sein.

»Oh … *well* …« Stirling überlegte und kniff die Augen zusammen. »Ob ich dieser Theorie folgen kann, weiß ich nicht. Blanca? Was meinen Sie?«

»Auf jeden Fall, Mr. Stirling. Das war wirklich sehr bereichernd für uns. Vielen Dank für Ihre Zeit.«

Im Aufzug brauchten sie es nicht auszusprechen. Das Interview war wertlos. Sie hatten noch nicht einmal eine gute Geschichte gehört.

»Ich wusste gar nicht, dass du diesen theoretischen Summs draufhast«, sagte Blanca. Sie drückte auf Erdgeschoss. »Klang wirklich echt.«

»Ich habe mal Literatur studiert«, sagte Mateo. »Es bleibt immer etwas hängen.«

»Und was machen wir jetzt?«

»Keine Ahnung.«

»Er wird uns den Kopf abreißen.«

»Das wäre schade.«

Blanca sah ihn an und lächelte traurig. Dann legte sie ihm eine Hand in den Nacken und küsste ihn auf die Wange.

»Kannst du versuchen, es ihm zu erklären? Bitte?«

Sie hörten das Pling! für Erdgeschoss, aber sie nahm ihre Hand nicht von seinem Nacken. Mateo drückte auf 6, wartete geduldig, bis sich die Türen geschlossen hatten, und küsste sie auf den Mund. Die Hand, die auf 6 gedrückt hatte, legte sich auf ihre Hüfte.

»Ich sollte das nicht tun«, sagte Blanca und nahm ihre Lippen von seinen.

»Mach dir keine Gedanken. Es ist nichts passiert.«

Als sich die Aufzugtür im sechsten Stock öffnete, zog Mateo sie nach draußen. Er könne sich besser konzentrieren, sagte er, wenn er festen Boden unter den Füßen habe.

Hatte Mateo einen Fragebogen zu seiner sexuellen Persönlichkeitsstruktur ausfüllen müssen, das Kreuzchen wäre im Feld »konventionell« gelandet, und es wäre ihm nicht einmal peinlich gewesen. Mateo mochte das Konventionelle und fühlte sich wohl im Mittelmaß. Für ihn unterschieden sich seine Freundinnen nicht durch »besser« oder »schlechter«, sondern durch ihre jeweils anderen Persönlichkeiten, die wiederum ihre erotischen Vorlieben prägten. Vielleicht besaß der konventionelle Mateo einen besonders tiefen Respekt vor der Vielfalt erotischer Genüsse, eben weil er nicht übertrieben erfahren war, sondern immer demütig und eingedenk der Unendlichkeit des sexuellen Universums gelebt hatte – so wie mancher einfache Landpfarrer durch das Okular des herkömmlichen Gottesglaubens die Vielfalt der Schöpfung viel differenzierter zu erfassen vermag als renommierte Zoologen und Botaniker.

Franziska zum Beispiel, eine frühe Freundin mit klaren blauen Augen und einem knabenhaften blonden Kurzhaarschnitt, verbarg unter ihrem scheuen Auftreten in Gesellschaft – sie sprach leise und errötete leicht – eine explosive und fordernde Sexualität. Mateo war hingerissen, wenn Franziska ihn nach dem Liebemachen mit einer Andeutung von Schuldbewusstsein anschaute, als müsste sie sich für das enthemmte Verhalten ihrer Zwillingsschwester entschuldigen. Es dauerte keine zehn Sekunden, da hatte sich das gierige, leidenschaftliche Mädchen wieder in ein getreues Abbild seines sozialen Selbst zurückverwandelt.

Mateo hatte sich zweimal in seinem Leben »unsterblich verliebt«, einmal als Grundschüler, einmal als Student. Die Liebe des Sechsjährigen zu seiner gleichaltrigen Mitschülerin blieb unerfüllt, wie solche Liebesverhältnisse meistens zu enden pflegen, und Mateo hatte für sie in seinem Herzen aus Dankbarkeit und Trauer eine Kerze aufgestellt. Das Flämmchen der Erinnerung brannte klein, aber dauerhaft, und über die Jahre erinnerte er sich immer wieder daran, dass er als Grundschüler »geliebt hatte«. Er wusste, dass es besser war, geliebt zu haben, als nicht geliebt zu haben, besser für die Seele, den Körper, besser auch für die Erinnerungen, die am Meeresboden, von Wehmut beschwert, sicher verankert waren, besser für alles, auch wenn er und das kleine dunkelhaarige Mädchen aufgrund beiderseitiger

Scheu oder durch das Wirken des Schicksals nie zusammengefunden hatten. Mateo dachte gelegentlich an sie und stellte sich vor, wie ihr Leben getrennt, aber in parallelen Bahnen auf ein ungewisses Ziel zustrebte.

Das zweite Mal verliebte er sich »unsterblich«, als er Franziska kennenlernte. Sie saß im selben Seminar wie er, und später, beim Herumstehen, brachte Mateo nur Belanglosigkeiten heraus, so gehemmt fühlte er sich in ihrer Gegenwart. Ihr scheues Lächeln, die Vorsicht ihrer Gesten, der Blick ihrer klaren blauen Augen entwaffneten ihn. Von sich aus hätte er nie gefragt, ob sie gebunden war; doch ehe er lange darüber rätseln musste, hatte Franziska die wichtige Information schon in die Runde geworfen. Sie lebte mit ihrem Freund Björn zusammen, kein Student, sondern ein Zeitsoldat bei der Bundeswehr. Björn verbrachte nur das Wochenende mit Franziska, werktags war er in der Kaserne. Mateo und die anderen Studenten machten dumme Gesichter. Niemand hatte in seiner Bekanntschaft einen Zeitsoldaten. Niemand hätte gewusst, worüber man mit einem Zeitsoldaten überhaupt reden konnte außer über Drill, Waffengattungen und Zeitsoldatentum.

In den folgenden Wochen – das Semester hatte gerade angefangen – verbrachten Mateo und Franziska viele Stunden miteinander. Ihre Unterhaltungen waren unerschöpflich, und der ferne Björn erschien Mateo mit jedem Tag ferner. Meistens trafen sie sich in Cafés, aber ein paarmal besuchte er sie auch in ihrem winzigen Apartment in der Nähe der Uni, und dort redeten sie noch mehr, noch intensiver und gedrängter als an öffentlichen Orten. Es war, als wüssten sie beide, dass sie reden mussten, sonst gäbe es keinen Grund für sie, zusammen in Franziskas enger Bude zu hocken und literweise Tee zu trinken. Während sie beieinandersaßen, beide auf dem Bett, über das eine »Tagesdecke« geworfen war, suchte Mateo die Wohnung diskret nach Spuren des Zeitsoldaten ab, doch nichts auf dem kleinen Schreibtisch oder im Bücherregal ließ auf Björns Präsenz schließen.

Beim dritten Treffen in ihrer Wohnung war irgendetwas anders als sonst. Das Gespräch lief schleppend. Franziska trank nervös von ihrem Tee und schien wenig zu sagen zu haben.

»Was ist los?«, fragte Mateo, obwohl er genau wusste, was los war.

»Hör mal«, sagte sie und beugte sich zu ihm herüber. Sie saßen auf dem Bett, dessen Suggestionskraft beide vergessen zu haben schienen. »Das muss aufhören.«

»Was?«

»Diese Verwirrung.« Sie sah ihn mit einem traurigen Ausdruck an. »Es ist so verwirrend. Komm her.«

Sie beugte sich nach vorn und küsste ihn, ließ die warmen, geschlossenen Lippen einen Augenblick auf seinen ruhen, öffnete sie und küsste ihn, wie er es sich oft ausgemalt, aber am Ende nicht mehr erhofft hatte, weich, fordernd, großzügig.

Dass sie Björn verließ, erfuhr er gleich nach dem ersten Kuss. Dass sie ihn noch nicht ganz verlassen hatte, sagte sie ihm, nachdem sie auf dem engen Bett – ohne »Tagesdecke« – miteinander geschlafen hatten. In den folgenden Tagen wurde ihm klar, dass sie nicht den Mut zum Absprung gefunden hatte. Sie hatte sich in Mateo verliebt – gleich am ersten Tag, so wie er sich in sie –, aber in ihrem Weltbild waren Untreue und Betrug nicht vorgesehen. Sie hing an Björn, sie kannten sich seit der Schulzeit und waren seit mehr als vier Jahren ein Paar, eines der wenigen Paare, die als langjährige eheähnliche Gemeinschaft die Universität betreten hatten. Das heißt, *sie* betrat die Universität; er war Zeitsoldat. Und es war die lange Trennung, die ihnen zum Verhängnis wurde.

Hätte Mateo seine tiefsten erotischen Empfindungen archivieren wollen, hätte er die unbefangene Nacktheit seiner Freundinnen dazugerechnet. Was die Techniken beim Liebesspiel betraf, hatte er nicht den Mut, irgendetwas zu fordern. Anders als modernere Männer hielt er auch nichts davon, im Bett viel zu reden. Nahm eine seiner Freundinnen seinen Schwanz in den Mund, fand er es gut, tat sie es nicht, war es auch okay. Es wäre ihm peinlich gewesen, ihnen Anweisungen zu geben. Die Unterschiede beim Schwanzlutschen blieben ihm zwar nicht verborgen, aber er brachte nicht den reformatorischen Eifer auf einzugreifen, sondern nahm alles in der Liebe hin, so wie jeder vernünftige Mensch das Wetter hinnimmt. Er leckte seine Freundinnen, wenn es sich ergab, fand es aber auch nicht unentbehrlich. Eine von ihnen war rasiert, das empfand er als angenehm. Da er nicht das Recht zu haben glaubte, einer Frau derartig private Handlungen wie eine Intimrasur vorzuschlagen, nahm er die Mädchen, wie sie waren.

Er sagte ihnen: Ich mag dich, wie du bist. Und er sagte die Wahrheit.

Er war kein Weltverbesserer.

Er war kein Frauenverbesserer.

Er mochte die Frauen, wie sie waren.

Meistens erfuhr Mateo nicht, was seine Freundinnen gern von ihm gehabt hätten, so dass er auch nie auf den Gedanken kam, er habe Wichtiges verpasst oder Schlimmes zu bereuen. Wahre Verständigung in der Liebe, so glaubte er, erforderte ein Gleichgewicht von Sprechen und Schweigen. Das Erotische musste *einfach* bleiben, mit Platz für Stille, Rätsel und Staunen.

Belén, eine Spanierin, die sich als »liberal« bezeichnete, zeigte Mateo durch präzise Anweisungen, wie er sie durch Streicheln zum Höhepunkt bringen konnte, und das vermehrte sein theoretisches Wissen. Belén konnte sehr viele Höhepunkte hintereinander erleben. Unter zehn, sagte sie ihm lachend, wolle sie nicht nach Hause gehen, es könnten aber auch fünfzehn, sechzehn werden.

Was denn ihr Rekord sei, fragte Mateo.

»In den mittleren Zwanzigern«, sagte Belén. »Genauer erfährst du es nicht, mein Junge, sonst willst du den Rekord brechen.«

»Das muss der Wahnsinn sein.«

»Ist es auch. Aber glaub nicht, das ist jedes Mal einer von deinen. Ich will auch nicht sagen, zwanzig Höhepunkte sind besser als zehn. Es hängt von so vielen Dingen ab.«

»Wovon denn, zum Beispiel?«

»Gemütszustand, körperliches Befinden«, sagte Belén. »Bin ich entspannt? Ist mein Partner lieb zu mir? Mag ich mich selbst? Hatte ich einen guten Tag? Dann die technische Seite. Wenn ich schon viele Höhepunkte gehabt habe, werden sie immer kleiner, kommen aber immer schneller. Vom einen zum anderen vergehen dann nur noch Sekunden. Das Strahlen dort oben auf dem Gipfel ... Die Wärme, die sich in dir ausbreitet wie eine Woge, bis sie dich ganz erfüllt ... Ich sage dir, es ist tausendmal besser, eine Frau zu sein. Ihr habt es nur noch nicht mitbekommen.«

»Ich glaube nicht, dass alle Mädchen das so können wie du.«

»Können sie auch nicht. Ich habe Freundinnen, die einfach noch nicht wissen, wie sie funktionieren, und wenn sie dann noch einen Partner haben, der nichts kapiert, ist es aussichtslos. Arme Hasen. Wir sind eben etwas komplizierter gebaut. Anspruchsvoller, könnte man sagen.«

Und sie schaute ihn an wie jemanden, der gegenwärtig auch zu diesem Glück beitrug, aber seine Bedeutung nicht überschätzen sollte. So, wie es Männer vor Mateo gegeben hatte, würde es Männer nach Mateo geben.

»Weißt du denn immer, dass da noch ein Höhepunkt kommt? Wie spürst du, dass einer der letzte ist?«

»Das ist eine typische Männerfrage, Mateo. Deswegen liegt die Welt im Argen, meinst du nicht? Deswegen gibt es Krieg und Hungersnöte. Schema und Statistik. Absolute Gewissheit. Die Bändigung des Körpers durch Information. Aber so was empfinden Frauen nicht. Warum mache ich nach dem zwölften Höhepunkt weiter? *Bueno*. Ich mache weiter, weil es gut ist. Warum höre ich auf? *Bueno*. Ich höre auf, weil es gut ist. Verstehst du? Wenn ich es mir selbst mache, weiß ich immer, was ich will.«

Sie zeigte ihm, wie sie die Finger auf der Klitoris bewegte (mal einen, mal zwei, mal drei), wie sie den Rhythmus veränderte, welche Erregungskurven sie durchlief und dass sie am Ende kaum noch eine Bewegung ihres Fingers benötigte, um zum Höhepunkt zu kommen. Ihr hingegebener Gesichtsausdruck, die flatternden Augenlider, der sich beschleunigende Atem und das süße Stöhnen gehörten zum Schönsten, was Mateo je erlebt hatte. Da war er neunundzwanzig und fragte sich, warum ihm keine seiner früheren Freundinnen solche Instruktionen gegeben hatte. Dann vergaß er die Frage wieder. Er war einfach nicht dafür gemacht, das Liebesuniversum zu perfektionieren.

Deshalb gab er sich in Bezug auf Blancas Küsse keinen Illusionen hin. Blancas Küsse hatten weniger ihm gegolten als seiner tröstenden Anwesenheit. Noch immer spürte er ihre Hand auf seinem Nacken. Vielleicht jedoch … hatte Blanca auch Lust gehabt, einen jüngeren Mann zu küssen als den, den sie üblicherweise küsste? Mateo fand den Gedanken erst befremdlich, dann immer einleuchtender. Es fiel ihm schwer, sich Nacho Cano als interessanten Küsser vorzustellen. Aber das lag auch daran, dass ein Mann von Anfang dreißig, der eher wie Mitte zwanzig wirkte, mit Alterserscheinungen in der Liebe noch nichts zu tun hatte: Sie lagen noch nicht in seinem Vorstellungsbereich.

Nein, dachte er auf dem Heimweg. Blanca liebte ihn nicht. Und er liebte Blanca nicht. Ihre Küsse waren Ausdruck einer vorübergehenden Stimmung gewesen. Wenn sie sich am folgenden Tag in der Redaktion wiedersähen, würden sie wieder von vorn beginnen, als hätte es diese Küsse nie gegeben.

Und doch stand hinter einem Kuss immer etwas anderes, eine Hoffnung auf Dauer. Während er küsste, so hatte Mateo festgestellt, waren seine Gedanken irgendwie ... *anders.* Als könnte er eine Wahrheit erkennen, die ihm sonst unzugänglich blieb. Küssen ließ ein Reich jenseits des Kusses ahnen, helle Lichter, weite Himmel, sanfte Dämmerungen. *Jetzt*, hatte er sich gesagt, als er Blancas wunderschönen Mund küsste, dessen Wärme und Beweglichkeit empfing, *genau jetzt* müsste ich die Zeit anhalten, den Augenblick aus dem Kontinuum herauslösen und vor mich hinstellen, um seine Beschaffenheit zu prüfen. Dieser Augenblick füllt meine Seele aus. Zwischen mir und dem Kuss gibt es keine Grenze. Dieser Kuss, das bin ich selbst.

Weiter kam er nicht. Auf der Rolltreppe hörte er seine Metro einfahren. Er lief schneller, nahm zwei Stufen auf einmal und erwischte sie noch. Er hatte es wieder einmal geschafft.

17
Marktforschung

Rico Vargas blickte in den Spiegel über dem Waschbecken. Kam er wirklich aus der Nähe von Sevilla? War sein Vater wirklich sein Vater? Er sah im Glas die hellen Augen, die dünnen, ausdruckslosen Lippen und hohen Wangenknochen eines ausgesprochen unspanisch aussehenden Mannes. Doch auf jeden Fall gesund; weit jünger als seine Jahre, fand er. Weil er nicht trank. Weil er keine Drogen nahm. Weil er sich keinen Ausschweifungen hingab. Er lächelte sein Spiegelbild an und bemühte sich um Spontaneität, aber es sah gezwungen aus. Ganz anders als am Nachmittag auf der Finca, da war es aus ihm herausgebrochen, ein Lachen, das ihm selbst fremd in den Ohren geklungen hatte.

Er hatte in der Küche auf der Finca ein zerlesenes Taschenbuch gefunden und aufgeschlagen, und beim Blättern war sein Blick sofort an den unterstrichenen Stellen hängen geblieben. *Wenn wir grundlos gezüchtigt werden,* stand da, *müssen wir hart zurückschlagen, ganz bestimmt – und zwar so, dass der Mensch, der uns geschlagen hat, es nie wieder tut.* Er hatte weitergeblättert und gesehen, dass das ganze Buch mit Anstreichungen übersät war.

Der Titel sagte ihm nichts: *Jane Eyre*. Rico las keine Frauenromane. Er blätterte weiter. *Ich bin kein Vogel,* las er, *und mich hält kein Netz. Ich bin ein freies menschliches Wesen mit einem unabhängigen Willen, den ich jetzt dazu benutze, Sie zu verlassen.*

Er hatte wieder auf das Titelbild geschaut. Es zeigte eine junge Frau, keine Schönheit, mit trotzigem Blick und einem Häubchen auf dem Kopf wie aus einem früheren Jahrhundert. Er durchblätterte die ersten Seiten, und dann sah er den Namen, mit Tinte geschrieben und in der Schrift einer Schülerin: Nuria Valverde.

Vielleicht wäre Rico Vargas dem Klang dieses Namens nachgegangen, wenn sein Blick nicht auf weitere Anstreichungen gefallen wäre, und es war in dieser Sekunde, dass er lachen musste, wie er schon seit Langem nicht mehr gelacht hatte, es brach einfach aus ihm heraus. Nuria hatte einzelne Ausdrücke angestrichen, immer in Rot, Seite um Seite, alberne Sachen wie *du hartherziges kleines Ding*, *du hübsches kleines Ding.* Was wollte sie nur mit diesen Kindereien? Rico lachte immer noch, blätterte, da ging es schon weiter: *schlüpfrig wie ein Aal*, *dornig wie eine wilde Rose.* Jetzt ließ sein Daumen die Seiten des ganzen dicken Buchs vorüberfliegen, und Rico stieß auf immer neue rot markierte Stellen, eine Kohorte von Koseformeln: *Mein lebendiger Liebling. Meine Lerche. Mein Lieblingslamm.*

Vor dem Spiegel erinnerte sich Rico noch an etwas anderes. Wie er den Kopf geschüttelt, das Buch abgelegt hatte und ins Büro gegangen war, und auf diesen paar Metern empfand er plötzlich einen Misston. Ein sonderbares Gefühl hatte ihn beschlichen, ein Verdacht, jedenfalls etwas Düsteres, dessen Wellen er körperlich zu spüren meinte … Er war stehen geblieben, die Hand auf der Klinke der Bürotür. Da war etwas. Er wusste es, ohne es benennen zu können. Er runzelte die Stirn, wie er es normalerweise nicht tat, weil Stirnrunzeln die Menschen altern lässt, aber so angestrengt er auch nachgedacht hatte, es war vergeblich geblieben. Er kam nicht darauf.

Langsam massierte Rico die duftneutrale Flüssigseife ein, den Blick fest auf sein Spiegelbild gerichtet. Er ließ lauwarmes Wasser über seine Hände rinnen. Nahm ein fliederfarbenes Handtuch vom Stapel, trocknete sich sorgfältig ab und ließ das benutzte Handtuch in den Korb fallen. Wenn er die Augen schloss und wieder öffnete, blickte ihm das Bild eines klaren, disziplinierten Menschen entgegen, eines Mannes mit Prinzipien.

Ohne es zu wollen, hatte Don Eulalio ihm gezeigt, was Stil war. Siebzehn Jahre war das her. Rico Vargas achtete seitdem auf geputzte Schuhe, weil er verstanden hatte, dass Schuhwerk den Mann definiert, viel mehr als feine Hemden und erst recht mehr als Seidenkrawatten, die mit jeder Mode wechseln.

Deswegen war Rico, nachdem Don Eulalio ihn mit einem Empfehlungsbrief nach Madrid geschickt hatte, mit seinem dritten Monatslohn zu einem Herrenschneider im Stadtviertel Salamanca gegangen. Diesem hatte er von seiner angeblichen Schulzeit in Oxford erzählt und sich zeigen lassen, was das Geschäft an englischen Krawatten zu bieten hatte – »je strenger, desto besser«. Um vor dem Herrenschneider seine Rolle als ehemaliger College-Zögling glaubhaft zu spielen, hatte Rico sich eine Handvoll englische Vokabeln zurechtgelegt. Er sagte leise *splendid*, wenn ihm etwas besonders gut gefiel, mit auf der ersten Silbe ansteigender und auf der zweiten Silbe fallender Stimme, wie er es in einem alten Film gesehen hatte, und er murmelte *decent* oder *quite decent*, wenn er ein Stück als anständig, akzeptabel, aber nicht ganz auf seiner Höhe empfand. Zwischendurch, wie um der spanischen Höflichkeit zu genügen, die ständiges Bekräftigen oder Abschwächen erfordert, streute er *good, good* ein, manchmal auch *good, good, good*, wie einer, der jeden Tag viele hundert Krawatten in Augenschein nimmt und sich zu keinem Gefühlsüberschwang mehr hinreißen lässt.

»Splendid«, flüsterte Rico beim ersten Mal so leise, dass der Schneider es kaum hörte. Beim dritten Mal, als er sich in seiner Rolle wohlzufühlen begann, wagte er, schon ein wenig die Stimme zu heben und mit den Modulationen des Wortes zu spielen, bis er beim vierten Mal eine spanische Wendung einflocht, um zu demonstrieren, dass die steigende Emotion ihn zu einem Satz in seiner Muttersprache verleitet hatte, der Sprache, in der wir träumen und lieben: *»Esta corbata me encanta de verdad«*, sagte er, diese Krawatte finde ich wirklich wundervoll, worauf der Herrenschneider begeistert nickte.

Die Modelle, die er schließlich wählte, hätten andere junge Männer gelangweilt, doch ihm schenkten sie Sicherheit. Sie waren gestreift und trugen die Farben Marine, Nachtblau, Bordeauxrot und Dunkelgrün. Ricos Vorliebe galt der zweifarbigen englischen Clubkrawatte, aber er wählte auch eine Regimentskrawatte mit feinen Trennstreifen in Gold. *This one will do nicely*, lautete der einzige vollständige englische Satz, den er sich für seinen Besuch beim Herrenschneider zurechtgelegt hatte und tatsächlich auch aussprach, wenn er sich für ein bestimmtes Krawattenmodell entschieden hatte. *And this one, and the one over there.* An jenem Nachmittag beschloss Rico, sich nie wieder mit der Wahl seiner Krawatte zu beschäftigen.

Wenn er zurückdachte, dann vor allem an Konstellationen, die ihm günstig gewesen waren, etwa, wie er bei Hermanos Sanz, S. A., erst zum Fahrer, dann zum Aufseher aufgestiegen war. Gewiss hatte Don Eulalio vorteilhafte Berichte über seine Fortschritte erhalten und »Madrid« empfohlen, etwas für den ungehobelten andalusischen Burschen zu tun.

Die Nachricht von Ricos Beförderung kam zwei Tage nach der Sache in Anas Wohnung.

»Die Sache in Anas Wohnung« war die Formulierung,

die Rico am Ende dafür eingefallen war. Dass er dabei gewesen war, wie andere Männer es mit seiner Freundin trieben, hatte an seinem Bild wenig verändert. Ana hatte nie ein Hehl daraus gemacht, dass sie eine *zorra* war, eine Schlampe, und Rico hatte keine Sekunde daran gedacht, sie zu ändern. Für ihn war die Sache in Anas Wohnung aus anderen Gründen interessant gewesen. Er fand Gefallen daran, etwas auf die Beine zu stellen, er hatte in sich den Planer und Organisator entdeckt. Besonders genau hatte er beobachtet, wie die beiden jungen Männer in den engen T-Shirts sich dem Köder genähert, ihn beschnuppert und schließlich danach geschnappt hatten.

»Hör mal«, hatte der Tätowierte ihm in Anas Wohnung gesagt. »Wir haben kein Geld, damit das klar ist.«

»Keine Sorge. Sie macht es gern.«

Er half den anderen, die anfängliche Verlegenheit zu überwinden, stellte Musik an und nahm die Tagesdecke vom Bett. Er sagte sogar: »Ana, fasst du mal mit an?«

Und alle taten, was er von ihnen verlangte.

Der Nettere der beiden Männer atmete heftiger. Sein Blick hatte etwas Flackerndes bekommen.

Rico sagte: »Wie wäre es mit einem Gin Tonic?«

Sie gingen in die Küche. Rico warf Eiswürfel in die Gläser und schenkte großzügig ein. Später, als alle etwas lockerer geworden waren, wanderte Rico zwischen Küche, Wohn- und Schlafzimmer hin und her.

Den zaghaften Versuch des Tätowierten, sich mit Ana allein ins Schlafzimmer zurückzuziehen, hatte er zunichte gemacht, indem er den Mann am Arm gefasst und ihm mit leiser, aber fester Stimme gesagt hatte: »Nichts da, *amigo*. Ana mag das nicht.« Danach verlegte er sich aufs Beobachten.

An jenem Abend erkannte Rico das Mechanische am Sex, und er empfand die Akteure – auch Ana, mit der er noch wenige Tage zuvor geschlafen hatte – als traurige Gefangene ihrer Lust. Er erinnerte sich an ein Bild aus seiner Kindheit. Wie alt mochte er gewesen sein? Vier, fünf? Von welchem Zeitpunkt an kann man sich auf die Wahrheit der eigenen Erinnerungen verlassen? Er sah sich im kalten Flur des kleinen Hauses in Marchena, im Pyjama, und hörte Geräusche aus dem Zimmer seiner Eltern. Er ging näher heran. Später kam es ihm so vor, er habe genau gewusst, was er dort sehen würde, und obwohl er sich schon ekelte, bevor er den schmalen Streifen Halbdunkel am Ende des Flurs erreichte, musste er weitergehen, wie von einem Seil gezogen, einen Schritt nach dem anderen, bis er die braune Holztür erreichte und ins Zimmer spähen konnte.

Sein Vater kniete hinter seiner Mutter, die auf allen Vieren war, in der Mitte des Betts, und stieß immer wieder seine Körpermitte gegen sie. Sein Vater schwieg, doch er atmete heftig, Rico sah ihn von schräg hinten. Die Aufgabe schien seinem Vater keinen Spaß zu machen. Seine Mutter hatte das Gesicht ins Laken gedrückt, so dass Rico nichts davon sehen konnte, und seufzte leise und regelmäßig. Ihr Hinterteil war hoch gereckt. Sein Vater schien sich über etwas zu ärgern, oder etwas war ihm nicht gelungen, denn mit jeder Sekunde, die verging, schien er ärgerlicher zu werden, so dass er heftiger zustieß und lauter atmete. Sein Vater begann, seine Mutter auf den Hintern zu schlagen. Er benutzte die rechte Hand, die er auch benutzte, wenn er Rico schlug.

Rico war bestürzt, dass seine Mutter sich nicht gegen die Schläge wehrte. Sie war kein Kind mehr, sondern erwachsen! Er hatte nicht gewusst, dass sein Vater nicht nur seinen Sohn, sondern auch die Mutter dieses Sohnes schlug. Jetzt seufzte sie lauter, aber immer noch regelmäßig, als hätte sie eingesehen, dass sie eine gerechte Strafe empfing. Sein Vater stieß immer dasselbe Wort hervor. »So, so, so, so, so.« Da drehte seine Mutter das Gesicht, das sie zuvor abgewandt ins Laken gedrückt hatte, nach links und entdeckte Rico im Türrahmen. Zwei, drei Sekunden lang sah sie ihn an. Dann schüttelte sie den Kopf und schloss die Augen. Rico konnte nicht aufhören, ihr ins Gesicht zu sehen, während sein Vater seine Mutter stärker auf den Hintern schlug, den Rhythmus erhöhte und immer wieder »so, so, so, so, so!« rief. Als sein Vater begann, noch lauter zu atmen, ja vor Ärger und Erregung fast zu spucken, stieß er plötzlich andere Worte hervor: »Und ja, ja, ja! Und ja, ja, ja!« Rico sah seiner Mutter, die immer noch die Augen geschlossen hielt, noch einmal ins Gesicht. Er glaubte, Tränen darauf zu sehen, war sich aber nicht sicher. Dann floh er, lief in die Küche, deren Tür er zuschlug, er stellte das Radio an, obwohl er nicht wusste, ob es Nacht oder Morgen war, und dann stellte er das Radio wieder aus, weil er sich daran erinnerte, wie seine Mutter bei schönen Liedern mitsummte, während sie Gemüse schnitt, und das war das Letzte, was er sich jetzt vorstellen wollte, er hielt sich die Ohren zu, um nichts mehr von der Außenwelt zu hören, die sich vor seinen Augen verwandelt hatte, und als er nach ein paar Minuten die Hände von den Ohren nahm und angestrengt lauschte, hörte er in der Wohnung nichts mehr.

Rico ging zur Küchentür und öffnete sie. Stille. Er wagte sich in den Flur vor. Die Tür zum Schlafzimmer seiner Eltern war geschlossen. Er ging näher heran. Dann hörte er das vertraute Schnarchen seines Vaters, den die Züchtigung der Mutter sehr erschöpft haben musste, und erst in diesem Augenblick, als Rico sich das weinende Gesicht seiner Mutter vorstellte, wie sie wach im Dunkel lag, das Schnarchen des Vaters im Ohr, weinte Rico, presste die Lippen aufeinander und ballte die Fäuste.

Später begriff er, dass er nicht alles an der Szene, deren Beobachter er gewesen war, verstanden hatte. Doch die falsch gedeutete Szene behielt ihre Macht über ihn, und es gelang ihm nicht, sie zu vergessen. Rico hasste seinen Vater. Rico schämte sich für seine Mutter. Und so würde es bleiben.

Die Sache in Anas Wohnung ließ keinen Zweifel zu. Er hatte in den beiden Männern seine ersten Kunden gefunden. In Zukunft würde es ihm darum gehen, Männer zu finden, die bereit wären, viel für die Erfüllung ihrer Begierden zu tun, weite Entfernungen in Kauf zu nehmen, ihre Freundinnen zu belügen und ihre Beziehungen zu zerstören. Jetzt waren sie noch jung, solche Männer hatten viele Möglichkeiten und bekamen ihre amourösen Vergnügungen meistens gratis. Doch es war nur eine Frage der Zeit – nicht nur der Lebensumstände, sondern auch der unwiderruflich verrinnenden Wochen, Monate und Jahre –, bis sich das ändern würde. Zu schweigen von denen, die sexuelle Dienstleistungen zu schätzen wussten, weil sie schon vor langer Zeit, ob freiwillig oder nicht, die Erotik von der Liebe getrennt hatten. Und gar nicht zu reden von den Älteren! Solche Männer brauchten Hilfe. Solche Männer brauchten *ihn*.

Rico hatte sich mit der flachen Hand auf den Oberschenkel geschlagen. Der Tätowierte, der der vor ihm knienden Ana beide Hände auf die Seiten des Kopfes gelegt hatte, bat sich mit einem gekränkten Blick Ruhe aus.

Rico sagte: »Nimm die Hände von ihren Ohren. Das mag sie nicht.«

Es war so einfach. Alles, wirklich alles war um der Lustbefriedigung willen schon getan worden, persönliches Glück geopfert, glänzende Karrieren zerstört und höchste Staatsämter verspielt worden. Selbst dieser muskulöse junge Mann vor seinen Augen konnte sehr ungehalten werden, wenn man ihn jetzt, nachdem er an den Futtertrog geführt worden war, rüde davon wegriss. Die einen wollten etwas kaufen, die anderen boten es an. Jemand musste es organisieren.

Während er Ana beobachtete, die sich mit dem tätowierten Mann abmühte und offenbar bestrebt war, einen guten Eindruck zu hinterlassen – warum? *Warum?* –, spürte er bei sich selbst ein leises Pochen der Lust, das nicht nach Handeln drängte, sondern nur nach Verlängerung seiner selbst. Wer brauchte mehr? Es war die weniger insistierende Lust des Beobachters, und sie war gut. Diese Lust wollte Rico öfter spüren, die Lust der Kontrolle, der umsichtig ausgeübten Macht. *Das* war es, was ihn viel später dazu brachte, sich im Mädchengemeinschaftsbad der Finca auf einen Stuhl zu setzen, dessen Benutzung allein ihm vorbehalten blieb, und den Mädchen schweigend beim Duschen zuzusehen. Er begutachtete das Material. Er sah schwere Körper und leichte Körper, knochige und runde, blasse und gebräunte Körper. So viele Unterschiede! Und am Ende war alles einerlei.

Einmal beobachtete Rico Vargas in der Gemeinschaftsdusche die pummelige Marokkanerin, Hadeel. Sie wandte ihm ständig ihr fettes Hinterteil zu, und irgendetwas an ihrer Art, unter der Dusche zu stehen, gefiel ihm nicht, es lag Aufsässigkeit darin, fast Herablassung. Die anderen Mädchen bemühten sich darum, Ricos Anwesenheit natürlich wirken zu lassen, ihr etwas Ungezwungenes zu geben, so wie sich Herr und Magd in den Wirtschaftsräumen begegnen und Einzelheiten zur Planung des Tages austauschen. Nicht Hadeel. Sie schaute ihn nicht an, sondern wandte sich ab, sie tat so, als wäre sie allein. Er empfand es als respektlos und nahm sich vor, noch einmal ihre Zahlen zu prüfen. Gerade wollte er etwas sagen, da hörte er sie etwas auf Arabisch murmeln und schluckte seine Bemerkung herunter.

Sie könnte mich gerade mit den unflätigsten Ausdrücken verfluchen, dachte Rico. Sie könnte aber auch dafür beten, dass mir mein Haus auf den Kopf fällt.

Er betrachtete wieder die stämmigen Beine und den ausladenden Hintern. Glitzernde Wasserperlen auf dunkler Haut. Fast jeder Körper hatte etwas Beruhigendes, wenn er gereinigt wurde. Selbst dieser.

Bei Hermanos Sanz, S. A., Import und Export, war der ältere Sanz – »der große Sanz«, wie er genannt wurde – für das Funktionieren der Firma und den nach außen präsentierten Auftritt zuständig. »Der kleine Sanz«, sein jüngerer Bruder, kümmerte sich um die außerplanmäßigen Aktivitäten. Mit Bedacht stellten Hehlerei, Drogenschmuggel und nicht näher definierte »Extras« einen eher kleinen Posten bei Hermanos Sanz dar, und der große Sanz achtete darauf, dass es so blieb. Doch die illegalen Geschäfte in der Obhut des kleinen Sanz hatten ein solides Ausmaß angenommen und bildeten eine willkommene Ergänzung der Firmenbilanz. Sich nicht darauf versteifen, war das Motto, aber das Pflänzchen pflegen. Deshalb gab es bei Hermanos Sanz, S. A., Dinge, von denen der große Sanz ausdrücklich nichts wissen wollte. Der kleine Sanz dagegen tat sich diskret um und hielt die Ohren offen. Er kümmerte sich um *lo suyo*, »das Seine«, und das war die einzige Form, in der er von seinem Tätigkeitsfeld sprach.

Lo mío, sagte er, »das Meine«. *Lo mío* erfordert dieses oder jenes. *Lo mío* zwingt mich zu bestimmten Rücksichten. *Lo mío* ist auch nicht mehr so leicht, wie es einmal war.

Die Vertrauten des kleinen Sanz respektierten diese Begriffswahl und übernahmen sie mit höfischer Folgsamkeit. *Lo suyo*, das Seine, erfordere nun einmal dieses oder jenes, sagte ein Vertrauter des kleinen Sanz zum anderen. *Lo suyo* sei bestimmt nicht einfach, schon gar nicht in diesen Zeiten.

Andererseits, so sein Gegenüber, biete *lo suyo* auch gewisse Entschädigungen. Ernstes Wiegen der Köpfe. Es war gut, dass alle mit solcher Nachdenklichkeit von *lo suyo* sprachen. Dann geriet nie in Vergessenheit, dass *lo suyo* mit äußerster Vorsicht zu behandeln war.

Es war der kleine Sanz, dem Rico Vargas im vierten Jahr seiner Betriebszugehörigkeit von seiner Idee erzählte, ins Prostitutionsgewerbe einzusteigen. Ohne Eile. Er habe interessante Ideen, brauche aber Kapital und gute Verbindungen. Er wolle langfristig etwas aufbauen.

Der kleine Sanz war misstrauisch. Die Firma hatte nie direkt mit diesem Geschäftszweig zu tun gehabt. Sie kannte Mittelsmänner, schmierte Zollbeamte, verstand etwas von Schmuggelrouten und Lieferrisiken. Aber in so einer Sache hatte sie sich nie engagiert, das war eine andere Branche. Hier Güter, dort Menschen. Transportable Güter waren berechenbar und beklagten sich nicht. Menschen dagegen ließen sich nicht so leicht transportieren. *Lo suyo* sei das eigentlich nicht. Bei Menschen war dem kleinen Sanz unwohl.

Rico erklärte ihm sein Modell. Er wollte auf dem Papier seinen Arbeitsplatz behalten. Er brauchte Kredit und logistische Unterstützung, außerdem Lieferwagen ohne Aufschrift. Dafür bot er der Firma eine Beteiligung an.

Es gab viel zu kalkulieren, aber am Ende, so fand der kleine Sanz, klang es perspektivenreich. Der kleine Sanz nahm sich mehrere Wochen Zeit, um für jedes Problem eine Lösung zu finden. Rico vermutete, dass der kleine Sanz auch mit dem großen Sanz gesprochen hatte.

»Wir schreiben nichts dazu auf außer in meinem blauen Notizbuch«, sagte der kleine Sanz. »*Lo mío*, du verstehst.«

Der kleine Sanz war wirklich klein, aber vor allem war er von großer praktischer Schläue.

»Wir telefonieren dazu nie, denn das ist nicht nötig, wenn wir uns regelmäßig sehen. Kapiert? Wir sehen uns, weil du unser Angestellter bist. Also komm oft her, und erzähl mir davon. Nur mir, keinem sonst. *De acuerdo?*«

Rico nickte zu allem. Die Kooperation war langfristig angelegt. Die eine oder andere Bedingung gefiel ihm nicht, doch er hatte keinen Verhandlungsspielraum. Er begriff, dass der kleine Sanz das Geschäft ausschließlich von seiner eigenen Seite aus sah. *Lo suyo*. Vielleicht war das nicht schlecht. Hauptsache, der kleine Sanz zog mit.

»Sind wir uns einig? Dann die Hand drauf!«

Und Rico Vargas schlug ein.

Im Lauf der Jahre sank der Betrag, den Rico an Hermanos Sanz abführte, doch etwas war immer zu bezahlen. Rico selbst wollte es so. Es gab keinen Tag in seinem Leben, an dem er nicht in einem unbewachten Augenblick Rückschau gehalten hätte, um sich an seine bescheidenen Anfänge zu erinnern. Hätte er damals nicht den Mut gehabt fortzugehen … Hätte die Firma ihm nicht die Chance gegeben … Deshalb hatte er auch den Kontakt zu seinen alten Freunden abgebrochen. Deshalb hatte er seiner Mutter klar gemacht, dass er nichts mehr mit Marchena zu tun haben wollte. Von Don Eulalio, seinem Gönner, an den er oft dachte, hatte er seiner Mutter nie erzählt.

Irgendwann, das wusste er, würde Don Eulalio in der Caverna Azul stehen. In seinem Club. Er würde sich anerkennend umschauen und sagen: Hier ist der Schlüssel, den du mir vor vielen Jahren geschickt hast. Er hat in meinem Arbeitszimmer einen besonderen Platz. Wo ist das Schloss? Du hast gesagt, dass es hier auf mich wartet.

Und Don Eulalio würde sich unter Ricos Mädchen umsehen und begreifen, dass er damals den Richtigen gefördert hatte.

Isa würde hinzutreten, wie aus dem Nichts aufgetaucht, den Patron anlächeln und zum besten Sessel führen. Rico würde drei Schritte hinter ihnen gehen und denken: Endlich. So lange habe ich darauf gewartet. Er würde sich daran erinnern, wie Isa damals zu ihm gekommen war, einundzwanzig Jahre alt, mit einem Stück Papier in der Hand, auf dem Ricos Name stand, und einer einfachen Frage, die sie ihm so ruhig stellte, als hätten sie sich schon seit einer halben Stunde unterhalten: »Vielleicht haben Sie eine Idee?«

Es hatte ihm imponiert, dass Isa ihn siezte, das verriet Sinn für Formen. Sie hatte auch nicht gesagt: eine Idee *für mich*. Eine Idee, was ich tun könnte, wie ich nützlich sein könnte, sie hatte auch nicht gesagt: Haben Sie Arbeit für mich? Kann ich bei Ihnen anfangen? Nein, Isa hatte ihn nur gefragt, ob er »eine Idee habe«.

Und er hatte genauso ruhig geantwortet: »Ein sehr guter Freund, das habe ich dir ja schon am Telefon gesagt.«

Ihm war nichts anderes eingefallen, und er hielt es immer für klug, von anderen zu sprechen, wenn er nicht von sich selbst sprechen konnte. Natürlich duzte er sie, weshalb auch sie ihn fortan duzen durfte. Aber zuerst sprachen sie kaum, sondern saßen nur stumm beieinander, als wären sie beide keine Spanier, als ginge ihnen die Fähigkeit ab, eine Pause mit Geplauder zu füllen.

»Sag mir, wie du dir die Zukunft vorstellst.«

Auch das war eine seiner Gewohnheiten: dem anderen Raum zu lassen, damit er, Rico, sich ungestört ein Bild machen konnte. Rico wollte Isa sprechen hören, auch wenn er spürte, wie vorsichtig sie mit Worten umging. Er wollte sie sprechen hören, weil er sofort wusste, dass sie viel besser sprach als er selbst. Schon lange zuvor hatte er gelernt, dass es klug ist zu schweigen, wenn man nichts zu sagen hat, und er, Rico, hatte oft nichts zu sagen. Also brachte er Isa zum Sprechen, und sie schien intuitiv zu verstehen, was er von ihr wollte. Sie erzählte ihm von sich selbst. Sie übertrieb nichts, stellte sich selbst nicht als Heldin dar, aber auch nicht als Unterlegene, die im Leben immer nur nach den Resten gegriffen hatte. Nein, sie war ein freier Mensch, und weil sie frei war, forderte sie andere heraus. Rico konnte das verstehen. Es war das, was freien Menschen immer passierte. Ihren Vater hatte Isa zurückgelassen wie Rico den seinen.

»Hat er dich geschlagen?«, fragte er Isa.

»Ja, natürlich.«

»Was hast du getan?«

»Ich habe es ertragen, solange ich musste.«

»Und dann?«

»Dann habe ich zurückgeschlagen.«

Rico nickte langsam, und in seinem Inneren geschah genau das, was Isa mit ihrer Lüge bezweckt hatte: Er stellte sich seinen eigenen Vater vor, gegen dessen Schläge er nie aufbegehrt, sondern die er immer nur ertragen hatte. Ricos ganze Energie war ins Aushalten geflossen, und er zog viel Stolz aus dem Umstand, dass er es schon in frühen Jahren geschafft hatte, die Gewalt seines Vaters mit starrem Blick zu ertragen. Dass er den Schlägen *entgegenging*, als hätte er tief im Inneren ihre Berechtigung erkannt. Isa begriff diese kurzen, über sein Gesicht huschenden Gedanken innerhalb von Sekundenbruchteilen.

»Ich konnte nicht anders«, sagte sie. »Ich musste mich entscheiden, ob ich zu den Schlagenden oder den Geschlagenen gehören will.«

»Natürlich«, sagte Rico. »Wie ging es weiter?«

All das war lange her, aber für Rico war Isas Ankunft der Beginn einer neuen Zeitrechnung gewesen. Nicht nur, weil er in Madrid gerade die Caverna Azul aufgemacht hatte. Nein, er hatte in Isa das Andere erkannt, das Besondere: gepanzerte Schutzlosigkeit. Ihm, Rico, schien sie zu vertrauen, ohne ein weiteres Zeichen zu brauchen, sie schien ihm gleich von der ersten Sekunde an vertraut zu haben.

Selbst ihre Gier hatte etwas Schutzloses, und im Lauf der Jahre gab er Isa so viel, wie er ihr geben konnte.

Was für beide den Bund besiegelte, war das erste gemeinsame Wochenende in Ricos Wohnung. Das Apartment im Madrider Norden war groß, hell, spärlich möbliert, man hätte Partys für zweihundert Gäste darin feiern können, doch Rico Vargas feierte nicht. Isa hatte Steak und Gemüse mitgebracht, Rico einen jungen Rotwein geöffnet, wie er es sich einmal im Monat erlaubte. Beim Mittagessen auf der Dachterrasse spürten beide, dass sie alle wichtigen Entscheidungen im Leben allein getroffen hatten und dass alle wichtigen Entscheidungen sie von anderen Menschen entfernten. Das waren sie. Wozu es leugnen oder beschönigen?

Rico stand auf und zeigte Isa die Punkte der städtischen Architektur, die er sich von seiner Wohnung im elften Stock aus immer wieder ansah. Selbst Stellen, auf die kaum jemand achtete – ein ungewöhnlicher Vorsprung an der Ecke eines Bürogebäudes, das Fenster einer Dachkammer in einem weiter entfernt liegenden Mietshaus, ein asketisches Ensemble aus Stuhl, Tisch und Blumentopf auf einem Balkon –, selbst diese Stellen waren einsam. Gemacht für Menschen, die allein waren.

Beim Abschied, am Nachmittag des nächsten Tages, schwiegen sie beide. Isa trat hinter ihn und küsste ihn in den Nacken. Sie musste sich dazu auf die Zehenspitzen stellen.

Rico hatte sich gefragt, welche Abschiedsgeste sie sich einfallen lassen würde, und wurde nicht enttäuscht: Isa war so exquisit, wie er es erwartet hatte. Niemand küsste ihn dort, sie musste gar nicht danach fragen, nicht jetzt, nicht in Zukunft. Es war der Kuss eines Menschen, der den Anderen zurücklässt und ihm ein geheimes Zeichen für die gewisse Rückkehr gibt. Alle Gesten, die sie jemals brauchen würden, fanden sie an diesem Wochenende.

Noch immer gefiel es Rico Vargas, hinter der eleganten Isa herzugehen und daran zu denken, dass selbst ihr wohlgeformter Hintern diszipliniert war. Sie war die Beste, immer noch, davon war er überzeugt durch viel tieferes Wissen, als er es auf die übliche Weise hätte erwerben können, und sie verteidigte ihren Rang mit der Klasse, die sie ihm, Rico Vargas, von Anfang an gezeigt hatte. *Vor allem* ihm. *Nur* ihm.

So also könnte es in der Caverna Azul ablaufen, wenn der Augenblick kam. Don Eulalio an Isabels Arm. Der Patron im Bewusstsein, neben einem raren Geschöpf zu gehen, einem Menschen, den niemand für käuflich halten konnte. Sie würden sich hinsetzen, alle drei – Isa mit einem Ausdruck entspannter Offenheit im Gesicht, der vergessen ließe, dass jedes Lächeln sorgfältig dosiert wurde –, und in maßvollen Schlucken den besten Champagner trinken. Sie würden die Augen über die vornehme Einrichtung des Clubs wandern lassen, sich leicht zunicken, ohne dass es einer Erklärung bedurft hätte, bevor Don Eulalio noch einmal das Glas höbe und mit Achtung in der Stimme sagen würde: »Man hat mir ja einiges von deinem Club erzählt, Rico, gute Nachrichten sprechen sich bis nach Marchena herum. Aber die Wirklichkeit, sie schlägt doch alles!«

So gern er sich in seinen Träumen verlor, hatte er sich in den letzten Wochen doch einige Male ermahnt, mehr in der Gegenwart zu leben. Nicht in der Vergangenheit. Nicht in der Zukunft. In der Gegenwart. Und um sich dieser Gegenwart auszusetzen, achtete Rico Vargas darauf, die Notizen in seinen Schulheften nicht zu vernachlässigen.

Er schrieb zum Beispiel den Titel des Frauenromans auf, den er in der Gemeinschaftsküche gesehen hatte, *Jane Eyre*, und er wünschte, jemand könnte ihm sagen, wie man diesen komischen Namen aussprach. Er suchte im Internet und ließ sich auf einer Aussprachesseite vorlesen, wie es richtig war, aber es gelang ihm einfach nicht, den Titel korrekt nachzusprechen. Dieses Englische, fand er, war eine schwierige Sprache. »*Splendid*«, murmelte er leise vor sich hin, das Wort konnte er noch von damals, aber wen hätte er täuschen können außer einem spanischen Herrenschneider, der noch nie einen Fuß nach London gesetzt hatte?

Er nahm den Kugelschreiber und schrieb:

»29. August, 19:35: Hat N mich hinter dem Fenster gesehen, als sie abfuhr? Sie blickte lange in meine Richtung. Ich bewegte mich nicht. Muss vorsichtiger sein.

30. August, 20:30: Ich hätte in der Stadt bleiben sollen. N arbeitet sonntags nicht. Hüter A sagte mir, einmal hat sie aber sonntags gearbeitet. A ist sich ganz sicher. Ich sagte ihm: Aber *normalerweise* arbeitet sie sonntags nicht. Und heute auch nicht! Bin ungeduldig geworden. A ist einer der dümmsten Hüter. So dumm wie sein Zwillingsbruder.

31. August, 22:20: Lese Bilanzen. N bei der Arbeit, habe sie heute aber nicht gesehen. Hüter C erzählte, N hat nach mir gefragt. Ich fragte C, was wollte sie? C wusste es nicht. C sagte, N hat gesagt, nicht so wichtig. Ich fragte, wie hat sie ausgesehen? C: mürrisch. Ich fragte, mürrisch oder sorgenvoll? C: vielleicht eher sorgenvoll. Ich sagte C, er soll besser beobachten.«

Die sonderbarste Begegnung mit Nuria (wenn er von der Gelegenheit absah, als er sie nackt gesehen hatte) fand statt, bevor Rico mit seinen Aufzeichnungen begonnen hatte, in der zweiten oder Anfang der dritten Woche, genauer konnte er sich nicht mehr erinnern – so sonderbar, dass er später versuchte, seine Eindrücke dieser Begegnung *nachträglich* wiederzugeben, naturgemäß ohne Datum.

Er war auf dem Weg zum Mädchenbad gewesen, doch bevor er es erreichte, war Nuria aus einem der Zimmer gekommen, vermutlich dem von Wendy, Rubi und zwei anderen, und in der kurzen Begegnung oder Nichtbegegnung hatten beide versucht, dem anderen im Flur auszuweichen. Gerade in dem überhöflichen Bemühen, dem anderen den Vortritt zu lassen, hatten sie sich dann gegenseitig blockiert, vier Mal in kaum drei Sekunden, bis Nuria sich mit angelegten Armen einfach gegen die Wand presste, damit Rico sie passieren konnte. Als er es tat, meinte er, in ihrem Gesicht den Anflug eines Lächelns zu sehen, als fände sie die Situation oder auch ihn, Rico Vargas, komisch oder lächerlich. Er war kommentarlos weitergegangen, hatte sich aber noch minutenlang geärgert.

»Fehlt es N an Respekt? Will N nicht mit mir reden?«

Rico hielt inne. Es war schon zu lange her, er konnte sich auf seine Erinnerung einfach nicht verlassen. Er sollte an den kurzen Eindruck keine Theorien knüpfen, aber dann schrieb er weiter, weil es ihn beruhigte:

»Will *ich* nicht mit N reden? Denkt N, ich will ihr aus dem Weg gehen? Wollen wir *beide* einander aus dem Weg gehen?«

Er blätterte im Heft zurück und suchte nach dem ersten Eintrag, in dem er zu Nuria das Wort »sorgenvoll« geschrieben hatte.

Rico hatte davon gelesen, dass manche Menschen die Ankunft von Ausländerinnen auf dem europäischen Sexmarkt grundsätzlich verhindern wollten. Dass sie Prostitution »inhuman« fanden. Aber wer hatte das Recht, einem verfolgten, ausgebeuteten Menschen, der in seiner eigenen Heimat keine Zukunft sah, die Zukunftschance zu verwehren? Rico brauchte sich nur unter seinen Mädchen umzusehen. Er hatte zwar noch nicht mit jedem einzelnen gesprochen, aber die Hüter hatten ihm genug von ihren persönlichen Umständen erzählt. Die meisten dieser Mädchen, davon war er überzeugt, hatten sich freiwillig für die Liebesarbeit entschieden oder waren nach mühsamem Beginn zu der Überzeugung gelangt, dass dies für sie der einzige Weg war.

So nannte es Rico: Liebesarbeit. *Trabajo de amor*. Ein Hüter hatte ihm erzählt, dass Nuria es »Arbeit« nannte, auch das war ihm recht. Wichtig war nur, was man darunter verstand. Eine entlohnte Leistung mit einem bestimmten Niveau.

Viele seiner Mädchen waren in ihren Heimatländern Friseusen, Masseurinnen, Kosmetikerinnen gewesen, andere hatten als Lehrerinnen, Pharmazeutinnen oder auch als Beamtinnen gearbeitet. Doch diese Mädchen hatten erkannt, dass es in ihren Ländern nicht voranging. Dass man ihnen keine Chance gab und Leistung sich nicht lohnte. Für Rico war das der Kern. Wer weg *will*, sagte er sich, muss weg *dürfen*. So hatte auch er es getan, damals, als er Marchena den Rücken kehrte und in die Fremde aufbrach, um sein Glück zu machen.

Fünfzehn Jahre später war er angekommen. Er beschäftigte fast sechzig Frauen, davon dreißig billige Kräfte in der Casa de Campo, gut zwanzig Mädchen in Massagesalons, die sich über die ganze Stadt verteilten, und sieben hochpreisige Escorts. Die Frau, die auf der Webseite und im Kundenkontakt »Valeria« hieß, rechnete er nicht dazu. Isa tauchte in keiner einzigen Kalkulation auf.

Vielleicht waren unter den Mädchen, die bei ihm arbeiteten, ein paar, die einen ähnlichen Hunger hatten, wie er ihn damals gespürt hatte. Vor dem Mut *dieser* Mädchen hatte er den größten Respekt, und wenn es Nuria ähnlich ging, wenn sie deshalb bei ihm angefangen hatte, um bei einer anspruchsvollen Aufgabe zu helfen, dann war es gut, dann hatten sie etwas gemeinsam. Nicht nur eine Aufgabe. Sondern ein Ziel.

Einmal reiste Rico »nach Hause«, weil er wusste, dass er seine Mutter allein antreffen würde. Marchena war unverändert, nur die Konzertplakate hatten gewechselt. Rico setzte sich zu seiner Mutter in die Küche, sah ihr beim Ausnehmen eines Huhns zu und sagte ihr, wie es war. Er werde alles Notwendige für sie tun, aber nichts für seinen Vater. Er sei ihm nichts schuldig.

Seine Mutter weinte. Doch sie beruhigte sich, als er ihr Geld gab.

»Junge«, sagte sie. »Ich weiß nicht einmal, was du arbeitest. Wie du lebst.«

»Das habe ich dir doch gesagt. Import, Export. Hermanos Sanz. Ich habe mich hochgearbeitet.«

»Und denkst du nicht ans Heiraten, Junge? Wann wirst du dafür Zeit haben?«

»Später, Mama. Hast du kein Taschentuch? Hier.« Er wurde ungeduldig, wenn er die andalusische Theatralik ertragen musste. »Mama, du wirst immer genug haben. Dafür sorge ich. Wenn du etwas brauchst, sagst du es mir. Mach dich von diesem Mann nicht abhängig.«

Er nahm von der Hühnerbrühe, mehr wollte er nicht. Der Anblick des alten Bestecks und der vertrauten weißen Teller bereitete ihm Widerwillen. Seine Mutter weinte wieder.

Rico Vargas wartete, bis ihre Tränen versiegt waren. Er hatte es eilig, wieder nach Madrid zu kommen.

18
Ein ungewöhnlicher Dreier

Nacho Cano erschrak immer noch, wenn er sich an die Szene erinnerte. Blanca hatte ihm die Frage gestellt: »Bist du sicher, dass du mit mir zusammen sein willst?«

Ohne es zu ahnen, hatte sie den wunden Punkt berührt. Er konnte tun, was er wollte, sie spürte, dass er nicht bei der Sache war. *Bei der Sache.* Bei ihr. Bei ihr und ihrem hellen, vollkommenen Körper. Und wenn er nicht bei ihr war, musste er woanders sein. Aber ... bei wem? Er hatte die Liebesrituale ausgedehnt und den Luxus der Umstände, unter denen sie sich trafen, erhöht, erst recht, nachdem ihre Affäre öffentlich geworden war. Aber am Ende gab es nichts, was das Eine, das Wesentliche, ersetzen konnte: Leidenschaft.

Blanca wusste, dass Nacho sie nicht liebte, das Wort hatten sie sich gleich gespart. Auch sie liebte ihn nicht. Doch mit Scham musste Nacho sich eingestehen, dass Blanca ihn wohl viel mehr *mochte* als er sie. Sie hatte ihr Begehren auf ihn, einen nicht schönen Körper, gerichtet und offenbar in ihrem Innern eine Flamme angefacht. Da war eine Zärtlichkeit in ihren Gesten, die ihn rührte, der Wille, ihm zu gefallen, ihm mit Kleinigkeiten Freude zu bereiten, und dann ... ihr verzweifelter Wunsch, ihn zu erregen. Doch es gelang ihr nicht. Bei ihm, Nacho, würde es ihr nie gelingen.

Und was sollte *er* tun? Seine Anstrengungen verdoppeln? Sollte er Blanca verlassen, bevor sie ihn verließ? Ihr eine betrügerische Affäre gestehen, die es nicht gab, um eine schnelle Trennung herbeizuführen?

Dann erwachte in ihm ein neuer Gedanke, der alles veränderte. Der ihn erschütterte. Nacho hatte gespürt, in welchem Augenblick der Gedanke in seinem Kopf entstanden war und sein Gift innerhalb von Sekunden durch den ganzen Körper geschickt hatte: als er nach dem Gespräch mit Mateo über die Casa de Campo in die Tiefgarage ging und vor seinem Auto stand. Es war sein Privatwagen, ein Seat. Eigentlich war er überflüssig, denn Nacho fuhr einen teuren Firmenwagen, doch wenn der mal in die Werkstatt musste wie an diesem Tag, kam ihm das alte Ding gelegen. Und da, als er auf das Nummernschild seines Seat starrte, durchschoss ihn der Gedanke: Er wollte zu den Transvestiten in die Casa de Campo fahren. Jetzt. Ohne Aufschub.

Gleich würde es dunkel sein. Er schaute auf sein Nummernschild, wie die *travestis* darauf schauen würden. Während er neben seinem Seat stand und auf die sinnlose Zeichenfolge sah – vier Zahlen, drei Buchstaben –, spürte er, wie ihm die Hände feucht wurden. Zittern erfasste seinen Körper. Ihm wurde kalt. Er wischte sich die Hände an der Hose ab.

»Beruhige dich, verdammt.«

Jetzt hob Nacho langsam die Schultern und ließ sie wieder sinken. Er wusste genau, wie sein Gesicht aussah: eine Leidensmiene, ein Jammerbild. Er hatte das Gefühl, die Last nicht mehr tragen zu können. Er wollte vor sich selbst davonlaufen. Dann richtete er sich auf. Nein, er wollte genau das Gegenteil. Er wollte *hin* zu sich selbst! Aber er musste vorsichtig sein, sehr vorsichtig.

In die Casa de Campo zu gehen war für Nacho bis dahin ein Tabu gewesen. Eine unvorsichtige Tat, die nur sehr verwegene oder sehr dumme Menschen riskieren würden. Man wusste nicht, worauf man sich einließ, wen man dort traf, und so war der umsichtige Nacho Cano tatsächlich noch nie in der Casa de Campo gewesen, sondern hatte teurere Dienstleistungen in Anspruch genommen. Immer wieder hatte er allerdings über den Straßenstrich gelesen, als wäre die verbotene Zone ein Geliebter, den er vor der ganzen Welt versteckt hielt, eine stets lockende, aber nie genutzte Möglichkeit. Und die Hand, die die Zeitung hielt, zitterte ein wenig.

Bisher hatte Nacho die kleine, ferne Erregung beim Gedanken an die Casa de Campo gereicht.

Jetzt nicht mehr.

Da es nicht zu seinen Gewohnheiten gehörte, sich über die eigenen Motive zu belügen, war ihm klar, dass er seine Hand fünf Sekunden zu lang auf Mateos Nacken hatte ruhen lassen. Was hatte seine Hand überhaupt dort gemacht? Seine Finger erinnerten sich an die Wärme der jungen Haut, sie hatten die feinen Härchen gespürt, aber auch das leichte Kratzen am Ansatz des Hinterkopfs.

Mit klopfendem Herzen stieg Nacho in seinen Seat, schnallte sich an und schloss die Augen. Er zwang sich dazu, noch ein paar Minuten zu warten.

Um diese Zeit waren die privilegierten Angestellten, die hier einen Stellplatz hatten, längst zu Hause. Gleich würde die Zeitschaltung der Beleuchtung ausgehen, und die kleine Tiefgarage läge im Dunkel. Das wollte Nacho noch abwarten. Sich prüfen. In absoluter Stille darüber nachdenken, ob es nicht besser wäre, nach Hause zu fahren, sich etwas zu essen zu machen und in der Steve-Jobs-Biographie zu lesen.

Es wurde dunkel.

Nacho blieb sitzen und musterte im schwachen Licht das Innere des Wagens. Es erschien ihm so fremd wie die Landschaft eines unerforschten Planeten. Das Armaturenbrett, auf dem nichts zu lesen war. Die staubigen Scheiben, hinter denen er die schweigenden Wände der Tiefgarage ahnte. Alles, alles sah anders aus. Das fahle Grau der Ablagen, wie er es jetzt im Dämmerlicht sah, sagte ihm, dass sein bisheriges Leben zu Ende war und etwas Neues begann. Er spürte, wie die Erregung von ihm Besitz ergriff.

Nacho liebte diese Augenblicke. Er hasste diese Augenblicke. Er schämte sich für diese Augenblicke. Er wusste, dass er diese Augenblicke suchen würde, so lange er lebte. Er fühlte sich wehrlos, erniedrigt, gefangen und zugleich in die Höhe getragen, dorthin, wo es warm und hell war.

»Okay«, sagte er, atmete tief ein und dann wieder aus. »*Vamos.*«

Er ließ den Motor an.

Nach Einbruch der Dunkelheit wollten in der Casa de Campo alle dasselbe. Nacho Cano fand die obszönen Gesten, die lauten Zurufe und die Eindeutigkeit der Absichten schockierend. Obwohl er ziemlich genau wusste, wonach er suchte, war er in all diesen Jahren ängstlich geblieben, scheu aus Notwendigkeit.

Einmal hatte er in einem öffentlichen Gebäude im Vorbeigehen in einen Spiegel geblickt und sich für einen Sekundenbruchteil von außen gesehen, als Fremden. Dass er zu rund, zu unbeholfen, dass er auch im Anzug eine durch und durch unelegante Erscheinung war, wusste er selbst, doch das eigentlich Erschütternde für ihn war sein Gesichtsausdruck gewesen, sein wahres, sein authentisches Selbst: ein gehetztes, mürrisches Gesicht, in dem Unzufriedenheit und Angst miteinander rangen. Das war er, niemand sonst. Aus diesen beiden Komponenten bestand er, wenn niemand da war, um seinem Rang zu huldigen. War es nicht leicht, zu erahnen, was ihn wirklich beschäftigte? Irgendwo hinter dieser umwölkten Stirn, die oft ein

Schweißfilm überzog, steckte sein dunkles Geheimnis, das ihn quälte, von dem er abhing, von dem er nicht lassen konnte.

Es war diese Unfreiheit, die Nacho hassen gelernt hatte. Seit Jahren hatte er kein einziges wahres Wort geschrieben, weil er den Kern seines Ichs verbarg. Weil er Theater spielte. Weil er vorgab, ein anderer zu sein. Weil es ihn an Orte wie diesen zog. Wenn er allein war, murmelte er neuerdings halbe Sätze vor sich hin. »Diese Hetero-Gier, diese Primitivität... Das Lachen, die gute Laune... Als wäre das alles ein Witz und würde nichts bedeuten!« Und er wusste, dass er es niemals offen sagen könnte, weil die spanische Gesellschaft unfähig war, mit Verschiedenheit zu leben. Seit alters her gaben darin die spanischen Machos mit ihren öligen Macho-Obsessionen den Ton an. Nacho fand es abstoßend. Der spanische Macho fürchtete sich vor dem Schwulen, das war es. Am liebsten würde er ihn immer noch totschlagen und in eine Grube werfen, wie es schon so oft geschehen war. Jetzt, während er an diesen, diesen Karikaturen eines Lustobjekts am Straßenrand vorbeifuhr, den gemalten, weit aufgerissenen Mündern mit ihrem falschen Lächeln und der klischeehaft aufreizenden Haltung, da wusste Nacho, dass er aus dem spanischen Gefängnis niemals entkommen würde.

Was machte er dann hier?

War es das, was sie alle erwartete, wenn sie immer weniger wählen konnten und von den immer Jüngeren vergessen wurden? Was, um Himmels willen, *machte* er hier, auf diesem schrecklichen Markt? Panik ergriff ihn. Er wünschte, er könnte verschwinden, jetzt sofort, er suchte nach einem Ausweg. Doch es bot sich keiner, er fuhr auf einer asphaltierten Straße um den See, wurde geleitet, als brauchte er keinen eigenen Willen. Schaute er nach vorn, sah er Rücklichter. Sah er in den Rückspiegel, wusste er, dass ihn eine Masse Suchender voranschob, weiter auf ein Ziel zu, das ihn anzog und doch immer weiter vor ihm zurückwich.

So rollte er weiter, Kurve um Kurve, starrte in die Dunkelheit und zuckte zurück vor den Rufen, die ihm von draußen ans Ohr schlugen. Seine Hände klammerten sich um das Lenkrad. Warum, zum Teufel, war er gekommen?

Dann, plötzlich, trat Stille ein. Es waren weniger Autos geworden, auch weniger Menschen. Die Luft, die voller Rauschen gewesen war, beruhigte sich. Nacho hatte das Gefühl, wieder frei atmen zu können, er wagte sogar, die Scheibe herunterzufahren. Er blinzelte und schob die Brille höher. Im nächsten Augenblick begriff er, dass er in einem anderen Reich gelandet war.

Ein Reh, dachte er. Wenn jetzt ein Reh auf die Straße träte, könnte ich anhalten und Frieden finden.

Es wunderte ihn nicht, dass sich die große Figur wie in Zeitlupe vom Straßenrand löste und sich seinem Wagen in den Weg stellte. Er war nur noch langsam gerollt, jetzt trat er auf die Bremse. Nacho sah den dünnen weißen Mantel, das lange schwarze Haar, die großen Augen, die ihn schwermütig ansahen, bevor sich der Mund zu einem Lächeln formte. Diese Augen, das spürte er, meinten *ihn*. Auch er musste gelächelt haben, denn mit einer völlig natürlichen Bewegung öffnete die Figur die Beifahrertür, setzte sich und sagte mit sanfter Stimme: »Fahr ein Stück weiter, Schätzchen, dort rechts ist eine Lücke. Da haben wir Ruhe.«

Eine große Hand legte sich auf seinen rechten Oberschenkel. Zwei Ringe saßen an der Hand, ein großer roter und ein kleiner blauer.

Nacho wäre am liebsten einmal um den See gefahren, mit dieser Hand auf seinem Oberschenkel und dieser Stimme im Ohr. Aber er tat, was die Stimme ihm gesagt hatte, und lenkte den Seat tief in die Lücke am Straßenrand. Dort war

Platz für vier oder fünf Autos; im Moment waren sie die einzigen.

»Ich heiße Danila«, sagte die Stimme, und die Hand auf seinem Oberschenkel drückte spielerisch zu. »Wir haben Zeit, Schätzchen. Ich mache mit dir, was du willst. Hast du mir schon gesagt, wie du heißt?«

Danila nahm sich wirklich Zeit, Nacho bezahlte vierzig Euro dafür. Sein Seat war nicht sehr bequem, doch Danila konnte auch so dafür sorgen, dass es schön war. Wenn Nacho nicht immer wieder die Angst in die Quere gekommen wäre. Jederzeit, das wusste er, könnte jemand Fotos machen und ihn bloßstellen. Es fiel ihm schwer, sich zu entspannen.

»Können wir uns … Können wir uns anderswo treffen? Hast du irgendwo ein Zimmer?«

»Schätzchen, wäre ich hier, wenn ich ein *Zimmer* hätte? Du kannst ein Zimmer mieten, da komme ich hin. Dir gefällt es mit mir, stimmt's?«

Danila stammte aus Buenos Aires, sie war erst sechs Monate zuvor nach Madrid gekommen. Nacho kannte das argentinische Spanisch gut, er hatte es immer anziehend gefunden, aber jetzt verband er es zum ersten Mal mit der Liebe. Sie küssten sich so lange, dass er von Rührung ergriffen wurde. So etwas hatte er noch nie mit Transvestiten getan. Er konnte sich vorstellen, einfach im Auto zu bleiben und Danila stundenlang zu küssen.

»Wenn du noch mal vierzig Euro für mich hättest, könnten wir uns *ganz* viel Zeit lassen. Würde dir das gefallen? Du musst überhaupt nicht, weißt du? Ich sag's dir nur, weil es *mir* gefallen würde. Ich habe überhaupt nichts anderes vor, als mich um dich zu kümmern. Du bist ein ganz Süßer, wenn man dich näher kennenlernt.«

Nacho zog zwei Scheine aus der Hosentasche, er musste sich hinunterbeugen, um sie zu erreichen. Danila hatte ihm die Hose bis zu den Knöcheln heruntergezogen, um es leichter zu haben, und seine Proteste überhört.

»Schätzchen, hier passiert nichts! Was soll denn hier *passieren*? Alle kommen wegen derselben Sache. *El amor*. Wir sind unter uns.«

Nacho wusste nicht, was stärker war, seine Erregung oder seine Angst.

»Und was ist mit der Polizei? Die fahren doch auch hier rum.«

»Manchmal, aber die interessieren sich nur für *illegale* Sachen. Was können die denn dagegen haben, wenn zwei sich im Auto lieben? Dafür ist der Park doch da.«

Nacho lachte. Er hörte sich gern lachen in dieser Situation, es verriet ihm, dass er sich allmählich entspannte. Er lachte noch einmal und warf den Kopf zurück.

»Ach, Danila!«

Er schloss die Augen. Ja, warum *sollte* die Polizei etwas dagegen haben, wenn zwei sich im Park liebten? Er hatte es doch verdient, sich endlich zu entspannen! Ging es darum nicht allen? *El amor*? Wann, fragte er sich, war überhaupt das letzte Mal gewesen, dass er mit jemandem geschlafen hatte? Blanca zählte nicht. Wann hatte er sich zum letzten Mal gehen lassen?

Nacho spürte, wie größere Klarheit von ihm Besitz ergriff. Danila tat ihm gut, Danila war ein feinfühliger Mensch. Und wie war er jemals auf den Blödsinn gekommen, er könne die Lust nur »auf Umwegen« erreichen? Nein, mit Danila führte ein gerader und direkter Weg zur Lust, mit Danila brauchte er keine Umwege.

Hadeel wusste nicht, ob ihre Freundin es mit dem Vorschlag ernst gemeint hatte, aber seit Danila es zum ersten Mal erwähnt hatte, ging ihr die Idee nicht mehr aus dem Kopf. Hadeel könne doch, sagte Danila, »Kontakt zu einer wichtigen Persönlichkeit knüpfen«. Sie, Danila, könne ihr dabei helfen. Bei ihr, Danila, »fänden manche wichtige Persönlichkeiten zur Ruhe«.

»Welche Ruhe?«, hatte Hadeel gefragt.

»Das ist doch nur ein Ausdruck«, hatte Danila gesagt. Wichtige Persönlichkeiten brauchten Entspannung, ein wenig Abwechslung. Solche Persönlichkeiten brauchten *el amor*.

»Das ist nicht mein Wort«, unterbrach Hadeel. »Das ist nicht mein Wort!«

»Willst du still sein!«, sagte Danila. »Lass mich ausreden, du, du ungeduldiges Hühnchen. Wo war ich?«

»›Solche Persönlichkeiten brauchen *el amor*‹«, sagte Hadeel.

»Genau.« Wegen der Liebe kämen sie zu doch zu ihr. Und bei dieser Gelegenheit ließe sich vielleicht ein Kontakt knüpfen. Man müsse nur jemanden besser kennenlernen, Vertrauen aufbauen. Sie kenne ein paar Männer, die in Frage kämen, aber vielleicht finde sich ja noch etwas Besseres, »die optimale Wahl, Schätzchen, der seltene süße Kerl, der auch noch ein gutes Herz hat«.

Danila war nicht mehr darauf zurückgekommen, aber Hadeel konnte seitdem über nichts anderes mehr nachdenken.

»Du weißt, dass ich keine Papiere habe«, sagte sie. »Das weißt du doch?«

»Aber natürlich, Schätzchen. So einer wichtigen Persönlichkeit macht das doch nichts aus. Die wichtige Persön lichkeit macht einen kurzen Anruf, und schon hast du *neue* Papiere! Denn die wichtige Persönlichkeit bürgt für dich. Ein kurzer Brief genügt! Die wichtige Persönlichkeit muss nur schriftlich betätigen, dass sie eine Arbeitsstelle für dich hat. Du kannst doch putzen und bügeln? Siehst du. So läuft das in Spanien.«

»Wirklich?«

»Wenn ich es dir doch sage.«

»Und was ist mit meinem Pass?«

»Du lässt dir einen neuen machen.«

»Und wer glaubt mir, wer ich bin?«

»Hast du keine Eltern? Siehst du, Hühnchen. Deine Eltern schicken dir eine Geburtsurkunde. Deine Eltern kennen dich doch, nehme ich an?«

So war es zwischen ihnen hin- und hergegangen, bis es plötzlich ganz einfach klang. Man musste nur eine wichtige Persönlichkeit finden, die ein gutes Herz hatte. Man musste sie *hier* finden, in der Casa de Campo. Und möglichst in den Armen von Danila. Und dann müsste man das Thema dezent zur Sprache bringen, am besten kurz vor *el amor*.

Oder besser danach?

Jetzt klang es doch nicht mehr so einfach, fand Hadeel. Sondern sehr, sehr schwierig.

Und deswegen stand Hadeel schon seit mehr als einer halben Stunde hinter einem Baum und beobachtete den weißen Seat. In dem war Danila verschwunden. Es musste ihr gut mit ihrem Freier gehen, denn es dauerte lange, und mehrmals hatte Hadeel Lachen gehört, richtiges Lachen! Das Erstaunlichste war, dass Danila und ihr Typ *zusammen* gelacht hatten. Ihr selbst war es noch nie passiert, dass sie bei der Arbeit gelacht hatte. Die Liebe – oder wie immer man das nennen wollte, was sie Tag für Tag taten, um ihre Schulden abzuzahlen – war für sie endgültig vorbei. Wie dumm sie gewesen war, als sie sich zu Hause im Bett, vor unendlich langer Zeit, Liebhaber wie Tamir vorgestellt hatte, Männer, die immer wieder kamen und ihr treu waren! Damals hatte sie noch nichts von der Welt verstanden; sie war ein einfältiges Mädchen gewesen. Jetzt war sie erwachsen.

Hadeel schaute zurück zur Straße. Sie wollte nicht, dass

Nuria sie hier sah. Sie ging näher an den Seat heran. Vielleicht kannte Danila ja Tricks, die ihr die Arbeit leichter machten. Vielleicht konnte Hadeel sich etwas von ihr abschauen?

Sie ging noch näher heran, so nah, dass sie die Stimme des Mannes hören konnte. Jetzt sagte auch Danila etwas. Hadeel wollte hinten ins Auto hineinsehen, aber die Scheiben waren beschlagen.

Danila musste ebenfalls bemerkt haben, dass die Scheiben beschlagen waren, und ließ neben dem Rücksitz das Fenster herunter. Genau dort, wo Hadeel stand.

»Hühnchen! Was machst du denn hier? Ich bin beschäftigt.«

Aber Hadeel sah sie so hilflos an, dass Danila nicht das Herz hatte, sie fortzuscheuchen.

»Was ist los? Sag schon.«

Da hörten sie einen Laut. Der Mann in der anderen Ecke des Rücksitzes, der nichts am Körper trug außer einer blauen Krawatte mit kleinen weißen Segelschiffen darauf, hatte sich weggedreht und sich so klein gemacht, wie er konnte. Das Gesicht hatte er unter den Armen verborgen.

Die einsame Krawatte auf seinem weißen Bauch sah merkwürdig aus.

»Ach, Gott, *bitte*!«, sagte Danila. »Du musst vor Hadeel doch keine Angst haben, Enrique. Das ist meine Freundin. Du kannst ihr vertrauen. Na, komm schon.«

Nacho Cano erkannte, dass es albern war, sich zu verstecken. Mit demonstrativer Natürlichkeit, als hätte er zuvor im Inneren des Wagens nur einen verlorenen Gegenstand gesucht, richtete er sich auf. Er nickte würdevoll. Dann versuchte er, das Gesicht außerhalb des Wagens zu erkennen. Es war das runde, nette Gesicht einer jungen Frau, wie er feststellte, nur etwas eingeschüchtert. Was hatte sie hier zu suchen? Eigentlich sollte er ungehalten sein. Er hatte ja gleich gewusst, dass es hier keine Privatsphäre gab. Doch in Wahrheit genoss er die Situation, er konnte es selbst kaum glauben. Er genoss ihre Normalität. Er befand sich in Danilas Welt, und als er sich den Ausdruck im Inneren vorsagte, gefiel er ihm: »Danilas Welt«.

»Ihr seid ja nicht gerade gesprächig heute Abend«, sagte Danila. »Das ist Hadeel, Schätzchen. Und das ist Enrique.«

Hadeel sah dem Mann ins Gesicht, der jetzt lächelte, und murmelte eine Entschuldigung.

»Nicht so schlimm, Hühnchen. Aber jetzt gibst du uns noch ein bisschen Zeit, ja? Enrique war sehr großzügig.« Sie richtete ihm die Krawatte über der nackten Brust. »Später können wir über alles reden.«

Doch Hadeel schaute dem Mann so intensiv ins Gesicht, als wäre sie sich nicht sicher, dass er ihr die Störung jemals verzeihen könnte. Und dann sagte sie: »Bitte verzeihen Sie die Störung. Es soll nicht wieder vorkommen.«

»Kein Problem«, sagte Nacho. »Mach dir keinen Kopf.«

»Siehst du, du ängstliches Hühnchen? Enrique ist dir nicht böse. Habe ich dir nicht erzählt, wie nett er ist?«

Und Nacho Cano lachte, wie er lange nicht mehr gelacht hatte. »Komm doch näher«, sagte er, »ich kann dich kaum erkennen da draußen. Wir sind unter uns. Wie heißt du?«

»Hadeel.«

Hadeel trat näher ans Fenster und schaute hinein.

»Und woher kommst du?«

»Aus Marokko.«

»Ah«, sagte Nacho, »wunderbares Land. Leider haben wir Spanier keine Ahnung von Marokko. Hatten wir noch nie. Wenn du wüsstest, was der spanische Imperialismus alles versaut hat. Ein Trauerspiel. Und Franco erst. Weißt du, dass er die besten jungen Männer deines Landes in seine gefürchtete Truppe von *moros* geholt hat, um mit ihnen unseren verdammten Bürgerkrieg zu beginnen? *Una puta guerra*. Kein Ruhmesblatt für uns, wirklich nicht. Wenn ich mal acht Wochen Ferien machen dürfte, würde ich sie in Marokko verbringen, durch den Atlas marschieren, Minztee trinken. Eure Leute sind nett. Und euer Essen, das mag ich auch. Wann ist noch mal das Opferfest? Fest des Lammes, so nennen sie es hier. Da wollte ich immer mal hin.«

Hadeel hatte ihm staunend zugehört. »Das hängt vom Mond ab«, sagte sie. »Dieses Jahr vielleicht ... Anfang Oktober.«

»Ich habe gehört, da zieht es euch alle in die Heimat, stimmt's? Wunderbare Tradition. Da wird deine Familie sich freuen, wenn du in fünf Wochen nach Hause kommst.« Nacho war jetzt Herr der Situation. Er hatte seine Hose aufgehoben, sie ausgeschüttelt und sich über die Körpermitte gelegt, fast wie ein marokkanisches Gewand. Seinen rechten Arm legte er um Danilas Schultern. »Warum kommst du nicht rein, Hadeel? Auf dem Vordersitz ist noch Platz. Dann können wir uns besser unterhalten.«

»Komm schon, Hühnchen. Er meint es ernst. Enrique ist eine wichtige Persönlichkeit. Er ist es gewohnt, dass man ihm gehorcht. Stimmt's, Enrique? Ich gehorche dir auch immer.« Sie lachte und legte Enrique die Hand auf den Oberschenkel.

Nacho schloss ein paar Sekunden die Augen. War es erst vor einer Dreiviertelstunde gewesen, dass Danila in sein Auto gestiegen war? Warum sah die Welt plötzlich so anders aus?

Hadeel öffnete die Autotür und kniete sich auf den Vordersitz, damit sie die beiden auf dem Rücksitz gut sehen konnte. Zum ersten Mal stieg sie in der Casa de Campo in ein Auto, ohne dass sie dem Fahrer in die Hose greifen musste.

»Und was macht deine Familie *genau* beim Fest des Lammes?«, sagte Nacho. »Ich nehme an, drei oder vier Generationen kommen zusammen, es wird geschlachtet und tagelang gekocht. Oder?«

Hadeel schüttelte den Kopf. »Ich fahre dieses Jahr nicht zum Opferfest.«

Nacho beugte sich vor. »Aber du *musst* zum Opferfest fahren. Jeder fährt zum Opferfest. Was ist los? Will deine Familie dich nicht sehen?«

»Enrique«, sagte Danila. »Hadeel ist … Sie kann nicht weg.«

»Was heißt das, sie kann nicht weg?«

»Die Leute, für die sie arbeitet, haben ihr den Pass abgenommen. Sie hat keine Papiere. Hadeel ist … Ach, es tut mir so leid, dass ich jetzt unsere schöne Stimmung verderbe! Ich darf es Enrique doch sagen, oder, Hühnchen? Erlaubst du mir, dass ich es ihm sage?«

Hadeel nickte. Nacho sah, dass ihr die Tränen gekommen waren.

»Nun sag's schon, Danila, *coño*! Mach's nicht so spannend.«

»Du weißt doch, dass Hadeel hier arbeitet, oder? Drüben, wo ihre Mädchen stehen. Sie hat Schulden. Von der teuren Überfahrt.« Danilas Stimme hatte etwas Flehendes angenommen. »Hadeel ist eine *Gefangene*, Enrique. Wenn sie weggehen will … kann sie nicht weg!«

Nacho sagte nichts, aber seine Kiefermuskeln begannen zu arbeiten. Er atmete tief durch. Seine Hand richtete die Krawatte. Sein Mund nahm einen entschlossenen Ausdruck an. Er sah Danila an, dann Hadeel, dann wieder Danila.

»Was ist denn das für ein Blödsinn, Danila? Wir sind in Spanien, verdammt. In diesem Land gibt es keine Gefangenen. Außer im Gefängnis.«

19

Die große Sängerin

Er kam erst nach Mitternacht nach Hause. Wie viele Stunden war er in der Casa de Campo gewesen? Drei? Vier? Als er in seine Wohnung trat, tastete er nach dem Lichtschalter.

Nacho war immer noch aufgewühlt. Er streifte sich die Schuhe ab, ohne die Schnürsenkel zu lösen, und lief auf Socken ins Wohnzimmer. Seine linke Socke hatte ein Loch.

Er holte sich Mineralwasser aus dem Kühlschrank und trank in großen, hastigen Schlucken. Er musste rülpsen und tat es mit einer elegant vor den Mund geführten Faust. Als er sich die Krawatte löste, blieb er theatralisch in der Mitte des Zimmers stehen und fragte sich laut: »Und jetzt?«

Nacho wusste noch nicht, wie es weitergehen sollte, aber er fühlte sich gut. Er war mutig gewesen. Er hatte sich nicht versteckt. Und er hatte den schönsten Abend seit Monaten verbracht. Dann sagte er: »Ich werde Danila wiedersehen. Ist mir doch egal, was die Welt von mir denkt. Ich werde Danila wiedersehen.« Es laut zu sagen tat ihm gut. Er fühlte sich stärker.

Dann füllte er sein Mineralwasser auf, knipste alle Lichter wieder aus und setzte sich mit seinem Glas ins Wohnzimmer. Langsam kam er zu sich. Er lauschte auf Geräusche im Apartmenthaus, doch er hörte keine. Nur von der Straße drang leises Rauschen in die Wohnung. »Ich werde Danila wiedersehen«, sagte er noch einmal. Nacho schwenkte sein Glas, hielt es ans Ohr und hörte das Wispern der Kohlensäure. »Ich werde Danila wiedersehen, aber ich werde darauf achten, dass die Welt nichts davon erfährt. Ich bin doch nicht wahnsinnig.«

Er hatte Danila vertraut, als er ihr seinen wahren Namen sagte. Auch Hadeel erfuhr später, wer er war. Aus »Enrique« wurde Nacho. Als Hadeel sich nach ihrem Gespräch verabschiedete, sagte er zu ihr: »Erzähl niemandem, dass wir uns hier kennengelernt haben, hörst du? Kein Wort! Sonst kann ich dir nicht helfen.«

Was das eine mit dem anderen zu tun haben sollte, blieb Hadeel auch nach längerem Nachdenken schleierhaft, aber sie hatte ein sehr ernstes Gesicht gemacht und genickt. Von ihr, Hadeel, werde niemand etwas erfahren. Sie sei unendlich dankbar, dass jetzt bald etwas geschehe.

»Es wird nicht lange dauern«, sagte er. »Ich kümmere mich darum.«

Sie hatten alle Autoscheiben heruntergelassen. Die Nachtgeräusche, die zu ihnen hereindrangen, schienen darum bemüht, sie nicht zu stören. Während sie sprachen, sahen sie andere Autos ankommen und wieder davonfahren. Einmal nahm Danila seine Hand und gab ihm einen langen Kuss.

Als Hadeel gehen wollte, sagte er: »Warte. Hier.« Er hielt ihr einen Geldschein hin. »Du hast Arbeitszeit verloren.«

Und Hadeel hatte die Hand ergriffen, die den Schein hielt, und zwischen ihre beiden Hände genommen. Nacho hatte ihre warme, trockene Haut gespürt. Er hatte die Wüste gesehen und ihre zwei, drei Farben und darüber einen tiefblauen Himmel, den die Nacht mit Tinte übergoss.

Jetzt nahm er einen Schluck Wasser, knipste das Licht an und griff nach der Steve-Jobs-Biographie. Er las konzentriert bis drei Uhr morgens.

Er würde etwas tun, verdammt. Er konnte nicht zulassen, dass es in diesem Land Sklavinnen gab.

Am Mittag des folgenden Tages kam Blanca an Mateos Arbeitsplatz.

»Er gibt uns eine letzte Chance.«

Mateo sah auf. »Im Ernst? Hat es ihm nicht gereicht, was wir bisher geliefert haben?«

»Warum er an dich glaubt, weiß ich nicht. Aber er glaubt an mich.«

»Das habe ich keine Sekunde bezweifelt.«

Blanca warf ihm einen finsteren Blick zu und wandte sich ab.

Nacho Cano starrte auf einen fernen Punkt in der linken Ecke seines Büros, als sie hineingingen.

»Ah, ihr.«

Nacho sah aus, als hätte er die ganze Nacht über schwerwiegende Probleme nachgedacht. Auf seinem Schreibtisch lag eine aufgerissene Packung Datteln. »Wir ziehen das Ganze anders auf«, sagte er. »Ich habe mit Mariano gesprochen. Er hat eingesehen, dass das mit seinem komischen Dichter eine Schnapsidee war, und von Toby Stirling habe ich ihm lieber kein Wort erzählt. Vielleicht ist dieser Stirling ja wirklich so eine britische Niete, wie ihr mir erzählt habt. Na ja, nicht jeder kann Ken Follett sein.«

Er setzte sich zu ihnen.

Mateo war sich nicht sicher, ob der Chefredakteur mit seinen Gedanken ganz bei der Sache war. Nacho schloss die Augen und massierte sich die Nasenwurzel.

»Sagt mal, habt ihr schon mal was vom Opferfest gehört?«

Blanca nickte. »Der höchste islamische Feiertag. Was ist damit?«

»Nur so«, sagte Nacho. »Es muss ganz toll sein. War jemand von euch schon mal in Marokko?«

»Ich nicht«, sagte Mateo.

»Ich auch nicht«, sagte Blanca.

»Was seid ihr denn für Journalisten? Wollt über die Welt schreiben, aber weigert euch, sie kennenzulernen? Marokko ist unser *Nachbar*, verdammt. Fahrt mal runter an den Atlantik, dann könnt ihr es *sehen*. Zum Greifen nah. Man sollte eurer Generation das Smartphone wegnehmen.«

Mateo sagte: »Hat das mit unserem nächsten Interview zu tun? Sollen wir diesmal eine Marokkanerin besuchen?«

Nacho stöhnte auf. Dann hielt er inne. Er hob die Hand, um Schweigen zu gebieten. »Gute Idee. Eine *sehr* gute Idee, Mateo. Lass mich über die Marokkanerin noch etwas nachdenken.« Er sah Blanca an und schien zum ersten Mal an diesem Tag zu bemerken, dass sie in seinem Büro saß. »*Bien*. Alle Zähler auf null. Mariano hat mir freie Hand gegeben, meine Prominenten auszuwählen, und ich habe beschlossen, mit einem Paukenschlag einzusteigen. Ihr kennt doch Maricarmen Chacón?«

»Die Copla-Sängerin«, sagte Blanca. »Klar.«

»Gut. Es gibt bei der Dame nämlich ein paar Kleinigkeiten zu beachten. Blanca, du weißt, worauf ich hinauswill?«

»Sie saß im Gefängnis.«

»Jawohl! *La Chacón* saß ein gutes Jahr im Gefängnis, und jetzt ist sie auf Bewährung draußen. Ich habe nicht damit gerechnet, dass wir das Interview kriegen, aber Mari hat plötzlich eine Chance darin gesehen. Der einzige Haken: Ihr müsst gleich heute Nachmittag zu ihr, weil sie morgen auf Tournee geht. Keine Konfliktthemen, hört ihr? Konzentriert euch auf die Romantik. Die Chacón soll sich wohlfühlen. Sie wird in *Claro!* ihre Wiederauferstehung feiern, und ganz Spanien wird wieder ihre Lieder hören.«

Mateo begleitete Blanca zum Kaffeeautomaten und sah zu, wie sie sich einen ungezuckerten *americano* zapfte.

»Ist noch was?«, sagte sie, ohne Mateo anzusehen.

»Wie geht es dir heute?«

»Nicht so gut. Wir haben eine riesige Blödheit begangen.«

»Ich will nicht, dass du dir deswegen Gedanken machst.«

»Aber ich mache mir welche. Für dich spielen Küsse vielleicht keine Rolle. Für mich wohl.«

»Blanca«, sagte Mateo. »Für mich spielen sie auch eine Rolle.«

Sie nahm den Kaffeebecher. »Und welche Rolle wäre das?«

»Das wissen wir doch selbst nicht. Kein Grund, sich zu schämen. Ich mag dich. Ich würde dich wieder küssen.«

»Untersteh dich«, sagte sie.

»Wir könnten miteinander essen gehen. Ich lade dich ein.«

»Von deinem Supergehalt, ich weiß.« Gegen ihren Willen musste sie lachen. »Lass uns die Chacón vorbereiten.«

Aber Mateo rührte sich nicht. »Warte. Journalisten fragen nach dem, was wichtig ist. Und die romantischen Erinnerungen der Chacón sind die läppischste Sache der Welt. Niemand interessiert sich dafür.«

»Da liegst du falsch, mein Junge.« Blanca balancierte ihren Kaffee und sah ihn herausfordernd an. »Unser Chefredakteur interessiert sich dafür. Und unsere Leser auch.«

»Aber du weißt, dass wir der Frau ganz andere Fragen stellen müssten. Nach der Steuerhinterziehung. Nach ihrer Haft.«

»Dann wirft sie uns raus, und den Ärger mit Nacho kannst du dir wahrscheinlich ausmalen. Nein danke. Diesmal halten wir uns ans Drehbuch.«

Mateo lehnte sich an den Kaffeeautomaten und sah Blanca lange an. Er hatte sich unter Journalismus nie etwas Heroisches vorgestellt, aber die Verpflichtung zur Wahrheit und die Lust auf Enthüllungsarbeit hatten immer dazugehört. Was war eine Tageszeitung, wenn sie nicht mehr die Wirklichkeit spiegelte, sondern ihren Lesern billigen Trost aus der Welt der Prominenten verschaffte, um gerade *nicht* von der Wirklichkeit zu sprechen?

»Blanca«, sagte Mateo. »Ich bin da an einer Geschichte dran. Über Prostitution in der Casa de Campo.«

Es dauerte einige Sekunden, bis seine Kollegin antwortete.

»Hat das mit der Chacón zu tun?«

»Nein.«

»Dann solltest du deine Geschichte auf Stand-by schalten.«

Wieder ein paar Sekunden Stille. Dann:

»Ich habe dich nie nach Nacho gefragt. Nach eurer Beziehung.«

»Das solltest du auch in Zukunft nicht tun.«

»Hast du mir nicht gesagt, Küsse zählen?«

»Aber ich habe nicht das Gefühl, dass sie für *dich* zählen. Wenn ja, hättest du in der Zwischenzeit mal den Mund aufgemacht.«

»Aber ich *habe* den Mund aufgemacht. Wir sprechen gerade darüber.«

»Ja. Ein intimes Gespräch am Kaffeeautomaten, bei dem jeder in Ruhe von seinen Gefühlen sprechen kann. Du bist ein Witzbold, Mateo.«

»Aber ich meine es ernst. Man muss irgendwo anfangen.«

»Davor hast du eine Woche lang kein Wort herausbekommen.«

»Hättest du das denn gewollt? Ich bin frei. Du nicht. Ich finde, der Ball liegt bei dir.«

»Lass uns an die Arbeit gehen«, sagte Blanca. »Wir haben für die Chacón nicht viel Zeit.«

Maricarmen Chacón, die Copla-Sängerin mit andalusischen Wurzeln, hatte ein passendes Anwesen mit Garten und Swimmingpool im Norden Madrids gefunden. Hier, in der Nachbarschaft von Filmstars, Fußballspielern und Fernsehmoderatoren, in stillen, von imposanten Mauern und zwei Meter hohen Metallzäunen gesäumten Straßen, in denen nur die Hausangestellten zu Fuß gingen, fühlte sie sich wohl. Es gab sogar den einen oder anderen Stierkämpfer, und das tat ihr gut, denn unvergessen blieb der tragische Tod ihres ersten Mannes, eines Matadors, in der Arena. Ein gutes Jahr lang hatte die dramatische Szene – er war, schwer blutend, »in ihren Armen gestorben« – die Nation beherrscht, und Mari, wie sie sich von Verehrern und Freunden nennen ließ, hatte mit wachsender Bravour die Rolle der »Witwe Spaniens« gespielt.

Auch vor dem Immobilienskandal an der Costa del Sol, in den die Presse ihren Namen bedenkenlos hineingezogen hatte, fand sie in ihrem Madrider Anwesen eine gewisse Ruhe. Verehrer und Schaulustige hatten schon immer die Straße vor dem Haus belagert und auf das Erscheinen der Diva gewartet; diesmal waren eben ein paar lästige Klatschreporter mehr dabei, Leute, die die Chacón in leichteren Zeiten mit genau dosierten Details aus ihrem Liebesleben zu füttern pflegte, was ihr die Reporter mit hündischer Ergebenheit gedankt hatten. Und doch war diesmal etwas hängengeblieben. Der Skandal, der sie selbst nur mittelbar betraf, weil sie eine sorgfältig gehütete Liebesbeziehung mit einem Bürgermeister begonnen und das eine oder andere Geschenk erhalten hatte, all das hatte ihrem Namen einen falschen Beiklang gegeben. Als hätte sie selbst, Maricarmen Chacón, Millionen aus öffentlichen Kassen auf die Seite gebracht!

So ging nicht nur die Beziehung zu dem Bürgermeister zu Ende, es endete auch die Zeit, in der Maricarmen Chacón einfach nur als »Spaniens berühmteste Copla-Sängerin« galt. Jetzt war sie zu einer angefeindeten Figur geworden, die sich gegen Vorwürfe der Steuerhinterziehung und anderer hässlicher Dinge zur Wehr setzen musste. Und worauf greift eine Künstlerin zurück, wenn die Flut anschwillt, Deiche überspült und schon die ersten Dämme niederreißt? Sie besinnt sich wieder auf ihre Kunst. Die Kunst ist ihre Festung. Sie hält inne, zählt ihre Truppen und schlägt als Künstlerin zurück. Auf ihren Konzerten tauchten Transparente auf mit Botschaften wie »Mari, wir halten zu dir!« oder »Wir alle sind Mari!«. Die Diva benutzte auch ihre Gerichtsvorladungen zu einer Demonstration ihrer Popularität. In einem wüsten Triumphzug zog die Chacón vom Gerichtssaal zur Konzertbühne und wieder zurück, und selbst wer ihr feindlich gesonnen war, musste anerkennen, dass sie Schneid hatte – *cojones*, wie es mit fröhlicher Macho-Derbheit hieß, ja, diese Frau hatte *cojones*.

Doch am Ende blieb ihr nichts anderes übrig, als die zweijährige Haftstrafe anzutreten. Auch daraus machte sie einen Kreuzweg; und als sie nach fünfzehn Monaten wieder draußen war, getragen von einer Welle öffentlicher Zustimmung, denn niemand ist dem Volk so nahe wie der, der erst ganz oben, dann ganz unten ist und wieder auf die Beine kommt, warf sie sich sofort in die Arbeit und stand nach wenigen Wochen auf noch größeren Bühnen als zuvor: Spanientournee, Puerto Rico, Mexiko, Argentinien, *club dates* in Miami und New York, die Anfragen rissen nicht ab. Maricarmen Chacón war wieder da.

Ein Hausmädchen mit einem weißen Häubchen bat Mateo und Blanca, im Foyer zu warten. Nach zwei Minuten war sie wieder da. »*Síganme, por favor.*«

Maricarmen Chacón hatte an ihrem Äußeren nur das Nötigste getan – ein wenig Make-up, Designerjeans und eine farbkräftige Bluse, die ihr schwarzes Haar zur Geltung brachte. Dazu überdimensionierter, bei jeder Bewegung ihrer temperamentvollen Hände klingelnder Silberschmuck, Ausdruck ihrer Unterstützung ethnischer Vielfalt auf Erden. Selbst wenn sie nur den Kopf schüttelte, klingelte es. Doch an diesem Nachmittag hatte die Chacón wenig Anlass, den Kopf zu schütteln, es sei denn, über die tiefe Rätselhaftigkeit des Lebens.

»Es freut mich sehr, mal über etwas anderes sprechen zu dürfen, bitte sagt das Nacho. Eine fabelhafte Idee. Die Liebe in unserem Leben, sie ist doch immer wieder ein Mysterium, meint ihr nicht?«

Sie hatte eine Art, zu lächeln und zugleich die Augen aufzureißen, die Mateo schon in einem Youtube-Interview aufgefallen war.

»Carol, gibst du den beiden etwas zu trinken? Ihr mögt doch Eistee? Carol, zwei Eistee! Und für mich die Spezialmischung.« Sie vollführte unter Klingeln von Silberschmuck eine Geste mit einer Hand, die zugleich müde und bestimmt wirkte. »Aber man muss das Mysterium auch erkennen«, sagte sie, als die Silberreifen an ihren Handgelenken zur Ruhe gekommen waren. »Oft gehen wir daran vorbei, und schon ist die Gelegenheit eines Lebens verpasst. Ich sage immer, schauen wir hin! Und wir entdecken die großen Wunder im kleinen.«

»Haben Sie für uns denn mal über eine konkrete Situation nachgedacht?«, fragte Blanca. Sie saß in einem schweren weißen Sessel und hielt den Notizblock auf dem Schoß. Das Bandgerät lief. »Eine Verliebtheit vielleicht, von der Sie noch nie jemandem erzählt haben?«

»Eine Szene«, sagte Mateo und nickte Blanca zu, »die Ihnen alle paar Jahre wieder einfällt und bei der Sie sich sagen: Was mag aus diesen Augen, diesem hinreißenden Lächeln geworden sein? Vielleicht sogar etwas Wehmütiges?«

»Ach, wenn ihr wüsstet!«, sagte die Chacón und verzog den Mund zu einer Grimasse, die sie für sich das »Lächeln der Erinnerung« nannte. »Hundert! Mehr, als ich zählen kann!«

»Für *hundert*«, sagte Mateo und wiegte langsam den Kopf, »fehlt uns heute leider die Zeit. Aber wenn Sie sich für uns an eine besonders *prägnante* Szene erinnern könnten …?«

Der Eistee kam, und mit ihm die bernsteinfarbene Spezialmischung für die Chacón. Sie nahm mit dem Strohhalm einen großen Schluck, setzte behutsam das Glas ab und sagte: »Ich habe natürlich meine Hausaufgaben gemacht. Glaubt ihr, ich blättere mit euch das Album meines ganzen Lebens durch? Kinder, Kinder! Was habt ihr für Vorstellungen. Dafür würden fünf Tage nicht ausreichen!« Sie nahm noch einen Schluck und leckte sich über die Lippen. »Aber etwas Kleines, Besonderes, das ist mir wieder eingefallen, als ich über Nachos schöne Idee nachdachte. ›Heute habe ich mich wieder verliebt‹. Was für ein lyrischer Titel. Nacho hat mir übrigens versprochen, dass ich die erste in dieser neuen Serie bin. Das stimmt doch, oder?«

»Natürlich«, sagte Blanca. »Das ist fest eingeplant.«

»Gut«, sagte die Chacón. »Ich muss auf meinen Namen achten. Es sind so viele Kläffer unterwegs, ihr seht es ja jeden Tag in der Presse. Aber wenn ihr diese Serie mit mir anfangt und sie eurem jungen Blatt ein wenig hilft, ist allen gedient. Ich hab zu Nacho gleich gesagt: Wenn ich manchmal *Claro!* lese, dann vor allem, weil du darin schreibst! Er schreibt so kraftvoll, findet ihr nicht? Ich jedenfalls habe von ihm immer viel gelernt, auch damals, als er noch für *El País* gearbeitet hat. Wisst ihr eigentlich, warum er dort nicht geblieben ist? Hat er zu wenig verdient? Ich meine, wer liest denn *Claro!*?«

Sie hielt inne, nahm noch einen Schluck und hob den

Kopf, als wollte sie das gebräunte Gesicht einer imaginären Sonne zuwenden und von einer imaginären Brise umfächeln lassen.

»Ich will euch nicht länger auf die Folter spannen. Wisst ihr, ich habe neulich Kerzen angezündet und die Gedanken einfach schweifen lassen. Meine Gedanken sind Zigeuner, das wisst ihr ja, wenn ihr meine Musik kennt. Es war vor drei Tagen, tief nachts. Hier, in diesem Wohnzimmer. Wo jetzt Mateo sitzt.«

Und sie zeigte auf Mateos Sessel. Leises Klingeln der Armreifen. Mateo nickte ernst, aber weil das der großen Sängerin nicht zu genügen schien, betastete er mit den Händen den Stoff der breiten Armlehnen, als könnte er noch Signale ihrer nächtlichen Gedanken auffangen.

»Ein Konzert«, sagte sie und schloss die Augen. »Ein warmer Abend. Ein hingegebenes Publikum, eigentlich wie immer, übrigens in Buenos Aires, weit weg von Spaniens Ufern.« Sie habe den jungen Mann, fast noch einen Jungen, irgendwann im Publikum entdeckt, vorne rechts, von der Bühne aus gesehen, einen schmalen jungen Mann im dunklen Anzug, mit offenem weißen Hemd, Pomade im Haar und einem so träumerischen Ausdruck im Gesicht, dass sie sich gefragt habe, was ihm ihre Musik bedeute. Wie tief sie in seine Seele dringe. Sie wisse ja um die Wirkung der Musik, ihre Lieder rissen die Leute zu enormen Gefühlsaufwallungen hin, das alles sei durchaus nichts Neues für sie und sei es auch damals, in der Frühzeit ihrer Karriere, nicht gewesen. Plötzlich habe sie sich gesagt, sie wolle den jungen Mann kennenlernen, ihm die Möglichkeit zu einem Gespräch in der Künstlergarderobe geben. Sie sei sonst vorsichtig mit solchen Gunstbezeigungen, die Zahl der Schmeichler sei groß, die Anbetung der Masse höhle den Künstler aus, er habe nichts davon, lasse sich aussaugen, und das sei auch der Grund, warum Tourneen durch mehrere Länder sie, die Chacón, immer wieder an den Rand der seelischen und körperlichen Widerstandskraft brächten, man gebe alles und bekomme nichts. Es sei denn ... Es sei denn, ein Bewunderer gebe einem ausnahmsweise etwas zurück. Etwas Außergewöhnliches.

Und dieses Gefühl hatte die Chacón, nachdem sie im Publikum den jungen Mann mit dem herrlich pomadisierten Haar entdeckt hatte. Sie begann also, für ihn zu singen, *vor allem* für ihn. Schaute ihn immer wieder an. Fühlte sich angespornt, den mal träumerischen, dann wieder leidenschaftlichen Ausdruck in seinem Gesicht nicht erlöschen zu lassen, wirklich, sie *schenkte* ihm dieses Konzert, und der Junge schien es zu begreifen, sich berühren zu lassen, denn er blieb unbeweglich stehen, den Blick auf fast überirdische Weise in eine Ferne gerichtet, die nur er zu sehen schien – er und die Chacón, das Zentrum seiner Sehnsucht. Um ihn herum kam die Menge in Fahrt (es gab nur Stehplätze, wie es sich für ein echtes argentinisches Konzert gehört), und natürlich knufften die Leute dem jungen Mann in die Rippen, brüllten ihm ins Ohr, hängten sich an ihn und schoben ihn wie ein störendes Möbel mal hierhin, mal dorthin. Egal, der Junge blieb fest wie ein junger Baum, das ganze Konzert hindurch. Es war bei den Zugaben, als die Chacón glaubte, seine Augen vor Tränen schimmern zu sehen. Wenige Augenblicke später war sie sich sicher: Zwei Linien, die die Scheinwerfer sekundenlang betonten, zogen seine feinen Wangen hinab, er aber dachte gar nicht daran, ein Taschentuch herauszuholen oder die Tränen mit dem Handrücken wegzuwischen, er stand da, immer noch wie ein schlanker Baum, hörte ihrer Stimme zu, ließ alles geschehen und weinte, weinte, weinte.

»Gleich nach der letzten Note, während die Fans noch klatschten und schrien, habe ich einem meiner Leute gesagt, sie sollten ihn hinter die Bühne holen. Ach, das war ein unglaubliches Konzert! Buenos Aires kann etwas Magisches haben.«

Sie setzte das Glas mit der Spezialmischung jetzt nicht mehr ab, sondern nahm mit dem Strohhalm kleine, versonnene Schlucke. Einmal schlürfte sie laut, doch es war ihr nicht peinlich. Dann war das Glas leer. Das Hausmädchen kam herein, sah seine Herrin an, nickte und ging wieder hinaus. Zwei Minuten später stand vor der Chacón ein frisches Glas.

»Ihr wisst, dass ich meine Kräfte nicht schone, aber an diesem Abend habe ich mich förmlich zerrissen. Für ihn. Für meinen Jungen.«

Sie hielt inne, blickte zu Boden und begann zu weinen. Blanca und Mateo wechselten einen Blick. Die Chacón tat nichts gegen die Tränen, genau wie der junge Mann in ihrer Geschichte. Sie schloss die Augen, die Hände sicher um ihr Glas geschlossen, und zeigte die Andeutung eines zarten Nickens, das nur langsam ausklang. Vielleicht war es ja ihre Form, das Mysterium des damaligen Ereignisses anzuerkennen und Jahrzehnte später zu bekräftigen – die Macht des Schicksals, das Vergehen der Zeit, all unsere von Sehnsucht und Hoffnung getriebenen Wünsche, die früher oder später enttäuscht werden.

Blanca und Mateo sahen sich wieder an. Etwas fehlte noch, das wussten beide. Aber es würde kommen, sie waren fest davon überzeugt. Und es kam.

Sie habe später oft darüber nachgedacht, sagte die Chacón und nahm zwei, drei Schlucke auf einmal. Warum dieser junge Mann sie so berührt habe. Natürlich sei der Gedanke an ihren tragisch gestorbenen Mann in jenen Jahren nie fern gewesen, so viel begriff sie, die Wunde war noch frisch, auch wenn schon drei Jahre vergangen waren: Da stand eine Witwe auf einer Bühne in Buenos Aires, die eine früh verblichene Liebe im Herzen trug, und ein junger Mann wie dieser, ein Argentinier, da war sie sich ganz sicher, ein *porteño* dieses Aussehens, dieser Klasse, dieser Empfindungskraft konnte nur die Erinnerung an ihren *matador de toros* wachrufen und in ihr, der Sängerin, ein unbeschreibliches Gefühl süßer Schwermut wecken. Das war doch klar. Aber was war es sonst noch? Da musste noch etwas anderes sein.

Und dann hatte sie es. Auf schwer erklärbare Weise erinnerte dieser Junge sie an den Mann, der ihr kleiner Sohn einmal werden könnte, diese Vornehmheit der Züge, die Sensibilität, die Haltung wie ein *caballero*, es war gewissermaßen ihr Sohn in der Zukunft, und sie war felsenfest davon überzeugt, dass ihr Kleiner, jetzt in Madrid, in einer anderen Zeitzone, sich später einmal genauso zu den Stieren hingezogen fühlen würde wie sein verstorbener *papá*, ach, es war in diesem Augenblick einfach zu viel für sie.

Die Chacón weinte schon, bevor der junge Mann überhaupt ihre Garderobe betreten hatte.

Dann wurde an die Tür geklopft, und er stand vor ihr. Keiner von beiden sagte ein Wort. Die Chacón bat ihre Leute, sie mit dem Besucher allein zu lassen. Die Tür der Künstlergarderobe schloss sich.

Jetzt gab es nur noch sie und ihn.

Er war nicht groß, aber von vollkommenem Ebenmaß. Sein Anzug war zerdrückt, und seine junge Stirn glänzte vor Schweiß. Die Augen darunter, sie schienen immer noch in eine unbestimmte Ferne zu blicken. In der einen Hand hielt er ein Konzertprogramm, in der anderen einen Blumenstrauß.

»Señora«, sagte er.

»Mari«, sagte die Chacón. »Für dich bin ich Mari. So nennen mich meine Freunde.«

»Es bedeutet mir ... so viel. Unendlich viel. Ich lege Ihnen mein Leben zu Füßen.«

Es gelang der Chacón, ihn zu beruhigen, indem sie eine seiner schlanken Hände nahm und sie zärtlich streichelte. Sie setzten sich auf den Zweisitzer neben dem Kosmetiktisch. Seine Fingernägel waren abgekaut, und das rührte die Chacón noch mehr, diese unterdrückten Gefühle eines jungen Mannes, der seinen Weg noch suchte und sich getraut hatte, mit einem Blumenstrauß vor seine angebetete Sängerin zu treten.

Sie sprachen eine Weile über das Konzert, über ihre Lieder, und der junge Mann erzählte ihr, welche ihm besonders nahegegangen waren. Fast alle, könnte man sagen, aber nicht alle auf die gleiche Weise. So anregend war ihre Unterhaltung, dass der Chacón erst jetzt sein merkwürdiger Blick auffiel, der immer wieder in die Ferne ging. Da begriff sie, dass er blind war. Er hatte seine Diva immer nur gehört, nie gesehen! Rührung überflutete sie. Sie nahm seine Hände und legte sie auf ihre Brust. Er war blind! Was konnte sie Anderes tun als das, was sie tat? Er sollte ihren Duft aufnehmen, ihr Herz pochen hören, ihre glühende Haut spüren.

»Ich bin nicht prüde, das wisst ihr ja. Ha! Ich weiß, was in jungen Männern vorgeht. Soll mir einer sagen, es ist falsch, seinen Gefühlen freien Lauf zu lassen! Ich wollte ihm etwas mitgeben, dem armen Kerl, eine Erinnerung. Ihr hättet sein Gesicht sehen sollen. Die Dankbarkeit!«

Sie brach ab und schloss die Augen.

Blanca zog eine Grimasse und sah zu Mateo hinüber.

Mit geschlossenen Augen wiegte sich die Chacón rhythmisch hin und her, als hörte sie in ihrem Inneren ein Lied. Und dann begann sie zu summen. Mateo kannte die Melodie. Es war einer ihrer größten Hits, »El sufrimiento del mundo«. Das Leiden der Welt.

»Also gut.« Die Chacón riss die Augen auf. »Lasst es raus aus eurer Geschichte, aber ihr könnt es ruhig wissen. Ich habe keine Angst vor der Wahrheit. Band aus!«, befahl sie, beugte sich ächzend nach vorn und tappte unter dem Klingeln ihres Silberschmucks wild auf Blancas Aufnahmegerät herum, ohne eine einzige Taste zu treffen.

»Ich mache das schon«, sagte Blanca. Sie nahm den Rekorder, vergewisserte sich, dass er lief, und legte ihn wieder auf den Tisch.

»Ich habe ihn geküsst, diesen jungen, appetitlichen Kerl. Da habt ihr's.« Die Stimme der Chacón hatte etwas Schweres, Schleifendes bekommen. »Ich habe ihn geküsst. Ich war frei, vergesst das nicht! Ungebunden. Er war sehr unerfahren.« Sie lachte. »Ein sehr junger Mann.« Sie lachte wieder. »Diese romantischen Burschen. Das mit den Augen hat mich zuerst ein bisschen gestört, das könnt ihr euch denken, ich wusste einfach nicht, wo ich hinschauen sollte, er sah ja immer an mir vorbei. Ich mache sehr viel mit den Augen, wisst ihr? Sie sind die Fenster zu meiner Seele. Also habe ich mir gedacht, lasse ich meine Hände sprechen. Ich musste ihn anleiten.«

»Wir sind unter uns«, sagte Blanca und wartete, bis die Chacón sie ansah. »Haben Sie mit ihm geschlafen?«

Mateo hielt den Atem an.

»Ach«, sagte die Chacón, »bleib mir mit solchen Ausdrücken vom Hals. Ich will euch von *Gefühlen* erzählen. Die Welt ist nicht schwarz oder weiß, kalt oder heiß. Das will ich doch gerade sagen! Gefühle leben in, in ... Ihr wisst schon.«

»Sie haben uns noch nicht erzählt ...« Mateo wartete geduldig, bis die Chacón ihn ansah. »Sie haben uns noch nicht erzählt, wie er hieß. Und wie alt er war.«

»Wie könnte ich seinen Namen vergessen«, sagte die Chacón. »Roberto. Ein klingender argentinischer Vorname. Roberto.« Sie schaute in ihr Glas. Es sah so aus, als zwinkerte sie dem kleinen Rest der Spezialmischung auf dem Grund des Glases zu. »Ich habe mich immer gefragt, warum es in Andalusien so wenige Robertos gibt. So ein schöner Name.«

»Absolut«, sagte Mateo. »Und wie alt war er nun, Ihr Roberto?«

»Also, er war kein Kind mehr, wenn du das meinst! Nein, nein, er war voll entwickelt, nur ein bisschen schüchtern. Keine Sorge. Er war wirklich voll entwickelt.«

»Haben Sie ihn denn *gefragt*, wie alt er war? War er volljährig?«

»Was ist denn das für eine Idee? Du machst mir Spaß! Man füllt doch keinen Fragebogen aus ... Mateo? Füllst du in der Liebe Fragebögen aus, Mateo? Sagst du den Mädchen, sie sollen sich bitte hinten anstellen, bis sie an der Reihe sind und am Schalter den Papierkram erledigt haben? Wirklich, ihr seid komische Reporter! Wie spät ist es?« Sie sah erst auf ihr leeres Glas, dann auf ihre Armbanduhr, während der Silberschmuck leise klingelte. »Oh. Ich glaube, ich muss wieder an die Arbeit. Morgen geht meine Tournee los! Es war schön, mit euch zu plaudern. Grüßt Nacho von mir, nicht vergessen. Und lasst mich das Interview sehen, bevor ihr es druckt.«

Die Chacón versuchte aufzustehen, aber es gelang ihr nicht. Sie ergab sich in ihr Schicksal und sank wieder in die Polster zurück.

»Carol bringt euch raus. Carol?« Die Chacón lauschte. »Carol!«

Diesmal dauerte es etwas länger, bis die Gerufene erschien. Die Bewegungen des Hausmädchens hatten jetzt etwas von der Effizienz einer Krankenschwester angenommen.

Doch es war noch nicht zu Ende.

Als das Mädchen gerade die Haustür öffnen wollte, um Blanca und Mateo hinauszulassen, kam die Chacón aus dem Wohnzimmer. Sie hatte es doch noch aus dem Sessel geschafft. Sie trippelte die letzten Schritte zu ihnen, als müsste sie beweisen, wie flink sie auf den Beinen war. Eine Haarsträhne war ihr ins Gesicht gefallen, so dass sie wenig sah, aber sie schien es nicht zu bemerken.

»Ich sag euch noch was, *off the record*. Ihr seid so nett.«

»Gern«, sagte Blanca und wandte sich ihr zu. »Wir sind immer froh, wenn das Bild vollständiger wird.«

»Dieser junge Mann. Roberto.« Die Chacón kam noch näher heran. Sie beugte sich vor, bis sie Blanca an der Schulter fassen und sich abstützen konnte. Ihr Atem war eine ganz eigene Spezialmischung. »Ein Türsteher des Konzertsaals sagte mir später, dass der Bursche immer zu den großen Sängerinnen ging. Sagte ihnen, er wäre blind. Das war sein Trick. Ha! So ein gerissenes Bürschchen! Den anderen sagte er auch noch, er hätte so viel Geld für die Eintrittskarte und die Blumen ausgegeben, ob sie ihm ein bisschen unter die Arme greifen könnten? Stellt euch das mal vor!«

»Glauben Sie diese Geschichte?«, fragte Blanca.

Die große Sängerin sah sie mit offenem Mund an. »Glaubst du sie nicht?«

»Nein. Türsteher erzählen so was, um sich wichtig zu machen. Sie haben sonst nichts.«

Die Chacón schwankte und hielt sich wieder an Blancas Schulter fest.

»Du bist lieb. Vielleicht hast du recht. Mich jedenfalls hat mein Roberto nicht um Geld gebeten. Wer bezahlt, ist blöd. Liebe und Geld gehören nicht zusammen.« Sie blinzelte sie an. »Und jetzt raus mit euch, ihr beiden Süßen.«

20

Enthüllung

Später schaute Rico Vargas zurück und erkannte, dass er auf den Schlag nicht vorbereitet gewesen war. Gutgläubig wie ein Kind war er in eine Grube gestürzt und wusste noch nicht einmal, ob er es mit einem zufälligen Loch in der Landschaft zu tun hatte oder der raffiniertesten Falle.

Er und Isa tranken in seiner Wohnung Tee. Sie hatten kaum eine Stunde miteinander und wollten nur das Madrider Abendlicht genießen, bevor sie beide zu eigenen Unternehmungen aufbrachen. Isa hatte ihren offenen Terminplaner auf dem Couchtisch abgelegt. Ein Foto rutschte heraus und landete auf dem Boden. Isa hatte nicht hingeschaut, weil sie mit ihrem Telefon beschäftigt war; aber der aufmerksame Rico hob es auf.

Obwohl er keine Absicht gehabt hatte, sich das Foto anzusehen, weil Neugierde nicht zu seinen Schwächen gehörte, fiel sein Blick darauf, und da erlaubte er sich, etwas länger hinzuschauen. Es war ein Foto der jungen Isabel, noch nicht der Schule entwachsen, aber schon mit rebellischer Miene, er sah den herausfordernden Blick, der mit dem braven Haarschnitt und dem weißen Polohemd der Schuluniform kontrastierte.

»Hübsches Foto«, sagte er.

Isa sah von ihrem Telefon auf.

Dann fiel Ricos Blick auf das Mädchen neben ihr.

»Und die Kleine hier, wer ist das? Deine Schwester?«

»Ja.«

Rico wollte gerade die nächste Frage stellen, da hielt ihn etwas im Gesichtsausdruck des etwa dreizehnjährigen Mädchens gefangen. Er kannte diesen Mund. Er kannte diese Augen! Er kannte sie gut, auch wenn er sich nie hatte anmerken lassen, mit welcher Neugier er das Mädchen musterte, sobald es in seine Nähe kam. Bevor sein Verstand soweit war, hatte sein Herz schon begonnen, schneller zu schlagen.

»Willst du mir nicht verraten, wie sie heißt?«

»Nuria.«

Rico nickte wie im Traum, und der Gedanke, nach dem er damals gesucht hatte, als er in einem zerlesenen Frauenroman in der Gemeinschaftsküche ihren vollen Namen gesehen hatte, mit Tinte geschrieben, stand vor ihm, klar wie ein Ölbild. Nuria Valverde. Der Nachname war nicht so selten. Warum hätte Rico Vargas der Koinzidenz nachgehen sollen, dass er eine Isabel Valverde kannte? Nein, um solche Zufälle musste man sich nicht kümmern.

»Nuria«, sagte er. »Schöner Name. Hast du sie in letzter Zeit mal gesehen?«

»Nein, wir kennen uns kaum noch. Ein Nachspiel unserer beschissenen Familiengeschichte. Kollateralschäden, so nennt man das wohl.«

»Lebt sie in Madrid?«

»Ja.«

»Und weißt du, was sie gerade macht?«

»Wird das jetzt eine Bewerbungsmappe für Nuria? Ich sage doch, wir kennen uns kaum noch. Ich wollte mich mit ihr verabreden, aber sie hat offenbar ein Problem mit mir. Wegen damals.«

»Was war denn damals?«

Es gelang ihm, mit ruhiger Hand nach seiner Teetasse zu greifen.

»Das weißt du doch, Rico. Ich bin von zu Hause abgehauen. Ich konnte mich nicht verabschieden. Um Nuria tat es mir wirklich leid, aber ich hab's einfach nicht geschafft.« Sie legte ihr Telefon auf den Tisch und verschränkte die Arme. »Ich wusste nicht, wie ich es ihr damals hätte erklären können. Sieh sie dir an! Sie war noch ein Kind. Und danach ... Ich weiß es nicht. Ich hab's wohl versaut. Die Jahre sind vorübergeflogen, und es wurde immer schwieriger. Eigentlich schlimm, wie die Zeit einen von anderen Menschen trennt. Früher dachte ich immer, Orte machen das, Entfernungen bringen einen auseinander. Aber das stimmt nicht. Es ist die Zeit, die uns auseinanderbringt. Das ist ein Graben, den ich nicht überspringen kann.«

Rico wartete ein paar Sekunden, bevor er sagte: »Seid ihr für die nächste Zeit verabredet, du und deine Schwester?«

»Rico, was ist los mit dir?« Isa musterte ihn.

»Und? Seid ihr?«

»Das hängt von ihr ab. Ich weiß es nicht. Sie will mir Bescheid sagen. Fragestunde beendet?«

»Entschuldige. Ich wollte nicht neugierig sein. Dieses Foto hier ... Es hat so viel Ausdruck. Zwei Schwestern, die einander nahe waren. Sie muss dir fehlen.«

»Ja, das tut sie. In letzter Zeit habe ich gespürt, dass ich sie ... wiederhaben will. Ist das der richtige Ausdruck? Ich will sie wiederhaben, ja. Ich habe an ihr etwas gutzumachen.«

Als sie später mit dem Aufzug nach unten fuhr, war Isa immer noch verwirrt. Sie konnte nicht verstehen, warum Rico so viele Fragen nach einem Kind gestellt hatte. Menschen interessierten ihn nicht. Nur Dinge.

An diesem Abend konnte sich Rico Vargas nicht von seinem Spiegelbild losreißen. Minutenlang ließ er Wasser über seine Hände laufen, ohne es abzudrehen. Mechanisch nahm er das fliederfarbene Handtuch und tupfte sich die Finger ab. Ließ es zu Boden fallen. Griff blind nach dem Regler des Wasserhahns.

Er hatte kein gutes Gefühl gehabt. Von Anfang an nicht. Er hätte sie rauswerfen sollen. Aber was ihn davon abgehalten hatte, war Nurias Reaktion gewesen. Es war ihr egal gewesen, ob sie ging oder blieb. So ein Mensch hat keinen bösen Plan. »Er soll entscheiden«, hatte Nuria gesagt. »Wenn er mich nicht will, gehe ich. Wenn er mich behalten will, soll er mich bezahlen.«

Und Rico hatte sie bezahlt. Er bezahlte sie immer noch. Ihre Arbeit war wichtig. Die Hüter konnten es bestätigen. »Ethisches Mindestmaß«, er erinnerte sich genau an das Wort, das er sich vor vielen Jahren, in der Aufbauphase, notiert hatte. Nuria war sein ethisches Mindestmaß geworden.

Das Nachdenken beruhigte ihn. Vielleicht gab es ja wirklich solche Zufälle. Wie er es auch drehte und wendete, am Ende sprach alles dafür. Isa hatte offensichtlich keine Ahnung von Nurias Nachtarbeit in der Casa de Campo.

Er sah seinem Spiegelbild in die Augen, sah das weiße Hemd, die gebräunten Unterarme, die matt schimmernde goldene Uhr.

»Unglaublich«, murmelte er.

Er drehte noch einmal den Wasserhahn auf, seifte sich behutsam die Hände, spülte sie ab, nahm ein frisches Frotteetuch, trocknete sich die Hände, ließ das Handtuch fallen. Er betastete den Zufall, dessen Größe seine Phantasie überstieg, er hielt ihn ins Licht und untersuchte ihn von allen Seiten. Immer wieder kam dasselbe heraus.

Isa war unschuldig. Und Nuria?

Rico öffnete die Augen ein bisschen weiter. Wenn er ohne Pose in den Spiegel schaute, waren noch nicht einmal Fältchen um seine Augen zu erkennen. Er hob langsam die rechte Hand, strich sich mit einer behutsamen Geste die Haare aus der Stirn und ließ die Hand wieder sinken.

Es ist nicht leicht, mit den Hütern ins Gespräch zu kommen, Nuria hat es immer wieder versucht. Offenbar haben sie Anweisung, höflich zu ihr zu sein, aber möglichst wenig mit ihr zu sprechen.

Vier Hüter kümmern sich um die Nachtschicht, und alle haben genug zu tun. Nuria versucht, möglichst genau über ihren Standort im Klaren zu sein. Sie grüßt sie unauffällig, wenn sich ihre Wege kreuzen. Natürlich ist das Areal im Königspark zu groß, um sie alle im Auge zu behalten, aber da die Hüter gleich das Auto abstellen und sich meistens in Paaren zu Fuß durch den Park bewegen – die Vans für den Mädchentransport parken draußen in El Batán –, bemüht Nuria sich wenigstens, den Stellplatz des Wagens zu kennen. Dann weiß sie ungefähr, wo die Hüter ihre Basis haben und welche Mädchen sie am schärfsten kontrollieren. Und wo die Hüter *nicht* sind – da ist sie.

Der dritte und vierte Hüter sind bisher die einzigen, die zu einem kleinen Plausch bereit waren. Nuria hat das Gespräch so belanglos wie möglich gehalten, als läge in ihrem Zusammentreffen am größten Madrider Straßenstrich in mondloser Nacht nichts Sonderbares. Sie will ihr Vertrauen gewinnen, aber was sie damit anfangen soll, wenn sie es einmal hat, weiß sie selbst nicht.

Der dritte und vierte Hüter sind Ende zwanzig. Beide haben kurzes schwarzes Haar, kleine Augen und kräftige Arme. Einer Bemerkung entnimmt Nuria, dass sie aus der Extremadura stammen, vielleicht sogar aus demselben Dorf. Nuria entdeckt eine gutmütige Einfalt in ihnen – noch immer zweifelt sie manchmal, ob sie den dritten oder aber den vierten Hüter vor sich hat, so ähnlich sehen die beiden sich, was andererseits egal ist, weil die beiden fast immer zusammen auftreten. Bei den letzten Nachtschichten haben sie Nuria auf ihre schwarzen Fahrradklamotten angesprochen. Wie viel sie nachts unterwegs sei. Ob sie auch tagsüber trainiere? Ob sie sich auf einen Wettkampf vorbereite, so fit, wie sie sei?

Nuria hat nur gelacht. »Nein. Ich mag die Nacht. Das ist alles.«

Beide nicken und lachen. »Man muss nur auf böse Menschen aufpassen. Hier sind böse Menschen unterwegs.« Sie sehen sich an und lachen noch einmal. Dann werden sie ernst. »Alles in Ordnung auf deiner Seite?«

»Alles in Ordnung«, sagt Nuria. »Nicht viel los heute.«

»Sag ihnen, sie sollen sich reinhängen«, sagt der dritte Hüter und lächelt immer noch. »Wenn nichts los ist, sind sie selbst daran schuld. Sie sollen arbeiten, nichts anderes.«

Nuria nickt.

Bei diesen beiden Hütern ist er noch erträglich, der schnelle Übergang vom Geplauder zum Kommando. Andere Hüter sind strenger. Nuria hat es sich zur Regel gemacht, nie zu widersprechen, sondern nur zu »ergänzen«. Wenn Hadeel oder Marissa bei einem Rundgang der Hüter nicht zu entdecken sind, sagt Nuria beruhigend, sie habe sie eben noch gesehen, sicher gebe es dafür eine Erklärung.

Überhaupt tut sie das immer mehr: Erlärungen geben. Sie erklärt den Hütern die komplizierten Bewegungen der Beteiligten im Raum, und es klingt, als sei sie nur darauf bedacht, die Hüter zu schonen. Ihre Botschaft lautet: Es ist unmöglich, immer am selben Fleck zu bleiben. Es ist aber auch unmöglich, allgegenwärtig zu sein. Manchmal wollen die Freier etwas weiter fahren, in eine geschütztere Zone, bevor sie sich von den Mädchen bedienen lassen. Manchmal dauert es unverhofft länger, weil die Freier um den Preis feilschen. Oder das Mädchen muss zu Fuß zurück zum Standort gehen. Wichtig ist, dass die Zahlen stimmen. Das Ergebnis unterm Strich.

»Wenn ihr mal nicht sicher sein solltet«, sagt Nuria, »ob das, was die Mädchen tun, sinnvoll ist, stellt euch nur die Frage: Was ist das Ergebnis unterm Strich? Ich könnte mir denken, dass der *jefe* es genauso sieht.«

Aber die Hüter ignorieren die Anspielung auf den *jefe*. Es steht Nuria nicht zu, von Rico Vargas zu sprechen, als hätte sie höhere Weisung von ihm erhalten. Soweit die Hüter wissen, hat der *jefe* noch nicht einmal mit Nuria *geredet*. Er hat ihnen ausdrücklich gesagt: Für Nuria bin ich nicht da.

Dennoch, so glaubt sie, sind ihr der dritte und vierte Hüter nicht völlig feindlich gesinnt. Ihre Außenhülle besteht aus Unreife, Macho-Gehabe und Selbstfeier. Genießen sie es, die Mädchen zu schlagen? Nuria ist sich nicht sicher. Sie hat, außer im Kampfsport, keine Erfahrung mit schlagenden Männern.

Erst nach vier oder fünf nächtlichen Zusammentreffen dieser Art erfährt Nuria, dass der dritte und vierte Hüter Zwillingsbrüder sind. Warum ist sie nicht selbst darauf gekommen?

»Ich erzähl dir mal was Lustiges«, sagt der dritte Hüter. »Ich sage den Mädchen: Vorsicht, mein Bruder ist ein ganz harter Junge, vor dem müsst ihr euch in Acht nehmen, der versteht keinen Spaß. Wenn ihr ein Problem habt, kommt lieber zu mir.«

»Und was ist daran lustig?«

»Ich erzähle dasselbe über mich«, sagt der vierte Hüter. »Dass mein Bruder ihnen die Knochen bricht, wenn sie nicht parieren.«

»Zum Schieflachen«, sagt Nuria. »Und wer von euch beiden ist der Nettere?«

»Das verraten wir denen doch nicht!«

Nuria sagt zu Jacqueline: »Pass auf, dass du deine Telefonnummer nicht rausgibst.«

»Wieso?«, fragt Jacqueline.

»Die Hüter haben dir doch erzählt, wie gefährlich das ist. Es ist besser, nicht erreichbar zu sein. Keine Spuren zu hinterlassen.«

»Mach dir keine Sorgen«, sagt Jacqueline.

Aber Jacqueline sieht genauso aus wie ein Mädchen, um das Nuria sich Sorgen machen muss. Sie ist groß, attraktiv und zeigt ihre *tetas*, sie lacht, wenn man sie ansieht. Auch bei Nuria lacht sie immer. Nuria fragt sich, wie Jacqueline es schafft, so leicht bekleidet herumzulaufen, auch morgens um fünf Uhr.

Jacqueline liebt es, ihren schönen Bauchnabel zu zeigen. Sie ist die einzige, von der Nuria glaubt, dass Sex ihr Spaß macht, Sex mit Fremden, selbst mit irgendwelchen Jungs, die sie anleiten muss. Was hat sie überhaupt in der Casa de Campo zu suchen? Für so einen Menschen müsste sich doch etwas anderes finden lassen.

Nuria hält inne. Nicht nur für Jacqueline. Für alle müsste sich etwas anderes finden lassen. Zu allererst für Hadeel. Und für Marissa, deren Augen viel zu alt sind, als dass irgendein Freier hineinschauen wollte. Und für Fevo, für Goodness, Erika, Alexa. Es müsste sich etwas Besseres finden lassen, und doch findet es sich nicht. So viele tausend Menschen in Spanien, die keine Arbeit haben. So viele tausend Frauen, die ... *dies hier* tun. Das muss doch einen Grund haben. Ist es wirklich, weil sie keinen Ausweg sehen? Weil es nichts anderes gibt?

Nuria hat sich nie Sorgen um Arbeit gemacht, auch nicht um ihre Ausbildung. Sie hat für die Stunden danach gelebt, für die Freizeit, für Freundschaften und so weiter. Aber allmählich bedrückt sie, was sie in Madrid in den Straßen sieht. Verelendung. Trägheit. Verkommenheit. Die Mädchen hier tun immerhin etwas. Sie schlafen, stehen auf und gehen zur Arbeit.

Nuria sagt: »Die Hüter glauben, dass du mehr verdienen müsstest, Jacqueline. So, wie du aussiehst. Die Männer mögen dich. Mach es nicht zu billig. Nie unter fünfzehn, hörst du?«

»Ich bin doch nicht blöd.«

Nuria hat Jacqueline im Verdacht, dass sie ihre Telefonnummer rausgibt, um von ihnen wegzugehen.

»Da kommen welche«, sagt Nuria. »Zeig ihnen, dass du bereit bist.«

Nuria schwingt sich aufs Fahrrad und fährt weiter. Es ist nur ein Gefühl. Aber *wenn* ein Mädchen von ihnen weggehen könnte, wäre es Jacqueline.

Der dritte und vierte Hüter sind weit weg, als die Sache mit der Polizeikontrolle passiert. Auch die anderen beiden Hüter der Nachtschicht sind nicht zu sehen. Nuria fällt das blinkende Blaulicht schon von Weitem auf. Sie steigt ab und schiebt das Fahrrad näher, achtet aber darauf, dass sie im Schutz der Bäume bleibt.

Es ist, wie sie befürchtet hat. Marissa und Hadeel. Die beiden Frauen, die sich am schlechtesten verteidigen können, werden von der Polizei befragt. Einer der beiden Beamten hat sich vor den beiden aufgebaut, die Hände am Gürtel, und redet auf sie ein. Der andere wartet ein paar Meter weiter am Wagen. Nuria kann nicht verstehen, was gesagt wird, aber Hadeels Gesten im bläulichen Licht wirken verzweifelt.

Nuria trägt in ihrem Skirucksack keine Waffen, nur Mundschutz und Neoprenmaske. Als sie die Augen zusammenkneift und erkennt, dass der Polizist, der mit Hadeel und Marissa spricht, etwas in seinen Notizblock schreibt, hat sie schon die Neoprenmaske vor dem Gesicht und sich in Bewegung gesetzt. Sie läuft leichtfüßig, ist mit ein paar lautlosen Schritten bei dem Polizisten, der an der Wagentür lehnt, und tritt ihm mit dem Knie in die Seite. Während der Mann stöhnend zu Boden sinkt, ist sie schon beim zweiten, der kaum den Kopf wenden kann, bevor auch ihn ein Kniestoß niederstreckt, diesmal härter, damit sie Zeit hat: Zeit, die verschreckten Frauen an den Armen zu packen und ihnen zu sagen, wohin sie laufen sollen, schnell, ohne sich umzusehen.

»Rennt! Oder wollt ihr ins Gefängnis?«

Sie weist in die Richtung des Autos. Hadeel und Marissa reißen die Augen auf. Dann verschwinden sie im Unterholz.

Der Polizist, der die Befragung durchgeführt hat, liegt immer noch am Boden. Er hält sich stöhnend die Seite und fummelt an seinem Pistolenholster. Er rechnet nicht damit, dass der Gegner noch einmal angreift, doch Nuria beschließt, die beiden Polizisten noch eine Weile zu beschäftigen. Im Laufen versetzt sie jedem der beiden einen Tritt in die Seite, den sie nicht einmal kommen sehen, schnappt sich den Notizblock und geht leichtfüßig in Richtung ihres Fahrrads. Als die Männer sich endlich aufgerappelt haben und ihr hinterherrufen, sie solle stehen bleiben, schwingt sie sich aufs Rad und ist weg.

Während sie fährt, bewertet sie ihren Einsatz – Tempo, Präzision, Überraschungsmoment. Sie hat keine andere Wahl gehabt. Doch sie erkennt, dass sie Rico Vargas ein Problem eingehandelt hat. Sie muss ihm davon erzählen, sie darf keinen Tag warten. Die Polizei, so fürchtet sie, wird sie nicht mehr in Ruhe lassen.

Es dauert sieben Stunden und zwanzig Minuten, bis die Geschichte mit den niedergestreckten Polizisten bei Diego auf dem Bildschirm landet. Es sind inoffizielle Kanäle, gute Bekannte bei der Polizei, die den Lokalredakteur von *Claro!* informieren, lange bevor eine gereinigte Version der Ereignisse an die Presse geht. Von einem »heimtückischen und gewalttätigen Überfall« ist da die Rede, und die Zahl der Täter wird offengelassen.

»Hier«, sagt Diego, als Mateo von der Mittagspause zurückkommt. »Das könnte dich interessieren.« Diego hält ihm den Ausdruck der E-Mail hin.

Mateo liest, was die inoffizielle Quelle zu sagen hat, dann vergleicht er es mit der Meldung, die über die spanischen Agenturen läuft.

»Ich kapier's nicht«, sagt er und hängt seine Jacke über den Stuhl. »Kannst du mir das erklären?«

»Nein«, sagt Diego. »Das ist ja das Interessante daran. Ich kapiere es auch nicht.«

»Und?«

»Das wäre die Gelegenheit, ein paar Nachforschungen anzustellen.«

»Meinst du?«

»Mann!« Diego stößt ihn gegen den Arm. »Siehst du das nicht? Sprich mit Nacho, und klemm dich dahinter! Nein. Warte ...« Diego kratzt sich an der Wange. »Frag Nacho lieber nicht, sonst redet er es dir aus. Sprich mit meinem Kumpel bei der Polizei. Hier ist seine Nummer. Mach es diskret.«

Der Anruf ergibt das, was Diego wenig später »vertiefte Rätselhaftigkeit« nennt. Ja, sagt der Polizeikontakt mit tonloser Stimme. Die beiden Kollegen seien in der Casa de Campo nach Mitternacht mit Tritten »aus dem asiatischen Kampfsport« außer Gefecht gesetzt worden. An der Ostseite des Sees. Die Befragung und Überprüfung zweier junger Frauen, die sie gerade durchführten, habe deswegen abgebrochen werden müssen. Die beiden jungen Frauen seien verschwunden, als die Kollegen wieder zu sich kamen. Der oder die Täter seien auf Fahrrädern geflohen. Der Angriff stehe mutmaßlich im Zusammenhang mit Menschenhandel und Zwangsprostitution.

Mateo stellt nur zwei Fragen, aber beide lassen eine peinliche Stille entstehen.

»Auf *Fahrrädern*?«

»Ja.«

»Der oder die Täter? Wissen die Angegriffenen nicht mehr, ob sie *einen* oder ob sie *mehrere* Angreifer gesehen haben?«

Kurzes Zögern. »Es könnte sinnvoll sein, dieser Frage nicht allzu intensiv nachzugehen.«

»Versprochen. Es war nur ein Täter, nehme ich an?«

»Noch schlimmer. Man vermutet, es war eine Täterin.«

Mateo lässt ein leises Brummen hören. Es klingt wie herzliches Beileid.

»Schönen Gruß an Diego«, sagt der Polizeikontakt. »Ich verlasse mich auf euch.«

Diego beugt sich über Mateos Tisch und überfliegt die Gesprächsnotizen. Er liest sie zweimal.

»Es wird immer wilder. Du musst der Sache nachgehen. Die Sache mit den Banden ist jedenfalls Blödsinn. Seit wann schickt die Mafia Frauen auf Fahrrädern?«

Als Nuria am Morgen nach ihrer Nachtschicht vor der Wohnung ihr Fahrrad abschließt, steht plötzlich ein großer Mann neben ihr. Er kommt ihr bekannt vor, aber sie weiß nicht, wo sie ihn schon einmal gesehen hat. Der Mann legt ihr drei Finger auf den Oberarm und deutet mit einer Kopfbewegung auf die andere Straßenseite. Dort steht ein schwarzes Auto. Die hintere Scheibe wird heruntergelassen. Rico Vargas sieht sie ausdruckslos an.

»Kann ich wenigstens die Klamotten wechseln?«

Der Mann neben ihr schüttelt den Kopf. Rico Vargas hat die Scheibe wieder hochgefahren.

Wenig später gleiten sie durch den morgendlichen Verkehr. Der große Mann steuert den Wagen sanft wie ein Schiff. Nuria hat sich so oft vorgestellt, Rico Vargas könnte sie ansprechen und ihre Meinung über dieses oder jenes einholen, aber dazu ist es nicht gekommen. Er wird seine Gründe gehabt haben. Sie denkt an Jane Eyre und wie sich die unscheinbare junge Gouvernante mit ihrem zwanzig Jahre älteren Arbeitgeber Rededuelle liefert. Niemand ist bis dahin auf die Idee gekommen, Janes Gefühle ernst zu nehmen, ihren Verstand herauszufordern und jenseits des armen Waisenkindes den Menschen zu sehen. Das tut erst Mr. Rochester. Natürlich stellt er die Fragen, gibt die Richtung vor und bestimmt das Tempo. Und wenn er mürrisch wird oder ihm etwas nicht passt, zieht er sich ohne jede weitere Erklärung zurück, eine Möglichkeit, die seine kleine Gouvernante nicht hat. Aber einige Male trägt Jane Eyre doch den Sieg davon, zumindest verblüfft sie ihren Arbeitgeber und behält das letzte Wort.

Nuria mustert Rico Vargas, der seinerseits nach vorn schaut. Er scheint es nicht eilig zu haben.

»Vielleicht hätten wir uns schon früher unterhalten sollen«, sagt er. »Ich sah keine Notwendigkeit. Und die Wochen sind vergangen.«

Nuria nickt.

»Ich habe dich bezahlt«, fährt er fort. »Aber ich kannte dich nicht. Vielleicht war das überheblich. Ein Unternehmer sollte seine Angestellten kennen.«

Rico lehnt sich zurück, es sieht aus, als müsse er sich seine nächsten Worte überlegen. Er hat sich Zeit genommen, er will dem Rätsel der beiden Schwestern auf den Grund gehen, er findet es widersinnig, kinohaft: Er kann es immer noch nicht glauben. Deswegen hat er seine Prinzipien verletzt und sich für etwas interessiert, was eigentlich außerhalb seines Bereichs liegt, was nicht *lo suyo* ist. Was diese beiden Schwestern miteinander zu verhandeln haben, geht ihn nichts an.

»Ich habe dir vertraut«, sagt er. »Obwohl ich bis heute nicht weiß, was du in der Casa de Campo willst.«

Nuria schaut nach vorn. Natürlich könnten sie jetzt weiterplaudern, denkt sie, man würde sich kennenlernen. Aber es gibt Dringenderes.

Nuria ist am Ende der Nachtschicht nicht mit zur Finca gefahren, das tut sie nie; die Heimfahrt der Mädchen läuft ohne sie ab. Sie hat in der Casa de Campo noch mit den Hütern gesprochen, die besorgte Gesichter gemacht haben, bevor sie Hadeel und Marissa mitnahmen. Doch sie vermutet, dass Rico Vargas die Nacht nicht auf der Finca verbracht hat. Und das könnte heißen, dass er von den Vorfällen der vergangenen Nacht noch nichts weiß.

»Ich muss Ihnen etwas sagen. Es kann nicht warten. Tut mir leid, dass es keine gute Nachricht ist.«

Rico wendet sich ihr wieder zu. Der Ausdruck von Ruhe liegt noch immer auf seinem Gesicht. Er hat für ihre erste Begegnung das Auto gewählt, um die Zeit des Gesprächs genau zu kontrollieren. Sie könnten lange fahren, sie könnten kurz fahren. Sie könnten auf der M40 dreimal Madrid umrunden, und alles wäre gut, weil Rico die Situation beherrscht.

»Was gibt es?«

»Ich habe letzte Nacht zwei Polizisten außer Gefecht gesetzt. Sie hätten sonst zwei Mädchen mitgenommen.«

»Niemand nimmt meine Mädchen mit.«

»Doch. Diese beiden Polizisten meinten es ernst.«

»Nein. Und du ... Großer Gott ...« Rico starrt nach vorn, sein Kiefermuskel arbeitet. »Niemand nimmt meine Mädchen mit, ich sage es dir! Niemand!« Den letzten Satz hat er herausgeschrien, dann bricht er ab. Er lehnt sich zurück, um Beherrschung bemüht. »Niemand nimmt meine

Mädchen mit. Die Polizei weiß über meine Mädchen Bescheid. Dafür habe ich gesorgt. Jeder weiß, was er zu tun hat. Was dachtest du denn?« Seine Rechte öffnet sich, schließt sich und öffnet sich wieder. »Weißt du, seit wie vielen Jahren ich das mache? Wie konntest du so dumm sein!«

Nuria achtet zum ersten Mal auf seine Stimme. Keine tiefe Stimme, keine hohe Stimme. Eine Stimme ohne Farbe. Sie müsste dieser Stimme lange zuhören, um zu ahnen, wer und was aus ihr spricht. Es tut ihr leid, dass sie einen Fehler gemacht hat. Sie würde diese Stimme gern in einem anderen Ton hören, ruhiger, im Gespräch über Alltägliches.

Aber vielleicht ist das ja ihr Problem. Dass Dinge, die Nuria in Zweifel stürzen, für Rico alltäglich sind.

Dann, ohne Vorwarnung, fängt sie an zu zittern. Sie starrt auf ihre Hände und kann es nicht glauben. Erst dann kommt das andere. Nuria ist überrascht, wie heftig sie im Auto die Erkenntnis überkommt. Sie fühlt sich gewürgt von dieser Erkenntnis, sie war dumm, viel dümmer, als Rico ahnt. Sie wollte so sehr helfen – und doch ist sie machtlos. Erst jetzt, in diesem großen Auto, das penetrant nach Geld und Leder riecht, erkennt sie es.

»Ich …«

Sie sieht ihn an, aber er hilft ihr nicht.

»Ich hatte keine Ahnung«, sagt Nuria, »dass es geregelt war. Ich wollte helfen.«

»Du wolltest helfen. Du wolltest helfen.« Er verstummt, aber seine Lippen bewegen sich weiter. »Und ich Idiot habe mich schon gefragt, ob deine Schwester etwas im Schilde führt.«

Nuria traut ihren Ohren nicht. Sie legt sich die Arme um den Oberkörper, als wäre ihr plötzlich kalt geworden.

»Was hat das mit meiner Schwester zu tun?«

»Es ist nicht wichtig«, sagt Rico. »Isa weiß von nichts.

Sie weiß auch nicht, was du machst. Ich habe ihr nicht erzählt, dass du für mich arbeitest.«

»Woher kennen Sie Isa?«

Dann begreift Nuria. Erschrocken und sprachlos schaut sie nach draußen, um etwas Vertrautes zu sehen. Sie passieren die Moschee an der M30. »Wohin fahren wir eigentlich?«

Rico schüttelt den Kopf. »Frag ihn. Ich rede ihm nicht rein.« Seine Rechte schließt sich wieder, öffnet sich, schließt sich. »Ich werde einen Haufen Arbeit haben, das mit der Polizei zu regeln. Und du musst verschwinden. Lass dich mit deinem Fahrrad nicht mehr in der Casa de Campo sehen, hörst du?«

»Der Park ist voller Radfahrer. Wir sehen alle gleich aus.«

»Nicht nachts. Leg eine Pause ein.«

»Meine Schwester«, sagt sie, »arbeitet auch für Sie, stimmt's? Als Callgirl.«

»Wir nennen es Begleitung.«

»Wie lange kennen Sie Isa schon?«

»Lange. Ihr solltet miteinander reden. Hab ein bisschen Respekt vor ihr. Du hast keine Ahnung von der Welt. Du glaubst, du wüsstest alles. Aber du weißt gar nichts.«

21

Zwei Schwestern

Als Nuria wieder zu Hause ist, duscht sie, macht eine Runde mit Matilda, gibt erst der Hündin ihr Frühstück und macht sich dann selbst etwas. Sie ist allein in der Wohnung. Normalerweise würde sie sich fünf Stunden hinlegen und dann zum Training gehen. Aber Schlaf kann sie vergessen. Sie denkt noch darüber nach, was Rico Vargas gesagt hat: »Ihr solltet miteinander reden.« Jetzt erst recht. Sie und Isa, sie arbeiten für denselben Zuhälter. Rico weiß es, Nuria weiß es. Nur Isa weiß es nicht.

In der Küche fällt Nurias Blick auf den Kühlschrank mit der zerbeulten Tür. Im Stehen isst sie einen halben Becher Naturjoghurt. Sie geht ans Fenster und sieht nach draußen. Auf der Plaza steht ein gelber Baukran, der schon längst zum Viertel gehört. Daneben liegen gestapelte Sand- und Zementsäcke. Drei Säcke stehen aufrecht, aneinandergelehnt wie betrunkene Männer. Nuria hätte Lust, sie zu treten, aber mit der Stiefelspitze, damit sie aufplatzen und graues Zementpulver herauskommt.

Die Unklarheit schnürt ihr die Luft ab, sie muss etwas tun. Sie überlegt, ob sie Isa anrufen soll, um sich mit ihr zu verabreden. Sie könnten sich sehen, wie es sich für Schwestern gehört. Sie könnten über den riesigen Graben von zehn Jahren hinweg miteinander reden und herausfinden, ob noch etwas übrig ist. »Ja, lass uns sehen, ob noch etwas übrig ist«, sagt Nuria wie in der Sprechprobe, während sie den Joghurtbecher in den Abfall wirft. Ihre Stimme ist normal, sie spricht nur etwas langsamer. »Ob wir uns überhaupt noch kennen. Ob irgendein Gespräch zwischen uns einen Sinn hat.« Sie nickt und greift zum Telefon.

Doch dann sagt Nuria ihrer Schwester keinen einzigen der Sätze, die sie vorbereitet hat. Sie kommt nicht dazu, denn Isa fällt ihr vor Erleichterung gleich ins Wort. *Natürlich* könnten sie sich sehen, jederzeit, welcher Ort ihr denn recht sei? Vielleicht ein Spaziergang im Retiro und dann ein Kaffee am Teich?

Und Nuria sagt, ganz die kleine Schwester, klar, Isa, gute Idee, um vierzehn Uhr an der Skulptur des *Gefallenen Engels*?

Doch der *Gefallene Engel* ist Isa zu weit südlich, das wäre unpraktisch für sie. Ob auch die Puerta de Alcalá ginge? Das sei ihr Parkeingang, gleich vor der Haustür, sagt sie und lacht verlegen, weil sie damit zu erkennen gibt, dass ihre Wohnung im vornehmsten Teil von Salamanca liegt.

»Wie du willst«, sagt Nuria, die sich zu fragen beginnt, ob ihr Vorschlag wirklich so eine gute Idee war. »Um vierzehn Uhr an der Puerta de Alcalá.«

Und dort treffen sie sich. Zwei Schwestern, die einander seit einer halben Ewigkeit nicht gesehen haben. Der Unterschied: Nuria kennt Fotos von Isa als »Valeria«, Isa dagegen kennt kein einziges Foto von Nuria, die in ihrer Abwesenheit erwachsen geworden ist. Darum trägt Isa das alte Foto der Dreizehnjährigen in ihrem Terminkalender mit sich herum.

Folglich ist es Nuria, die Ausschau hält nach einer ihr bekannten Frau von achtundzwanzig Jahren, dem eleganten, teuren Geschöpf aus der Bildergalerie des Escort-Service, einer der besten Agenturen Madrids, wie sie inzwischen weiß, sie hat dazu recherchiert. Sie hat auch nach dem Namen Rico Vargas gesucht, aber auf der Website hat sie nur einen Firmennamen gefunden, alles diskret, anonym, die Kunden wissen die Zurückhaltung sicherlich zu schätzen.

Nuria ist früher da und wartet. Nuria will die Kontrolle behalten, soweit es eben geht, aber eigentlich hat sie keine Ahnung, welche Kontrolle sie meint. Sie erinnert sich an ihre Kindheit, und wenn ihr eines klar vor Augen steht, dann dies: dass Isa sich nicht kontrollieren lässt, weil sie sowieso macht, was sie will. So war es immer. So wird es bleiben.

»Du siehst gut aus!«, ruft Isa, als sie sich dann endlich gegenüberstehen. Das ist ihr erster Satz, bevor sie sich eine Umarmung geben und vor Verlegenheit lachen.

Beide lachen zu viel in diesen ersten Minuten, um die Künstlichkeit der Begegnung zu dämpfen, es ist schiere Hilflosigkeit, denn ebenso gut könnten sie einander in die Arme sinken und wegen der Grausamkeit des Schicksals losheulen. Nur dass Nuria ihren Tränen misstrauen würde, denn was war daran »Schicksal«, dass ihre große Schwester weggegangen ist? Hätte es keinen anderen Weg gegeben? Einen, der Nuria *nicht* als zufälliges Opfer am Straßenrand zurückgelassen hätte?

Nuria denkt diese Fragen, aber spricht sie nicht aus, sie hat sich vorgenommen, ruhig und beherrscht in dieses Gespräch zu gehen. Womit sie nicht gerechnet hat, ist die Atmosphäre hysterischer Normalität, die Isa zu verbreiten versucht.

Deshalb holt Nuria nach ein paar Minuten tief Luft und sagt: »Ich gebe zu, ich kann mir immer noch nicht vorstellen, wie du dein Geld verdienst. Es geht nicht hier rein, Isa.« Sie tippt sich an den Kopf und lächelt gequält. »Ich schaff's einfach nicht.«

Schweigen. Nuria ist unsicher, was sie fordern soll, ob sie überhaupt etwas fordern darf, und schaut nach vorn, auf Spaziergänger und den Eisverkäufer ein bisschen weiter weg.

»Aber das ist nicht das Eigentliche, Nuria. Oder?«

Zum ersten Mal, seit sie zusammen sind, tritt Ruhe ein. Isa schaut sich um, registriert die Spaziergänger, genau wie zuvor ihre Schwester, und wendet sich wieder Nuria zu.

»Die Arbeit betrifft nur meinen Körper«, sagt sie langsam, als hätte sie schon seit Langem darauf gewartet, etwas Grundsätzliches zu sagen. »Und das regelt jeder für sich. Wir haben darüber damals nicht gesprochen, weil du noch zu jung warst. Aber ich habe schon immer gedacht, dass Frauen ihren Körper verteidigen müssen. Was sie damit machen, geht niemanden etwas an.« Isa sieht ihre Schwester an. »Absolut niemanden.«

»Lass uns beim Thema bleiben. Ich glaube nicht, dass es nur um deinen Körper geht.«

»Gut. Meinetwegen. Es geht nicht nur um meinen Körper.« Isa richtet sich auf, sie sitzen auf einer Bank, Isa hebt den Kopf und blickt stolz nach vorn, als müsste sie einer Menschenmenge trotzen. »Du machst dir keine Vorstellung, was meine Arbeit bedeutet. Du musst dir überlegen, wer überhaupt noch dein Freund sein kann, in wessen Leben du noch hineinpasst, ich kann dir sagen, es sind nicht viele, denn auch wenn sich heute alle liberal geben – mit einer Nutte, egal, wie exklusiv, wollen sie nichts zu tun haben. Am späten Samstagabend beim Ausgehen vielleicht, klar, sie gucken ja auch weg, wenn sich einer ihrer Bekannten eine Linie zieht. Aber nicht im privaten Umfeld, wenn die Wahl deiner Freunde immer auf dich zurückfällt. Oder aber du lügst, doch solche Bindungen kannst du sowieso vergessen, Lügen vergiftet dich. Echte Freunde? Nur im Milieu. Und dann sind sie nicht mehr echt. Du kannst dir vorstellen, was das heißt.«

»Nein, Isa, das kann ich mir nicht vorstellen. Was heißt es?«

Isa ist jetzt ein wenig zusammengesunken, der Stolz ist weg. Nuria kann die Augen hinter der Sonnenbrille kaum erkennen, aber sie stellt sich vor, dass sie auf etwas Beliebiges blicken.

»Du genießt die Dinge allein, die du dir erarbeitet hast. Du gewöhnst dich daran. Du wirst besser darin, alles selbst zu organisieren und dich auf niemanden zu verlassen. Früher war immer die Frage, was du dir leisten kannst. Ist es nicht so? Doch auf einmal … und man merkt den Übergang nicht sofort … auf einmal geht es nur noch darum, ob zumindest gelegentlich jemand zur Verfügung steht, um das Erreichte mit dir zu genießen.«

»Soll ich jetzt Mitleid haben?«

»Ich pfeif auf dein Mitleid! Du sollst *verstehen*. Wenn das überhaupt möglich ist.«

»Auf einmal soll ich verstehen. War ich damals zu jung zum Verstehen? Oder zu blöd? Hattest du keine Lust, es mir zu erklären? Oder war ich die Erklärung nicht wert? Du weigerst dich immer noch, unsere Geschichte anzuschauen. Was glaubst du, ab welchem Alter ich gern etwas davon verstanden hätte!«

Isa schweigt. Sie haben gleich eine der ersten Bänke genommen, von Spaziergang ist keine Rede mehr. Beide wissen, dass es wohl auch nicht mehr zum Kaffee am Teich kommen wird, denn heute zählt nur das Reden, und reden können sie hier so gut wie anderswo. Worüber? Wie nahe sie einander noch kommen können. Oder wie entfernt sie einander bleiben. Da begreift Nuria, dass auch das Nahekommen nicht hilft, wenn das, was sie dort sieht, sie abstößt. Aber sie muss weitermachen, koste es, was es wolle.

»Weil du keine Ahnung hast«, sagt sie, »was dein Beruf wirklich bedeutet, deshalb! Weil du nicht wissen willst, wer du geworden bist!«

»Komm mir jetzt nicht mit Moral. Ich dachte, darüber wären wir hinaus!« Einen Augenblick lang spürt Nuria wieder die Ungeduld der großen Schwester, die ans Befehlen gewöhnt ist. »Wem schade ich denn mit meiner Arbeit, Nuria? Sag mir, wem ich schade außer ein paar Spießern!«

»Das alles ist so durch und durch … verfault. Die Vorstellung, dass alles zu kaufen ist und jeder Körper als Ware durchgeht. Du bist zu kaufen, Isa.«

»Aber das ist meine *Wahl*! Ich habe mich dafür entschieden.«

»Ja, aber was ist mit denen, die diese Wahl nicht selbst getroffen haben? Die verschleppt und versklavt wurden? Was ist mit denen? Siehst du nicht, dass es am Ende dasselbe ist?«

»Ich weiß wirklich nicht, was du willst, Nuria. Über ein Thema, von dem man keine Ahnung hat, lässt sich leicht predigen.«

»Ich weiß mehr davon, als du denkst.«

»Und wo hast du deine Insiderkenntnisse erworben?«

»In der Casa de Campo.«

»Hör auf, Nuria. Das ist doch für die letzten kaputten Typen, die niemanden abkriegen.«

»Und für die letzten kaputten Mädchen, Isa. Vergiss die Mädchen nicht.«

Isa nimmt die Sonnenbrille ab und wirft Nuria einen strengen Blick zu. »Das ist unappetitlich. Und ganz und gar nicht deine Welt.«

»Was weißt du schon von meiner Welt? Ich will dir etwas erzählen, Isa. Zum Beispiel von Marissa aus Algerien. Ich weiß noch nicht einmal, ob das ihr richtiger Name ist. Wenn ich jetzt an sie denke, sehe ich ihre Hände vor mir, braune Hände, alte Hände, viel älter als ihre siebenundzwanzig Jahre, wenn sie mir überhaupt ihr wirkliches Alter gesagt hat, was ich immer weniger glaube. Sie waren ihr großes Handicap, diese alten Hände. Denn die Männer waren ziemlich irritiert. Mit diesen Händen nahm sie ihre Schwänze in die Hand, zog ihnen den Gummi über und …«

»Nuria!«

»Warte, Isa. Ich habe noch nicht von dem fehlenden Zeigefinger an Marissas rechter Hand geredet. Eine Erinnerung an Algerien. Irgendein eifersüchtiger Typ dort drüben hat ihr den Finger abgeschnitten, weil er sich nicht respektiert fühlte. Mit einem Küchenmesser. Er sagte: Damit du lernst, mich zu respektieren.«

»Wirklich, ich weiß nicht, was das ...«

»Isa, warte. Ein paar Einzelheiten können nicht schaden. Was soll Marissa also machen mit diesem Stummel von Zeigefinger, was würden die Männer denken, wenn sie ihre Schwänze in die Hand nimmt? Das war ihre Sorge. Also benutzte sie ein paar Tricks. Drehte die Hand so, dass die Männer nichts sahen. Beugte sich schnell über ihre Hand, wenn sie ihnen einen blies, die Idioten rollten sowieso nur die Augen und sagten: Sehr gut, Mädchen, weiter so. Aber jetzt war das Problem, dass man ihre alten Hände sah. Der Stummel am Zeigefinger ließ sich verbergen. Die alte, rissige Haut nicht.«

»Das ist ekelhaft, Nuria.«

»Und diese Dummköpfe fingen an, von Marissas Händen zu reden, während diese Hände sich an ihnen abmühten. Sie fragten: Hast du mal auf dem Land gearbeitet? Haben sie dich als Kind zu hart rangenommen? Manche Männer wollten sie herunterhandeln, sieben Euro statt zehn, höher kann ich wirklich nicht gehen, ich bin sicher, deine kleinen Freundinnen dort vorn haben schönere Hände. Irgendwann sagte Marissa nur noch: Willst du, dass ich aussteige? Und sie griff nach der Autotür, obwohl sie nie sofort den Griff fand, das war ihre große Schwäche, diese verdammten Griffe an all den verschiedenen Autotüren. Kleinwagen, Mittelklasse, Geländewagen, Limousinen, nie sitzen die Türgriffe an derselben Stelle.«

»Nuria«, sagt Isa. »Warum sprichst du nicht von dir? Ich weiß nicht, was Marissa mit dir ...«

»Ich spreche doch von mir.« Sie sieht ihre Schwester starr an. »Warte ab. Oder hast du es eilig? So oft haben wir uns in den letzten Jahren auch nicht gesehen.«

Isa schweigt. Sie hat sich die Sonnenbrille wieder aufgesetzt. Ihre Oberlippe zuckt höhnisch. Nuria kennt den Ausdruck von Isa noch, der aufsässigen Schülerin, die *alle* Lehrer bescheuert, *alle* Ordensschwestern zurückgeblieben fand. Isas Oberlippe, das klassische Zeichen für Ärger, Ungeduld, Herablassung.

»Jedenfalls half das meistens besser, der Griff nach der Tür. Oder noch besser, der Griff an die Brüste, alles wieder einpacken, sich zuknöpfen, dem Typ das Vergnügen entziehen, verstehst du? Sie hatte sich ja von Anfang an zugeknöpft gegeben, sie nahm die Brüste nie ganz heraus, nur so, dass der Typ an den Nippeln spielen konnte. Und dann, wenn der Typ mehr wollte, wehrte Marissa ihn ab und sagte: Hol doch deinen Schwanz raus. Auch bei ihren Brüsten gab's ein Geheimnis. Sie hatte sie an den Seiten ausgestopft, damit es von vorne nach mehr aussah. In der Casa de Campo gibt es jede Menge Mädchen, die sich die Brüste machen lassen, nicht nur die Transvestiten, die haben sowieso die Prachtexemplare. Aber auch andere lassen sich operieren, sobald sie etwas angespart haben. Als letzte kommen die Afrikanerinnen dran, es dauert, bis sie das Geld zusammenhaben, und meistens brauchen sie es nicht so dringend, weil sie noch jung sind, *richtig* jung, siebzehn, achtzehn, Marissa war unter denen schon eine alte Frau.«

»In Ordnung, Nuria.« Isas Ärger ist nicht mehr ungeduldig, sondern kalt. »Was noch?«

»Dass sie kräftig ausgespuckt hat, nachdem sie ihnen einen geblasen hat, nach draußen. Und dafür hat sie den Griff der Autotür meistens gefunden. Ich habe Marissa nachts gesehen. Meine Zeit war die Nacht.«

»Du?«

»Ich habe auf sie aufgepasst, Isa. Auf Marissa und die anderen.«

»Moment.« Isa nimmt langsam die Sonnenbrille ab. Ihr Gesicht kommt näher. »Du hast dort *gearbeitet*?«

»Ich arbeite immer noch dort.«

»Sag mir, dass das ein Witz ist.«

»Nein, Isa. Die Casa de Campo ist mein Arbeitsplatz. Ich nenne sie Königspark.«

»Bist du Sozialarbeiterin oder so was?«

Nuria schüttelt den Kopf. Sie überlegt, ob sie Isa sagen soll, was jeder im Königspark weiß: dass es für die Sklavinnen keine Sozialarbeiter gibt, weil die Arbeit *dieser* Mädchen anders organisiert ist. Nuria sieht ihr ganzes bisheriges Gespräch wie eine Vorbereitung auf den einen Satz, den sie jetzt aussprechen könnte.

»Es gibt noch eine Kleinigkeit«, sagt sie, »die du nicht weißt. Aber ich bin nicht sicher, ob ich sie dir verraten soll.«

Nuria ist so mit sich selbst beschäftigt, dass sie nicht merkt, wie Isa neben ihr erstarrt. Erst, als sie das Geräusch hört – Sonnenbrillenbügel, die achtlos zusammengedrückt werden –, schaut Nuria ihre Schwester wieder an und sieht, dass sie zittert, die rechte Hand um die Sonnenbrille geschlossen. Doch Isa kann feindliche Empfindungen nicht lange für sich behalten, sie muss nach draußen mit ihnen, und jetzt packt sie Nuria heftig am Arm und zischt:

»Nein! Sag, dass es nicht stimmt!«

Die Gewissheit hat Isa in diesem Augenblick erreicht. Alles ergibt einen Sinn, Ricos seltsame Reaktion auf das Foto, sein hartnäckiges Nachfragen. Isas Stimme ist roh, sie ist verletzt und viel zu laut für diese beiden Schwestern, die sich nach so langer Zeit wiedersehen und denen kein besserer Ort dafür eingefallen ist als eine Bank im Retiro.

»Nuria! Sag mir nicht, du arbeitest für Rico Vargas!«

Nuria macht sich mit einer ruhigen Bewegung los. »Was

kümmert es dich, Isa? Im Ernst. Du hast diese Welt doch noch kein einziges Mal betreten. Du bist etwas Feineres als Marissa.«

Isa schlägt ihr wütend auf den Arm, aber Nuria ist schon aufgestanden.

»Etwas *viel* Feineres als Marissa. Dreißig Mal so fein, wenn ich richtig gerechnet habe. Sonn- und feiertags sogar vierzig Mal so fein.« Sie schaut Isa an, endlich mit so etwas wie Sicherheit im Blick, obwohl sie weiß, dass dieses Gefühl nicht lange anhalten wird. »Hör mir zu, Schwester, nur ein einziges Mal. Wenn ich wüsste, wie ich Ricos Reich in Brand setzen kann, ich würde es tun. Es ist mir egal, ob du es ihm sagst oder nicht. Ja, sag ihm ruhig, dass er auf diese Angestellte nicht mehr zählen kann.« Nuria reibt sich geistesabwesend den Arm, sieht den gepflegten Parkweg entlang und dann auf ihre blasse, vor Zorn bebende Schwester. »Geh zu ihm, Isa. Ihr habt euch verdient.«

22

Meide diesen Ort

Die Dunkelheit war hereingebrochen, die in Madrid so spät kommt, so träge, als wäre es ihr nicht ernst damit und als hätte niemand etwas zu gewinnen, wenn der Tag geht. Doch die Luft bewahrte noch die sommerliche Wärme, und wer mit Inbrunst an gutes Wetter glaubte, mochte sich in der Sicherheit wiegen, der Herbst sei noch fern.

Mateo war zur Recherche in die Casa de Campo aufgebrochen und hatte sich noch einmal Diegos Fahrrad ausgeliehen. Diego hatte ihm auch das Auto angeboten, aber Mateo wusste, was er wollte.

»Fahrräder spielen in dieser Geschichte eine gewisse Rolle.«

Unter den Bäumen in der Nähe des Sees wurde die Luft kühler. Mateo sah noch mehr Mädchen als bei seinem Besuch mit Diego. Sie standen zu beiden Seiten der Straße, um schon ganz vorn die Freier abzugreifen: noch mehr, noch jünger, noch fordernder. Im Allgemeinen hatten sie mit Fahrradfahrern nichts zu schaffen, aber da sie nichts Besseres zu tun hatten, versuchten sie ihr Glück. Er hatte es schon einmal erlebt, als er Hadeel kennenlernte.

»He, bleib stehen! Hast du Lust, *guapo*? Ich mach's dir fast gratis! Warte! Hast du's schon mal mit zweien gemacht?«

Er hörte noch andere Wörter, in vielen verschiedenen Akzenten, nicht immer verständlich, aber darauf kam es nicht an. Es waren junge Schwarzafrikanerinnen, und viele von ihnen waren so hübsch, dass Mateo auf einem Dorfmarkt in ihrem Land die Kamera gezückt hätte. Er wollte mit ein oder zwei Mädchen sprechen, doch als er abbremste, um sich einer Gruppe zu nähern, bemerkte er, dass andere ihre Positionen weiter unten verließen und dazustoßen wollten. Er hatte gedacht, die Prostitution mache die Frauen zum Objekt, aber niemand hatte ihm erzählt, dass in der Casa de Campo auch der Freier zum Objekt wurde.

Als er einige Kilometer gefahren war und manche Mädchen schon zum zweiten Mal passierte, kam er auf die Idee, zur Begrüßung leicht zu nicken. Als eine ihm zurief: »Wie viele Runden willst du denn noch drehen, bevor du dich entscheidest?«, hob er freundlich die Hand. Er spürte die Milde der Nachtluft und wurde ruhiger.

Mateo dachte daran, wie die Mädchen, die hier anfingen, sich fühlen mochten. Sie waren die billigsten Sexkräfte des Landes, mit denen man verfahren konnte, wie man wollte. Der Volksmund wusste es, die Witze und schlüpfrigen Anspielungen handelten davon, es war allgegenwärtig im Bewusstsein von Männern wie Frauen: Hier gab es immer jemanden, der Hand anlegte und den einfachsten Dienst verrichtete. Jemandem gefiel das nicht? Pech gehabt.

Aber wer achtete auf die Mädchen, wer schützte sie vor aggressiven Freiern? Mateo beobachtete eine ständige Kommunikation zwischen den einzelnen Gruppen – keine Garantie für Sicherheit, doch solange man dicht beieinander blieb, konnte man einander überwachen und notfalls um Hilfe schreien. Schwieriger wurde es auf den dunkleren Abschnitten. Und noch heikler wurde es, wenn die Mädchen ein größeres Terrain für sich beanspruchten oder mit den anderen nicht auskamen. Wenn sie lieber allein jagten. Der strategisch gute Standort hatte den Nachteil, dass niemand für einen die Augen offenhielt, niemand sich darum kümmerte, wenn etwas passierte. Mateo sah es und verstand es; er prüfte das Gelände mit den Augen der Mädchen.

Was er ebenfalls lernte: dass Reden in der Casa de Campo verboten war. Die meisten Mädchen jagten ihn gleich davon, wenn er sich ihnen näherte, weil sie Polizei oder Enthüllungsjournalisten witterten, ihre Zuhälter hatten sie streng instruiert. Eine mutige, schon ältere Ukrainerin zog sich ungerührt vor ihm um und sagte dann: »Zwanzig Euro, Junge. Dann erzähle ich was. Du kostest mich Arbeitszeit.«

Mateo verzichtete auf das Interview und fuhr weiter. Er umkreiste den See, sah sich den großen Parkplatz an den Restaurants an und winkte Mädchen im Unterholz zu, die nicht zurückwinkten. Er machte ein paar Notizen und überprüfte mehrmals, ob sein Bandgerät mit Batterien bestückt war.

Und dann sah er die schwarz gekleidete, vornübergebeugte Gestalt auf dem schwarzen Fahrrad.

Zuerst nahm er nur eine Bewegung wahr, weniger als einen Schatten. Dann das matte Blinken des Chroms, den trainierten Bewegungsablauf, die Einheit von Fahrer und Rad.

»Wer ist denn *das*?«, murmelte er vor sich hin.

Er sah den Helm und das blasse Gesicht tief über dem Lenker. Da erkannte er sie. Es war das Mädchen auf dem Foto, kein Zweifel. Nuria, die Tochter von Pío Valverde.

»Entschuldigung!«, rief er. »Kannst du mir helfen?«

Die Radfahrerin stutzte, drosselte das Tempo und fuhr dann mit einer kräftigen Beschleunigung in großem Bogen an ihm vorbei.

»Bitte«, rief er ihr nach. »Ich brauche Hilfe!«

Sie würdigte ihn keiner Antwort. Nur ihrem Körper, der zusammengezuckt war, sah er an, dass sie ihn verstanden hatte. Er blickte ihr nach, bis die beiden Katzenaugen verschwunden waren.

Was machte Nuria Valverde um diese Zeit in der Casa de Campo? Ein bisschen spät, um vernünftig zu trainieren, man riskierte, sich den Hals zu brechen.

Er wählte die Nummer von Pío Valverde.

»Hat sie sich gemeldet?«

»Nein, ich stelle noch Nachforschungen an.«

»Und womit kann ich dir helfen?«

Im Hintergrund hörte Mateo sinfonische Musik.

»Indem Sie mir noch ein bisschen von Ihrer Tochter erzählen. Interessen, Hobbys, solche Sachen.«

»Das hätte ich gleich erwähnen sollen. Sie macht Kampfsport. Ziemlich ernsthaft. Aber keine Sorge, du bist nicht in Gefahr.« Pío lachte, dann räusperte er sich so laut, dass es Mateo im Ohr wehtat.

»Verstehe«, sagte er. »Sonst noch was? Ist sie gern draußen, zum Beispiel zum Trainieren?«

»Na ja, sie fährt viel Fahrrad, das weiß ich. Aber zum Training geht sie in diese Käfige, das ist ihr Sport. Kampfsport, meine ich. Ziemlich wüste Sache, wenn du mich fragst, die boxen und treten und ringen, mit Würgegriffen und allem.«

»Asiatischer Kampfsport, habe ich das richtig verstanden?«

»MMA nennen sie es, Mixed Martial Arts. Aber frag mich nicht, woher das kommt, heute muss ja alles auf Englisch sein. Was ist mit unserem schönen Spanisch, Mateo? Will das keiner mehr sprechen?«

»Ein Glück, Pío, dass wir es noch fließend beherrschen.«

»Es geht ja alles den Bach runter. Manchmal bin ich ziemlich pessimistisch, ich will dir nichts vormachen. Ich bete darum, dass es anders kommt, aber … Es geht so viel kaputt.«

»Was denn, zum Beispiel?«

»Na ja, die Familie. Oder glaubst du, dass die Familie noch zu retten ist?«

»Hat Nuria eigentlich Geschwister?«

Ein krachendes Räuspern.

»Pío? Alles in Ordnung bei Ihnen?« Mateo rieb sich das Ohr.

»Ja. Ich wollte sagen, eine Schwester. Nuria hat eine ältere Schwester. Das ist ein weiteres Trauerspiel. Lass mich nicht davon anfangen.«

»Kein Problem, Pío. Ich habe Zeit.«

»Ich höre Autos im Hintergrund. Nuria war bei unserem letzten Gespräch auch im Freien.«

»Um welche Uhrzeit war das?«

»Spät. So wie jetzt.«

»Was war denn nun mit Nurias Schwester?« Mateo hatte sein Fahrrad unter einen Baum gestellt. »Das Trauerspiel, von dem Sie erzählen wollten?«

»Von dem ich *nicht* erzählen wollte, Mateo. Ganz bestimmt nicht. Isabel ist die Enttäuschung meines Lebens.«

»Vielleicht hat sie ja eine Ahnung, wo Nuria sich aufhält.«

»Das glaube ich kaum. Die beiden hatten schon lange keinen Kontakt mehr. Gott schickt uns Prüfungen, wie es ihm gefällt. Moment …«

Mateo entging der Detonation des Räusperns.

»… eine kleinere, na ja, Reiberei, Nuria und ich. Als wir uns das letzte Mal gesprochen haben. Ich habe was Blödes gesagt. Über Nurias Freunde. Dabei glaube ich an Toleranz. Sie soll zusammen sein, mit wem sie will, sie soll sich trennen, von wem sie will. Ich hebe die Arme und sage Amen.«

»Eine vernünftige Haltung, Pío.«

»Nuria hatte es in den letzten Jahren nicht leicht. Erst

dieser Junge mit dem Drogenproblem, Portu? Dann ein anderer Freund, von dem ich nie etwas gehalten habe, obwohl ich ihn eigentlich nicht kannte, aber manchmal haben Väter so ein Gefühl. Alte Leitbullen und ihre Instinkte. Ach, Scheiße … Es ist so … Ich vermisse einfach die Richtung in ihrem Leben …«

»Das verstehe ich, Pío.«

»Versprich mir, dass du dich meldest, wenn du Neuigkeiten hast.«

Die Sache mit dem Kampfsport hatte bei Mateo den letzten Zweifel ausgeräumt. Von zu Hause aus schrieb er Nuria eine Nachricht. Er wisse, wer sie sei, er müsse mit ihr reden.

Nuria antwortete nicht.

Mateo wählte ihre Telefonnummer, doch sie ging nicht dran. Er strich durch seine Wohnung, räumte ein paar Sachen weg, warf Wäsche für die Reinigung in einen Beutel. Er legte Brot auf den Küchentisch, holte Oliven und Käse aus dem Kühlschrank, aß ein paar Happen und wählte die Nummer, bevor er sich gefragt hatte, was er sagen wollte.

»Hallo? Don Horacio? Mateo hier. Sie sagten, ich sollte mich mal melden. Störe ich?«

Er hatte noch keine Zeit gehabt, darüber nachzudenken, worin sich sein neues spanisches Leben von seinem alten deutschen Leben unterschied. Aber ihm gefielen die weichen Übergänge zwischen Tag und Nacht, und er war froh, dass er den Dichter um halb elf abends noch zu einem Treffen bewegen konnte. Allerdings sei er faul, sagte Ballesteros. Mateo müsse sich schon zu ihm bequemen.

Der Dichter war am späten Abend viel vorzeigbarer als am Nachmittag. Er war gekämmt, duftete nach After Shave und hatte einen Stapel Zeitungen vor sich, als Mateo in die Wohnung trat. Ballesteros wollte gleich wissen, was er bei der komischen Zeitung seines Freundes Parra so alles trieb. Ob er nur gedankenlose Interviews führe oder zwischendurch auch etwas Sinnvolles tun dürfe?

»Zurzeit beschäftige ich mich mit der Prostitution in der Casa de Campo.«

»Ah.« Der Dichter sah ihn prüfend an. »Und was genau beschäftigt dich? Die Ungerechtigkeit der Welt?« Sein Ton war spöttisch.

»Wenn Sie so wollen. Ja, die Ungerechtigkeit der Welt. *Dieser* Welt. Die Ungerechtigkeit von Zuständen, mit denen wir uns offenbar abfinden.«

»Und was würdest du dagegen tun, lieber Freund?«

»Ich würde die Zustände erst einmal beschreiben.«

Der Dichter seufzte. »Ist schon tausend Mal gemacht worden.«

»Das sagt mein Kollege Diego auch.«

»Dein Kollege Diego ist schon länger dabei, nehme ich an.« Der Dichter beugte sich nach vorn und trank aus einer gläsernen Tasse. Der Tee darin war leuchtend grün. »Ich habe dich gar nicht gefragt, ob du etwas trinken möchtest.«

Mateo schüttelte den Kopf. »Sagen Sie mir lieber etwas zu meinem Thema.«

»Wenn du willst. Vorher möchte ich dich etwas fragen.« Er nahm die Tabaktasche und drehte sich eine Zigarette. »Ist dein Interesse abstrakt oder ... eher konkret?«

»Wie meinen Sie das?«

»Abstrakt wäre Weltverbesserung, Bekämpfung sozialer Missstände, Rechte der Ausgebeuteten und der ganze Mist. Konkret wäre eine bestimmte Person. Hast du jemanden kennengelernt? Das wäre konkret. Klar genug?«

»Dann ist mein Interesse konkret«, sagte Mateo.

»Eins der Mädchen dort?« Der Dichter kniff die Augen zusammen und stieß langsam Rauch aus. »Dann müsste ich dir raten, die Finger davon zu lassen.«

»Warum sagen Sie das?«

»Erfahrung«, sagte der Dichter.

»In Ordnung. Aber in meinem Fall ist es eine andere Person, keines der Mädchen.«

»Gut. Sozialhelferin?«

»Nein.«

»Journalistin?«

»Nein.«

»Ah, jetzt wird es interessant. Wenn du so etwas wie die Casa de Campo noch nicht gesehen hast, dann fragst du dich wahrscheinlich: Wie kann es sein, dass die Gesellschaft nichts dagegen tut? Ich will dir die faulen Ausreden ersparen, mit denen die Politiker uns abspeisen, also fange ich gleich beim Wichtigsten an. Der Grund, warum die spanische Gesellschaft nichts gegen diese Zustände tut, ist, dass uns diese Form der Prostitution entspricht. Sie ist unser vollkommener Ausdruck. Vielleicht sind wir zu etwas anderem nicht in der Lage, vielleicht haben wir es nicht besser verdient, doch in jedem Fall herrschen diese Zustände nur, weil wir es so wollen. Unsere Frauen, denken unsere Männer, sind Heilige oder Huren, davon hast du vielleicht schon einmal gehört. Die meisten Männer bevorzugen die Hure. Du siehst, wir halten das Heim und den Jagdtrieb sorgsam getrennt. Unsere primären Instinkte bleiben intakt. Es sind Männerinstinkte, wohlgemerkt. Verteidigung der Ehre. Verteidigung der Herde. Und eine Menge Großsprecherei. Was Frauen davon halten, ist uns traditionsgemäß egal.«

»Das ist mir zu kompliziert, Don Horacio.«

»Nenn mich Ballesteros, wie oft soll ich dir das noch sagen? Ich bin dein Großonkel, um Himmels willen.« Er drückte die Zigarette aus und wischte Krümel vom Tisch. »Sieh mal, mein Junge. Kapitalismus heißt, dass auch die Körper zur Ware werden. Schau dir an, wie unsere Mädchen sich aufdonnern, knappe Sachen anziehen und sich Tattoos auf den Arsch stechen lassen. Und unsere Männer sollen da widerstehen? Dafür sind sie nicht gemacht. Wenn du das nicht siehst, bist du weltfremd.«

»So stimmt die Geschichte nicht, Ballesteros.«

»Nein, so stimmt sie nicht, jedenfalls nicht immer. Manchmal habe ich den Eindruck, wir lernen dazu. Aber dann schlägst du den Anzeigenteil von *El Mundo* auf und siehst, dass sich in den letzten Jahrzehnten kaum etwas geändert hat. Wir haben eine Demokratie bekommen, das hätte ich fast vergessen. Aber glaubst du, auf den Sexmarkt hätte das irgendeinen Einfluss? Nein. Die Linke vögelt so gern wie die Rechte. Das Angebot ist riesig, genau wie zu Zeiten der Diktatur. Männchen oder Weibchen, jede Hautfarbe, jede Spielart, jede Abart. Und ich könnte mir denken, auch mein alter Freund Mariano Parra lässt sich die Erlöse aus dem Annoncengeschäft mit den Nutten nicht entgehen. Selbst das verschnarchteste Pfaffenblatt aus Kastilien zieht mit. Wer die Macho-Bedürfnisse unseres fröhlichen Landes nicht bedient, fliegt hochkant aus dem Wettbewerb. Entschuldige, mein Junge. Das musste mal raus.«

Mateo fuhr sich mit der Hand über die Augen.

»Diese Frau«, sagte Ballesteros. »Es ist doch eine Frau?«

»Ja.«

»Und was macht sie, diese Frau?«

»Sie ist jung«, sagte Mateo. »Sie trägt schwarze Klamotten und fährt herum. Auf dem Fahrrad.«

»Dort?«

»Ja. Als hätte sie eine Aufgabe.«

»Einen Auftrag, meinst du.«

»Eine Aufgabe. Was weiß ich, wer sie ihr gestellt hat? Ich glaube, sie kümmert sich um die Mädchen.«

»Großer Gott …« Die Brauen des Dichters hoben sich.

»Fragen Sie«, sagte Mateo.

»Was macht ein Mensch, der bei Sinnen ist, nachts auf einem Fahrrad in der Casa de Campo?«

»Wenn ich das wüsste, hätte ich meine Geschichte.«

»Mateo, hör mir zu.« Der Dichter drehte sich eine neue Zigarette. »Das ist eine kranke Welt. Keine Zeitungsgeschichte ist wichtig genug, um so viel zu riskieren. Meide diesen Ort.«

»So gefährlich kam er mir aber nicht vor.«

»Weil du keine Ahnung hast. Ich meine nicht die Mädchen. Ich meine die anderen, die sie ausbeuten. Das ist kein Ort für neugierige Leute.«

»Ja, so kenne ich das. Alle warnen einen. Dies ist zu gefährlich, jenes hat keinen Sinn, und das Ganze ändert sich sowieso nicht. Konstanten der Menschheitsgeschichte.«

»Gut«, sagte Ballesteros. »Sag mir, was du mit dem komischen Mädchen in der Casa de Campo vorhast, wenn ich dich schon nicht von dieser Idee abbringen kann.«

»Sie heißt Nuria. Sonst weiß ich über sie nichts.«

»Sehr gut. Du willst einen Roman schreiben. ›Das Mädchen in Schwarz‹. Du könntest ihn in *Claro!* als Fortsetzungsroman drucken, in der Nachfolge von Dickens und Dostojewskij.«

Als Mateo später in seinem Zimmer über den Besuch beim Dichter nachdachte, beunruhigte ihn das am meisten: wie Ballesteros dagesessen und ihn angesehen hatte, schweigend und besorgt, wie einen jungen Soldaten, der in den Krieg zieht.

23
Sie könnte Unterstützung brauchen

Das schöne Septemberwetter war fürs erste vorbei. Seit dem Morgen fiel Nieselregen und hüllte Madrid in grauen Dunst. Es war Mateos vierter Abend in der Casa de Campo, und schon erkannte er einige Mädchen wieder. Sie waren wärmer angezogen, ein paar trugen knappe Regenjacken.

»Ich suche Nuria«, sagte er. »Wo finde ich sie?«

Das Mädchen, das er angesprochen hatte, zuckte die Schultern.

»Ist sie schon da?«

Das Mädchen nickte. Mateo fuhr weiter.

Er stand an der Westseite des Sees, in der Nähe eines Steakrestaurants, als er einen Pfiff hörte. Da war sie. Als sie auf seiner Höhe war, hielt sie nicht an. Sie trug ein regenglänzendes Cape.

»Bleib, wo du bist.«

Ein paar Meter weiter stieg sie ab und lehnte ihr Fahrrad an einen Baum. Wieder ließ sie den Blick über die Umgebung wandern. Sie trug eine schwarze Kappe unter dem Helm, so dass er von ihrem Haar nichts sah.

»Was willst du von mir?«

»Ich will mit dir reden«, sagte Mateo.

»Wer bist du?«

»Ich arbeite für *Claro!*. Die Tageszeitung.«

»Kenne ich nicht. Habt ihr nichts Besseres zu tun, als Leute auf Fahrrädern zu verfolgen? Wie heißt du?«

»Mateo Wassmann.«

»Gut, Mateo Wassmann. Sag mir, warum ich mit dir reden sollte. Ich habe zu tun.«

»Das sehe ich. Warst du das mit den beiden Polizisten? Die Kickbox-Einlage?«

Er hatte nicht vorgehabt, die Sache so schnell zu erwähnen, aber ihr Misstrauen ließ ihm keine Zeit. Nuria drehte sich um und ging zu ihrem Fahrrad. Bevor er reagieren konnte, hatte sie sich in den Sattel geschwungen und rollte davon.

Am nächsten Morgen kam eine SMS.

»Sag, was du willst.«

»Reden«, schrieb er zurück.

»Über was? *Tonto!*«

»Über dich. Per Skype. Sag eine Uhrzeit.«

Sie strafte ihn mit Schweigen. Und sie hatte recht. Mateo führte sich auf wie ein Anfänger.

Erste Regel: Ihr nicht auf die Nerven gehen.

Er versuchte es noch einmal.

»Ich will wissen, was du machst. Werde nichts verraten und nicht darüber schreiben. Vertrau mir.«

Nach vier Stunden kam die Antwort.

»Warum sollte ich?«

»Weil ich Wort halte.«

Die Antwort kam sofort.

»17 Uhr Skype. Nuria009.«

Eine halbe Stunde vor der verabredeten Zeit rief Mateo den Dichter an. Er wollte ihm sagen, dass es ihm gelungen war, die Frau in Schwarz aufzustöbern. Und dass sie bereit war, per Skype mit ihm zu sprechen.

»Und warum geht ihr nicht einen Kaffee trinken wie ganz normale Leute?«, fragte Ballesteros. »Irgendetwas stimmt nicht mit dieser Welt.«

»Sie will Abstand wahren, glaube ich.«

»So gefährlich siehst du nicht aus, mein Junge. Nein, sie will es spannend machen, unsere Frau in Schwarz. Sie merkt, dass du auf so etwas anspringst.«

Mateo machte sich einen Kaffee und trank ihn auf dem Balkon. Wolken jagten über den Himmel. Schräg gegenüber wurde ein Auto abgeschleppt. Er dachte an die Mädchen in der Casa de Campo, an ihre Stiefel, die an solchen Tagen im Schlamm versanken, an Erkältungen, Fieber, Kopfschmerzen, Rückenschmerzen. Immer im Freien. Nie hatten sie eine Wahl. Man musste ein sehr merkwürdiger Mensch sein, dachte er, wenn man sich jeden Tag darum kümmerte, dass dieser Betrieb weiterlief.

Nuria saß vor der weißen Wand eines abgedunkelten Zimmers. Sie trug einen schwarzen Pulli und eine schwarze Kapuze, unter der keine einzige Haarsträhne hervorlugte. Umso mehr sah Mateo von ihrem Gesicht. Blass, distanziert. Und rätselhafte Augen. Kein glückliches Gesicht, das wusste er sofort.

»Hallo, Nuria.«

Sie verzog keine Miene. Sie sah müde aus.

»Danke, dass du Zeit für mich gefunden hast«, sagte Mateo.

»Dank mir nicht. Wenn du nicht bald mit deiner Geschichte herausrückst, haben wir das letzte Mal miteinander gesprochen.«

»Ich will etwas verstehen. Als Journalist, verstehst du? Ich habe über die Szene in der Casa de Campo recherchiert. Ich habe mich sogar mit ein paar Mädchen unterhalten, soweit sie dazu bereit waren.«

»Das ist keine Heldentat«, sagte Nuria. »Alle Männer interessieren sich dafür. Bestimmt auch die Leser deiner komischen Zeitung.«

»Ich richte mich nicht nach unseren Lesern. Und was du sagst, stimmt nicht. Niemand interessiert sich dafür so, wie man es müsste.«

Mateo hörte Hundebellen. Nuria wandte den Kopf zur Seite und langte mit dem Arm nach unten.

Sie sagte: »Was hilft es mir, wenn du dich reinhängst?«

»*Brauchst* du denn Hilfe?«

»Wird das hier ein Therapiegespräch oder was?«

»Wir könnten uns verabreden«, sagte er. »Über den ganzen Wahnsinn reden. Danach lasse ich dich für immer in Ruhe.«

»Du willst Journalist sein und tauchst nicht im Netz auf. Ich weiß noch nicht mal, ob es dich gibt.«

»Ich habe in Deutschland gelebt. Vergiss das blöde Internet.«

»Wo sitzt du überhaupt?«

»In einem Internetcafé gleich um die Ecke von der Redaktion.«

»Habt ihr keine Büros bei eurer komischen Zeitung?«

»Es ist besser so.« Er sah direkt in die Linse der Videokamera. Sie sollte ihm in die Augen schauen können. »Okay«, sagte er. Es sollte müde klingen, doch plötzlich fühlte er sich auch so. Ausgelaugt, erschöpft. »Wenn du mir jetzt sagst, ich soll aus deinem Leben verschwinden, bin ich draußen. Ich recherchiere Geschichten. Das ist nun mal mein Job. Aber ich habe das Gefühl ...« Er brach ab.

»Weiter, Mateo Wassmann.«

»Ich habe das Gefühl, du gehörst da nicht hin. Du tust etwas, weil du es tun *willst*.«

»Woher willst du wissen, was ich tue?«

»Es gibt nicht so viele Möglichkeiten, wenn man sich nachts dort herumtreibt. Oder willst du mir sagen, dass du mit dem Fleischmarkt nichts zu tun hast?«

»Was weißt du schon.«

Einen Augenblick lang sah Mateo sie schwanken, als ränge sie mit sich, ob sie sich ihm eröffnen könnte.

»Nuria«, sagte er. Wieder sah er direkt in die Linse der Kamera, er wollte sie mit seinem Blick bannen und festhalten, sie sollte wissen, wer er war. »Sieh mich an. Du hast nichts zu befürchten. Wir sollten uns kennenlernen.«

Später sagte er sich, dass dieser Satz alles entschied. *Wir sollten uns kennenlernen.* Und Nuria sagte zu. Sie begann, ihm zu vertrauen, oder hatte keine Kraft mehr, sich zu wehren.

Nach dem Skype-Gespräch ging Mateo ins Büro zurück. Er überlegte, ob er Pío Valverde über Nurias Schicksal im Dunkeln lassen sollte. Er entschied sich für das Halbdunkel. Er habe mit seiner Tochter Kontakt aufgenommen, sagte er ihm am Telefon. Es gehe ihr gut. Leider könne er ihm zu diesem Zeitpunkt nicht mehr sagen.

Pío Valverde klang nicht erfreut, sondern immer noch niedergedrückt. Mateo lauschte geduldig auf das Schweigen in der Leitung, das von keinem Räuspern unterbrochen wurde, und sagte schließlich: »Ist noch etwas, Pío? Wollen Sie mich noch etwas fragen?«

»Ja und nein. Ich will es. Und ich habe Angst davor. Gott kann mir die Antwort nicht abnehmen.«

»Ich fürchte, das kann ich auch nicht.«

»Nein, Mateo. Aber ich will dir sagen, ich habe ein ganz schlechtes Gefühl. Es hat mit einer früheren Geschichte zu tun. Die, von der ich dir nicht erzählen wollte. Sie betrifft Isabel, Nurias große Schwester.«

»Wenn es eine längere Geschichte wird, müssen wir uns vertagen. Bei mir ist gerade viel los.«

»Klar. Nicht so wichtig.«

»Jetzt freuen Sie sich erst mal, dass es Nuria gut geht. Sobald ich kann, liefere ich Neuigkeiten. Pío?«

»Ich bin noch da.«

»Machen Sie sich keine Sorgen.«

Aber genau danach klang der kleinlaute Dank am anderen Ende: nach einem Mann, der sich große Sorgen machte.

»Diego!« Mateo hielt seinen Kollegen an, der mit einem Kaffee unterwegs war. »Kann ich dir mal was erzählen?«

Dass Nuria hinter dem Angriff auf die Polizisten steckte, davon war Mateo überzeugt. Viel mehr wusste er nicht. Diego hörte schweigend zu und zwirbelte seinen Bart.

»Gut«, sagte er. »Du hast eine Vermutung und absolut nichts in der Hand. Wenn diese Nuria einen Funken Verstand hat, ignoriert sie dich und geht ihrer Wege. Aber wahrscheinlich hast du sie eingeschüchtert. Überleg dir, was du ihr bieten willst.«

»Ich kann ihr nichts bieten«, sagte Mateo.

»Genau. Bist du sicher, dass du verstanden hast, was sie in dieser Organisation macht? Seit wann fährt eine Frau mit dem Fahrrad durch die Gegend, um die *putas* zur Arbeit anzuhalten?«

»Wer sagt, dass sie die *putas* zur Arbeit anhält?«

»Was sonst könnte ihre Aufgabe sein?«

»Vielleicht ... *kümmert* sie sich um sie«, sagte Mateo langsam. »Vielleicht ist sie die gute Mama der gefallenen Mädchen. Ich habe gesehen, wie sie mit ihnen spricht. Aus der Entfernung. Diego, das war keine Einpeitscherin, das war eine Beschützerin. Ich meine es ernst.«

»Und was folgt daraus?«

»Dass unsere Nuria eine eigene Agenda haben könnte. Vielleicht braucht sie Hilfe.«

Diego seufzte. »Das klingt mir zu geheimnisvoll. Triff sie, und quetsch sie aus.«

»Ich habe ohnehin nur eine Chance.«

»Wieso?«

»Na ja, Nuria muss glauben, ich wüsste über alles Bescheid. Sie muss mir vertrauen.«

»Und warum sollte sie das?« Diego zeigte die Andeutung eines Lächelns. »Würdest du jemandem wie dir vertrauen?«

Mateo spürte, wie ihm das Adrenalin durch den Körper schoss. Während er bei *Claro!* seinen Dienst tat, Meldungen sichtete und Nachrichtentexte redigierte, hatte er offenbar eine wichtige Lektion seines Berufs schon gelernt: das Nichtgeschehene für denkbar zu halten. Der Kugel anzusehen, wohin sie rollen würde.

Dies könnte die Geschichte sein, die noch nirgendwo stand, dachte er. Die nicht über die Agenturen lief, die anders war als andere Geschichten. Mateo empfand fast so etwas wie Stolz. Es war *seine* Geschichte.

Bevor Nuria kämpft, spürt sie Gier. Nach dem Training spürt sie Erschöpfung, manchmal Schmerz, weil sie Bein- oder Rippentreffer einstecken musste, die sie noch Tage später an diese Minuten erinnern. Schmerz macht sie lebendig, auch wenn er sie schwächt. Etwas an diesem Zustand völliger Konzentration muss ihr zutiefst entsprechen, denn nach dem Training fühlt sie sich fast glücklich. Die Welt ist in frischen Farben erstanden, Nuria sieht ihre Mitmenschen und denkt: Sie sind, wie sie sind. Jedem das Seine. Sie fühlt sich großzügig.

Sie hat lange gebraucht, die blinde Wut in sehende Wut zu verwandeln. Aber sie will nicht vergessen, dass auch die blinde Wut ihren Sinn hat. Es passiert ihr immer wieder.

Es passiert ihr am späten Abend, als Rubi und Wendy ihr die Einnahmen der letzten paar Stunden anvertrauen. Sie denkt gerade über Mateo nach, mit dem sie sich für den nächsten Tag verabredet hat. Erst Rico Vargas, denkt sie.

Dann Isa. Und jetzt dieser Journalist. Irgendwas geht vor. Ich muss kühlen Kopf bewahren.

»Nuria«, sagt Rubi. »Da vorn sind zwei Typen, die gefallen mir nicht. Hängen immer zusammen. Am liebsten würde ich für heute einpacken. Da vorn, siehst du? Die wollen was.«

Nuria sieht hin und sieht doch nicht hin. Sie ist noch immer in Gedanken versunken. Als würde alles, was sie in den letzten Wochen getan hat, von verschiedenen Seiten wieder zerstört.

»Nuria!« Rubi stößt sie an.

Da kommt sie zu sich und macht die Augen auf. Zwei Typen. Sportlich. Es sieht so aus, als hätten sie Nuria erwartet. Sie kommen wie zu einer Verabredung. Nuria tut nichts, um sie zu provozieren, aber die beiden suchen Streit, der offenbar nichts mit Rubi und Wendy zu tun hat. Oder wollen sie Geld? Nuria tritt auf die Straße, ins Licht, um bessere Sicht zu haben. Niemand spricht. Merkwürdig, denkt Nuria später. Warum hat niemand von uns gesprochen? Wir hätten nur ein paar Worte gebraucht, die Fronten klären können.

Der erste, der herankommt, versucht einen Tritt gegen ihr Knie, so ungeschickt, dass Nuria keine Mühe hat, ihm auszuweichen. Aber der Angriff macht sie so wütend, dass sie es mit beiden aufnimmt. Sie hat Glück, keiner der beiden ist gut. Am Ende hat sie den einen am Boden, der andere hält sich die blutende Nase und versucht mit albernen Verrenkungen, sein T-Shirt vor Blut zu schützen. Aber es ist zu spät, er sieht ziemlich versaut aus. Auch sie selbst hat etwas eingesteckt, die Deckung vernachlässigt, sie ist blind gewesen, weil die dummen Jungs sie wütend gemacht haben. Es war blinde Wut über den Stumpfsinn der Welt. Bevor die beiden wieder auf den Füßen sind, pfeift Nuria mit zwei Fingern. Normalerweise dauert es nicht lange, bis zwei Hüter vorbeikommen. Früher hätte sie die Jungs ziehen lassen. Doch diesmal will sie, dass sie bestraft werden. Richtig bestraft.

Die Hüter verjagen die beiden Jungs unter Schlägen und Tritten. Und Nuria bereut sofort, sie gerufen zu haben. Das Schlagen macht den Hütern Spaß, sie sind nicht ausgelastet, und Nuria ertappt sich bei der Frage: Werden sie die Mädchen weniger schlagen, weil sie heute Abend die beiden Jungs getreten haben? Ist das tägliche Maß des Schlagens und Tretens irgendwann voll?

Als sie wieder auf dem Fahrrad sitzt und der Wind ihre Wunden kühlt, fragt sie sich, ob sie dem Kampf hätte ausweichen können. Ob sie alles getan hat, um die Situation zu entschärfen. Wenn sie sich in solchen Jungs ein einziges Mal irrt, gibt es kein nächstes Mal.

Am Morgen, zu Hause, sieht sie im Spiegel ihre verletzte Lippe und die dunkle Schwellung auf dem Wangenknochen. Von der wird sie noch länger etwas haben. Portu schmiert eine Salbe darauf, an die er glaubt. Nuria erzählt ihm etwas von einem Sparringspartner, der zu wüst gewesen sei, aber sie gibt sich keine Mühe, zu erklären, warum sie nicht nach dem Training, sondern nach der Nachtschicht so ramponiert nach Hause kommt.

»Keine Sorge, er sieht nicht besser aus als ich.«

»Du musst vorsichtiger sein«, sagt Portu. Nuria spürt, dass er ihr nicht glaubt. »Dieses Gesicht muss noch eine Weile halten.«

24
Sag ihre Namen

Mateo stellt sich vor, wie es sein könnte, ihr erstes Treffen. Natürlich trägt sie Schwarz, aber das kann es nicht sein. Es ist, als kennte er sie schon seit Jahren. Er stellt sich vor, wie sie in die Bar kommt, ihn am Tresen sieht und sich einen Weg durch die Gäste bahnt. Sieht niemandem in die Augen und teilt nur die Menge, drückt gegen Schultern, schiebt Körper beiseite, behutsam, aber bestimmt. Als sie neben ihm steht, lächelt sie immer noch nicht, Mateo will ihr Lächeln wiedersehen, damit könnte er etwas anfangen, er, der so gern lächelt. Aber sie bleibt ernst. Er stellt sich vor, wie er den einzigen Satz sagt, den er sich für ihre Verabredung zurechtgelegt hat. »Danke, dass du gekommen bist.«

Sie lächelt immer noch nicht. Sie will ihm nicht helfen.

Warum es dann so leicht geht, weiß er später selbst nicht mehr. Irgendetwas löst sich. Er dagegen weiß nicht, worauf er zuerst achten soll, und die Minuten rauschen nur so an ihm vorüber. Er erinnert sich noch, dass er Nuria anschauen wollte, als fehlten ihm ein paar Seiten in einem Buch; vielleicht wollte er ihr auch gute Ratschläge geben, denn er glaubt, sie stecke in einer Notlage, aus der sie sich befreien müsse.

Das ist die erste Überraschung. Nuria *will* sich nicht befreien. Bevor Mateo überhaupt etwas sagen kann, hat sie ihn am Ärmel gepackt.

»Hör zu, Mateo Wassmann, du musst etwas wissen.« Sie

schaut ihn an, als wäre ihr gar nicht klar, wie sie jetzt aussieht: mit einem Riss in der Lippe, einem kleinen Schnitt am Kinn und einem geschwollenen Wangenknochen, der sich zu verfärben beginnt. »Ich treffe mich hier nicht mit einem Journalisten, ob von *Claro!* oder einem anderen Quarkblatt. Ich bin einfach mit einem Jungen zum Bier verabredet. Wir unterhalten uns, und danach gehen wir wieder auseinander. Klar?«

Sie hält ihn noch immer am Ärmel fest, aber ihr Blick geht über den belebten Platz hinter ihm.

Es war ihre Idee, sich auf der Plaza Tirso de Molina zu treffen. Ein unübersichtlicher Ort, Kneipen, Metro, ein Spielplatz, ideal für den, der als Erster da ist. Mateo ist eine Viertelstunde vor der verabredeten Zeit gekommen, doch Nuria muss ihn seit Längerem beobachtet haben. Als sie plötzlich neben ihm steht, hat Mateo nicht die leiseste Ahnung, woher sie gekommen ist.

Jetzt sieht er, dass sie muskulös ist, auch wenn sie es mit der schwarzen Jacke über dem dunklen T-Shirt kaschiert. Ihre Hände sind so blass wie das Gesicht. Die Rechte hat kürzlich geblutet, die Fingerknöchel sind geschwollen.

»Erzähl mal, was du so machst«, sagt sie, als Mateo zwei Bier an den Stehtisch der Bar gebracht hat, es ist kurz nach sechs, die Abendsonne bringt die Fassaden zum Leuchten. »Und schau mich nicht so komisch an. Das war ein Trainingsunfall.«

Sie scheint mehr Zeit zu haben, als er erwartet hat, also erzählt er. Seine spanische Familie, Volontariat, frühe Zeitungsjobs in Deutschland. Er erzählt kurzweilig, aber nicht zu lustig, sie soll nicht denken, er mache Spaß. Nuria nickt; auch sie ist kein Spaßvogel.

»Und jetzt probierst du es hier«, sagt sie.

»Madrid gefällt mir. Ich habe meine erste feste Anstellung. Ich kenne noch nicht viele Leute, aber … es gefällt mir wirklich.« Er lacht. Alle fragen ihn, ob er Deutscher ist oder Spanier, aber er findet inzwischen, dass er sich nicht entscheiden muss. »Und du«, sagt er. Dann spricht er ihren Namen aus, es hat etwas Feierliches. »Nuria. Wohin geht es für dich?«

Sie schaut auf den Boden, wo neben ihren Stiefeln Zahnstocher und Bällchen ölverschmierter Papierservietten liegen, schaut auf und wieder zu Boden.

»Ich weiß es nicht.«

»Scheint dich nicht zu beunruhigen.«

»Nur manchmal.«

Sie fragt nach dem Konkurrenzkampf in der Redaktion von *Claro!*, der Name geht ihr flüssig von den Lippen. Ob man »funktionieren« müsse oder auch eigene Ideen verwirklichen könne. Das wisse er noch nicht, sagt Mateo, jeder wolle vorankommen.

Sie sagt: »Du auch, nehme ich an.«

Er wisse, wie das aussehe, sagt er plötzlich: Journalisten und ihre Story. Die Gier nach der guten Geschichte, für die der Reporter notfalls jede Grenze überschreite.

Er sieht sie prüfend an, während er seine nächsten Worte sagt, er will keinen Fehler machen, aber auch nicht länger warten. »Hör zu«, sagt er und sieht, wie sie sich rüstet. »Ich will dich zu nichts zwingen, das ist wohl klar.«

»Das könntest du auch nicht«, sagt sie. Als sie ihn direkt ansieht, begreift er, dass sie wartet, was er zu sagen hat, doch bevor er weitersprechen kann, spricht sie. »*Alle* Männer sind fasziniert, weißt du? Alle, die in die Casa de Campo kommen. So viele Mädchen. Alle zu haben. Es macht sogar die Vernünftigen verrückt. Ich sehe, dass es auch dich beeindruckt. Damit müssen wir anfangen. Dass Männer dorthin gehen, wo Frauen sind. Sie schnüffeln, sie folgen einer Fährte. Wie Jäger. Erst dann kommt all das andere, auch bei euch. Die guten Absichten. Die tolle Reportage.«

»Klar. Aber sie sind wichtig.«

»Die guten Absichten oder die tolle Reportage?«

»Beides«, sagt Mateo. »Aber es zählt nur das Ergebnis. Wenn du anfängst, die Motive der Journalisten zu durchleuchten, kommst du nicht weiter.«

»Meinetwegen«, sagt Nuria. »Aber wenn du jemandem nachstellst, wenn du jemanden belästigst und bedrängst, dann sieht die Sache anders aus.«

»Habe ich dich bedrängt?«

»Ziemlich.«

»Tut mir leid«, sagt er.

»Du darfst es wiedergutmachen.«

»Wann?«

»Wenn ich mal einen freien Tag habe.«

Mateo lacht. »Von denen hattest du noch nicht so viele, glaube ich.«

»Nein«, sagt Nuria. Sie schüttelt den Kopf und zieht die Schultern zusammen. Wartet ab, was er mit der Stille anfängt.

»Um noch einmal auf die Geschichte für die Zeitung zurückzukommen«, sagt er.

»Warte. Nicht so schnell.«

»Aber du musst das wissen.« Diese Geschichte, sagt er. Die Story! Sein Interesse an den Vorgängen in der Casa de Campo habe nicht das Geringste damit zu tun.

»Sondern?«

Mateo malt mit dem Finger auf seinem kühlen Bierglas herum. Er hält den Kopf gesenkt und ist ratlos. Er sagt: »Es ist eine Tragödie. Es ist Ausbeutung, Sklaverei, ein Verbrechen, das wir alle zulassen. Nuria, ich weiß überhaupt nichts. Es trifft mich, dass gleich neben dem Prado und der Nationalbibliothek diese *andere* Welt existiert, dass sie größer wird, stärker, dass sie immer mehr Menschen anzieht. *El mundo de la noche*, nennen sie es, die Nachtwelt, aber das Wort ist eine einzige Lüge, denn nachts beginnt für die Mädchen dort die Hölle, während andere in ihr Vergnügen rauschen, das darin besteht, andere zu, zu benutzen und zu erniedrigen…«

Er schaut sie kurz an, sieht, dass sie ihm folgt.

»Ich weiß selbst, dass ich nicht bei der besten Zeitung der Welt arbeite. Ehrlich. Aber ich bin davon überzeugt, eine Menge Leute dort geben ihr Bestes, um den Lesern vernünftige Informationen zu liefern. Wir ordnen die Dinge für sie ein. Wir befreien sie vom Zweifel. Denn wir glauben daran, dass es besser ist, etwas zu wissen, als ahnungslos zu sein. Nur, *deine* Geschichte, Nuria… die hat mit meinem sogenannten journalistischen Gespür nichts zu tun. Inzwischen habe ich begriffen, dass ich dich gar nicht als Journalist angesprochen habe, sondern als Mensch. Scheiß auf die Zeitungsgeschichte! Natürlich würde ich sie aufschreiben, wenn du mich lässt. Aber das ist nicht das Wichtigste, deswegen bin ich nicht hier.«

Er hält inne, starrt immer noch auf seinen Finger, der Linien auf das Bierglas malt.

»Was heißt das für uns? Was willst du von mir?«

Er atmet tief durch. »Nichts«, sagt er. »Ich habe mich getäuscht. Als Journalist bin ich eine Niete. Ich meine, ich schreibe ganz ordentlich. Aber wenn du mich so direkt fragst, dann sage ich: Ich will nichts von dir. Die Geschichte ist gestorben. Wenn du willst, lasse ich dich in Ruhe.«

Jetzt lächelt sie wieder. »Und wenn ich es nicht will? Was machst du dann?«

»Dann frage ich dich, ob du Hilfe brauchst. Alles, was ich von deiner Arbeit gesehen habe, sieht nach Wahnsinn aus. Ich glaube, du arbeitest für einen dieser Zuhälter. Ob dir das klar ist oder nicht.«

»Weiter, Mateo Wassmann.«

»Wenn es so ist, wie ich glaube, bist du ein Rädchen in

einem System. Du hilfst mit, dass alles so weiterläuft wie bisher. Vielleicht noch besser. Vielleicht humaner, wenn das Wort in diesem Zusammenhang nicht komplett sinnlos ist. Warte, Nuria«, er hebt die Hand. »Du bist ein Rädchen in diesem System, aber wer weiß, ob das Rädchen nicht irgendwann verrücktspielt und etwas macht, was nicht vorgesehen ist? Das habe ich noch nicht herausgefunden. Warum du es machst. Was du *wirklich* willst. Der Dichter hat mir geraten, mich von dieser gefährlichen Welt fernzuhalten.«

»Der Dichter?«

»Mein Madrider Großonkel. Horacio Ballesteros Nelson. Er hat mir gesagt, vielleicht schriebe ich ja einen Roman mit dem Titel ›Das Mädchen in Schwarz‹.«

Nuria lächelt, aber nur kurz.

»Ich habe den Eindruck«, sagt Mateo, »du weißt selbst nicht, was du in der Casa de Campo tust. Ist es eine asketische Übung? Sozialarbeit unter anderen Vorzeichen? Jedenfalls ist es ziemlich originell.«

»Ja«, sagt Nuria langsam. »Das ist wohl das Mindeste, was sich darüber sagen lässt. Wer käme auf so eine Scheißidee?«

»Übrigens, dein Vater sucht nach dir.«

»Was?« Sie packt seinen Arm und lässt ihn gleich wieder los.

»Pío Valverde«, sagt Mateo. Er spürt immer noch den Druck ihrer Finger auf seinem Arm. Nuria kann hart zupacken. »Das wird heute Abend meine einzige Überraschung bleiben. Er hat vor ein paar Tagen bei der Zeitung angerufen, und ich war noch im Büro. Purer Zufall. Du könntest ihn anrufen. Ich bin sicher, er freut sich.«

»Danke für die Familienberatung.«

»Keine Sorge, deine Schwester macht ihm viel mehr Kummer als du. Isabel?«

»Halt dich da raus.«

Sie schweigen.

Mateo fühlt sich inzwischen wohl, nur dass die Minuten viel zu schnell vergehen, er weiß, was später kommen wird: dass er sie zurückholen will. Er nimmt einen Schluck Bier und sieht Nuria an. Was für ein Gesicht, ständig verändert sich etwas darauf, als zögen Wolken an der Sonne vorbei und verwandelten die Lichtverhältnisse von einer Sekunde auf die nächste. Ihre Augenbrauen sind ständig in Bewegung. Etwas geht in ihr vor, schon seit Längerem. Mateo möchte dieses schmale Gesicht mit der hellen Haut in seine Hände nehmen und hinter diese umwölkte Stirn schauen.

»Nuria«, sagt er. »Warum machst du das Ganze?« Mateo sieht sie genauso ernst an, wie er ihr am Tag zuvor seine Blicke auf den Bildschirm geschickt hat.

»Ich weiß es nicht. Ich suche den Gott der Schmerzen.«

Jemand rempelt sie im Vorbeigehen an, ohne sich zu entschuldigen, aber Nuria sieht nicht einmal auf. Sie sieht Mateo an. Der sieht zurück und wartet.

»Der Gott der Schmerzen. Sagt mir nichts, wenn ich ehrlich sein soll.«

Nuria nickt. »Schmerz ist eines der wenigen Dinge, die ich klar erkenne. Meinen Schmerz. Fremden Schmerz. Es ist, als könnte er mich wärmen. Irgendwo in der Nähe des Schmerzes muss ein Gott sein, der all das will. Nein, das ist es auch nicht. Ein Gott, zu dem all das gehört. Und wenn wir den Schmerz suchen, dann finden wir auch ihn.«

»Tut mir leid, Nuria. Ich bin ein einfacher Junge, man muss mir die Dinge zweimal erklären.«

Sie lacht und legt ihm die Hand auf die Schulter. »Ich bin nicht sicher, ob du so einfach bist. Kennst du *Jane Eyre*? Den Roman?«

»Nein.«

»Ich weiß, dass es eine romantische Geschichte ist. Ein Waisenmädchen findet sein Glück. Sie lebt mit einem Blinden, um den sie sich kümmern muss. Warum denke ich, das ist Glück? Weil sie es selbst gewählt hat. Es ist ihr Weg, den sie sich erkämpft hat. Dabei wird sie immer wieder verstoßen. Menschen verfolgen sie mit ihrer Bosheit. Manchmal kann Jane Eyre überhaupt nichts mehr erkennen, kein Wegzeichen, keine Richtung, nicht einmal ein Stück Himmel. Ich habe noch nie von so einem einsamen Menschen gelesen. Aber sie geht weiter, auch wenn sie allein ist, sie sagt sich: Dies hier, genau dies ist mein Weg. Vielleicht ist das die einzige Sache, die ich jemals aus einem Roman gelernt habe. Du musst in Bewegung bleiben, auch wenn du verzweifelt bist. Der Himmel über dir wird sich verändern, du musst seine Zeichen zu lesen versuchen, so gut du kannst, aber was immer dir geschieht, du kannst dein Schicksal nicht voraussagen.«

Mateo wartet. Als nichts mehr kommt, stellt er seine Frage. »Was hat das mit dir zu tun?«

»Alles. Alles. Manchmal glaube ich, mehr kann niemand von uns verlangen. Dass wir einen Weg gehen und nicht von ihm abweichen. Uns selbst treu bleiben, auch wenn wir nicht einmal wissen, wer wir sind und wohin der Weg führt. Gerade dann. Ich verstehe es selbst nicht ganz, aber … dies ist meiner.«

Mateo schiebt sein Glas beiseite. »Was geht dir durch den Kopf, wenn du mit dem Fahrrad da rumfährst? Wenn du dich um die Mädchen kümmerst?«

»Ich schwebe«, sagt Nuria. Niemand sehe sie kommen, niemand kenne ihre Route. Kein Engel, sagt sie und schüttelt den Kopf, aber ein gutes Wesen, das nach dem Rechten sieht, obwohl sie längst erkannt hat, dass die Welt an jeder Ecke in Unordnung ist, und sie überhaupt nicht weiß, wo sie mit dem Aufräumen anfangen soll. Trotzdem bleibt sie dabei. »Ich bin da reingeraten durch ein Bild.« Sie weiß, dass sie in Rätseln redet. »Ein Bild von mir selbst. Verstehst du?«

Er schüttelt den Kopf.

»Ich sage dir, was auf dem Bild zu sehen ist. Ich helfe. Ich fahre auf dem Fahrrad um den See und kümmere mich um die Mädchen. Nachts, wenn böse Tiere kommen.«

Er sieht ihren geschwollenen Wangenknochen, die Blutspur an der Lippe. Er fragt: »Wie bist du darauf gekommen?«

»Weiß ich nicht.«

»Doch«, sagt Mateo. »Du weißt es. Forsch nach. Vielleicht *willst* du nicht darauf kommen.«

Er wartet, bis sie den Kopf hebt.

»Schau mich nicht so an«, sagt sie. »Du hast keine Ahnung.«

»Wovon, Nuria, *coño*! Wovon?«

»Von allem.«

Zum ersten Mal nennt sie den Namen, Hadeel. Aus einem Dorf in Marokko. Mateo sagt ihr, dass er Hadeel kennt.

»Ah?«

Er nickt.

»Dann weißt du ja Bescheid. Ein konkreter Mensch. Und was für einer!«

Sie kann Hadeel nicht allein lassen. Hadeels ganze Geschichte hat sie noch nicht gehört, nur Bruchstücke, aber das reicht ihr. Sie kennt Hadeels Fall und ist Mitwisserin.

»Eine von wie vielen?«

Mateo hat die Frage leise gestellt, ohne Nuria anzusehen, es ist, als spräche er mit sich selbst, und je mehr Sekunden ohne Antwort verstreichen, desto schwerer wiegt die Frage für beide.

Eine von wie vielen?

Mateo starrt auf den Tisch. Dann sagt er: »Fang an. Sag ihre Namen.«

Nuria zögert. Es ist, als sähe sie die Mädchen in Gruppen

vor sich, aber sie will nicht die Ordnung der Hüter wiederholen, die in der Casa de Campo gilt. Sie fängt irgendwo an, mischt die Länder und Kontinente, weil am Ende jedes Mädchen für sich steht. Irina. Erika. Julia. Salva. Jacqueline. Wendy. Marissa.

»Mehr.«

Nuria macht weiter, und während sie spricht, kommen ihr die Tränen, sie wischt sich mit der Hand über die Wange, zuckt zusammen, als sie die Schwellung erwischt, dann macht sie weiter. Rubi. Maria. Tatjana. Alexa ... Alle diese Namen, die stolze Eltern in irgendeinem Winkel der Welt ihren neugeborenen Mädchen gegeben haben, ohne zu ahnen, was zwanzig oder fünfundzwanzig Jahre später passieren würde, wer ihre Töchter packen, herumkommandieren, schlagen und auf den Strich schicken würde, Marica, Imperia, Carmen, Poppy, Fevo ...

»Halt. Woher kommt Fevo?«

»Ghana. Oder Nigeria. Ich bin nicht mehr ganz sicher.«

»Was weißt du von ihr?«

»Sie hat mir gesagt, aus welchem afrikanischen Dorf sie stammt.«

»Und? Wie heißt das Dorf?«

»Ich habe den Namen gegoogelt, aber nichts gefunden.«

»Was heißt das?«

»Der Name ist erfunden. Sie hat Angst, etwas von sich preiszugeben.«

»Sie hat Angst«, sagt Mateo, »weil sie unter Druck gesetzt wird. Weil jemand sie bedroht. Hast du sie je entspannt gesehen?«

»Nein, ich glaube nicht, dass ich sie je entspannt gesehen habe.«

»Kennst du ihre Quote?«

»Hundertachtzig pro Nacht.«

Mateo nickt, rechnet. »Haben alle Mädchen dieselbe?«

»Nein. Fevo ist jung. Sie muss mehr verdienen als andere.«

»Was geschieht, wenn sie weniger mitbringt?«

»Sie wird bestraft. Essensentzug. Dann Schläge.«

Mateo wartet. Er hält den Blick auf den Tisch geheftet, als dürfte er Nuria nicht in die Augen sehen. »Willst du Fevo retten?«

Nuria zögert. »Ich kann Fevo nicht retten. Ich mache ihr Leben etwas leichter. Das ist alles.«

Dann erzählt sie ihm von der Nacht, in der ein Hüter Fevo geschlagen hat. Nuria hat es gesehen und sich zwischen Fevo und den Hüter gestellt. Fast wäre es zum Faustkampf gekommen. Die Hüter haben Anweisung, die Mädchen während des Schichtdienstes nicht zu schlagen. Die Freier sollen mit solchen Bildern nicht konfrontiert werden. Alle Differenzen – Rico Vargas hat es immer wieder gesagt – werden auf der Finca geklärt. Wenn eine Strafe verhängt werden muss, dann auf der Finca.

»Rico Vargas. Ist das der Boss? Hat er dich so zugerichtet? Oder lässt er das von anderen erledigen?«

Nuria schüttelt den Kopf. Dann: »Wenn ich Hadeel da rausholen könnte, hätte ich etwas erreicht.«

»Und Fevo? Soll sie für immer da bleiben und zum Gott der Schmerzen beten?«

»Du hast keine Ahnung, Mann.«

»Wovon, *coño*! Siehst du nicht, dass du mit drinhängst, dass du dich schuldig machst? Wenn du dieses Leben weiterführst, dann bist du nichts anderes als eine katholische Heuchlerin!«

»Ihr Journalisten empört euch doch nur, wenn es nichts kostet! Darüber schreiben kann jeder! Was, wenn jemand einen *Auftrag* hat …? Wenn jemand die Dinge nur ein bisschen besser machen will, damit die Summe des Leids kleiner wird, weil sonst … alles den Bach runtergeht?«

»Meinst du dich, Nuria? Dann erklär es mir.«

»Mein Vater hat mal einen Satz gesagt, den er von seinem Priester gehört hatte. ›Man muss dort wirken, wo Gott einen hingestellt hat.‹ Natürlich kannst du fordern, immer die Hand am Weltgetriebe zu haben, weil du so wahnsinnig wichtig bist oder immer da sein willst, wo große Entscheidungen fallen. Aber was, wenn du dich in einer kleineren Rolle siehst? Einer Rolle, in der du nicht die ganze Verantwortung schulterst, sondern nur einen Teil davon, in der du für ein paar Menschen in deiner Umgebung etwas Gutes bewirkst? Was dann? Sag mir das, Mateo.«

»Dann sage ich, es muss einen besseren Weg geben.«

»Von draußen sagt sich so was leicht.«

»Ich besorge ein Auto. Und wir holen Hadeel und Fevo da raus.«

»Weißt du nicht, was dann geschieht? Hadeel und Fevo werden in ihre Länder zurückgeschickt. Damit hilfst du niemandem.«

»Man könnte auch diesen Rico Vargas hochgehen lassen.«

»Dann tritt ein anderer an seine Stelle. Du willst das System ändern, indem du einfach ein Teil entfernst. Das ist ein Drachen mit dreißig Köpfen. Ich kenne Rico Vargas nicht gut, aber … er hat zumindest Prinzipien. Es gibt Schlimmere als ihn.«

Es gibt Schlimmere als ihn, den Mann mit Prinzipien! Mateo kann nicht glauben, was er hört.

»Und was willst du mit der Polizei machen? Die werden dich suchen. Es kommt bei denen nicht so gut an, wenn man sie reihenweise auf die Matte legt.«

»Ich weiß noch nicht.« Sie dreht ihr Bierglas. »Ich komme schon durch.«

Mateo sieht sich um. Er hatte seine Chance. Ein schöner Abend, warm, windig, noch immer leuchten die Fassaden der Plaza Tirso de Molina, doch jetzt ist er zu Ende. Als Mateo sie fragt, wann sie sich wiedersehen, runzelt Nuria wieder die Stirn. In Gedanken ist sie schon bei der nächsten Aufgabe.

»Du fährst gleich los, stimmt's? In die Casa de Campo.«

Nuria nickt.

»Also, wann sehen wir uns?«

»Mal sehen«, sagt Nuria. »Ich hab deine Nummer.«

Am Abend, als sie bei Erika und Irina Geld eingesammelt und die Summen in ihr Telefon getippt hat, hält Nuria an und führt ihr Fahrrad an einen Baum. Der See liegt zu ihrer Linken. Es ist ein ruhigerer Abend als sonst. Hadeel und Marissa sind nicht da. Es ist schon die zweite Nacht, in der sie aus Sicherheitsgründen auf der Finca geblieben sind. Rico Vargas will erst die Sache mit dem Angriff auf die beiden Polizisten in Ordnung bringen.

Nuria schaut auf den See. Er sieht so still aus, dass sie sich nicht vorstellen kann, ein Ungeheuer könnte in diesen Wassern leben und der Beobachtung durch die Menschen lange entgehen. Wir finden am Ende jeden, denkt sie, wir stöbern alles auf, das Gute und das Böse. Wir können nichts in Ruhe lassen.

Sie geht ein paar Meter und lehnt sich mit den Händen gegen einen Baumstamm. Stück um Stück schiebt sie einen Fuß nach hinten, lässt ihn mit der Sohle vollständig auf dem Boden, bis ihr Bein schräg steht und sie das heiße, lebendige Ziehen in den Wadenmuskeln spürt. Dann den anderen Fuß. Sie atmet ruhig und lässt den Schmerz wirken. Sie liebt diese einfache Dehnübung, die jeden Tag neu ist, so wie der Körper sich jeden Tag erneuert. Nach ein paar Minuten richtet sie sich auf.

Der See, denkt Nuria und geht näher an die Straße. Sie macht eine Pause, so hat sie es einmal genannt. Aber nein, sie träumt, es ist ein Verschwinden bei angewurzeltem Körper. Sie weiß doch, warum sie es braucht. Ihr Geist macht sich auf und schwebt davon, weil ihn hier zu wenig hält. Sie denkt über die Vergangenheit nach, dieses große Stück Zeit, das alles für sie ist, und fragt sich, was hätte anders kommen können. Wie anders die Welt aussähe, wenn Onkel Víctor sie nicht verlassen hätte. Und Isa. Wenn Luis nicht in Las Barranquillas zugrunde gegangen wäre. Und dann begreift sie, dass sie die Vergangenheit loslassen muss. Isa lebt ihr Leben, und Nuria lebt ihres. Sie versucht, sich den Schmerz in Isas Leben vorzustellen, den Schmerz, den es geben muss. Sie versucht, sich vorzustellen, was Isa denkt, wenn sie das Wort »Zukunft« sagt.

Sie nimmt ihr Telefon und tippt eine Nummer.

»Mateo? Störe ich? Nein, ich wollte nur ... Hör zu. Ein paar Dinge werden klarer. Du solltest in die Casa de Campo kommen. Ich will, dass du das hier siehst ... Nein, weiß ich nicht, ich habe eigentlich an gar nichts gedacht, nur an einen Zeugen, der ... Genau. Der es bezeugen könnte. Ob es nachher dann in der Zeitung steht oder nicht, ist mir eigentlich ... Was? Nein. Nein, das gilt immer noch. Wenn du dem Drachen einen Kopf abschlägst, hat er noch neunundzwanzig übrig, aber weißt du, vielleicht bin ich gar nicht für die anderen neunundzwanzig Köpfe verantwortlich? Vielleicht muss ich mich nur um den einen kümmern.«

Sie nimmt das Telefon vom Ohr und sieht auf den See hinaus. Da war etwas. Es ist ein Teich, kein See, sie versteht nicht, warum sie ihn »Lago« nennen. Es gibt immer noch Fische darin, so wie vor mehr als vierhundert Jahren, als König Philipp II. in der Casa de Campo geangelt hat. Jetzt sieht Nuria Bewegung auf dem Wasser. Die Oberfläche, die vorhin noch still war, kräuselt sich, bildet Wirbel, dann ein gluckerndes Geräusch, ein Spritzen. Fische durchstoßen die Wasseroberfläche, tauchen wieder ab. Vielleicht haben sie unruhige Träume.

»Hörst du, Mateo?« Sie hält das Telefon wieder ans Ohr und wartet auf seine Stimme. »Komm. Auch wenn es nur für ein paar Stunden ist. Ich will, dass du unsere Nachtschicht erlebst. *El mundo de la noche.*«

Mateo bewohnt ein großes Zimmer bei einer Frau, die fast nie da ist. Die Küche darf er mitbenutzen, inzwischen benutzt er auch das Wohnzimmer. Vor dem zugemauerten Kamin steht ein schmiedeeisernes Kaminbesteck. Diese große Garnitur, die nicht sonderlich subtil, aber zweifellos in Handarbeit ausgeführt wurde, hat in der Mitte einen Ständer, an dessen vier nach außen gerichteten, geradezu barock gekrümmten Haken vier lange Teile wie aus der Zeit von Don Quijote und Sancho Pansa hängen: Zange, Gabel, Spieß und Schaufel. Etwas Rohes, Ländliches geht von diesen Werkzeugen aus, man könnte einen Film mit ihnen drehen. Die Wirtin hat Mateo erzählt, das Kaminbesteck stamme aus einem von zwei Brüdern betriebenen Antiquitätenladen in Guarromán, einem Städtchen in der Mancha.

Am Abend hat Mateo sich bei offener Balkontür an den Schreibtisch gesetzt und aufgeschrieben, was er von seinem Gespräch mit Nuria noch im Kopf hat, er erstellt ein Protokoll. Einige von ihren Sätzen versteht er nicht, so wenig, wie er sie ein paar Stunden zuvor verstanden hat, und er fragt sich ernsthaft, ob Nuria selbst so genau weiß, was sie ihm erzählt hat. Ob sie ihre eigenen Sätze versteht, etwa über den Gott der Schmerzen. Dann macht Mateo daraus eine viel größere Frage: ob Nuria ihr eigenes Leben versteht. Und mit diesen Fragen ist er beschäftigt, er jongliert sie mit beiden Händen, doch ständig fällt eine zu Boden. Er schreibt, um Klarheit zu gewinnen, aber er macht sich nichts vor: Er ist kein guter Jongleur.

In diesem Augenblick hört er ein leises, metallenes Geräusch. Es klingt auf sonderbare Weise zurückhaltend, als käme es nicht aus dem Raum, in dem er sitzt, und er hebt den Kopf, um die Geräuschquelle auszumachen. Doch jetzt hört er nichts mehr. Er senkt den Kopf, um weiterzuschreiben, da ertönt das Geräusch wieder.

Nein, es ist kein Geräusch. Jemand macht irgendwo da draußen Musik.

Er steht auf und geht zur Balkontür. Doch von draußen hört er nichts außer dem Rauschen der Autos. Er dreht sich wieder um, und da sieht er es: Ein Windstoß von draußen bringt das Kaminbesteck aus Guarromán zum Schaukeln, dann zum Klingen, weil die Teile leicht aneinanderschlagen. Nein, es ist kein Schlagen, es sind sachte Berührungen, immer wieder, ein leises Klong, klong, klong, behutsam wie eine menschliche Stimme, ein unregelmäßiges metallenes Geräusch, das heranweht wie in einsamen Dörfern und ihm sagt, dass irgendwo Menschen mit ihren Dingen und dem täglichen Einerlei beschäftigt sind und dass die Erde sich weiter dreht, wie sie sich immer gedreht hat. Wir dürfen noch etwas bleiben, heißt das, und ihr zusehen. Unsere Zeit ist noch nicht abgelaufen.

Mateo schaltet das Licht aus. Öffnet die Balkontür weit. Setzt sich auf den Boden, dicht an das Kaminbesteck, und hört im Dunkeln dem Klingen zu. Er spürt sein Land, Spanien, in dem noch so viel Altes überdauert, mit einer Innigkeit, die er bis dahin noch nie empfunden hat, das Land seiner Mutter, und er sagt sich, jemand muss es bewahren vor denen, die es zerstören wollen.

Als sein Mobiltelefon brummt, zuckt er zusammen. Er holt es sich vom Schreibtisch und geht ran. Hält im Stehen inne. Geht langsam wieder zum Kaminbesteck und legt sich lang auf den Boden, so dass er die Dielen im Rücken spürt. Er will Nuria nicht unterbrechen, stellt nur ein paar

Fragen, um besser zu verstehen. Es klingt, als könnte er die Reportage nun doch noch schreiben. Vielleicht muss man die Dinge loslassen, denkt er, um sie zu gewinnen. Einmal unterbricht Nuria das Gespräch, und er hört nur Stille. Dann ist sie wieder dran.

Die Hüter, sagt sie. Du musst sie bei der Nachtschicht sehen.

Mateo zieht sich Schuhe an, nimmt Telefon, Stift und Notizblock und macht sich auf den Weg in die Casa de Campo.

25
Befreiung

Einmal im Monat ließ sich Rico Vargas durch das Gebiet fahren, das er verachtete. Eigentlich hätte er öfter kommen sollen, aber sein Ekel war zu groß. Er wählte eine späte Abendstunde, die Minuten vor Mitternacht, um einen wahrheitsgemäßen Eindruck davon zu bekommen, wie seine Geschäfte liefen. Er wusste, dass die Mädchen ihn im Wagen nicht sehen konnten und ihre Provokationen gegen das Dunkel des Autofensters schleuderten. Nur die Erfahreneren unter ihnen erkannten seinen Wagen und erlaubten sich einen scheuen Gruß. Der Fahrer war angewiesen, langsam zu fahren und das Hupen der nachfolgenden Autos zu ignorieren.

Rico wusste nur ungefähr, was er an diesen Abenden zu sehen wünschte, denn die Arbeit seiner Mädchen bestand aus mehreren Phasen: Warten, Erobern, Verschwinden, Wiederkommen, abermaliges Warten. Wie lange der Prozess dauerte, hing von vielen Faktoren ab, die nicht alle von den Mädchen gesteuert werden konnten.

Doch an diesem Abend war Rico abgelenkt und achtete nicht mit der üblichen Sorgfalt auf das, was auf der anderen Seite der getönten Scheibe geschah. Am Morgen hatte ein Bote einen Brief von Don Eulalio gebracht, keine der üblichen Karten aus dickem Karton, sondern einen Geschäftsbrief. Auf dem Kopf stand Don Eulalios Firmenname. Wie um den förmlichen Eindruck des Papiers wettzumachen, hatte der Patron seine Botschaft ohne die Hilfe einer Sekretärin verfasst. Er komme am morgigen Tag wegen geschäftlicher Termine nach Madrid, stand da in handschriftlichen Zeilen, und würde sich freuen, Rico »nach Beendigung des Tagewerks« zu treffen. Ihm sei eine bestimmte Bar empfohlen worden. Das Ambiente, so habe er gehört, sei angenehm und die Cocktailkarte ausgezeichnet. Seit dem Morgen hatte Rico sich gefragt, ob er als Vorbereitung auf den Besuch Don Eulalios noch mehr tun könnte, als er schon getan hatte, und seine Antwort war immer dieselbe gewesen: Nein, er konnte nicht mehr tun. Alles war getan. Auch Isa wusste Bescheid. Die Caverna Azul war bereit, Don Eulalio zu empfangen.

Wenn Rico seine monatlichen Runden drehte, besprach er sich immer mit den Hütern. Die beiden, die er in der Nähe des Wagens antraf, meldeten weniger Aktivität als an anderen Tagen, vermutlich aufgrund der verstärkten Polizeipräsenz. Rico hatte wegen des Vorfalls mit den beiden Polizisten mit einer wichtigen Person telefoniert und versucht, die Wogen zu glätten. Doch es war ihm nicht gelungen; körperliche Angriffe auf Polizisten waren eine ernste Angelegenheit, die sich nicht so leicht unter den Teppich kehren ließ.

»Habt ihr Nuria gesehen?«

»Nein«, sagten die Hüter.

»Ich will sie hier nicht sehen. Zu gefährlich.«

Hätte Rico Vargas daran gedacht, auch den dritten und vierten Hüter zu befragen, wäre ihm eine andere Antwort zu Ohren gekommen, als er sie von den beiden ersten Hütern gehört hatte. Der dritte und vierte Hüter hatten Mateo entdeckt. Nicht sofort; selbst Nuria sahen sie nicht häufig, dafür war das Gelände um den See einfach zu groß. Doch irgendwann war ihnen aufgefallen, dass es in der Casa de Campo neben der üblichen Radfahrerin noch einen Radfahrer gab. Wann sie ihn zum ersten Mal gesehen hatten, vermochten sie später nicht mehr genau zu sagen, und noch weniger, als Rico sie streng dazu befragte. Die beiden waren zuverlässige Hüter, was ihre eng umgrenzte Aufgabe betraf, aber sie verloren unter Druck schnell das Selbstvertrauen und brachten die Dinge durcheinander. Auch Reden war nicht ihre Stärke. Sie waren sich ganz sicher, den Radfahrer erst weit nach Mitternacht gesehen zu haben, deutlich später als Nuria, die sie zum ersten Mal nach zehn Uhr abends gesichtet hatten – und unter sonderbaren Umständen.

»Welchen Umständen?«, fragte Rico am Tag darauf, als es schon zu spät war.

»Sie war anders«, sagten die Hüter aus einem Mund.

»*Wie* anders?«

»Vorsichtig«, sagte einer der beiden Hüter.

»Als wollte sie nicht gesehen werden«, sagte der andere.

»Sie trug eine blaue Jacke«, sagte der eine.

»Und keinen Helm, sondern eine Mütze«, sagte der andere.

»Natürlich war sie anders. Sie war anders *gekleidet*«, sagte Rico. »Sie wollte von der Polizei nicht wiedererkannt werden.«

Die beiden Hüter sahen ihn ausdruckslos an.

»Was ich wissen will«, sagte Rico. »Ist sie euch ausgewichen? War sie *anders* als sonst?«

»Nein«, sagte der dritte Hüter, auf eine präzise Antwort bedacht. »Nein, nicht anders. Ganz und gar nicht anders. Nuria war wie immer.«

Was den unbekannten Radfahrer betraf, schöpften die beiden Hüter erst spät Verdacht. Ihre Aufgabe war das Hüten der Mädchen, nicht das Beobachten unbekannter Radfahrer. Als sie ihn allerdings zum dritten Mal sahen, wurden sie misstrauisch. Und als sie zu noch späterer

Stunde in der Nähe eines Parkplatzes, der von den Mädchen und den Freiern zum diskreten Rückzug genutzt wurde, sein herrenloses Fahrrad sahen, gerieten sie ernsthaft in Unruhe. Jetzt, so fanden sie, musste etwas getan werden. Doch da war es schon zu spät.

Nachdem Mateo einmal erkannt hatte, wer die Hüter waren und wie sie sich bewegten, versuchte er, sie zu meiden. Er musste vor allem darauf achten, nicht mit Nuria zusammen gesehen zu werden. Nuria hatte ihn auf die Standorte der Mädchen hingewiesen. Den Rest musste er allein bewältigen.

Einige Stunden lang bewegte er sich mehr im Unterholz als sonst wo, und seine Erkenntnisse waren mager. Er machte Notizen und ein paar Fotos. Eine wirkliche Geschichte wurde daraus nur, wenn er Quellen hatte. Mateo beschloss, den Parcours bis zum Ende zu fahren, wo die Transvestiten standen. Zumindest war er dort vor den Hütern sicher.

Auch in der Zone der *travestis* war an diesem Abend nicht viel los. Er sah den einsamen weißen Seat zu seiner Rechten aus dem Augenwinkel, aber gerade, als er daran vorbeifuhr, öffnete sich die Fahrertür, und ein Mann stieg aus. Mateo rollte noch ein paar Meter weiter und bremste ab. Er drehte sich um, und da stand Nacho Cano.

Während sein Herz einen Satz machte, reagierte Mateo äußerlich gelassen. Er stieg vom Fahrrad und versteckte sich hinter einem Baum.

Nacho, ohne Jackett, ging um seinen Wagen herum und öffnete die Beifahrertür. Eine große Frau stieg aus. Worte wurden gewechselt. Die Frau nahm Nachos Hand und küsste sie. Dann nahm sie Nachos rundes Gesicht in beide Hände und küsste ihn lange auf den Mund. Jetzt schien der füllige Mann zu erschlaffen, und jeden Augenblick erwartete Mateo, dass Nacho zu Boden sank und die Frau mit sich zog. Aber nein, die Frau tat etwas anderes. Sie packte Nacho an den Hüften, drehte ihn mit einer schnellen Bewegung um und drängte sich von hinten so heftig an ihn, dass er sich mit den Händen auf der Kühlerhaube abstützen musste. Mateo hörte ein kehliges Lachen. Die Frau öffnete Nacho einen Hemdknopf und fuhr mit einer Hand hinein. Dann noch einen Knopf. Jetzt waren beide Hände in Nachos Schoß beschäftigt. Noch ein paar Knöpfe, und die Frau hatte Nacho das Hemd weit geöffnet und begann, den massigen weißen Leib leidenschaftlich zu bearbeiten. Ein Geräusch, das Mateo sich nie hätte vorstellen können, drang an sein Ohr, das Stöhnen eines Mannes, der in der Erregung ein anderer wird.

Die Worte, die die Frau sagte, hörte Mateo so deutlich, als spräche sie dicht an seinem Ohr.

»Ich würde gern mal ein Zimmer mit dir haben, Schätzchen. Würde dir das gefallen?«

Nachos Stöhnen war die Antwort.

Irgendwann knöpfte die Frau Nachos Hemd wieder zu, ließ aber ihre großen Hände immer wieder über seinen Körper wandern.

»Ab nach Hause mit dir. Besuch mich wieder!«

Sie küsste Nacho in den Nacken und ging. Nacho stand da, den Kopf gesenkt, und atmete schwer. Langsam steckte er sich das Hemd in die Hose und prüfte den Sitz des Gürtels, ein Mann, der Zeit braucht, um den Weg zurück in eine andere Wirklichkeit zu finden. Dann hob er den Kopf und sah Mateo direkt in die Augen.

Das Schweigen dauerte fünf lange Sekunden.

»Was glotzt du so blöd?«, sagte Nacho Cano. »Hast du keine Arbeit?«

Mateo nickte, schnappte sich das Fahrrad und war weg. Er fuhr erst langsam, dann schneller, den Oberkörper nach vorn gelegt, die Augen zusammengekniffen. Hatte er überhaupt etwas von dem verstanden, was er gerade gesehen hatte? Er trat stärker in die Pedale, ließ sich den Wind ins Gesicht blasen und dachte immer wieder: Nein, ich habe nichts verstanden, ich bin ahnungslos wie ein Suppenhuhn, diese Welt ist zu kompliziert für mich. Ich kratze nicht einmal an der Oberfläche der Dinge.

»Wo warst du denn so lange?«, sagt Nuria, als Mateo sich eine halbe Stunde später hinter dem Steakrestaurant auf der Westseite des Sees einfindet. Er hat sie warten lassen, eine Runde durch die weiter entfernte Zone der Casa de Campo gedreht, wo keine Mädchen und keine *travestis* stehen.

»Wir müssen zur Finca«, sagt Nuria. »Ich will nicht mehr warten. Hadeel ist die einzige, die reden könnte. Hadeel will weg.«

»Für so eine Aktion brauchen wir Hilfe. Wir brauchen die Polizei. Bist du sicher, dass du raus willst? *Ganz* raus? Du weißt, dass Rico Vargas dann nicht mehr lieb zu dir ist. Das wird ein Schlag gegen sein Business.«

Nuria nickt.

»Dann gibt es nur einen Weg. Du musst für eine Weile abtauchen. Und ich sage Diego Bescheid. Er hat Kontaktleute bei der Polizei.«

Sie schüttelt den Kopf. »Wir können machen, was du sagst. Aber erst muss ich Hadeel und Marissa da rausholen.«

»Aber dann ist dieser Rico Vargas gewarnt!«

»Nein, Mateo, er ist nicht gewarnt, sondern beschäftigt. Er wird nicht damit rechnen, dass noch etwas Größeres geschieht als die Flucht der beiden Mädchen. Und woher willst du wissen, ob die Polizei überhaupt etwas tut? Nein, ich muss zur Finca. Kommst du mit?«

»Dann brauchen wir ein Taxi. Hast du so viel Geld?«

Sie klopft auf ihre Brusttasche. »Die Einnahmen von Erika und Irina. Das muss reichen.«

Nuria hat die Finca noch nie bei Nacht gesehen. Auf dem Weg dorthin wird ihr klar, dass sie eigentlich gar nichts über die Besetzung des Haupthauses in den frühen Morgenstunden weiß, denn diese Zeit hat sie immer in der Casa de Campo verbracht.

Die meisten Frauen lebten auf der Finca in einer Mischung aus Aufsässigkeit und Resignation. Im Kleinen maulten sie, gaben den Hütern Frechheiten zur Antwort und ignorierten ihre Gefangenschaft, so gut es ging. Sie waren nicht eingesperrt und konnten sich absetzen, wenn sie wollten, sie konnten telefonieren, um Hilfe schreien, sie konnten das Mitleid eines Freiers in der Casa de Campo wecken, der dann – wenn er gewollt hätte – die nötigen Schritte zu ihrer Rettung hätte einleiten können. Aber die Freier hatten alles andere im Sinn; es waren Freier.

Am Ende eröffneten die Frauen sich niemandem, denn alle wussten, dass die Repressalien unkalkulierbar waren. Im glücklichsten Fall würden sie wieder in ihre Heimatländer zurückgebracht werden, ansonsten würden die Hüter sie schlagen und quälen. Die Menschenhändler standen mit ihren Angehörigen in Kontakt, kannten deren Wohnort, hatten ihr Geld angenommen. Alles, alles war möglich.

Rico Vargas war klug darin gewesen, der Herrschaft über die dreißig Frauen einen rationalen Anstrich zu geben. Die Summen, die sie der Organisation offiziell schuldeten, wurden ihnen tatsächlich genannt, und wer darum bat, durfte sogar in die Buchhaltung Einblick nehmen – ein Schulheft, mit Kugelschreiber geführt, das fiktive Zahlen auflistete, weil die Frauen nicht Buch führten und sich erst recht keinen Überblick über die »Nebenkosten« verschaffen konnten.

Deswegen hatte das System der Sklaverei, das Rico Vargas auf ganz besondere Weise pflegte, in den vielen Jahren seiner Existenz noch keinen Rückschlag erlebt. Rico Vargas wusste, dass er den Erfolg des Unternehmens weniger dem Scharfsinn der Hüter als seiner eigenen Planung zu verdanken hatte. Mit ihm, dem Patron, stand und fiel das Ganze. In dieser Nacht fiel es.

Es fiel, weil er, der Patron, nicht da war. Don Rico, wie er sich inzwischen von dem einen oder anderen seiner Untergebenen nennen ließ, hatte wichtigere Dinge im Kopf. Er hatte sich auch nicht um einen geeigneten Stellvertreter gekümmert, der die Belange der Finca überwachen und im Notfall einen Alarmruf tätigen könnte. Auf die Details kam es an, und an diesem Tag hatte Rico Vargas die Details vernachlässigt.

Eine schöne, windstille Nacht. Auf der Finca ist alles ruhig. Ein einziger Hüter schiebt Nachtdienst, während im Zwinger die Hunde schlafen; keiner der Hunde befindet sich im Freien.

Als sie aus dem Taxi steigen, bittet Nuria Mateo, erst dazuzustoßen, wenn sie ihn ruft. Sie lässt ihn stehen ohne ein weiteres Wort.

Das Außentor der Finca ist nur angelehnt; die Hüter sind faul gewesen. Nuria geht hindurch, läuft über den Hof und ist schon an der Haustür, als der erste Hund anschlägt. Sie geht zu ihm, er muss sie doch kennen. Der Hund beruhigt sich.

Drinnen geht Licht an.

»Ich bin's«, ruft sie, »Nuria! Ich bringe Geld!«

Der Hüter im Inneren des Hauses kommt an die Tür.

»Wer?«

»Nuria, Mann. Ich bringe Geld. Mach auf.«

»Um diese Zeit? Wo sind die anderen?«

»Ich musste abbrechen. Es geht mir nicht gut. Willst du die Kohle jetzt haben oder nicht?«

»Augenblick.«

Als der Hüter gerade die Tür öffnet, wirft Nuria sich mit ihrem vollen Gewicht dagegen. Das Holz kracht dem Mann gegen den Kopf, er taumelt zurück, und bevor er reagieren kann, versetzt Nuria ihm einen Kniestoß in den Unterleib. Seit Tagen trägt sie starkes Klebeband im Rucksack. In wenigen Sekunden hat sie die Hände des Hüters auf dem Rücken gefesselt. Dann die Füße. Sie holt ein Küchenhandtuch und knebelt ihn. Dann verschafft sie sich einen Überblick. Kaum ein Drittel der Schlafplätze ist besetzt; hier und da regen sich unruhige Schläferinnen, die sich schon bald für die Morgenschicht in der Casa de Campo fertig machen werden.

Mit schnellen Schritten geht Nuria an den Zimmern vorbei, späht hinein, läuft weiter. Im letzten Zimmer knipst sie das Licht an.

»Hadeel! Marissa! Kommt. Packt ein paar Sachen ein. Wir müssen weg. Beeilt euch.«

Hadeel setzt sich auf und reibt sich die Augen. Sie starrt Nuria an und rührt sich nicht.

»Worauf wartest du? Wir bringen dich weg!«

»Ich habe Arbeit«, sagt Hadeel.

»Erzähl mir davon im Taxi. Komm jetzt!«

»Richtige Arbeit.«

Marissa ist aufgestanden und hat mit dem Packen begonnen.

Im Taxi sprechen sie wenig. Mateo sitzt vorn. Er beklagt sich nicht darüber, dass er nicht gebraucht wurde. Er plant schon die nächsten Schritte. Die Frauen sollen in einem freien Zimmer seiner Wohnung schlafen. Niemand wird Hadeel und Marissa bei ihm vermuten; niemand kann Mateo mit ihnen in Verbindung bringen.

Er dreht sich nach hinten. »Lass mal deine Hand sehen.«

Nuria legt ihre gezeichnete Rechte auf seine Rückenlehne. Mateo pustet darüber.

»Wo können wir dich absetzen?«

»Chueca. Ich brauche eine Dusche, ein paar Sachen und meinen Hund.«

Es ist noch dunkel, als sie vor ihrer Wohnung ankommen. Sie hatte nicht viel Zeit zum Nachdenken, denn im Taxi hat sie Hadeels Schulter geknetet und ihr beruhigende Worte ins Ohr geflüstert.

»Alles wird gut. Sag das auch Marissa.«

»Ich habe Arbeit«, flüstert Hadeel. »Danila hat mir geholfen.«

»Die *travesti*?«

»Ja. Und Enrique hilft mir auch.«

»Gehört der dazu?«

»Ja. Er ist eine wichtige Persönlichkeit.«

»Gut«, sagt Nuria. »Wir reden später darüber.«

Sie schaut nach draußen in die Nacht von Madrid, die sich allmählich zurückzieht.

»Hört auf Mateo. Ihr seid bei ihm in Sicherheit.«

Sie langt über Hadeels Rücken und drückt Marissas Schulter. Marissa zuckt zusammen. Sie schaut Nuria kurz in die Augen und lächelt. Dann wendet sie den Kopf, und ihr Mund wird wieder zum Strich.

Marissas Stirn ist rund wie ein Ball. Nuria sieht ihr Profil und weiß schon, wie sie in zwanzig Jahren aussehen wird. Nur das Haar wird heller sein, vielleicht weiß. Drei Tage zuvor hat Nuria es geschafft, Marissa ins Gespräch zu ziehen. Sieben, acht Minuten lang, nicht mehr. Seitdem arbeitet es in ihr. Die Dinge sind klarer geworden.

Für Nuria kommt es jetzt auf jede Stunde an. Sie muss aus ihrer Wohnung verschwinden. Als sie darüber nachdenkt, wohin sie gehen könnte, und eine Lösung nach der anderen verwirft, bleibt nur eine übrig, und sie sagt sich: Hat mir gerade noch gefehlt.

Sie packt eine Kleidertasche, eine Sporttasche und eine Hundetasche. Sie nimmt Matilda an die Leine und ist weg.

26

Wir waten in einem Tal von Scheiße

Ihr Vater ist sprachlos, als Nuria ihm am Telefon sagt, dass sie ihn für ein paar Tage besuchen kommt. Er will dem *portero* Bescheid sagen, dass er sie hereinlassen soll. Er selbst muss sehr früh aus dem Haus. Pío Valverde schlägt ein gemeinsames Mittagessen im Restaurant an der Ecke vor, er könne sich freimachen.

»Gut«, sagt Nuria. »Es gibt was zu erzählen.«

Der Morgen ist sonnig. Nuria steht in der Wohnung ihrer Kindheit. Es ist still, nicht einmal eine Uhr tickt. Zum ersten Mal sieht Nuria die Wohnung so, wie sie gesehen zu werden verdient: ohne Gespenster, ohne vergrabene Herzen.

Ihr allein lebender Vater hat sich darin im Lauf der Jahre ausgebreitet und eine neue Schlichtheit geschaffen. Im selben Maß, wie die Mitglieder seiner Familie ausgezogen sind – erst Isa, dann seine Frau, am Ende Nuria –, hat Pío Valverde den entstehenden Platz umgewidmet. Er hat eine Wand wegreißen lassen, um aus zwei kleinen Zimmern ein großes zu machen, er hat die Küche modernisiert, alte Bilder, zerstoßene Möbel und Familienkram rausgeschmissen und den Wänden einen hellgrauen Strich verpasst, der Píos neue Farbskala – Weiß, Weiß und noch einmal Weiß – wirkungsvoll unterstützt. Jetzt ist die Wohnung unverkennbar seine, und sie ist nicht einmal zu groß für einen Mann, der sich zu Hause von seiner anstrengenden Arbeit erholen muss. Der klobige Esstisch, an dem Onkel Víctor immer saß, ist auch verschwunden. Nuria fragt sich, wo ihr Vater die Fotoalben aufbewahrt.

Sie rechnet es ihm hoch an, dass er seinen religiösen Drang gezügelt hat. Vielleicht braucht er auch keine Symbole für etwas, was in ihm lebendig ist. In seinem Arbeitszimmer hängt ein schlichtes Designerkreuz, dünn wie ein Faden, und im Wohnzimmer sieht sie seine abgegriffene grüne Bibel. Sie kennt das Buch gut, sie hat viel darin gelesen. Nuria weiß schon heute, dass diese Bibel auf Píos Totenbett liegen wird.

Sie macht mit Matilda eine Runde durchs Viertel, dann legt sie sich schlafen. Ihr Bett steht jetzt im »Gästezimmer«. Im Regal sind ihre MMA-Wettkampftrophäen aufgereiht.

Mateo hat ihr versprochen, sie auf dem Laufenden zu halten, aber sie erwartet nicht, dass es schnell geht. Erst jetzt spürt sie, wie erschöpft sie ist.

Als Pío sie weckt, kämpft Nuria sich aus dem Tiefschlaf zurück. Er kann das Erschrecken nicht verbergen, als er ihr verquollenes, zerschrammtes Gesicht sieht, das der Schlaf nicht schöner gemacht hat, aber sie sagt, halb so schlimm, Papa, Trainingsblessuren. Ich bin gleich soweit.

Von Mateo keine Nachricht.

Sie duscht und trinkt ein Glas Wasser, dann gehen sie raus. Matilda darf mit; das Restaurant hat ein paar Tische im Freien.

Erst, als sie sitzen, jeder ein Glas Weißwein vor sich, weil Pío der Meinung ist, das Wiedersehen müsse ein bisschen gefeiert werden, verstummt Nuria völlig. Sie kann jetzt nicht reden, sie kann auch nicht zuhören, sie findet es unpassend, in einem Restaurant über Dinge zu sprechen, bei denen es um so viel geht. Sie schiebt den Wein beiseite. Pío ist enttäuscht, in seinem Übermut ist er vorgeprescht.

Nuria lässt ihn von anderen Dingen erzählen. Seine Laune hebt sich, und erst, als sie wieder oben in der Wohnung sind, in der gleißend hellen Küche, jeder einen Kaffee vor sich, sieht Nuria ihn lange an und sagt, sie müsse ihm etwas erzählen. Eine kleine Geschichte. Von einer jungen Frau namens Marissa.

»Eine Freundin von dir?«

»Ja, warum nicht«, sagt Nuria. »Ich erzähle dir von meiner Freundin Marissa aus Algerien. Ich weiß noch nicht einmal, ob das ihr richtiger Name ist. Wenn ich jetzt an sie denke, sehe ich ihre Hände vor mir. Irgendjemand hat meiner Freundin Marissa alles weggenommen, sie gefangen gehalten und versklavt. Wochenlang. Monatelang. Marissa arbeitete ihre Schulden ab, könnte man sagen, nur dass sie von diesen Schulden nichts weiß und die Schulden nie weniger werden. Verstehst du?«

»Warum erzählst du mir das?«

»Warte, Papa. Es gehört alles zu meiner Geschichte. Marissa hat sich den Männern in der Casa de Campo angeboten. Sich verkauft. Das war ihre Arbeit. Nichts anderes. Solange ich sie kannte, hat sie kaum einen Ton über die Lippen gebracht, hat alles nur eingesteckt. Die Männer, die sie gefangen hielten, waren nie zufrieden mit ihr. Sie war eine Gefangene in Madrid. Nicht anders als ein Nutztier, im Ernst. Was kann ich sonst noch über sie sagen? Dass sie vormittags arbeitete, wenn man sie ließ. Marissa war für die Frühaufsteher da. Irgendwelche Typen fahren immer durch die Casa de Campo, Männer, die nichts zu tun haben, Faulenzer, Gestrandete. Ich habe Marissa nur nachts gesehen. Meine Zeit war die Nacht.«

»Du?«

»Ich habe auf sie aufgepasst, Papa. Auf Marissa, auf Hadeel, auf Goodness und die anderen. Auf Fevo, Rubi, Alexa, Irina.«

»Oh Gott.« Pío wartet darauf, was Nuria als Nächstes sagt, und als es nicht kommt, stellt er seine Frage. »Aber du warst keine von denen, oder?«

»Nein. Nein. Ich war keine von denen. Ich will dir nur sagen … Es sind Menschen, die sich selbst nicht mehr gehören. In unserem Land. Gleich neben uns, ein paar Autominuten entfernt.«

»Warum hast du das getan, Kind? Es war gefährlich, es war elend und, und hässlich.«

»Warum habe ich das getan …? Ja, warum?« Sie legt sich eine Hand auf die Stirn, als müsste sie ihre Temperatur fühlen. »Papa, ich weiß es immer noch nicht.« Ihre Stimme wird leiser. »Ich habe mich gesehen, in der Casa de Campo, wie auf einem Bild. Auf diesem Bild fuhr ich mit dem Fahrrad nachts um den See und habe nach den Mädchen gesehen. Das ist alles.«

»Und jetzt?«

»Jetzt, Papa, bin ich ausgestiegen. Es ging nicht mehr. Wir haben zwei Frauen da rausgeholt. Marissa ist eine von ihnen.«

Er nimmt ihre rechte Hand, sieht das Blut an den Knöcheln und streichelt ihren Finger. »Ich bin froh, Nuria«, sagt er. »Das ist kein guter Ort für dich.«

»Kennst du ihn denn?«

»Nein. Aber die Zeitungen sind voll davon. Es kann kein guter Ort sein.«

»Goodness hat mir erzählt, dass es in Móstoles eine evangelische Gemeinde gibt. Für die Afrikaner. Sonntags darf Goodness zum Gottesdienst fahren, wenn sie vorher die Nachtschicht gemacht hat. Sie ist mehr als eine Stunde unterwegs.«

»Aber das ist doch gut? Immerhin ein Gottesdienst!«

»Ja, das ist gut. Die Hüter lassen sie fahren, weil sie dann besser arbeitet. Aber sie gehört sich nicht mehr selbst. Sie ist eine Sklavin. Ich stelle mir diesen Gottesdienst in Móstoles vor. So viele dunkelhäutige *putas*. Alle in einem fremden Land. Und sie beten zu ihrem Gott und bitten ihn um Erlösung. Sag mir eins, Papa. Der Gott, zu dem die *putas* beten. Ist das auch unserer? Oder ist es der Gott der Schmerzen?«

Píos Gesicht nimmt einen gepeinigten Ausdruck an. Das ist nicht die Art Ordnung, die er sich für die spanische Gesellschaft wünscht. Er, Pío Valverde, will in einem besseren Land leben, nicht in einem Land der Ausbeutung.

Aber jetzt kommt noch ein anderer Ausdruck in sein Gesicht, ein tieferer Schmerz, etwas Persönliches, vielleicht will er schon seit Langem davon erzählen, all die Zeit, die Nuria nicht den Weg nach Hause gefunden hat.

»Komm schon, Papa. Raus damit.«

Aber ihr Vater weiß nicht weiter. Seine Mundwinkel zucken, er presst die Lippen zusammen, und dann weint er. Nimmt beide Hände vor das Gesicht, während sich sein Oberkörper stumm schüttelt.

»Papa«, sagt Nuria.

Sie sitzt da und fragt sich, warum sie so lange gebraucht hat, zu ihm zu kommen. Sein Schmerz ist wie der eines Kindes.

Sie steht auf und umarmt ihn.

»Nuria. Du zerdrückst mir die Brille.«

Pío Valverde braucht ein paar Minuten für sich. Er überprüft seine Brille, erst den einen Bügel, dann den anderen, und putzt die Gläser, das Tüchlein liegt immer bereit. Dies ist seine Wohnung, und er hat noch nie vor seiner Tochter geweint. Nicht vor dieser, nicht vor der anderen. Er will sich fassen. Er *muss* sich fassen, denn das, was jetzt kommt, wird schwer genug.

Als er sich räuspert, tut er es laut, aber Nuria ist aufgestanden und versorgt in sicherer Entfernung die Kaffeetassen. Sie zuckt noch nicht einmal zusammen. Sie bestückt die Spülmaschine, die ebenfalls neu ist, ein weiterer technologischer Fortschritt im Leben ihres Vaters, und setzt Teewasser auf.

»Lass uns von Isa reden«, sagt Nuria. »Es ist Zeit.«

Pío nickt.

»Willst du lieber ins Wohnzimmer gehen?«

»Nein.«

Erst, als Nuria ihnen beiden Tee eingeschenkt hat, ist er bereit.

»Vor vier Jahren«, sagt er. »Nein, ich muss anders anfangen. Ich will dir sagen, dass ich keine Ahnung hatte, was Isa macht. Wie sie ihr Geld verdient. Mama auch nicht.« Er schüttelt den Kopf. Er wartet, ob Nuria etwas sagen will. »Ich dachte, ihr Verschwinden hätte allein mit uns zu tun, mit ihren Eltern, unserem ewigen Streit, was weiß ich? Wir waren nun mal keine guten Eltern, weil wir irgendwann kein gutes Paar mehr waren. Einzeln, glaube ich, sind wir nicht schlecht. Nur zusammen nicht. Ich wünschte, wir hätten es besser gemacht. Glaub nicht, ich sähe meine Schwächen nicht. Jeder, der sich trennt, glaubt, er habe weniger Schuld als der Partner, aber am Ende waren es immer beide. Was sie miteinander nicht konnten. Was sie aneinander versäumt haben. Was sie gegeneinander gedacht, gesagt, getan haben. Es ist immer so. Gedanken, Worte und Werke. Ich glaube nicht mehr, dass Mama und ich eine Ausnahme sind. Nein, wir sind leider wie fast alle anderen. Nicht auserwählt. Am Ende wurden wir zu Egoisten, genau wie der Rest, das riesige Heer derer, die auseinandergehen, weil sie es nicht geschafft haben, weil sie an sich selbst gescheitert sind. Vor vier Jahren …« Pío bricht ab. Er führt die Faust an den Mund, aber Nuria weiß nicht, ob ihm wieder die Tränen kommen oder ob er ein Gähnen unterdrückt. »Ein Kollege hat mir von ihr erzählt. Er hatte Isa gesehen. Stell dir das mal vor, Nuria. Ich wusste gar nicht, dass Männer, die ich kenne, sich in dieser Welt bewegen. Und er hatte sie gesehen! Unsere Isa! Er hatte sie ... bei einer Veranstaltung gesehen, einer exklusiven Sache. Jemand in seiner Hörweite machte einen hässlichen Kommentar über die auffallend junge, auffallend attraktive Begleitung mehrerer wichtiger Männer. Begleiterinnen, die erkennbar nicht die Ehefrauen, aber auch keine Lebenspartnerinnen waren. So fand er es heraus, mein Kollege. Er zählte zwei und zwei zusammen.« Er nickt bitter. »Du weißt, dass ich diese Welt nicht kenne. Nicht kenne und nicht billige. Ich bin altmodisch. Ich glaube, dass es falsch ist, alles zu tun, was man tun kann. Es gibt Dinge, die *dürfen* wir nicht tun. Niemals. Und diese, diese sexuelle Beliebigkeit gehört dazu. Was ist vom Menschen übrig, wenn er seine Persönlichkeit verliert? Er verliert sich selbst.« Er sieht sie eindringlich an, legt die Lippen fest aufeinander und nickt noch einmal. »Ich habe keinen Zweifel daran, Nuria. Unsere Isa hat sich verloren.«

Pío trinkt von seinem Tee und räuspert sich leise, als wäre ihm bewusst, dass der Anlass Zurückhaltung gebietet.

Nuria sitzt da und fragt sich, wie gut sie diesen Mann, ihren Vater, eigentlich kennt. Als junges Mädchen dachte sie, er bestehe vor allem aus Worten. Pío *glaubte* an Worte, er predigte, flehte, fluchte und schimpfte. Er war gut mit Worten, das war sein Beruf und ist es immer noch. Er berät große Firmen in Versicherungsdingen, setzt umfangreiche Verträge auf und kümmert sich um die Sorgen seiner Kunden. Pío Valverde kann mahnen, beruhigen und trösten. Die Leute vertrauen ihm. Wenn Pío sich kümmert, läuft es.

Sicher wäre er auch ein guter Priester geworden.

Als Pío skeptischer in Bezug auf das eigene Reden wurde, waren seine Töchter schon erwachsen. Isa, so glaubt Nuria, hat Pío mit seinen Reden vertrieben. Sie hat sich nicht nur vom Glauben losgesagt, sondern auch von den Sprüchen, dem Insistieren, dem Besserwissen ihres Vaters. Zu spät. Nuria glaubt nicht, dass Isa den leiseren Vater je kennenlernen wird. Den Vater, der sie beweint. Den Vater, der seine Tochter zurückhaben will.

»Seit vier Jahren weiß ich davon. Und ich konnte es dir einfach nicht sagen. Ich habe es geleugnet. Vor Gott und vor mir selbst. Vor anderen sowieso. Aber vor allem ... vor mir selbst. Ich weiß bis heute nicht, was ich mit diesem Wissen anfangen soll. Ich ertrage es nicht. Ich ertrage es nicht.«

Pío hat die flache Hand auf den Küchentisch fallen lassen, nicht laut, aber hörbar; früher wäre es die Faust gewesen.

Er hat es gesagt. Mehr muss er nicht sagen. Und abermals sieht Nuria, durch die frisch geputzten Brillengläser hindurch, die Tränen ihres Vaters.

Am frühen Abend geht Nuria im Retiro laufen, Matilda an der Leine neben sich. Sie wünschte, sie hätte eine Wohnung in der Nähe dieses Parks. Sie macht Liegestützen, Bauchtraining, Beintraining, sie macht Kopfstand und sieht aus dieser Perspektive Matildas Gesicht mit dem Unterzahnlächeln.

Am Nachmittag hat Mateo angerufen und ihr erzählt, was geschehen wird. Die Polizei ist zur Finca unterwegs, um die Papiere der Mädchen zu überprüfen und dem Verdacht auf Nötigung und Menschenhandel nachzugehen. Die Mädchen, die sich in der Casa de Campo aufhalten, werden eingesammelt werden. Mateo lacht, als er es sagt: »Diesmal wird keine Nuria da sein, um die Polizisten an der Ausübung ihrer Pflicht zu hindern.« Diego hat alle Hebel in Bewegung gesetzt, aber das allein hätte nicht gereicht.

Bei Weitem nicht. Offenbar hat sich auch Nacho Cano eingeschaltet und das ganze Gewicht von *Claro!* dahinter gelegt. Die Zeitung plane eine große Story, hat Nacho den Behörden klargemacht, die Polizei sei gut beraten, dem vertraulichen Hinweis gewissenhaft nachzugehen. Mateo sagt Nuria nicht, dass der Chefredakteur für ihn ein großes Rätsel ist; er weiß nicht einmal genau, was er in der Nacht zuvor in der Casa de Campo gesehen hat. Nacho mit einer Frau? Mit einer *travesti*?

»Nuria, er will, dass ich die Reportage schreibe«, sagt Mateo und fühlt sich wieder auf sicherem Terrain. »Ich hätte doch schon recherchiert. Er will, dass ich exemplarisch erzähle, wie dieser Handel funktioniert. Nicht die Prostitution selbst, da war er sehr deutlich. Wer freiwillig da ist, soll bleiben. Die Zwangsprostitution, die gefangenen Mädchen, dagegen sollen wir kämpfen. Die Erpressung. ›Mit der ganzen publizistischen Macht eines dynamischen Blattes‹, das waren seine Worte.«

»Und? Schreibst du das?«

»Klar.«

Sie schweigen. Mateo würde gern etwas Persönliches sagen, und ihm fällt etwas ein.

»Hat dein Vater sich gefreut, dich zu sehen?«

»Ja.«

Wieder Schweigen.

»Und wie geht's dir so?«

»Nicht so gut«, sagt sie. »Es bleibt doch dabei. Rico Vargas ist nur ein einziger Kopf. Aber der Drache hat *dreißig* Köpfe. Neunundzwanzig bleiben übrig. Wer soll die abschlagen?«

»So kann man es sehen«, sagt Mateo.

»Aber du siehst es anders, nehme ich an.«

»Ich sehe uns in einem Tal von Scheiße waten. So hat's der Dichter ausgedrückt. Nicht sein feinster lyrischer Moment. Doch wenn wir ehrlich sind, Nuria, er hat recht. Wir waten in einem Tal von Scheiße. Und die neunundzwanzig Köpfe des Drachens, die gehören dazu. Die schwimmen ganz oben! Aber immer wieder, sagt der Dichter, gibt es ein paar Dinge, die sauber sind. Die nicht stinken. Dinge, die sich über die Scheiße erheben. Du, Nuria, hast eines dieser Dinge getan.«

»Ich bin gerührt. Du hast nur eine Kleinigkeit vergessen.«

»Welche?«

»Mir zu sagen, *wann* ich dieses Superding vollbracht haben soll. Als ich in die Casa de Campo hineinging – oder als ich wieder herauskam? Welche von beiden war die Heldentat?«

Mateo denkt nach. »Beide, würde ich sagen. Um rauszukommen, musst du vorher drin gewesen sein. Wer macht so etwas schon außer einem verrückten Wesen wie dir? Wer folgt so einer durch und durch hirnverbrannten Idee? Wer macht das Leben der Mädchen leichter, so wie du es getan hast?«

Nuria will ihm glauben, sie lässt seinen Trost auf sich herunterrieseln, weil es sich gut anfühlt, und soll sie es nicht einfach einen Augenblick genießen? Sie wünschte, sie könnte es.

»Was glaubst du«, sagt Mateo, »wie man eine Zeitung macht? Auch ein Quarkblatt wie *Claro!*. Man macht es, indem man jeden Tag wieder von vorn beginnt. Unser Chef vom Dienst, José Miguel, verkörpert für mich das Ideal des Zeitungsmachens. Jeden Tag ehrlichen Schweiß vergießen. Sich einfach nicht unterkriegen lassen. Immer wieder von vorn anfangen, auch wenn der Pegel der Scheiße ständig steigt. Es bleibt uns nichts anderes übrig. Wir sind da, um –«

»Ich weiß, was jetzt kommt.«

»Dann sag's, Nuria.«

»Um Zeugnis abzulegen.«

Sie hört Mateo durchatmen, als wären sie nach einem Rennen ins Ziel gekommen. Ein paar Sekunden lang hören sie einander beim Atmen zu, dafür fehlte bisher die Gelegenheit.

Sie sagt: »Wenn irgendetwas Gutes von dieser Sache bleibt, Mateo, dann ist es dein Verdienst.«

»Nein, Nuria. Es ist deins.«

»In Ordnung. Vielleicht ist es unseres.«

27
Badezimmerbeleuchtung

Als der Tag älter wurde und sich die schlechten Nachrichten häuften, bewies Rico Vargas sich selbst, wer er war. Mit den Stoikern hatte er sich nie beschäftigt, er hatte das Wort nachgeschlagen und erfahren, dass sie vor langer Zeit einmal etwas mit Philosophie zu tun gehabt hatten – eines der Dinge, um die er sich später kümmern wollte, denn er war davon überzeugt, die Philosophie habe ihm einiges zu geben.

Doch jetzt, in dieser Situation, kam es nicht auf die Herkunft der Wörter an, sondern auf ihre Bedeutung. Rico blieb stoisch. Im Wörterbuch stand es: »gleichmütig«. Und das war er. Er war gleichmütig. Er bewahrte Haltung und ließ sich nicht unterkriegen. Später, wenn mehr Zeit für Bildung wäre, würde er nachlesen, ob die Stoiker gut im Zurückschlagen gewesen waren. Denn das gedachte er zu tun. Er würde zurückschlagen und stärker werden, wenn all dies vorbei wäre. Aber zunächst musste er die verfahrene Situation in den Griff kriegen.

Am Morgen, die Autofahrt mit Nuria lag erst achtundvierzig Stunden zurück, hatte ihn die Nachricht erreicht, dass auf der Finca ein Hüter überrumpelt worden war und zwei Mädchen fehlten, darunter die pummelige Marokkanerin. Nuria, so hieß es, war daran unmittelbar beteiligt gewesen. Sie hatte den Hüter dazu gebracht, die Tür zu öffnen, sie hatte ihn niedergeschlagen und gefesselt. Die falsche Schlange! Ihm war es nicht geheuer gewesen, als er sie genauer angeschaut und gesehen hatte, wie muskulös sie war, eine Kämpferin, solche Menschen suchten immer etwas, wofür sie kämpfen konnten, setzten sich absurde Ziele, bauten Feindbilder auf, und genau das musste Rico Vargas geschehen sein, er war zu Nurias Feindbild geworden, er und sein Unternehmen, dem sie zu dienen vorgab, und dann war sie ausgezogen, um ihm und seinem Unternehmen zu schaden.

Da ahnte er noch nicht, dass am Mittag auf der Finca die Polizei auftauchen würde; am Nachmittag erhielt er den Anruf eines Hüters, die Polizei habe in der Casa de Campo eine Razzia durchgeführt. Personalien seien festgestellt und einige Mädchen mitgenommen worden.

Rico empfing diese Nachrichten in seiner Wohnung. Nachdem er sich schon zwei Mal ins Gästebad begeben hatte, um sich die Hände zu waschen und im Spiegel sein stoisches Gesicht zu betrachten, rief er den kleinen Sanz an. Er tat es nicht, weil er sich dem kleinen (oder dem großen) Sanz verpflichtet gefühlt hätte; er tat es, um Rat einzuholen, wie es jeder kluge Mann tut.

Eine der Enttäuschungen dieses Tages war, dass der kleine Sanz nichts zu sagen hatte.

»Wovon sprichst du, Rico? Ich verstehe nicht, was du meinst. Bist du sicher, dass du mich nicht mit jemandem verwechselst?«

»Können wir uns sehen? Es müsste sofort sein.«

»Nein, Rico, leider nicht. Ich glaube wirklich, dass du mich mit jemandem verwechselst.«

Der kleine Sanz legte auf.

Der Fall, den sie viele Jahre zuvor besprochen hatten, war eingetreten. Darüber also hatten sie so lange verhandelt, daher die Vermeidung schriftlicher Vereinbarungen und der ständige Hinweis auf das blaue Notizbuch des kleinen Sanz. Es ging darum, wer den Kopf hinhielt, wenn etwas danebenging, und der kleine Sanz wollte nicht dazugehören.

In diesen schwierigen Stunden ging Rico Vargas immer wieder zwischen Wohn- und Schlafzimmer hin und her. Es war ein langer Weg. Im Wohnzimmer empfing er die Anrufe, einer schlimmer als der andere. Im Schlafzimmer hing sein dunkelgrauer Anzug, zusammen mit dem weißen Hemd und der schwarzen Strickkrawatte. Er gedachte die Sachen am Abend anzuziehen, wenn Don Eulalio in die Caverna Azul käme. Am Vorabend hatte er auch einen blauen Anzug und eine bordeauxrote englische Regimentskrawatte rausgelegt; obwohl er schon seit Tagen zu Grau neigte, wollte er sich nicht vorschnell entscheiden.

Als er sich zum dritten Mal die Hände gewaschen und sein Gesicht im Spiegel betrachtet hatte, ging er abermals ins Schlafzimmer, stellte sich in die Mitte des Zimmers und drehte den Kopf nach links und nach rechts wie für eine gymnastische Übung. Dann widmete er sich wieder der Garderobe für den Abend. Seine frisch gewaschenen Finger fuhren über den dunkelgrauen Stoff, strichen über die Knöpfe und schoben sich behutsam in die rechte Seitentasche. Soweit er sich erinnerte, hatte Don Eulalio einen klassischen Geschmack; auch er, Rico, zog klassische Modelle allen anderen vor.

Er ging ins Gästebad, um sich die Hände zu waschen und sein Gesicht im Spiegel zu betrachten.

Das Licht in den Bädern seiner Wohnung war dreistufig verstellbar. Die stärkste Stufe diente der frühen Entdeckung körperlicher Defekte; dieses Licht würde ihm eines Tages enthüllen, wenn das erste graue Haar zu melden war. Die mittlere Stufe galt der allgemeinen Musterung und kam sieben bis neun Mal am Tag zum Einsatz; das schwächste Licht dagegen warf einen warmen, freundlichen Schein auf sein Gesicht wie ein Sonnenuntergang in Marbella. Rico benutzte es besonders am späten Abend, wenn das gütige Licht ihm half, Spuren von Erschöpfung auf seinem Gesicht zu tilgen. Auch das Bad neben seinem Büro auf der Finca war mit dreistufiger Beleuchtung ausgestattet.

Rico hatte Isa vorgeschlagen, mit ihm essen zu gehen und dann gemeinsam zur Caverna Azul zu fahren; ein frühes Abendessen um halb acht in einem dieser neuen Läden, Asia meets the Mediterranean.

Er sah sein Spiegelbild, das scharf geschnittene Gesicht mit den hohen Wangenknochen und den schmalen Lippen. War sein Vater wirklich sein Vater?

Er ließ die letzten fünfzehn Jahre an sich vorüberziehen und begriff, dass er kaum noch etwas mit der Welt zu tun haben wollte, dass sie ihm zu viel geworden war. Konnte er überhaupt noch die Aufgaben eines umsichtigen Unternehmers erfüllen? Er müsste mehr Zeit auf der Finca verbringen, das Geschäft besser kontrollieren. Er hätte Nuria niemals hereinlassen dürfen. Das eigentlich Schlimme war, dass Rico sie nicht *hereingelassen*, sondern ihren Zutritt nicht verhindert, das Rätsel ihrer Ankunft nicht ernst genommen und den Fall Nuria unbearbeitet beiseite gelegt hatte. Es war ihm egal gewesen, dieses Rätsel, er hatte es nicht erforscht, weil er sich für unangreifbar gehalten hatte. Den Rest hatte er den Hütern überlassen, diesen, diesen muskelbepackten Kindern. Nun, jetzt wusste er, dass das ein Fehler gewesen war. Er würde ihn nie wieder begehen.

Der Bote mit der Nachricht von Don Eulalio traf am Nachmittag ein. Don Eulalio entschuldige sich, so war auf schmucklosem Papier zu lesen, dringende Geschäfte hätten ihn nach Marchena zurückgerufen. Er hoffe auf eine spätere Gelegenheit, »das Versäumte nachzuholen«.

Rico wusste, dass der kleine Sanz dahintersteckte. Er

musste nachlesen, wie es die Stoiker mit der Rache gehalten hatten. Auf dem Weg in die Küche zerriss er den Brief in kleine Schnipsel und warf sie in den Mülleimer.

Da packte seine Hand den Deckel des Mülleimers, der gerade wieder herabfallen wollte. Rico starrte in den Abfall und war drauf und dran, die weißen Schnipsel aus den feuchten Teeblättern zu klauben. Warum hatte er Don Eulalios Brief zerrissen? Der Brief bewies, dass er und Don Eulalio eine Verabredung gehabt hatten. Sollte er nicht einen Beweis für seine Verbindung mit dem Patron aufbewahren?

Dann ließ er den Deckel des Mülleimers sinken. Er trat an den Küchentisch und setzte sich. Den Blick immer noch nach unten gerichtet, erkannte Rico, dass der Brief nie geschrieben und abgeschickt worden wäre, wenn er eine Gefahr für Don Eulalio dargestellt hätte. Der Patron blieb unangreifbar. Mit vollem Recht könnte er sagen: »Rico Vargas? Ja, den kannte ich mal als ungewaschenen Jungen von achtzehn Jahren. Ich hatte Mitleid mit ihm und habe ihn an eine Firma in Madrid vermittelt. Manche meiner Freunde werden sich an das Mittagessen erinnern, bei welchem er auftauchte, so willkommen wie ein Straßenhund. *Was?* Der Junge behauptet, ich stünde mit ihm in Verbindung, mit ihm und seinen dunklen Geschäften? Um Gottes Willen. Lassen Sie mich Ihnen erklären, was ich mit Rico Vargas zu tun habe. Ich bin der Erste, den er betrogen hat. Jawohl. Ich bin sein enttäuschter Wohltäter. Ich habe Rico Vargas seit mehr als fünfzehn Jahren nicht gesehen. Wir haben noch nicht einmal miteinander telefoniert. Ja, eine Glückwunschkarte zum neuen Jahr, die habe ich ihm wohl geschickt, das gehört sich so, ich wünsche allen meinen jungen Leuten Glück, besonders, wenn ich ihnen zu einem neuen Start ins Leben verholfen habe, und dieser junge Mann, ich leugne es nicht, machte auf mich einen vielversprechenden Eindruck. Ich habe nicht nur die etwas unappetitliche Hülle gesehen, die er mir damals zeigte, sondern auch den Kern. Das Potenzial. Das Gute, das die allermeisten Menschen in sich tragen. Ich war aber keineswegs blind gegenüber den Gefahren, die der Junge in sich barg. Er kam aus einem labilen Elternhaus, wissen Sie? Der Vater war im Beruf gescheitert, ich habe vergessen, wovon die Familie lebte, doch die Einkünfte waren schmal, das kann ich Ihnen versichern, es gab nur einmal die Woche Huhn, wenn überhaupt, zumindest hat er mir das erzählt. Natürlich ist er auch geschlagen worden, was glauben Sie? Was wollen Sie von so einem Burschen erwarten, von ihm und seinen nichtsnutzigen Freunden, deren größtes Vergnügen darin bestand, das Denkmal unseres Padre Alvarado zu verhöhnen? Haben wir das *Recht*, etwas von ihm zu erwarten? Die Mehrheit meiner Freunde würde sagen: Nein. Vergiss ihn. Aus dem wird nie etwas. Ich dagegen sage: Ja! Lasst es uns versuchen. Wir holen ihn da raus und geben ihm eine Chance, ihm und anderen wie ihm. Wir fordern von ihnen viel, wir wollen sie stärker machen, wir wollen, dass sie sich nach oben kämpfen und zu nützlichen Gliedern der Gemeinschaft werden, aber wir übersehen auch nicht, wo sie herkommen, wir sind aufmerksam, damit uns ihre Fehler und Schwächen nicht entgehen, denn solche jungen Leute sind gezeichnet, sie tragen ihr Milieu in sich, auch wenn sie nicht mehr danach riechen. Und weil ich aufmerksam und vorsichtig bin, habe ich ihn in meinen Weihnachtskarten immer ermahnt, Gott den Schöpfer nicht zu vergessen. Er hatte mit, mit Ausschweifung und Drogen zu tun, sagen Sie? Käuflichen Frauen? Er bewegte sich in diesem Milieu wie der Fisch im Wasser? Um Gottes Willen. Ich wusste nicht, dass es *so* weit mit ihm gekommen ist, aber man könnte sagen, ich hatte einen gewissen Verdacht. Ich spürte, dass er in Schwierigkeiten steckte, ich ahnte es, ein Mann mit meiner Erfahrung hat einen siebten Sinn dafür. Doch da ich ihn kaum kannte und nie sah, wie hätte ich ihm da in seine Aktivitäten hineinreden können? Und welche Aussichten bestanden denn, dass er auf mich, einen alten Mann, gehört hätte, einen fernen Ratgeber aus seinem Heimatstädtchen Marchena, das er ganz und gar vergessen haben musste? Nein, das war nicht realistisch. Man darf vom Leben nicht erwarten, was das Leben einem nicht geben kann. Ich neige eher dazu, auf Gott zu vertrauen. Deshalb habe ich ihm dringend geraten, auf seinen Lebenswandel zu achten. Diskret, das wohl, Rico Vargas war ja kein Kind mehr. Aber unmissverständlich. Ich habe ihm Messbesuch und Beichte empfohlen, wie ich sie meinen jungen Leuten immer empfehle, gerade in einer Stadt wie Madrid, einer Metropole der Sünde, und all das werden Sie in meinen Weihnachtskarten finden, vor zehn Jahren, vor acht Jahren, vor fünf. Ich kann nicht anders. Ich will, dass diese Burschen im Leben vorankommen *und* auf Gott vertrauen. Beides. Ich will, dass man ihnen eine Chance gibt und dass Leistung sich lohnt. Das ist für mich der Kern. Und wenn das bedeutet, dass ein junger Mann weggeht und sein *pueblo* verlässt, ja selbst, wenn er sein *Land* verlassen müsste, es wäre alles gerechtfertigt. Ich sage immer: Wer weg *will*, muss weg*dürfen*. Den halten keine zehn Pferde. Und so ist Rico Vargas mit meiner Hilfe gegangen, damals vor mehr als fünfzehn Jahren, als er Marchena den Rücken kehrte und in die Fremde aufbrach, um sein Glück zu machen.«

So würde der Patron sprechen, dachte Rico, und niemand könnte etwas anderes behaupten. Dies war die offizielle Geschichte. Der andere Teil, der geheime, der aus guten Gründen verborgene Teil der Geschichte würde durch die Ritzen fallen und für immer verschwunden bleiben.

Vielleicht hatte der Patron damals ja auch sein Geschenk missachtet, dachte Rico, statt es zu würdigen. Vielleicht hatte er den alten Schlüssel und die Holzschatulle mit angewidertem Blick gleich dem Hausmädchen übergeben, damit es die fleckigen Sachen gleich in den Hausmüll warf. Deswegen also hatte Don Eulalio ihm seinerzeit keine Antwort gegeben. Für jemanden wie ihn, das erkannte Rico in diesem Augenblick an seinem Küchentisch, gab es an der Tafel der Mächtigen keinen Platz.

Woran merkt ein Mensch, dass ein anderer Mensch ihn braucht? Besonders ein Mensch, der sonst niemanden zu brauchen scheint?

Isa hatte das Wichtigste sofort verstanden, und nachdem sie das Telefon zur Seite gelegt hatte, gab sie sich zehn Minuten zum Umziehen. Um kurz vor 18 Uhr traf sie in der Caverna Azul ein, zu einer Zeit, als noch niemand da war außer ihm: dem Menschen, der sie jetzt brauchte.

Aber wofür *könnte* er sie brauchen? Ihr Verhältnis, so eng es auch war, hatte ihr diese Frage nie beantwortet. Jetzt hatte sie Angst, sie saß ihr wie eine Faust im Magen. Isa hätte Rico von ihrem Treffen mit Nuria erzählen müssen.

Rico Vargas mochte die frühe Abendstunde, doch er hatte nicht oft Gelegenheit gehabt, sie zu genießen. Sie festigte seine Gewissheit, dass der Club allein ihm gehörte. Sein Traum. Sein Werk. Er ging hinter den eleganten Tresen, studierte die Etiketten der Whisky-, Wodka-, Cognac- und Brandyflaschen, strich mit dem Finger über matt schimmernde Holzflächen, um zu prüfen, ob dem Reinigungspersonal etwas entgangen war. Von der Einrichtung der Caverna Azul ging etwas Echtes, Solides aus. Sie wirkte gar nicht wie ein Club, sondern eher wie das Wohnzimmer eines Arztehepaars mit unanfechtbarem Geschmack.

Es hatte ihm immer Spaß gemacht, Gastgeber zu sein, ein Mann, der seinerseits nicht trank und gegenüber anderen

Drogen unempfänglich war. Anfangs hatte er versucht, in der Caverna Azul ein Verbot harter Drogen durchzusetzen, war aber nach kurzer Zeit gescheitert. Es gab Menschen – und die Caverna Azul war auf sie angewiesen –, die Kokain brauchten. Sie kauften es, hatten es, konsumierten es, und wenn sie es in der Caverna Azul nicht durften, würden sie eben woandershin gehen.

Es war eine der Gelegenheiten, bei denen Rico sich als flexibel und lernfähig erwies.

Nachdem er sich im Vorraum der Herrentoilette die Hände gewaschen und eine Weile vor seinem Spiegelbild verharrt hatte, setzte er sich mit einem Glas Mineralwasser an ein Tischchen, von dem aus er die Tür im Auge behalten konnte. Er hatte sich am Ende für den dunkelgrauen Anzug und die schwarze Strickkrawatte entschieden.

Isa klingelte wie üblich, einmal lang, zweimal kurz. Sie kam herein, ging zu ihm und legte ihm die rechte Hand auf die Wange. Sie sah ihn forschend an. Ihre schlanken Finger strichen über seine Haut.

»Ich mag dieses Hemd«, sagte sie. »Man sieht die Struktur erst, wenn man ganz nah herangeht. Habe ich dir je gesagt, dass du die schönsten Hemden der Stadt hast?« Sie stellte die Tasche ab. »Wie schlimm ist es?«

»Schlimm.«

Sie legte die Jacke ab. Rico Vargas stand auf und holte ihr ein Mineralwasser. Als sie beide saßen, sahen sie sich lange an. Kaum ein Geräusch drang von der Straße herein.

»Der Schaden ist noch nicht absehbar«, sagte Rico Vargas. »Die Polizei wird mich sprechen wollen. Es ist mir unerklärlich, dass sie noch nicht hier ist. Danke, dass du gekommen bist.«

»Du weißt immer, wo du mich findest.«

»Ja«, sagte Rico. »Aber in diesem Augenblick wäre mir mehr daran gelegen, deine Schwester zu finden.«

Die kurze Stille, die auf diesen Satz folgte, war wie eine lautlose Explosion. Isa schien unter ihrer Wucht zusammenzusinken. Sie rang nach Luft.

Er erklärte es ihr in wenigen Sätzen, und es gab keine Rätsel mehr. Isa gelang es, von sich selbst abzusehen und die Ungeheuerlichkeit ins Auge zu fassen. Das Geschäft war bedroht. Sie konnte körperlich spüren, wie die Wut in Rico höher stieg, ihn ganz und gar ausfüllte, sie spürte auch, was es ihn kostete, sich zu beherrschen. Er wisse einfach nicht, sagte Rico, warum er es mit zwei Schwestern zu tun habe, die eine für ihn, die andere gegen ihn. Warum die eine Schwester ihm zur Seite stehe, während die andere darauf aus sei, ihn zu vernichten. Verdammte Schlampe. Er sah nicht hoch, als er es sagte, und man hätte Isa sehr genau kennen müssen, um zu sehen, wie sie zusammenzuckte.

Rico Vargas setzte sich tiefer in den Sessel, als könnte er dessen Polster wirklich genießen, und trank in kleinen Schlucken sein Mineralwasser.

Isa nagte an der Unterlippe und fühlte sich elend, doch den Tumult in ihrem Inneren musste sie erst noch klären. Nuria war in ihr Reich eingedrungen und hatte sich an Dingen vergriffen, die ihr, Isa, gehörten. Mit Scham erinnerte sie sich daran, dass sie nach ihrem Treffen mit Nuria kurz daran gedacht hatte, Rico anzurufen und ihm von Nurias Drohung zu erzählen. Doch dann hatte sie beschlossen, es bleiben zu lassen. Sie, Isa, trug keine Verantwortung und keine Schuld. Sie hatte von Nurias Arbeit in der Casa de Campo noch nicht einmal gewusst. So hatte Isa die nächsten Tage in einer gewissen Spannung verbracht, aber in ihre Besorgnis mischte sich Neugierde, was als nächstes passieren könnte und wozu Nuria wohl fähig wäre. Rico hatte ihr nie genauer von der Diversifizierung seiner Geschäfte erzählt, dem Straßenstrich in der Casa de Campo oder anderen Läden. Für Isa war Rico immer der Inhaber der Caverna Azul gewesen, und das war in der Tat die Rolle, deretwegen er in Erinnerung bleiben wollte.

Doch es gab keinen Grund, warum es zu Ende sein sollte. Rico Vargas hatte seinen Anwalt verständigt und erwartete ihn demnächst. Die Caverna Azul war ein seriöses Unternehmen, das über jeden Zweifel erhaben war. Hier, *on the premises*, wie der Ausdruck lautete, den Rico in einem britischen Magazin gelesen hatte, fanden keinerlei zweifelhafte Handlungen statt. Dies war ein Ort der Begegnung, manchmal der Begleitung, in exklusiver Atmosphäre. Isa kam nicht oft hierher, es war nicht nötig, aber gelegentlich, besonders auf seine Bitte hin, verbrachte sie ein paar Stunden in der Caverna Azul, um den Anwesenden zu zeigen, mit welchen Menschen das Haus verbunden war.

»Das Haus«. Rico Vargas mochte den Ausdruck. Sein alter Traum von einem harmonischen Ort, an dem sich zehn, zwölf gepflegte Mädchen in weißen Jogginganzügen versammelten, um unter sich zu sein, hatte sich am Ende nicht verwirklichen lassen, denn niemand hier trug weiße Jogginganzüge, so wie Ana – das Haar gewaschen, die Haut gecremt – beim Abschied vor vielen Jahren einen getragen hatte. Aber Rico Vargas war dem Traum sehr nahe gekommen, er war ihm entgegen gegangen und hatte etwas Gleichwertiges aufgebaut. Es gab keinen Grund, warum dieser Traum zerstört sein sollte.

Als Isas Telefon klingelte, erstarrten beide.

»Das ist sie«, sagte Isa tonlos. »Das ist Nuria.«

Es klingelte ein zweites, dann ein drittes Mal.

Ihre Augen hatten die Frage noch nicht gestellt, da machte seine Hand schon eine wegwerfende Bewegung. Sie solle tun, was sie wolle, es sei ihr Telefon, ihre Schwester, worauf komme es jetzt noch an?

»Stell sie auf Lautsprecher«, sagte er.

»Nuria? Hallo.«

»Isa! Schön, dass ich dich erwische. Rufe ich ungelegen an?«

»Nein, nein. Alles in Ordnung. Was gibt's?«

»Es hallt so komisch auf deiner Seite. Hör zu, ich habe ein bisschen gebraucht, um darauf zu kommen. Du solltest Papa besuchen. Wie lange habt ihr euch nicht mehr gesehen? Acht Jahre? Neun?«

»Nuria. Was hat das mit uns beiden zu tun? Bist du gerade bei Papa? Hat er dich dazu angestiftet?«

»Ja, ich wohne gerade bei ihm, aber das ist nicht der Grund.«

»Der Grund für *was*, Nuria?«

»Ich habe mit Papa gesprochen. Über dich, über uns, über … alles. Ich meine, ihr solltet miteinander sprechen. Er ist dein Vater. Du fehlst ihm.«

»Spinnst du? Was mischst du dich in mein Leben ein?«

»Okay, Isa, vergiss es. War nur eine Idee.«

»Als Nächstes schlägst du mir noch vor, mich mit Mama zu treffen!«

»Ich sagte, vergiss es. Warum hast du Rico Vargas eigentlich nicht gewarnt? Von mir aus hättest du das gern tun können.«

»Wovon sprichst du? Ich verstehe kein Wort.«

»Nach unserem Treffen im Retiro. Oder hast du noch nicht gehört, was passiert ist?«

Mit einer einzigen, fließenden Bewegung stand Rico Vargas auf, trat heran und nahm Isa das Telefon aus der Hand.

»Ich sollte dich töten«, sagte er. »Hörst du? Ich sollte dich töten!«

Er schrie in den Hörer, hielt ihn aber immer noch mit affektierter Geste ans Ohr. Auch Isa fiel auf, wie behutsam Rico seine Finger um das Gerät gelegt hatte. In all den Jahren hatte sie ihn nicht oft telefonieren sehen. Auch den

Mann, der ihre Schwester durch den Hörer anbrüllte, so dass sein Speichel bis zu ihrem Wasserglas flog, kannte sie nicht. Sie fing an zu zittern, weil ihr bewusst war, dass sie Rico durch Nichtstun verraten hatte.

»Du kommst an und trampelst in meinem Reich herum, machst alles kaputt, machst alles nieder, was ich aufgebaut habe, du Schlampe, und dann faselst du auch noch von deinem verdammten *Vater*? Lass den alten Sack da raus, du verheulte Fotze! Sag ihm, dass ich ihn töte, hörst du! Ich werde zu ihm gehen und mir viel Zeit nehmen. Ich komme und töte euch beide!«

»Herr Vargas?« Nuria nutzte die kleine Pause, um etwas zu sagen. »Ich hatte nicht gewusst, dass Isa bei Ihnen ist. Ich wollte nicht stören. Bitte, dürfte ich meine Schwester noch einmal sprechen?«

»Nein, verdammt noch mal!«, brüllte Rico. »Nein! Verpiss dich, du Miststück!«

Den Bruchteil einer Sekunde lang wollte Rico das Telefon in den getönten Spiegel der Bar werfen, dorthin, wo Whisky, Wodka, Cognac und Brandy standen. Aber das waren Phantasien mächtiger Männer, die mit Reichtum geboren worden waren und gleichmütig jede Rechnung bezahlten. Mit einer Bewegung, die Vorsicht verriet, warf Rico Isas Telefon auf einen der kleinen Polstersessel. Von dort fiel es auf den Teppich.

In diesem Augenblick ertönte die Klingel.

»Scheiße, die haben mir noch gefehlt.« Er hielt inne und schien zu überlegen, was als nächstes geschehen sollte. Er ging zu Isa, hob mit der einen Hand ihr Kinn und schlug ihr mit der anderen hart ins Gesicht. »Steh auf.« Seine Stimme war kalt. »Lass sie rein.«

Es waren fünf Männer. Drei in Uniform, zwei in Anzügen. Die drei in Uniform trugen kugelsichere Westen. Einer der beiden im Anzug sagte, man habe Herrn Rico Vargas in seinem Zuhause nicht angetroffen, man habe an ihn einige Fragen im Zusammenhang mit einer polizeilichen Untersuchung.

»Achten Sie auf den Teppich, Herrgott. Haben Ihre Männer saubere Schuhe?«

In den schwierigen Monaten, die folgten, würde sich Rico Vargas oft an diesen Augenblick erinnern. Er hatte sich nicht unterkriegen lassen. Er hatte reagiert wie ein Stoiker.

Haben Ihre Männer saubere Schuhe?

28

Er wird sich an dich erinnern

Solche Tage durfte es für Nacho Cano öfter geben. Aber sie kamen so selten! Es waren Tage, an denen sich zeigte, wer etwas draufhatte und wer nicht. Wer Reaktionsvermögen besaß und kreativ dachte. Nacho wollte ihn öfter haben, diesen Adrenalinschub, den nur seine Profession schenken konnte. Wer sonst außer Journalisten war mittendrin und trotzdem frei? Wer hatte eine vergleichbare Macht, die Wirklichkeit zu deuten? Nicht eine Sekunde lang hatte Nacho es bedauert, nicht mehr für *El País* zu arbeiten und mit der arroganten Selbstsicherheit des Marktführers aufzuwachen. Nein, Nacho Cano kämpfte jetzt auf einem kleineren Boot. Dessen Kanonen hatten nicht dieselbe Reichweite. Aber sein Boot war wendiger, und was das Beste war: Niemand wusste, wo es als nächstes auftauchen würde.

»In Ordnung, wir spielen das groß«, sagte Nacho in der sofort anberaumten Redaktionskonferenz. »Und warum? Weil wir uns alle mit den herrschenden Zuständen abgefunden haben. Mateo hier hat ein bisschen geschnüffelt, und ich gebe zu, am Anfang war ich skeptisch. Den Vergnügungsbetrieb in der Casa de Campo lasse ich in Ruhe, ihr kennt mich ja. Jeder soll pennen, mit wem er will, wann er will, so oft er will, und wenn die Leute dafür bezahlen wollen, ist es mir auch recht. Es ist nicht mein Geld. Wir sind liberal. Ein altes Wort, das aus der Mode kommt. Es hat mit Freiheit zu tun.«

Er machte eine effektvolle Pause und sah sie an, einen nach dem anderen, alle mit derselben nervösen Intensität.

»Aber wir dürfen nicht zulassen, dass es außerhalb des Knasts Gefangene gibt, versteht ihr? Sklavinnen, um es genauer zu sagen. Ausgebeutete Frauen, die behandelt werden wie Dinge. *Claro!* wird dazu Stellung beziehen. Wir werden diesen Sesselfurzern im Rathaus Beine machen, damit etwas geschieht. Die Casa de Campo ist in der Hand der Mafias. Mateo, du korrigierst mich, wenn ich was Falsches sage. Wir werden den Mafiosi in den Arm fallen und die Öffentlichkeit alarmieren.«

Nacho Cano wollte, dass sein Schiff bemannt und startklar gemacht wurde, er wollte Uniformen, Schießpulver und Kanonenkugeln sehen. Die Erfahreneren in der Redaktionsmannschaft wussten, dass es ganz so einfach nicht sein würde. Jeden Tag wird eine neue Zeitung gemacht, und nichts langweilt mehr als eine Geschichte, auf der man zu lange herumreitet. Die Penetranz, mit der *El Mundo* vor Jahren immer dieselben politischen Themen ausgepresst hatte wie alte Zitronen, den Terrorismus, die Katalonien-Frage, war allen noch in unangenehmer Erinnerung. Manche Redakteure von *Claro!* hatten *El Mundo* genau aus diesem Grund verlassen.

Aber erst einmal klang es gut, was Nacho ihnen sagte, und es motivierte die jüngeren Kollegen. Besonders den Neuen, diesen halben Deutschen, der die erste Reportage schreiben durfte, weil er das Thema an Land gezogen hatte. Es wäre ganz lustig, drei oder vier Tage lang Wirbel zu machen und sich in dem Gefühl zu sonnen, dass die anderen Medien nachziehen mussten.

»Okay, Leute, ihr wisst, wo wir stehen. An die Arbeit, *vamos*!« Nacho stürmte aus dem Konferenzraum. »Mateo! Blanca! In mein Büro!«

Drinnen gab er ihnen keine Zeit, sich zu sammeln, und

ob sie standen oder sich setzten, war ihm egal. »Zähler auf null. Mir ist der Fall einer jungen Marokkanerin zu Ohren gekommen, Hadeel.«

»Die kenne ich«, sagte Mateo.

»Ah, gut. Ich will das in der Redaktion nicht an die große Glocke hängen, aber ihr sollt wissen, dass ich etwas für sie tue. Ich werde ihr einen Arbeitsvertrag als Haushaltskraft geben. Sie soll meine Hemden bügeln und mir marokkanische Gerichte kochen. Es ist ein Halbtagsjob, sie muss also noch etwas finden, aber es ist ein Anfang.« Er fixierte sie mit einem bohrenden Blick. »Aber jetzt kommt das Entscheidende. Ihr werdet ein Interview mit ihr führen.«

Blanca hob die Augenbrauen. »Ein Interview.«

»Ja.«

»Mit der marokkanischen *puta.*«

»Sprich nicht so von ihr, Blanca. Sie hat viel durchgemacht.«

»Entschuldige.«

»Wo bleibt dein journalistischer Hunger?«

»Ein Interview«, sagte Mateo, »in unserer Serie ›Heute habe ich mich wieder verliebt‹?«

»Genau!« Nacho Cano klatschte mit der Handfläche auf den Tisch, dass die Kaffeetassen klirrten. »Wenn du Hadeel schon kennst, umso besser. Ein Interview in unserer Serie, die diesmal davon handeln wird, dass die Selbstbespiegelung und das Liebesgefasel unserer Gesellschaft hinfällig sind, solange wir Menschen *das* antun! Seht ihr nicht das Potenzial? Niemand ist darauf vorbereitet, dass wir unter Prominenz eine Sexsklavin aus Marokko verstehen. Aber wir machen sie zur Heldin! ›Heute habe ich mich wieder verliebt‹! Ha, schöne Liebe, so richtig was für romantische Deppen! Ihre Liebe ist käuflicher Sex! Wir sagen der spanischen Gesellschaft, dass sie aufwachen und hinschauen soll. Es gibt einen Skandal zu beklagen, gleich neben unserer

Haustür. Die Opfer erheben die Stimme, und die Täter werden beim Namen genannt.«

Blanca leistete ein letztes Mal Widerstand. »Wir haben der Chacón versprochen, dass sie die Erste in unserer Serie ist.«

»Vergiss die Chacón, Blanca. Die soll sich nicht so anstellen. Haltet ihr die Marokkanerin für machbar? Mateo? Ich weiß, dass du gerade unter Druck stehst. Aber ich will eure beiden Namen unter der Geschichte sehen.«

Blanca und Mateo schauten sich an, innerlich weit voneinander entfernt, aber sie wussten, dass sie wieder gemeinsam losziehen würden.

Horacio Ballesteros Nelson sah Mateo über den Rand seiner Lesebrille hinweg an. »Und so, willst du mir sagen, endet der Roman von der Frau in Schwarz. Ist es das, was du mir sagen willst, mein Junge?«

Er hatte in den Zeitungen nachgelesen, was über den Fall geschrieben worden war. Auch ein Exemplar von *Claro!* lag auf dem Tischchen vor ihm. Mit dem Artikel von *Claro!*, gezeichnet von Mateo Wassmann, hatte der Dichter mehr Zeit verbracht als mit den anderen. Es war der längste gewesen. Hin und wieder hatte Ballesteros während der Lektüre anerkennend gegrunzt.

»Was heißt schon Ende?«, sagte Mateo. »Diego hat mir erklärt, dass es eine lange, mühsame Untersuchung wird, bei der am Ende wenige gewinnen. Was mit den Mädchen geschieht, weiß noch niemand. Und wann Rico Vargas wieder unterwegs ist, weiß Gott allein.«

»Ist sie wirklich gläubig, deine Frau in Schwarz?« Der Dichter hatte sich *Claro!* auf den Schoß gelegt und ließ seine Rechte darauf ruhen, wie er es auch mit einem Gedichtband getan hätte. »Du hast kürzlich eine Andeutung gemacht.«

»Gläubig, Don Horacio. Was heißt schon gläubig?«

»Was heißt gläubig, *indeed*?«, rief der Dichter. »Ist das nicht eine wunderbar tiefe Frage? Sieh nur, wohin sie die Menschen treibt! Sieh nur deine Frau in Schwarz! Hier, nimm noch Tee.«

Mateo schenkte sich ein und goss auch dem Dichter nach.

»Ich habe vergessen, dir etwas zu erzählen«, sagte Ballesteros. »Wärest du so nett, das Fenster zu öffnen? Wir müssen weiter ausholen.«

»Womit?«

»Mit deinem Thema, Mateo. Dein Thema ist Sex. Manche finden das kein schönes Wort, so kalt, so mechanistisch. Früher sagten die Philosophen ›Liebe‹ dazu und trugen damit zum ersten großen Missverständnis bei. Ich glaube, die Menschen sind besessen, Mateo. Vom Sex, vom Begehren, von der Liebe, von der Sehnsucht. Nenne es, wie du willst. Natürlich sind die vier nicht dasselbe, wie jeder weiß, aber es gibt Gelegenheiten, da fließen sie ungut ineinander. Selbst Menschen, die wenig damit zu tun haben, kennen Augenblicke, in denen ihnen das, was fehlt, so schmerzlich bewusst wird, dass sie aufheulen könnten. Kluge Frauen und Männer begehen die größten Blödheiten, weil die Liebe sie erwischt. Liebe trübt das Urteilsvermögen, sagt man das nicht? Es stimmt. Und es ist noch viel schlimmer. Wenn wir lieben, wenn wir begehren, sind wir nicht wir selbst. Wir ähneln nur noch äußerlich dem Menschen, der wir waren, bevor die Liebe oder das Begehren uns packte und in einen anderen verwandelte. Liebe lässt sich auch simulieren. Sie lässt sich aufführen wie ein Theaterstück – und ebenso leicht wieder absetzen. Am Ende hat dieser schreckliche Rico Vargas doch nichts anderes getan. Er saß an der Kasse und hat Eintritt genommen, während hinter dem Vorhang seine Sklavinnen schufteten. Kannst du mir folgen?«

»Ich weiß es nicht, Don Horacio. Ihre Weltsicht ist mir fremd. Ich brauche reale Menschen.«

»Ich hatte genug von ihnen, das kannst du mir glauben. Reale Menschen, meine ich. Die heutigen, die jüngeren, verstehe ich nicht mehr. Sie gehen in die Casa de Campo wie zum Fitnesstraining. Bist du verliebt, Mateo?«

Er zuckte zusammen. »Bin ich... *verliebt*?«

»Ja«, sagte der Dichter. »Bist du verliebt? Zum Beispiel in die Frau in Schwarz. Du hast so ein fasziniertes Leuchten in den Augen, wenn du von ihr sprichst.«

Mateo sah zu Boden. »Ich weiß es nicht, Don Horacio. Es könnte sein.«

Ballesteros sah ihn philosophisch an. »Wie nah die Gier nach Sex und die Scham über den Sex doch beieinanderliegen! Das ist unsere Lage, in der wir verharren werden bis ans Ende unserer Tage. Ruhe haben wir erst, wenn wir müde werden und uns zum Sterben legen. Mach's gut, mein Junge. Bring sie mal mit, die Frau in Schwarz. Ich will sie kennenlernen.«

Nuria hatte Mateo einen Spaziergang in Madrid Río vorgeschlagen, dem Park am Fluss, zum ersten Mal ein Treffen mit Ruhe. Sie wollte Matilda mitbringen.

Als der Tag gekommen war, fühlte Mateo sich schlecht in Form. Er war übernächtigt, weil die Berichterstattung über die Casa de Campo ihm viel abverlangte, und er hatte gerade erst angefangen. Rico Vargas war vorläufig wieder auf freiem Fuß. Was sich ihm nachweisen lassen würde, war offen. Wenn Mateo nicht im Büro saß oder mit Diego den täglichen Kleinkram machte, traf er sich mit Kriminalisten, Sozialarbeitern und Leuten der Stadtverwaltung, die ihm etwas über Zwangsprostitution erzählten. Er wollte seine Geschichten gut unterfüttern. *Claro!* plante eine Serie, und Mateo sollte sie betreuen.

Doch wie bei allen Themen, die sich lohnen, wurde auch dieses bei näherer Beschäftigung immer komplexer. Die Bedingungen, unter denen die Arbeitsverträge der jungen Frauen zustande gekommen waren, ließen sich nicht mehr rekonstruieren. Wie viel die Frauen selbst davon verstanden hatten, war unklar. Oft waren sie von Familienangehörigen beraten worden. War die Finca ein Gefängnis? Oder eine Siedlung für Rico Vargas' Arbeiterinnen? Und welche Arbeit wäre das? Es gab keine Definition dafür. »Man sollte …«, sagen die Wohlmeinenden. »Man müsste doch … Warum verbietet man nicht …?« Aber das ist alles nicht so einfach, weil Verbote durchgesetzt sein wollen, und wenn sie mächtige Interessen stören oder zu viel Geld kosten, fallen sie unter den Tisch.

Jede Gesellschaft lebt mit einem bestimmten Maß an Ungerechtigkeit, Dummheit und Verbrechen, doch die Gesellschaft als solche gibt es nicht. Mateo lernt es in diesen Tagen. Es gibt nur Institutionen, Paragraphen und Amtswege, und für alles gibt es Fristen. Nach drei Tagen Recherche hat er den Eindruck gewonnen, die Behörden hätten nur geringes Interesse daran, den Kampf gegen Menschenhandel ernsthaft zu führen. Sie wollen nur eines, nämlich vor den Kommunalwahlen gut aussehen.

Zur Begrüßung will er ihr zwei Wangenküsse geben, auf spanische Art, doch sie hält ihm nur die eine Wange hin; die andere ist empfindlich und schimmert jetzt gelblich-grün. Die beste Laune hat Nuria auch nicht.

Sie gehen am Manzanares Richtung Süden. Matilda hat mit Mateo wedelnd Bekanntschaft geschlossen, um sich dann wichtigeren Themen zu widmen.

»Ist dein Vater auch so anstrengend?«, sagt Nuria.

Sie hat Pío beim Morgenkaffee erlebt und bei seinen Frömmigkeitsritualen und allerlei häuslichen Verrichtungen. Jetzt weiß sie, dass sie es mit einem älter werdenden Menschen zu tun hat, der ein immer kleiner werdendes Reich verteidigt. Nuria hat sich gefragt, ob sie später auch einmal so sein wird, aber sie weiß, dass sie selbst die Letzte wäre, die es bemerkt.

Da fällt ihr ein, dass Mateos Vater schon vor vielen Jahren gestorben ist. »Uff«, sagt sie, »tut mir leid, ich hab nicht mehr daran gedacht…«

»Schon gut«, sagt Mateo. »Manchmal frage ich mich das. Ob er anstrengend wäre, mein Vater. Ob er versucht hätte, mich zu einem anderen Studium zu bewegen. Ob meine Eltern noch zusammen wären.«

»Das wirst du nie erfahren. Aber manche Geschichten enden gut.«

»Deine zum Beispiel«, sagt Mateo.

Nuria zögert. Ihre Stirn hat sich bewölkt. »Bleib mal stehen, Mateo. Rico Vargas hat gesagt, dass er mich töten will. Und meinen Vater auch.«

»Was?! Weiß die Polizei davon?«

Nuria schüttelt den Kopf. »Was soll sie denn tun? Ich habe beschlossen, die Sätze von Rico Vargas zu überspringen. Er hat sie nie gesagt. Ich habe sie nie gehört. Und mein Vater wird nie von ihnen erfahren. Euch überspringe ich!«

Mateo sieht sie ungläubig an.

»Obwohl ich große Lust hätte, ihm in die Eier zu treten. Damit er sich länger an mich erinnert.«

»Oh«, sagt Mateo, »er wird sich an dich erinnern! Da habe ich keinen Zweifel.«

»Weißt du, dass ich es noch mitbekommen habe? Wie die Polizei in seinen Club kam, um ihn abzuholen?«

»Bitte?«

»Er hatte mich am Telefon beschimpft, und dann hat er es wohl abgelegt, aber es stand auf Lautsprecher. Und ich hockte am anderen Ende und habe zum ersten Mal im Leben gehört, wie so eine Verhaftung abläuft.«

Sie schaut in den Manzanares, der noch einige Jahre zuvor eine braune Brühe war, in der tote Fische schwammen. Erstaunlich, dass es gelungen ist, den Fluss zu entgiften und die verkommene Gegend in etwas Neues, Schönes zu verwandeln. Ein einziges Mal, denkt Nuria, sind die Dinge nicht schlechter, sondern besser geworden.

»Und?«, sagt Mateo. »Was machst du jetzt? Denkst du wieder an Nachtschicht? Du hast eine gewisse Begabung dafür.«

»Nein, die Nachtschichten sind durch. Weißt du, was hier früher war? Wo jetzt dieser Park ist?«

»Nein«, sagt Mateo.

»Die maximale Kloake.« Sie zeigt auf die andere Seite des Flusses. »Da drüben zum Beispiel verlief die M30. Die Anwohner sind vor Lärm aus dem Bett gefallen. Und die beiden Stadtteile, die jetzt wieder so nahe beieinanderliegen, dass man einfach nur über diese Brücken zu spazieren braucht, die waren getrennt, die Stadtautobahn hatte sie auseinandergeschnitten. Um all das in Ordnung zu bringen, den Tunnel zu bauen, die Bäume zu pflanzen, hat die Stadt sich in solche Schulden gestürzt, von denen kommt sie in den nächsten dreißig Jahren nicht runter. Aber dann sehe ich die Menschen, die hier an einem Tag wie heute spazieren gehen, die Kinder, die sich an den Dreck von früher nicht erinnern werden, weil all das lange vor ihrer Lebenszeit geschah. Und dann denke ich, es ist gut. Dafür kann man Schulden machen.«

»Muss kurz vor der Krise gewesen sein«, sagt Mateo.

»Ja. Als alle noch glaubten, der Boom geht ewig so weiter. Ich hatte einen Onkel, der hat dort oben gewohnt. Im vierten Stock.« Sie zeigt auf ein weißes Haus mit leuchtend roten Balkons. »Onkel Víctor. Alle haben ihn bedauert, dass er an diesem stinkenden Fluss wohnte, aber ihm gefiel es. Die Balkons waren früher grau. Und das Haus auch. Alles hier war grau. Wie Schwarzweißfernsehen.«

Nuria verstummt. Mateo spürt, dass die Erinnerung in ihr mächtig ist. Sie gehen fast im Gleichschritt, zehn Schritte, zwanzig Schritte, sie sehen einen kleinen Jungen, der ihnen auf dem Dreirad entgegenkommt und Mateo fast über die Füße fährt.

Sie sagt: »Er ist dort oben gestorben, Onkel Víctor. Er hat sich in seiner Wohnung erhängt. Wegen der Verfasstheit der Welt.« Sie sieht Mateo an, ohne stehen zu bleiben. »Diese Grünanlage hätte Onkel Víctor gefallen.«

»Nuria«, sagt Mateo. »Schau nach vorn. Was siehst du?«

Und sie schaut nach vorn, wo ihnen ein junges Paar mit Doppelkinderwagen entgegenkommt, aber Mateo zupft sie am Ärmel und lacht.

»Ich meine die Zukunft. Warum arbeitest du nicht für die Stadt? Als Sozialarbeiterin?« Mateo ist stehen geblieben.

»Ich habe kein besonderes Vertrauen in diese Stadt.«

Mateo sieht sie immer noch an, aber Nuria weiß nicht, was sie mit ihren Händen tun soll, also beugt sie sich nach unten und greift Matilda ins Fell.

»Es war ein Vergnügen, dich kennenzulernen.« Der Satz ist draußen, bevor sie begriffen hat, was sie sagt. Als wollte sie Bilanz ziehen und sich von ihm verabschieden.

»Nuria«, sagt Mateo. »Komm her.«

Sie ist noch halb unten, mit der Hand in Matildas Fell, aber er wartet, bis es so weit ist. Mateo umarmt sie, ihren Rücken unter den Fingern. Irgendetwas sagt ihm, dass er nicht versuchen sollte, sie zu küssen. Seine Wange liegt an ihrer, sonst nichts.

Er sieht zwei Möwen, die auf den Fluss niedergehen.

»Yo, das reicht!«

»Meinst du?«, sagt er, ohne sie loszulassen. »Ich will dich wiedersehen, Nuria. Kann ich dich wiedersehen?«

Sie steht still und erträgt sein Gesicht an ihrem.

»Wann kann ich dich wieder sehen? Morgen? Und übermorgen?« Er sieht Nuria an, ihre ramponierte Lippe, die großen grünen Augen. »Und die restlichen Tage der Woche?«

»Ist das nicht ein bisschen viel, Mateo Wassmann?« Sie tritt einen Schritt zurück. »Was weißt du denn schon von mir?« Sie mustert Mateo, ohne dass es ihr peinlich wäre. Er ist wie ein offenes Buch, Nuria glaubt, man könnte ihn umblättern, ein Kapitel nach dem anderen, und würde auf jeder Seite dieselbe Klarheit finden.

»Vertrau mir«, sagt Mateo und will ihre Hand nehmen, doch sie beugt sich wieder nach unten und versteckt ihre Hände in Matildas Fell. Sie ertappt sich dabei, wie sie an den Abend denkt und dass sie sich fertig machen könnte, um in den Königspark zu fahren.

Am Vortag hat sie es nicht ausgehalten. Sie hat die Metro zu ihrer Wohnung genommen, hat sich das Fahrrad geschnappt und eine Runde um den See gedreht. Die Mädchen von Rico Vargas waren verschwunden. Aber Nuria glaubt, dass die ersten bald wieder da sein werden, die Mädchen und die Hüter. Es gibt kein sauberes Ende.

»Mateo«, sagt sie. »Es geht nicht um … was immer das hier soll. Es geht darum, zu werden, wer man ist.«

Nuria schaut hoch, und sie weiß, dass Mateo darüber nachdenken wird, was das bedeuten könnte.

Madrid – Zahora – Kranenburg – Salvador-Bahia

Nachbemerkung

Die hier dargestellten Ereignisse sind frei erfunden, und jede Ähnlichkeit mit lebenden oder toten Personen wäre zufällig. Während sich die äußere Beschreibung des Parks Casa de Campo weitgehend mit der Topographie Madrids deckt, habe ich mir bei der zeitlichen Einordnung Freiheiten genommen. Die in diesem Roman in der Gegenwart angesiedelte Situation gab es in Wahrheit um die Jahrtausendwende, als die Casa de Campo als größter Straßenstrich Europas galt.

Die Recherchen im Madrider Rotlichtmilieu und in der – heute verschwundenen – Drogensiedlung Las Barranquillas fanden vor allem in den Jahren 2005 und 2006 statt. Sie wären nicht möglich gewesen ohne Ernesto Rey, dem ich für seine Hilfe danke. Ohne ihn hätte ich die Frauen, die mir Auskunft gaben, nie kennengelernt. Ich kann hier nur einige der Namen nennen, die sie mir nannten: Alexa, Carmen, Fevo, Goodness, Jacqueline und Maria, »die Griechin«. Wenn diese Namen im Roman wiederkehren, dann bezeichnen sie keine wirklichen Personen, sondern allgemein Menschen im sozialen Elend.

Persönlicher Dank geht an Manfred Stoffl, den Leiter des Goethe-Instituts in Salvador-Bahia, und seine erstaunliche Mannschaft für zwei Monate der Betreuung in der Endphase dieses Romans. An Edmund und Christiane Labonté dafür, dass ich das älteste Haus in Kranenburg zum Schreiben nutzen durfte. An das Ehepaar Peters für Freundlichkeit und Eintöpfe. Und an meinen langjährigen Lektor Thomas Tebbe für seine Freundschaft und die seltene Gabe beharrlicher Genauigkeit.

P. I.